복수 법률사무소

2

도진기
장편소설

복수
법률
사무소
2

황금가지

차례

복수 법률사무소2

르씨엘 살인사건 공판기일.

오늘은 증인을 신문하기로 예정되어 있다.

증인은 김보라, 이왕래 두 사람.

주로 '범행 동기'에 관해 검찰이 신청한 증인들이었다.

김상훈이 과연 아내를 죽일 만한 동기가 있었는가.

아내가 철저히 부부별산제를 지킨 탓에 남편은 사실상 거지였고, 김상훈은 아내가 없어지면 막대한 재산을 상속받게 되니 이욕 동기는 분명히 있다.

하지만 이건 일반론이며, 산술에 불과하다. 개별 사건에서 살인을 설명하려면 결정적인 방아쇠가 있어야 한다.

감정의 골이 파여 있었다든지, 아니면 김상훈이 절박한 돈 문제에 직면해 있었다든지.

그래야 검사의 기소가 설득력을 얻을 수 있다.

유명애와 김상훈 부부 사이를 증언해 줄 만한 가족은 없었다. 가족의 증언은 신빙성도 떨어진다. 궁여지책으로 검사는 르씨엘의 직원이자 유명애의 비서 김보라를 증인으로 부른 것이다.

그녀는 증언대에 앉아 딱 부러지게 이렇게 말했다.

"사장님은 굉장히 성격이 예민하고 까칠한 분이셨어요. 어디서든 여왕처럼 대접 받아야 한다는 생각이셨어요. 비위를 맞춰 드리기가 절대 쉽지는 않았습니다."

"남편인 김상훈 이사한테는 어떻게 대했습니까?"

"남편인 김 이사님한테도 마찬가지였어요. 이사로서의 월급 말고 딱히 차량이라든가 회원권 같은 혜택도 주지 않았고요. 김 이사님은 원래 성격은 좀 터프하달까, 외향적인 분인데, 사장님 때문에 많이 눌려 사는 게 보였죠. 아무래도 삐걱댈 수밖에요."

"왜 그렇게까지 했을까요?"

"글쎄요, 남편이라고는 하지만 언제든 자신의 돈과 지위를 노릴 수 있다고 생각했던 것 같아요. 회사 내에서는 두 분 사이가 끝났다, 소송만 안 걸었지 곧 이혼할 거라는 소문이 파다했어요."

검사의 의도가 범행 동기를 그럴듯하게 그려 내려는 거라면 이 증인은 효과적이었다.

변호사는 반대신문을 했지만, 김보라의 증언 중에 '사실'과 '의견'을 구분하는 정도에 그쳤다.

"김 이사가 이사의 월급 정도만 받았다는 건 맞습니까?"

"급여 장부가 있고 전산 자료도 있으니까요."

"좋습니다. 그건 팩트인 모양이군요. 그럼, 그런 것들 때문에 이혼할 것 같다는 이야기도 그만큼의 팩트입니까?"

"무슨 뜻인지?"

"그건 증인의 추측 내지 의견이죠?"

"그렇죠……."

김만재 변호사는 그 정도 외에 더 공격적인 질문은 하지 않았다.

김보라는 어디까지나 검찰 측 증인이다. 이미 '어떤 방향'의 증언을 했다. 이 여자에게 입을 열 기회를 주면 줄수록 김상훈에게는 불리하다. 그렇게 판단한 것이다.

대신 김만재 변호사는 옆에 앉은 김상훈에게 조용히 물었다.

"김보라 씨하고 뭐 안 좋은 일 있었나요?"

"전혀요…… 그냥 평소에도 절 좀 싫어하는 것 같더라고요."

김상훈의 입꼬리가 힘없이 처졌다. 이 남자는 회사에서 겉돌면서 직원들한테도 천덕꾸러기 신세였을지 모른다.

부부의 불화. 아내의 돈. 통속적 스토리가 무대에 올랐다.

약간 너저분한 이미지를 뒤집어썼지만 김상훈에게 결정타라고는 할 수는 없었다.

동기는 어차피 이 무대에서 주역은 아니다.

직접증거가 있을 때 맛을 거드는 조미료 같은 것일 뿐, 그게 없다면 단독으로는 힘을 쓰지 못한다.

재판장이 막 다음 증인을 부르려는데 검사가 벌떡 일어섰다.

"재판장님."

"네. 말씀하세요."

"피해자의 변호인이 이왕래 증인신문을 할 기회를 요청하였습니다. 피해자 변호인에게 신문을 맡기고 검사는 오늘 증인신문을 생략하도록 하겠습니다."

판사는 고개를 들어 검사 옆자리에 선 윤해성을 보았다.

"그럼 피해자 변호인이 검사 대신 이왕래 증인신문을 하시겠습니까?"

"네."

윤해성이 대답하고는, 검사석 옆으로 걸어갔다.

"그럼 공동피고인 이왕래에 대해 변론을 분리하고 증인신문을 시작하겠습니다."

판사의 선언이 있었고, 이왕래가 증언대 앞에 앉았다.

"지금부터 이왕래 씨는 피고인이 아니라 증인으로서 김상훈 피고인 재판에 증언하게 됩니다. 이전까지는 어떤 말을 해도 좋았지만 지금부터는 거짓말하면 위증의 벌을 받게 됩니다. 이해하셨습니까?"

"네."

이왕래가 조그맣게 대답했고, 뒤이어 증인선서를 한 후 자리에 앉았다.

윤해성의 신문이 시작됐다.

"증인은 어떻게 해서 유명애 씨의 운전기사로 채용된 겁니까?"

이왕래의 답변은 검찰에서 조사받을 때 했던 진술 그대로였다.

"아는 사람의 소개였습니다."

"그 아는 사람이 혹시 김상훈의 지인은 아니었나요?"

"아닙니다. 유명애 씨의 건너건너 지인이었지, 김상훈 씨하고는 전혀 무관합니다."

이건 불리한 진술이었다.

살인은 채용된 지 한 달 반 만에 일어났다. 살인을 의뢰할 만큼 김상훈과 운전기사가 친해지기에는 기간이 짧다.

"유명애 씨의 성격은 어땠습니까?"

"성격이요……."

이왕래는 머뭇거리다 말했다.

"……좀 까칠하시다고 해야 하나, 그런 성격이셨습니다."

"기사로선 좀 모시기 힘든 보스였겠군요."

이왕래는 대답 없이 고개를 숙였다. 잘못 말했다고 느낀 듯했다.

"……솔직히 말씀드려서 쉬운 분은 아니었습니다. 힘들었습니다. 엄격하고 변덕이 심하셨어요. 전에 기사로 모셨던 다른 사장님들도 다 어려운 점이 있었지만, 유 사장님은 비할 바가 못 되었습니다. 일 시작한 지 일주일 만에 그만두고 싶단 생각이 들었습니다. 당장 생계가 있으니 그러진 못했지만요."

말을 하면서도 고개를 절레절레 흔들었다.

"김상훈은 유명애 씨의 남편이면서 동시에 르씨엘의 이사이기도 했지요?"

"네. 그렇습니다."

"유명애 사장의 성격상 남편인 김상훈 씨한테도 함부로 했을 수도 있겠군요."

"네. 김 이사님한테도 마찬가지였습니다."

"어떤 식으로 대했단 겁니까?"

"그래도 남편인데, 회사 내에서 뭐랄까요, 아랫사람 취급했습니다."

"예를 들면요?"

"사람들 있는 데서도 남편을 늘 '김 이사'라고 했습니다. '님' 자도 안 붙였어요. 집무실 안에서 김 이사님이 서 있고 유 사장님은 의자에 앉아 말씀하시는 때도 있었고요. 소파에 앉을 때도 유 사장님은 가운데 보스 자리에 앉고 김 이사님은 양옆의 직원들 자리에 앉았습니다. 아니, 직원들 있는 자리에서 오히려 더 그랬습니다."

"김상훈 씨는 상당히 언짢아했겠군요."

"글쎄요…… 그것까지는 제가 잘 모르겠습니다."

이왕래를 말을 끌었다. 이런 얘기들은 어차피 주변적인 것들이다. 윤해성은 곧장 핵심 질문으로 들어갔다.

"살인 의뢰는 언제, 어디서 받았습니까?"

이왕래는 머뭇거리다가 입을 겨우 뗐다.

"회사…… 화장실에서였습니다. 한 7월 말쯤 되었을 겁니다."

"회사 화장실이요?"

윤해성은 뻔히 알면서 재차 확인하듯 물었다.

"네."

"구체적으로 얘기해 주십시오."

"화장실에서 소변을 보고 있었는데요, 김 이사님이 슬그머니 옆에 와서 소변을 보시더라고요. 좀 이상했습니다. 당시 화장실 안에는 아무도 없었고, 소변기도 다 비어 있었거든요. 굳이 왜 제 옆 칸에 와서 소변을 볼까, 싶었습니다. 그런데 갑자기 김 이사님이 저를 보며 '사장님 모시기 힘들지?' 했습니다. 저는 '뭐, 그렇죠.' 하고 적당히 대답했는데요, 김 이사님이 갑자기 '집사람을 차라리 죽여 버려. 어때?' 그러시는 겁니다."

"그러고요?"

"황당했죠. 아무리 농담이래도 할 말이 아니었으니까요. 전 바지만 추스른 상태에서 자리를 못 떠나고 이사님을 보았죠. 근데 이사님 표정이 너무 진지하고…… 제가 벙쪄 있으니까 이사님이 또 그랬습니다. '서로 좋은 얘기야. 자네는 매일 붙어 지내는 기사야. 누구보다 쉽게 할 수 있잖아. 와이프를 죽여. 그럼 2억 줄게.'라고요. 그러고는 세면대로 가서 손을 씻으시더라고요. 제가 멍하니 서 있으니까, 이사님이 타월에 손을 닦으면서 거울에 비친 제 눈을 향해 또 말씀하셨습니다. '농담 아니니까 잘 생각해 봐. 알지? 따로 연락은 말고.' 그러고는 밖을 나가셨어요."

이왕래의 증언은 생생했다. 윤해성의 얼굴에 만족한 빛이 떠올랐다.

김만재 변호사가 반대신문을 위해 일어섰다.

"왜 하필 화장실이죠?"

"네?"

이왕래가 눈을 치켜떴다. 이 변호사는 자신에게 불리한 사람이다.

"살인을 모의하는 곳이 하필 화장실이었단 말인가요?"

"그거야…… 김 이사님이 거기서 말씀하셨으니까요……."

"화장실이란 장소도 장소지만, 다른 사람이 있을 수 있는 거잖아요."

"그때 아무도 없었습니다."

"칸막이 쪽은 알 수 없는 거 아닙니까?"

"그쪽도 없었을 겁니다. 문이 조금씩 열려 있었으니까요."

"그런 디테일을 어떻게 기억한다고 장담하시죠? 갑자기 살인 의뢰를 받아서 정신이 없었을 텐데요."

이왕래가 멈칫했다. 고개를 갸우뚱했다. 마치 '어, 내가 왜 기억하고 있지' 하는 것 같았다.

"김 이사님 말에 놀라서 혹시 누가 들었나 둘러보았을 겁니다. 그래서 기억합니다."

"증인은 자신이 어떻게 기억하고 있는지 모르는 일을 기억한다는 얘기군요."

이왕래의 눈이 멀뚱멀뚱했다.

"만약에요."

"네."

"증인이 살인을 의뢰한다면 화장실에서 하겠습니까?"

"아……니겠지요."

"그런데, 김상훈이 했다는 것인가요?"

"네. 분명히 했습니다."

이왕래의 말투가 다소 신경질적으로 변했다.

"설사 김상훈이 그런 말을 했다고 하더라도요. 농담이라고 여기는 게 상식이지 않을까요?"

"아닙니다. 김 이사님의 말투나 목소리 억양, 표정 모든 것이 그랬어요. 그냥 던진 말이라고는 도저히 생각할 수 없었습니다."

"그러니까 결국 증인이 느끼기에 그랬다는 거네요."

"아니, 뭐, 그런 거……."

이왕래는 버벅댔다.

"그 말이 사실이라고 해도, 증인은 농담을 진지하게 받아들여 살인을 결심한 셈 아닙니까?"

이왕래가 미처 대답하기 전, 윤해성이 일어서서 이의했다.

재판장은 받아들였다.

"증인은 단독 살해보다, 김상훈이 시켜서 했다고 하면 형이 깎인다는 걸 알고 있지요?"

"그런 것 때문에 거짓말하지 않습니다!"

이왕래는 목청을 높였다.

"알고는 있으시군요."

김만재 변호사는 그 말을 끝으로 자리로 들어갔다.

윤해성이 "재주신문을 하겠습니다." 하며 일어섰다.

"증인과 김상훈은 평소에도 회사 안 어디서든 잠깐씩 이야기를 나누곤 했죠?"

"그렇습니다."

"증인이 살인 의뢰를 받았다고 거짓말하려 했다면, 장소를 다른 곳으로 했겠죠. 적어도 화장실을 무대로 설정하진 않았겠죠?"

"네…… 뭐…… 그랬겠죠."

이왕래가 얼떨떨해하며 대답했다.

김만재 변호사가 일어섰다.

"거짓말을 하려면 화장실에서 말을 들었다는 황당한 쪽이 오히려 신빙성을 높인다는 계산도 할 수 있겠지요?"

"이의 있습니다."

윤해성이 말했다.

"추측성 질문은 그만하시죠."

판사가 냉랭하게 말했다. 김만재 변호사가 또 물었다.

"살인하기 전에 김상훈을 만나 상의한 일이 있나요?"

"없었습니다."

"너무 이상하지 않습니까. 화장실에서 들은 몇 마디 말만 믿고 살인을 했단 말인가요?"

"그날 김 이사님의 표정은 절대, 100퍼센트 진실이었어요. 이건 말로 하기 그런데…… 직접 본 사람만이 알 수 있습니다. 하여튼 전 그대로 믿었습니다. 게다가 김 이사님이 마지막에 따로 연락은 말라고 하셨거든요. 연락하면 흔적이 남고, 사람들 눈에 띄니까, 그걸 염려하신 뜻으로 받아들였습니다."

"말씀을 들어 보니 증인은 어수룩한 척하지만 그런 점에서 상당히 프로페셔널해 보이는데, 어떻습니까?"

윤해성이 이의했다.

김만재 변호사는 슬쩍 질문을 바꾸었다.

"그런 정도로 계산이 빠른 증인이 화장실에서 스쳐 지나며 들은 살인 의뢰에 따라 일을 저질렀단 건가요?"

윤해성이 이의했다.

김만재 변호사는 또 슬쩍 발을 빼 버렸다.

"유명애 사장을 죽였다고 김상훈한테 전화로 알렸지요?"

"네. 사흘 후였습니다."

"김상훈의 반응이 어떻던가요?"

"그냥 알겠다고만 하시고는 전화를 끊었습니다."

"네?"

김만재 변호사는 일부러 놀란 척을 했다.

"네?"

이왕래가 되물었다.

"언제 어떻게 죽였는지, 시체는 어떻게 처리했는지, 아무것도 묻지 않았단 말인가요?"

"……네. 그랬습니다."

김만재는 고개를 깊이 기울였다.

이왕래의 답변이 얼마나 황당한가 하는 인상을 법정에 남긴 것이다.

이번에는 윤해성이 일어서서 판사를 향해 양해를 구하듯 말했다.

"중복된 질문이어서 죄송합니다만, 우리가 이 증인을 왜 불렀는가, 원점으로 돌아가 보기 위해 다시 한번 물어보고 싶습니다."

판사는 고개를 끄덕였다.

윤해성은 이왕래에게 말했다.

"처음 질문으로 돌아가 묻겠습니다."

이왕래가 눈을 들어 윤해성을 보았다.

"화장실에서 김상훈이 그런 말을 했을 때, 왜 믿었습니까?"

조금 전까지 김만재 변호사가 힘주어 물었던 부분이다. 범행 입증의 가장 약한 고리일 것이다. 윤해성은 오히려 정면으로 약점에 부딪친 것이다.

이왕래의 눈이 빨개졌다. 울컥한 모양이다.

"그날…… 그날 말입니다. 김 이사님이 세면대 앞에서 손을 씻으면서 거울을 통해 저를 보셨어요. 그때 김 이사님의 눈. 그건 결단코 거짓이라고는 털끝만큼도 생각할 수 없는 그런 것이었습니다. 그 눈이 아직도 기억납니다.

……지금 생각하면 너무나 후회됩니다. 구치소 안에서 매일 밤 제가 한 짓을 후회하고, 기억하고, 꿈에도 나옵니다.

김 이사님의 그 눈. 유명애 사장님을 목 조르는 때, 숨이 넘어가던 마지막 모습. 땅에 묻던 날 밤 축축하고 차가운 공기의 느낌, 그런 것들이 전부요…… 제가 무엇에 홀렸나 봅니다. 죽도록 후회합니다. 그날 이전으로 돌아갈 수만 있다면…… 그래서 이렇게 법정에서는 있는 대로, 전부를 말씀드리는 겁니다……"

이왕래는 마침내 울먹였다.

큰 덩치에 어울리지 않게, 마치 길 잃은 어린아이처럼 몸을 떨었다.

분명히 이 증언은 효과적이었다.

증인의 태도도 신빙성 판단의 자료가 된다. 판례가 그렇다.

법정은 거짓말 공장이다. 하지만 지금 정도의 스토리성 있는 증언이라면 진실로 분류될 가능성이 있다.

윤해성은 자리에 앉았다.

이왕래가 피고인석으로 돌아간 뒤 판사가 선언하듯 말했다.

"공판을 한 번 더 속행하겠습니다. 다음 기일에는 양측의 최후 변론을 듣고 공판을 종결하겠습니다."

* * *

서울 외곽 별내면 산속 외딴 창고.

안에는 무언가 알 수 없는 시설이 되어 있었다. 정제설비 같기도 했다. 몇 명의 남자들이 플라스틱 통을 실어 나르고 있었다. 창고 안에는 두 명의 남자가 통을 들고 오는 남자들에게 이것저것 지시를 내렸다.

단명오와 김 실장이었다.

지시는 주로 김 실장이 했고, 단명오는 묵묵히 바라보고 있었다.

플라스틱 통에서 출렁거리는 소리가 났다. 일곱 개의 플라스틱 통이 창고 한옆에 차곡차곡 놓였다. 일을 마친 남자들은 창고 밖으로 하나둘씩 물러났다.

김 실장이 단명오에게 말했다.

"근데 이 농약이 왜 필요합니까?"

"그냥 농약이 아니야. 메타파라티온이지."

"메타……?"

"파라티온. 농약 중에도 독해서 아무나 살 수 없어. 이만큼이나 구해 오다니 자네 부하들이 열심히 뛰어다니긴 했군."

"쉽지 않았죠."

"추적될 꼬투리는 남기지 않았지?"

"물론입니다. 농약상을 통해 정식으로 구매한 게 아니라 주로 현지 농가에 들러서 직접 구했습니다. 추적될 만한 흔적은 남기지 않았습니다."

"수고했어."

"근데 이걸 어디에 쓸 거죠?"

김 실장의 물음에 단명오는 빙그레 웃었다.

"기억하고 있겠지? 북한의 짓으로 꾸며서 박재훈과 윤해성을 없애

18

기로 한 거."

"네. 당연히 알죠."

"북한 김정남이 말레이시아 공항에서 암살당한 것도 알지?"

"뉴스에서 봤습니다."

"범인들은 독물을 손에 바르고서 김정남의 얼굴에 문질렀어. 그 독이 VX라는 거였는데, 그건 나중에 밝혀진 거고, 처음에는 다들 메타파라티온이 아닐까 추측했어."

"아."

"이 파라티온을 정제할 거야. 순수한 독물로. 자네가 이제 할 일은 독을 어지간히 다룰 줄 아는 친구를 섭외하는 거야. 히로뽕 제조 전문가 중에 찾아보면 쉽겠지. 이만큼 있으면 재료로 충분할 거야. 애들을 시켜서 박재훈과 윤해성을 해치우는 거지. 이걸로 펑!"

"사람들은 우선 북한을 떠올리겠네요."

김 실장은 큭큭 웃었다.

"그렇겠지. 김정남 사건을 연상시키는 독을 썼고, 방법도 비슷해."

어깨를 으쓱대던 단명오가 무언가 생각난 듯 덧붙였다.

"아, 참. 그리고 권총 하나만 구해 줘."

"총을요?"

"미국선 그냥 살 수 있는데 여기선 참 번거로워. 러시아제 토카레프 같은 건 구할 수 있을 거잖아? 블라디보스토크만 가도 암시장에서 100달러면 살 수 있어."

"그쪽 루트는 하도 오래전에 끊긴 데라서…… 일단 알아보겠습니다. 동해 쪽 밀수선을 통하면 되긴 될 거예요. 이번 습격에 사용하실 건가요? 역시 북한의 소행인 것처럼 위장하기 위해서 러시아제 권총을?"

"아, 아니. 뭐 꼭 그런 건 아닌데…… 일단 좀 필요하니까, 알아봐 줘."

단명오는 말을 흐렸다.

이번 계획은 양다곤의 지시를 직접 받아 단명오가 지휘한다. 그의 말은 일단 들어줄 수밖에 없다. 김 실장은 미심쩍은 생각이 들었지만 티를 내지는 않았다.

"알겠습니다."

단명오가 창고를 막 나가는 남자들의 뒷모습을 보며 말했다.

"그건 그렇고, 저 친구들 부실해 보이는데, 제대로 처리할 수 있겠어?"

"그 일이라면, 믿을 만한 사람이 있습니다. 오늘 여긴 안 왔지만."

"누구?"

"김정면이라는 친구를 쓸 겁니다."

"김정면? 내가 본 적 있나?"

"단 변호사님은 아직 만난 적이 없죠."

"가장 중요한 역할이야. 절대 실수 없이 타격해야 하거든. 즉사 내지는 적어도 의식불명 상태로 만들어야 해. 그렇지 못하면 이쪽 단서가 드러날 수 있어."

"걱정 마십시오. 타격 쪽으로 아주 뛰어난 친굽니다. 한국에서 프로 중의 프로입니다."

"프로? 얼굴이 알려진 친구야? 그건 곤란해."

"이쪽 세계에서 아는 사람만 안다는 거죠. 하지만 실력은 최곱니다."

"뭐 자네가 그렇게 믿는다니, 일단은 좋지만."

"믿으셔도 됩니다."

"아무래도 내가 직접 만나 봐야겠어."

"변호사님이 직접이요?"

"음. 그래야지. 어떤 형태로든."

단명오는 파라티온이 든 플라스틱 통을 발로 툭 찼다.

* * *

"여기예요."

장유나가 밝게 웃으며 손을 흔들었다.

통유리 너머에 멋진 뜰이 펼쳐져 있다. 요즘 인기를 얻고 있는 디저트카페. 가장 전망 좋은 창가에 장유나가 앉아 있었다.

"아, 네. 사모님."

한이수도 밝게 웃으며 자리로 다가갔다.

그러다 멈칫했다.

장유나 맞은편에 남자가 등을 보이고 앉아 있었다. 그 실루엣이 왠지 익숙했다.

남자가 돌아보았다.

윤해성.

그는 웃음을 지었지만 한이수의 표정은 저절로 굳어졌다.

한이수는 조금 고민하다가 윤해성 옆에 앉았다. 맞은편 장유나에게 조그만 케이스를 내밀었다.

"이거 아스트로 키예요. 차는 발레파킹해 두었어요."

지난번 장유나가 양다곤에게 달라고 했던 한울 모터스의 최고급 전기차다.

오늘 출고돼서 한이수가 가져다주러 온 것이었다.

장유나는 환하게 웃으며 키 케이스를 앞으로 끌어당겼다.

"번번이 고마워요. 이수 씨. 자꾸 심부름만 시키게 되네."

"아니에요. 당연히 해야죠."

"아, 빨리 타 보고 싶어. 난 전기차는 처음인데."

호들갑 떨던 장유나가 정신을 차린 듯 말했다.

"참, 두 분 알죠? 윤해성 변호사님. 여긴 우리 비서실 한이수 씨."

"네."

"네."

한이수와 윤해성은 서로 가볍게 고개를 끄덕였다.

"그럼 전 이만 갈게요."

한이수가 일어서려 했다.

"무슨 소리. 그냥 가면 내가 섭섭하지. 여기 당근 케이크가 끝내줘. 먹고 가요."

한이수가 괜찮다며 사양했지만 장유나가 끝까지 붙잡았다. 한이수는 할 수 없이 도로 자리에 앉았다.

장유나는 종업원을 불러 한이수 몫의 당근케이크와 아이스라테를 주문했다.

"윤 변호사님은 이번에 내 언니 사건을 맡았어요. 오늘은 공판 얘기 좀 하느라."

"유나 씨, 아, 아니 사모님이 걱정을 많이 하셔서."

'유나 씨' 하는 순간 한이수의 낯빛이 안 좋아졌다.

곧바로 표정을 회복했지만 윤해성은 말이 잘못 튀어나왔다는 걸 감지했다. 업무적인 관계라기보다 좀 더 개인적인 색채가 있는 호칭으로 들릴 것이다.

한이수는 어디까지나 양다곤의 비서. 자잘한 것들이지만 이런 호칭 문제 같은 게 양다곤의 귀에 들어가서 좋을 건 없다.

장유나가 의외로 여기서 도움을 주었다.

"난 그 사모님 호칭이 참 듣기 거북해. 뭔가 나이 든 거 같아. 이수 씨도 이참에 날 그냥 언니로 불러요."

"아, 아뇨. 제가 어떻게 사모님을 그렇게 불러요."

"우리 영감님 없는 데서만. 어때요?"

장유나는 눈을 찡긋했다. 나긋나긋한 말투는 상대가 여자라도 무장 해제 시킨다.

"그래도…….."

"그럼 그렇게 해요. 언니로 하기로."

"네에…… 그럼 사모님도 저한테 말 놓으세요."

장유나가 손뼉을 딱 쳤다.

"좋아, 좋아. 나 동생 생겼네!"

"네. 언니."

한이수도 방긋 웃었다.

양다곤은 밉지만 장유나는 도무지 미워할 수 없다.

장유나가 말했다.

"남편한테 듣기론 이수 씨 사건도 윤 변호사님이 뭐 하나 했다는 거 같던데?"

"네. 맞아요."

"어떤 사건이야?"

한이수는 머뭇거렸다. 아버지가 구속되었다는 이야기라 민망하다. 윤해성이 끼어들었다.

"그냥 조그마한 건이었어요."

"결과는 어땠어?"

"잘 해결됐어요."

장유나는 안심이라는 듯 윤해성을 보며 빙그레 웃었다.

"역시 우리 윤 변호사님. 좀 믿을 만한가 봐."

"언니가 맡긴 사건 재판은 잘 되어 가나요?"

"글쎄. 재판은 내가 잘 모르니까……."

"믿으셔도 될 거예요. 윤 변호사님은 변칙으로 어떻게든 결과는 만들어 내니까요."

잔뜩 뒤틀린 말이었지만 장유나는 알아듣지 못한 눈치였다.

"하하, 그렇다면 좋은데. 난 결과만 중요하니까."

"사건에 따라 다르겠죠. 이번 사건엔 변칙 같은 거 하지 않습니다."

윤해성이 커피를 호호 불며 말했다.

"그래요. 아까 하던 재판 이야기로 다시 돌아가 봐요. 다음 공판이 마지막인 거죠?"

"아마 그럴 겁니다."

"윤 변호사님은 결정적인 증거가 있다고 했잖아요. 그 말은 아직도 유효해요?"

"네. 물론."

"지난번엔 운전기사가 증언했다면서요. 어땠어요? 뭐 결정적인 증언이 막 나오고 그랬나요?"

"그런 건 없었어요."

"그럼 증인신문은 왜 한 거예요?"

장유나가 시큰둥해졌다.

"벽돌을 쌓는 거라고 보시면 됩니다. 야금야금 판사의 심증을 흔들고 만들어서 우리 쪽으로 결론을 이끄는 거죠. 한 방으로 역전하는 증인도 있지만 이번 운전기사는 벽돌형 증인이었어요."

"벽돌형 증인? 하하하, 재미있어."

장유나는 잠깐 실례, 하더니 일어서서 화장실 쪽으로 걸어갔다.

윤해성과 한이수 둘만 남아 나란히 앉은 어색한 상태.

윤해성이 먼저 그 공기를 깼다.

"오랜만이야."

"그러네."

"아버님은 요즘 괜찮으셔?"

"좋아."

한이수는 시선을 주지 않고 대답했다.

"르씨엘 살인사건이라고 알지? 그 건이야."

"알아. 당신이 맡았을 줄은 몰랐지만."

"원래 다선이라고 다른 로펌이 했는데, 유나, 아니 사모님이 나한테로 틀었어."

"축하해. 잘나가서."

"그다지 축하하는 표정은 아니다?"

"아냐. 진심이야. 어디 사건만 잘나가겠어?"

"무슨 의미야?"

한이수는 후회의 빛을 띠었다.

윤해성이 말했다.

"호칭은 장유나 씨가 그렇게 원한 거야. 보다시피 이수한테도 편하게 하라잖아."

"그걸 왜 나한테 해명해?"

윤해성이 물끄러미 보다가 물었다.

"요즘 달라진 이유가 뭐야?"

"달라진 이유?"

윤해성은 말없이 고개를 끄덕였다.

한이수가 할 수 없다는 듯 말했다.

"안 달라졌다고 하면 뻔한 거짓말일 테고, 그냥 좀 멀리 떨어져 있고 싶어."

"갑자기?"

"더 캐물으면 집착인 거, 알지?"

"확실하게 선을 긋는구나. 역시 대(大)한울의 비서실이야."

한이수는 대꾸 없이 라테 컵을 들었다.

"내가 생각해 봤는데……."

윤해성이 한이수의 눈을 지긋이 보면서 말했다.

"한이수는 양다곤 회장을 싫어한다. 어때?"

한이수의 눈망울이 흔들렸다.

윤해성이 이렇게 물은 것은 이유가 있었다.

한이수가 호텔에서 하루를 지낸 후에 무심했던 윤해성의 태도에 화난 거라는 태리현의 말이었다. 그리고 정면으로 그 이야기를 해서도 안 된다고 했다.

그래서 윤해성은 짐짓 말을 만들어 던져 본 것이다.

지금 네가 모시는 양다곤 회장이 싫어서 괜히 나한테도 차갑게 구는 거 아냐?

한이수가 다시 돌아올 가벼운 다리, 명분을 만들어 준 것.

하지만 그렇게 되는대로 주워섬긴 말이 정곡을 찔렀을 거라고는 조금도 생각해 보지 못했다.

한이수는 라테 컵을 내려놓았다.

"멋대로 상상하지 마."

"틀렸나?"

"그런 상상을 떠벌리는 건 더 최악이구."

"알았어."

윤해성은 돌연 휘이 휘파람을 불었다.

역시 안 먹히는 것 같네.

볼일을 마친 장유나가 저 멀리서 걸어오고 있었다.

* * *

방수희가 문을 열고 들어왔다.

사건 기록을 넘기고 있던 윤해성이 고개를 들었다.

눈으로 물었다.

'무슨 일?'

방수희는 그녀답지 않게 주저하는 기색이었다.

예사롭지 않은 일이라고 생각한 윤해성이 물었다.

"왜 그래? 무슨 일 있어?"

"잠깐 드릴 말씀이 있어요."

윤해성은 방수희와 테이블을 사이에 두고 마주 앉았다.

"응. 말해 봐."

"저어."

"응."

"그만두려구요."

"응? 뭘?"

"이 사무실을요."

"아니, 왜에?"

윤해성이 그만 소리를 높였다. 전혀 생각지 못한 말이었다.

"사정이 있어서요."

"혹시 김종신 일이야? 그 친구는 지금 구속돼 있는데."

"아뇨. 그 일은 잘 끝났죠. 변호사님 덕분에."

"그럼 뭐지? 왜 그만두려는 거야?"

"그냥 개인적인 이유예요."

"아……."

멍하니 있던 윤해성이 의자를 바짝 당겨 앉았다.

"혹시, 격투기 다시 시작하려는 거야? ……그거라면 어쩔 수 없지. 그건 수희의 꿈이니까."

윤해성은 풀 죽은 얼굴이 되었다.

"아니에요. UFC에서 그렇게 된 거 아시잖아요. 거기 말고 다른 데 선 뛸 생각 없어요."

윤해성의 얼굴이 다시 펴졌다.

"그거 아니야? 그럼 뭘까? 개인적인 이유란 게. 설마 여기보다 더 주는 데가 있는 거야?"

"그럴 리는 없죠. 월급 1000만 원 받는 직원이 어디 있어요?"

"근데 왜?"

"그게 문제죠. 월급 1000만 원 받으면서 하는 일이 없잖아요. 지난번엔 인센티브도 받았고, 부담되고 괜히 미안해요."

"아냐, 아냐. 전혀. 내가 수희를 공들여 스카우트한 거잖아. 근데 수희가 왜 그런 생각을 해."

"그래도……."

윤해성이 말을 막았다.

"수희가 착각하는 모양인데, 난 비즈니스맨이야."

"……."

"손해 나는 일은 하지 않아. 옆에서 봐서 알잖아? 내가 자선 사업할 사람 같아? 당장 손해를 보는 것 같아도 길게 보면 늘 큰 이익을 보았지. 수희는 최고의 재능을 가지고 있어. 싸울 수만 있다면 아만다 누네스도 때려눕힐 수 있지. 하지만 수희를 첨 보는 사람은 아무도 그런 줄 몰라. 그건 엄청난 무기야. 그런 사람을 내가 독점하는 데 월 1000만 원은 굉장히 싸다고 생각해."

"……."

"내가 말했잖아. 수희한테 난 실은 엄청나게 어려운 걸 요구하는 거야. 수희의 재능을 모두 내게 쏟아붓는 것. 어느 순간에 수희 덕분에 내가 목숨을 건질 때가 올지 몰라. 다만 그 시간이 아직 오지 않았을 뿐이야. 그 한순간을 위해서라면 1000만 원은 조금도 아깝지 않아. 그렇지 않겠어?"

윤해성은 열심이었다. 눈에는 거의 조급함에 가까운 열의가 담겨 있었다. 방수희를 정말 놓치고 싶지 않다는 분명한 의지가 있었다.

이 사람 말은 진짜다. 이 사람은 정말 그렇게 생각해서 날 붙잡는 거다…….

여기서 더 무슨 핑계를 대지?

방수희는 생각이 떠오르지 않았다. 윤해성의 의지에 압도됐다. 그럭저럭 사표를 받아 줄 줄 알았는데.

비즈니스라고 말하고 있지만, 어떻든 그는 날 너무나 높이 사고, 절실히 필요로 하고 있다. 그것은 떨림을 주었다.

갑자기 또 코끝이…….

왜 이러지.

"알았어요. 변호사님이 그러시니까 마음을 접을게요."

"좋아, 좋아. 정말 다행이야. 계속 일해 줘. 혹시라도 어려운 것 있으면 언제든 얘기하고."

윤해성의 얼굴이 활짝 펴졌다.

그 모습을 보니 다시는 같은 핑계로 같은 말을 할 수 있을 것 같지 않았다.

"그럼 나가 볼게요."

방수희는 방을 나섰다.

* * *

그날 방수희는 퇴근하고서 피트니스 센터로 향했다.

스쿼트를 몇 개 하고서 벽에 붙은 의자에 걸터앉았다.

한동안 멍하니 그대로 있었다.

"오늘은 영 농땡인데."

전새롬이 옆에 와 앉았다.

일주일에 세 번 꼬박꼬박 들르다 보니 아는 사람도 생겼고, 전새롬과는 많이 친해졌다.

"난 항상 수희의 이 말벅지가 부러워. 세상에. 이게 다 뭐야."

전새롬은 늘 그러듯이 수희의 허벅지를 주물럭주물럭했다. 레깅스가 터질 것 같은 방수희의 허벅지는 그 피트니스 센터에서 유명했다. 트레이너인 줄 알고 말을 거는 회원도 부지기수였다.

"너 일주일에 두 번은 주짓수 도장 다닌다며? 여긴 일주일에 세 번 오고."

"내 스케줄을 아주 꿰고 있네."

"내가 너 팬이잖아. 주짓수 배우는 여자 나 주변에 첨 봤어."

방수희는 격투 감각을 유지하려 주짓수 도장에 가볍게 나가고 있었다. 그곳 관장이 방수희가 운동하는 모습을 보고 홀딱 반해 선수 데뷔하자고 열렬히 조르고 있었다. 전새롬은 그런 사실까지는 몰랐다. UFC의 챔프가 될 뻔했단 걸 알면 까무러칠지도 모른다.

"와, 이 근육 봐."

전새롬은 방수희의 팔뚝을 꾹꾹 눌렀다.

방수희가 별 반응이 없자 전새롬은 손장난을 그만두고 말했다.

"왤케 오늘 기운이 없어. 방 양답지 않게."

"좀 그래."

"뭐지? 일이 잘 안 풀려?"

"맘이 좀 그렇다. 나도 잘 모르겠어. 이게 뭔지."

그제야 전새롬은 진지해졌다.

"사무실 일이야?"

"사무실 일도 그렇고."

"혹시……."

전새롬이 방수희를 지긋이 보다가 말했다.

"남자 문제구나."

"남자 문제?"

방수희가 잠깐 생각하는 듯했다. 전새롬이 틈을 놓치지 않았다.

"남자 문제 맞구나."

"아냐. 남자 문제 아냐."

"아니라구?"

"오늘 사표를 내려고 했어."

"응?"

전새롬은 놀랐다. 방수희를 찬찬히 들여다보더니 말했다.

"사표를 왜 내? 잘 다니고 있었잖아. 일도 재미있다며."

"그래. 좋은 직장이지."

"근데 왜?"

"미국에서 보스가 날 스카우트 했거든."

"그 얘긴 지난번에 들었어."

"조건이 좋아서 한국으로 건너왔어. 단지 그 이유였어."

"그랬을 거야. 내가 너 잘 알잖아. 직선, 솔직, 시크."

"근데 좀 일하기 불편해졌어."

"왜? 변호사가 말이 바뀐 거야, 설마?"

"그 변호사님이 문제인 것 같긴 해……."

"역시. 좋은 사람 아녔지? 어쩐지! 원래 달콤한 말로 꼬시는 인간치고 제대로 된 놈이 없어! 사기꾼 아냐?"

전새롬이 혼자 흥분했다. 방수희는 손을 저으며 말렸다.

"그런 게 아니라."

"아니면?"

"내가 좀 하는 일 없이 월급만 받는다는 생각이 들구……."

"말도 안 돼. 네가 왜 하는 일 없어? 사무실 일이 많을 텐데."

"월급 액수가 문제일 수도 있지……."

"딴 데보다 좀 더 받을 수도 있지. 그거야 사람 나름인데."

"그것도 그렇고…… 그냥 불편해."

"그냥 불편하다구? 그런 게 아니면……."

전새롬은 방수희를 물끄러미 보았다.

막 질문이 쏟아질 판이다.

"……나도 잘 모르는 얘기야."

방수희는 다시 일어나서 스쿼트를 하기 시작했다.

* * *

"어서 오세요."

최영배 검사는 공판검사실로 들어오는 윤해성을 반갑게 맞이했다.

두 사람은 이미 구면이다. 최영배는 르쎄엘 살인사건의 공판담당검사. 법정에서는 물론, 이왕래 증인신문 건으로 통화도 여러 번 했다.

"검찰청은 오랜만에 오네요. 벌써 예전 생각납니다."

윤해성은 추억에 젖은 얼굴이었다.

불과 몇 달 전까지 근무하던 서울중앙지방검찰청 건물. 지금은 손님으로 와 있다.

"변호사님이 요즘 수고 많으십니다."

"제가 하는 게 있나요. 검사님이 고생하시죠."

"아닙니다. 피해자 대리인이라고 해도 이렇게 협조적인 분은 드물어요."

최영배 검사는 환하게 웃었다.

그가 윤해성에게 우호적이란 건 표정에서부터 드러났다.

일단 '우리는 같은 편'이라는 의식이 있다. 또 지난번에는 이왕래 증인신문을 대신해 주어 일을 많이 덜었다. 피해자 변호인이 늘 이 정도로 도와주면 공판검사 보직은 할 만하다. 이런 생각이 들 정도였다.

윤해성이 검사 출신이라 친근감도 있고, 스타 변호사에 대한 호감도있다.

윤해성이 공판 이야기를 꺼내자 대뜸 최영배의 표정이 어두워졌다.

"문제는 결과겠죠. 새로운 게 그닥 나온 게 없으니……"

전망이 좋지 못하다는 말은 차마 입 밖으로 꺼내지 못한다.

윤해성이 대놓고 말했다.

"솔직히 말씀드려서 검사님도 잘 아실 겁니다. 지금까지의 공판에서 1심의 무죄 결론을 뒤집을 만한 결정적인 추가 증거가 안 나왔다는것을요."

"인정합니다. 저도 모를 리 없죠."

"김상훈이 뭔가 아내한테 불만을 가졌겠구나, 범행을 할 수도 있었겠구나 하는 정도에 그쳤다고 해야 할 겁니다."

"그렇습니다. 유죄로 뒤집으려면 동기 외에 객관적인 증거가 있어야 할 텐데요."

"김상훈이 화장실에서 살인을 사주했다는 이왕래의 증언을 판사가 믿어 주면 그만인데, 아무래도 그걸로는 부족하겠죠."

"일단 그런 위험한 의뢰를 화장실에서 했다는 것부터가 믿기 어렵죠…… 변호사님은 어떻게 생각하세요?"

"이왕래 증언만으로는 유죄가 안 나온다고 봅니다."

"역시 그렇겠죠……."

"쐐기를 박을 증거, 정황이 있지 않다면 말입니다."

"그런 건 전혀 나온 게 없네요……."

최영배 검사의 말은 갈수록 힘이 없어졌다.

윤해성은 사무실 입구 쪽에서 한참 타이핑을 하고 있는 수사관을 힐끔 보고는 다시 최영배에게 고개를 돌렸다.

"다음 공판에서 검사님 대신 제가 최후변론을 하면 어떻겠습니까? 정확히는 최후변론이 아니라 최후논고겠지만요."

"변호사님이요?"

최영배 검사가 화들짝 놀랐다.

"네. 제가요."

윤해성의 목소리에는 알 수 없는 자신감이 깃들어 있었다.

검사 대신 피해자 변호인이 논고를 한다? 그런 경우는 들어 본 적이 없다. 하지만 절차상 안 될 것도 없다.

윤해성이 덧붙였다.

"방식이야 어떻든 상관없겠죠. 검사님이 논고를 간단히 하거나 생략하고, 제가 피해자 대리인으로서 의견을 밝히는 식으로 하면 될 테니까요."

어차피 이대로라면 유죄는 물 건너간 재판이다.

차라리 뭔지는 모르겠지만 자신감을 보이는 이 변호사한테 맡겨보면?

최영배는 잠깐 생각하다가 말했다.

"그렇게 하시죠. 어차피 피해자 변호인은 법정에서 의견을 밝힐 권리가 있으니까요. 그걸 제가 말릴 수 있는 것도 아니고. 저는 구형까지만 하고 앉겠습니다. 나머지는 변호사님이 맡아 주세요."

"승낙해 주셔서 감사합니다."

"저야말로 잘 부탁드리겠습니다. 악인이 죗값을 받도록."

최영배 검사가 악수를 청했다.

그 손을 맞잡은 윤해성은 웃음으로 대답을 대신했다.

* * *

후미진 골목에 남자의 긴 그림자가 드리워져 있다.

머리카락이 얼굴을 덮었고, 턱은 날렵하다. 김정면이었다.

그는 연신 손목시계를 힐끔거렸다. 김 실장은 아직 오지 않았다. 만나기로 한 시간이 지나 있다.

"왜 하필 이런 데야."

툴툴거렸지만 대놓고 큰 소리로 하지는 못했다. 혹여나 김 실장이 근처까지 왔다가 들을지도 모른다. 조그만 의상실 불빛이 환했고, 안에서는 셔터를 내릴 준비를 하고 있었다.

김정면은 담배를 꺼내 물고 지포 라이터를 켜 불을 붙였다.

철컹.

칙.

깊이 빨아들인 만큼 긴 연기가 뿜어져 나왔다.

담배 연기는 골목을 비추는 가로등 앞을 흐렸다.

누군가에게는 불쾌한 장면이었을까.

철컥.

조금 전 지포라이터 켜는 소리보다 조금 둔탁한 소리가 들렸다.

김정면의 옆에 찌그러진 맥주 캔이 떨어져 있었다.

금방 누군가가 그를 향해 던진 것이다.

김정면은 캔이 날아온 쪽을 보았다.

서른 중반의 남자가 김정면을 보며 끈적하게 웃고 있었다.

"금연이야."

화를 내고 있지 않다.

흥분하고 있지도 않다.

단순히 김정면의 담배가 싫어서 그런 게 아님이 분명했다.

작정하고 시비를 걸겠다는 이야기다.

"길거린데?"

김정면은 담배를 쥔 손을 슬쩍 쳐들었다.

"당신, 공공예절을 좀 배워야겠어."

남자는 여전히 히죽 웃으며 천천히 김정면을 향해 발걸음을 옮겼다.

악수하러 오는 건 분명 아니다. 공격자다. 온몸으로 인지했다.

김정면의 투쟁 세포가 깨어났다.

이유는 알 필요 없다.

상대는 싸움을 걸어오고 있다.

우선 지금의 싸움에 집중해야 한다.

도발한다고 화내면 시작부터 지는 것.

김정면은 싸움의 규칙을 누구보다 잘 알았다.

"말로는 못 배운단 건가."

김정면은 담배를 든 손을 내리는 척하면서 불붙은 담배를 남자 쪽으로 튕겼다.

남자는 고개를 까딱하고 피했다.

"너무 뻔해."

상대는 길거리 싸움의 고수가 분명하다.

김정면은 2초 정도 주변을 둘러보았다.

의상실 가게 안쪽에는 CCTV가 있을 것이다.

골목 더 안쪽으로는 CCTV가 없다.

굳이 이후의 장면을 영상에 남길 필요는 없다.

곧 상대를 작살 낼 테니까.

김정면은 골목 안쪽으로 슬금슬금 위치를 옮겼다. 남자가 조금씩 따라왔다.

어느 정도 들어간 후, 김정면은 멈추었다.

왼 다리를 내밀고 양 주먹을 올렸다. 복싱으로는 어설픈 자세지만 뒷골목에서 뼈가 굵은 그만의 방식이었다.

남자도 따라오던 걸음을 멈추고는 말했다.

"당신이 누군지 알아."

"날 아는 사람이 많지는 않은데. 내가 좀 좁게 살거든."

"김정면. 주먹 세계에서 아는 사람만 아는 전국구."

"가상해."

"감탄하긴 일러."

남자도 두 주먹을 올렸다.

오른쪽 발은 금방이라도 튀어 나갈 듯 뒤축을 들고 날카롭게 앞으로 향해 있다.

복서보다는 무에타이를 연상시키는 자세였다.

남자가 말했다.

"이거 전국구 앞에서 자세를 잡으려니 미안한데."

"아냐. 괜찮아. 내 앞에서 주먹을 날린 놈들 많이 있었어. 다만 한 번씩밖에 못 휘둘렀다는 게 문제지."

남자는 눈을 번득였다. 순간.

김정면의 빈틈을 보았는지, 오른발 뒤꿈치로 땅을 차며 뛰어들었다.

무릎차기가 먼저 들어갔다.

김정면은 몸을 뒤로 휙 물렸다.

뒤이어 남자의 주먹이 허공을 갈랐다.

김정면은 몸을 다시 뒤로 눕히며 백스웨이로 피했다.

연이어 허공을 가른 남자의 몸이 약간 균형을 잃었다.

뒤로 활처럼 휘었던 김정면의 몸이 앞으로 튕겨지듯 나가며 김정면의 펀치가 튀어나왔다. 마치 크게 굽었던 스프링이 튀듯 엄청난 탄력이 실린 주먹이었다.

남자는 양팔을 들어 김정면의 주먹을 막았다.

펙.

김정면의 주먹이 남자의 팔을 강타했다.

남자는 그 충격으로 뒤로 몇 발자국이나 밀려났다.

남자는 서서히 팔을 내렸다.

놀란 얼굴이 드러났다.

"과연."

강한 주먹에 잠깐 얼이 빠진 것 같았다.

김정면이 재빨리 스텝을 밟으며 다가섰다.

남자는 오른 주먹을 턱 밑으로 옮기고, 왼팔은 내려서 낭심을 가렸다. 동시에 몸을 물리고 무게중심을 뒤로 두며 방어 자세를 취했다. 김정면의 주먹에 놀라 일순간 수세로 돌아선 것이었다.

김정면의 왼 주먹이 남자의 양팔 커버 위로 작렬했다.

강렬한 타격감.

그 충격으로 남자의 턱을 가렸던 오른 주먹이 내려갔다.

김정면은 그 틈을 놓치지 않고 오른 주먹을 뻗었다.

턱에 제대로 꽂힌 스트레이트.

남자는 바람 빠진 인형처럼 그 자리에 쓰러졌다.

김정면이 쓰러진 남자에게 달려들었다. 막 발로 차려는 순간, 큰 목소리가 들렸다.

"그만!"

김정면은 행동을 멈추고 소리가 난 쪽을 보았다.

가로등 불빛이 초로의 중년 남자 얼굴에 짙은 음영을 만들고 있었다.

목덜미를 덮은 머리카락, 툭 불거진 광대. 검붉은 피부.

처음 보는 얼굴이다

그 옆에는 익숙한 얼굴이 있었다.

김 실장이었다.

"형님."

김정면은 막 치켜든 발을 내렸다.

"역시 대단해. 단 두 방에 잠재웠어. 복싱일지 무에타이일지 격투 스타일도 드러나지 않아. 완전한 스트리트 파이터. 좋아. 얼굴만 가려 버리면 추적도 어렵지."

초로의 남자가 흡족한 듯 말했다.

김 실장이 이어 말했다.

"인사드려. 단명오 변호사님이야."

이름은 알고 있다. 양다곤 회장의 절친이자 가장 신뢰하는 변호사.

그렇지 않아도 김 실장의 쩔쩔매는 모습을 보면 바로 역학관계가 드러난다.

김정면은 머리를 깊이 숙였다.

"싸움을 벌이기 전에 CCTV를 확인하고 없는 쪽으로 장소를 옮겼군. 상황 판단도 나쁘지 않아. 이 정도면 쓸 만하겠어."

단명오는 흡족한 듯 말하고는 김 실장을 돌아보며 덧붙였다.

"이 친구를 쓰지."

마치 쓸모 있는 연장을 고른 듯한 표정이었다.

* * *

드디어 르씨엘 살인사건 마지막 공판기일.

법정 안에는 묘한 긴장감이 감돌았다. 대법원 재판이 남았지만 사실상 이번 항소심이 최종이라고 해도 무방하다. 그만큼 이 재판의 결론에 모두 촉각이 곤두서 있는 것이다.

장유나도 이날 방청석에 와 있었다.

검사는 어딘지 힘이 없어 보였다.

판사가 말했다.

"검사, 최종 의견 밝혀 주시지요."

최영배 검사가 일어섰다.

"재판장님. 검찰은 원심과 같이 피고인들에게 각각 무기징역을 구형합니다."

이왕래와 김상훈의 고개가 푹 꺾였다.

판결은 다르다 하더라도 검찰의 센 구형에 마음이 동요된 것이다.

"더 의견 밝히실 건 없습니까?"

"구형으로 대신하겠습니다. 다만 피해자 변호인이 최종 의견을 밝히겠다고 하니 허락하여 주시기 바랍니다."

"피해자 변호인이 의견을요?"

"네. 그렇습니다."

판사가 조금 생각하다가 고개를 끄덕였다.

"좋습니다. 피해자 측 대리인, 말씀하세요."

1심에서 김상훈에게 무죄가 선고된 사건이다. 피해자 측은 노발대발했다. 2심에서도 별반 새로운 게 없다. 다시 무죄 판결할 가능성이 높다.

그렇다면 피해자 측에 할 말이라도 다 할 기회를 주어야 한다. 그래야 불만을 최소화하고 욕을 덜 먹을 수 있다. 판사는 그런 계산을 한 것이다.

방청석에 있던 윤해성이 일어서서 검사 옆으로 가서 섰다.

"피해자 변호인으로서 마지막 의견을 말씀드리겠습니다."

음성에 예상보다 더한 무게감이 깃들어 있다.

판사는 왠지 귀찮아하는 표정이었다. 어차피 수임료 받은 변호사. 돈값 하려면 피해자 측에 보여 주기식 변론이라도 해야겠지?

주장 말고, 증거가 있냐 말이야. 어서 대충 시간 때우고 내려가시지. 판사는 그런 심정을 무심한 눈빛으로 감추고 윤해성을 보았다.

윤해성은 잠시 법정 안을 둘러보다가 입을 열었다.

"우리 사건을 이해하기 위해서는 좀 뜬금없지만 20년 전의 실제 사건을 말씀드릴 필요가 있습니다."

판사가 뜨악한 표정을 지었다.

이런 엉뚱한 소릴 하라고 기회를 준 건 아닌데. 어이, 변호사님. 이 장면에서 무게 잡아 봤자야. 짧게 해, 짧게.

하지만 판사의 내심과는 달리, 윤해성의 뜬금없는 서두는 방청객들의 주의를 끌었다.

맨 앞줄의 장유나도 귀를 쫑긋 세웠다.

"좀 길더라도 들어 주시길 바랍니다. 이름들은 가명으로 하겠습니다. 중년 남성 이종대는 1995년 1월 운전기사를 데리고 집을 나간 뒤 소식이 끊겼습니다. 그 후 4년 만에 암매장된 시신이 야산에서 발견됐죠. 범인은 운전기사로 밝혀졌습니다. 그런데 운전기사는 이종대의 부인인 조명숙이 범행을 사주했다고 주장했습니다. '사모님이 다달이 600만 원의 생활비를 줄 테니 남편을 죽이라고 했다'는 거였죠. 결국 조명숙도 살인교사죄로 법정에 섰습니다.

1심과 2심은 조명숙을 유죄로 판단했습니다. 하지만 이 판결은 대법원에서 깨졌습니다. 무죄란 겁니다. 요약하면 이렇습니다.

운전기사는 불과 한 달 전에 이종대가 채용한 사람이며, 조명숙하고는 친분이 없었다. 그런데 살인 의뢰를 했겠는가, 이런 겁니다.

또, 살인 의뢰를 전화통화만으로 했을까 하는 점도 의문이라고 했습니다.

범행 대가로 매월 600만 원을 주겠다는 제안도 막연해서 믿기 어렵다고 했습니다.

또, 운전기사는 이종대를 살해하고 1, 2주일 후에 알렸는데, 조명숙은 그저 '알았다'고만 했다는데, 자세히 물어보지 않았다는 점도 이상하다는 겁니다.

마지막으로, 운전기사에게는 조명숙이 시켜서 죽였다고 우길 이익이 있다, 조명숙이 살인 교사범으로 되는 경우 기사는 사주 받아 범행을 실행한 하수인 격이 되니 크게 감형 받을 수 있는 것이다, 이렇게 되어 있습니다."

여기서 윤해성은 잠시 끊었다가 말했다.

"너무 닮지 않았습니까?"

윤해성은 반응을 보듯 법정을 한번 휘잉 둘러보았다. 그러다가 자신을 보고 있는 장유나와 눈이 마주쳤다. 윤해성은 다시 법대 위로 시선을 향했다.

"이 사건하고 너무나도 닮았습니다. 우선 사장과 운전기사, 그리고 배우자의 3인이 이 연극 무대에 등장한다는 것부터가 같고, 구도 또한 비슷합니다. 돈 많은 사장, 그와 갈등관계인 배우자, 그리고 갓 채용된 운전기사. 운전기사는 홀로 여행을 떠난 사장을 살해했고, 또 사장의 배우자가 돈을 주겠다며 자신한테 살인을 사주했다고 주장한 것까지 같습니다. 자, 어떻습니까? 이것이 과연 우연일까요?"

법정 안에 침묵이 흘렀다.

"그뿐만이 아닙니다. 운전기사는 사건이 일어나기 불과 한 달 반 전에 유명애 씨 지인을 통해 채용된 사람입니다. 김상훈하고는 친분이 없어 보입니다. 그런데 살인 의뢰를 했을까, 하는 의문이 생기는 점이 같습니다. 이왕래가 살해 후에 전화해서 죽였다는 걸 알렸는데도, 김상훈은 '알았다'고만 하고 끊었습니다. 이건 숫제 대사까지도 똑같네요.

같은 부분이 또 있습니다. 사건의 핵심인 살인 의뢰 말입니다. '살인 의뢰를 전화로 했겠어?' 하는 의문과 '살인 의뢰를 화장실에서 했겠어?' 하는 의문 말이죠. 어떻습니까? 본질적으로는 같아 보이지 않습니까?"

법정 안의 사람들은 숨죽여 윤해성의 변론을 듣고 있었다.

이제는 판사까지도 포함해서.

정적을 깬 사람은 김상훈이었다.

"이거, 마치 내가 의도적으로 일을 꾸몄다는 말처럼 들리네요."

윤해성은 아랑곳하지 않고 자신의 변론을 이었다.

"화장실이란 장소는 편리해요. 무엇보다 이왕래가 제안을 받아들이지 않을 경우에 대비할 수 있지요. 장소가 화장실쯤이면, 유명애 씨가 따져도, '그거 농담이야. 그때 당신한테 화나고 서운해서 장난으로 그랬어. 설마 사람을 죽여 달란 말을 화장실에서 했겠어?'라는 식으로 슬쩍 넘길 수 있죠. 그보다 더 중요한 건, 역시 재판에서도 '설마 화장실에서?' 하는 근본적인 의심을 드리울 수 있단 거죠.

김상훈은 기회를 살폈겠죠. 아내의 운전기사가 된 이래 이왕래는 유명애 씨의 신경질적인 행동과 까다로운 성격 탓에 마음고생이 심했고, 그럴 때마다 김상훈은 이왕래를 달래 주면서 자신의 아내 욕을 같이 했지요. 이왕래는 비록 유명애 씨 피용인이지만 김상훈을 믿고 의지하고 마음을 터놓는 기분이 들었을 테고요. 적당히 무르익은 어느 날 김상훈은 이왕래가 화장실에 들어가는 걸 보고 따라 들어갔어요. 화장실 안에 사람이 없단 걸 확인하고는 이왕래에게 그런 제안을 한 거예요. 그게 돈에 쪼들리던 이왕래에게 먹혀들었고요."

"어처구니가 없네요. 도무지 어디서부터 얘길 해야 할지…… 변호사님은 이론가일진 몰라도, 사람을 모르시는 겁니다."

김상훈은 마치 나쁜 기억을 지우듯 천천히 머리를 저었다.

"그런 걸까요."

"지금 변호사님 말씀에 의하더라도, 부산의 그 사건에서 조명숙이란 사람은 징역을 살 뻔했던 거 아닙니까? 내가 그걸 따라 했다면, 그런 위험도 잘 알 텐데, 그런데도 내가 그 뻘짓을 따라 했다고요? 이게 말이 됩니까?"

"그 점이 선생님의 범죄자로서 탁월한 점이고 남다른 점이에요. 결국 조명숙은 3심에서 무죄를 받았잖아요. 선생님은 그 판결을 열심히 분석했어요. 그러고는……."

"그러고는?"

"조명숙 사건 마이너 버전을 만든 거예요."

"마이너 버전……."

이번에는 판사가 윤해성의 말을 곱씹었다.

"네. 사건의 모든 요소에서 조명숙 사건보다는 혐의점이 적거나, 적어도 같게요. 앞서 말씀드렸듯이 두 사건의 요소들을 비교해 보시면 알 수 있어요. 예를 들어, 살인의뢰 부분. 조명숙 사건은 전화로 했다는 거고, 이 사건은 그보다 더 황당하게도 화장실에서 이뤄졌습니다. 조명숙 사건과 흡사하면서도 그보다 더 위험하거나 혐의를 둘 만한 부분은 절대로 없습니다. 그렇게 되도록 피고인이 섬세하게 세팅을 해 나간 것이죠.

그러니 어떻게 되겠습니까? 조명숙이 무죄를 받았는데, 비슷하지만 거의 모든 면에서 그보다 덜한 김상훈도 무죄가 선고되겠죠. 실제로 1심 판결에서는 비슷한 논리로 무죄를 받았습니다. 설혹, 1심과 2심에서 유죄를 받는다 하더라도 대법원에 가면 어쩔 수 없습니다. 대법원 자신이 한 판결인데, 이번엔 유죄로 하겠다고 뒤집을 명분은 없으니까요."

하!

김상훈이 또다시 법정의 정적을 깨트렸다. 뒤이어 소리쳤다.

"도무지 현실을 모르는 억측입니다!"

김상훈이 고성을 내자 김만재 변호사가 놀라서 막으려 했다. 하지만 김상훈은 김만재 변호사를 팔로 막고는 일어섰다. 이제부터는 내가 직접 말하겠다는 태도.

그 기세에 눌려 김만재 변호사는 몸을 움찔했다.

"어떤 현실 말씀인가요."

윤해성이 차갑게 물었고, 김상훈은 눈을 희번덕댔다.

"구치소란 데가 어떤 덴지 아십니까? 「7번방의 선물」영화 같은 곳인 줄 아세요? 로맨틱함이나 인간미는 눈 씻고 찾아도 없는 곳입니다! 세 평 방에서 스무 명이 자고 뒹구는 곳이에요. 보이는 거라곤 철창뿐, 하루하루가 지옥이란 말입니다. 감옥을 모르는 사람들이 몇 년 살고 말지 뭐, 이딴 소릴 하지, 하루라도 맛본 사람들은 구치소 얘기만 나와도 경기를 해요. 형사 생활을 오래 했기 때문에 누구보다 잘 압니다. 그런 내가 평생 그런 데서 썩을 위험을 안고서 그런 모험을 했단 겁니까?"

"네. 저도 동의합니다. 교도소란 덴 경험 삼아서라도 있을 데가 못 돼요."

"그런데 내가 해요? 왜?"

"당신이 형사 생활을 오래 했기 때문이죠."

"……무슨 말입니까?"

윤해성은 김상훈을 노려보았다.

"얼마 전 당신은 저를 만났고, 그 자리에서 제게 어떤 말을 했습니다. 그 말이 모든 걸 설명해 주었어요."

"뭡니까?"

"당신은 현대에선 완전범죄가 불가능하다고 했습니다. 오랜 형사 경험으로 그렇다고요. 살인 같은 범죄는 CCTV, DNA, 혈흔, 지문 같은 데서 필연적으로 들통 난다고요. 당신은 그래서 아내를 죽이고도 안 잡힐 자신이 없기에 살인 같은 건 하지 않는다고 하셨죠. 전 그 말씀에 백번 동감했습니다. 그래서."

"그래서?"

"그래서입니다. 당신은 다른 길을 택한 겁니다. 살인을 안 하기로 한 게 아니라, 살인을 하되 처벌받지 않는 길 말이죠. 언제 체포될까 두려움에 떨 필요도 없는 진정한 완전범죄. 지금껏 어떤 범죄자도 시도하지 않았던, 영구적인 안전이 보장되는 범죄."

"영구적인 안전?"

"바로 재판을 통해 무죄를 받는 방법이죠."

법정 안에는 다시 정적이 흘렀다.

판사도 말없이 윤해성의 말에 귀를 기울이고 있었다.

이 장면을 지켜보는 방청석 장유나의 몸은 격동으로 조금씩 떨리고 있었다.

'살인자의 가면이 벗겨지고 있어.'

윤해성은 말을 이었다.

"합법적이고 영구적인 면죄부. 형사 재판에서 한번 무죄를 받아 확정되면, 일사부재리 원칙상 그 뒤로는 어떤 증거가 나와도 절대로 처벌받지 않습니다. 살인해 놓고 안 들키려고 벌벌 떠느니, 아예 재판에서 법의 허점을 깊숙이 찔러 무죄를 받아 버리고, 맘 편히 평생을 살려고 한 겁니다."

"이것 참…… 말도 안 되는……."

"당신은 그래서 판례를 찾았습니다. 아니, 어쩌면 그 부산 사건 판례를 우연히 접하고서 '어, 이거 내 상황하고 비슷한데?' 하며 이 범죄를 기획한 건지도 모르죠. 그 판결에서 유죄 입증의 허점을 하나하나 분석했고, 당신 사건에서는 그 요소들보다 조금씩 덜하게, 혹은 비슷하게 만들었어요. 당신은 살인을 들키지 않으려 하지는 않았습니다. 아니, 오히려 경찰에 체포돼서 기소되어야 했습니다. 다만, 부산 사건을 샘플로 해서 재판에서 입증 부족으로 무죄를 받도록 상황을 조금씩만 조정했을 뿐입니다."

김상훈은 말이 없었다.

"수사기관과 법원의 입장 차이, 그 갭을 이용한 겁니다. 경찰은 범죄의 의심이 있으면 체포하고 기소하지만, 법원은 '범죄의 의심' 정도론 부족하죠. 유죄로 하려면 '범죄의 확신' 수준까지 필요합니다. 게다가 살인사건 아닙니까? 확실한 증거가 있어야 하죠. 그래서 의심받을 만한 증거는 있지만, 살인 유죄의 확증까지는 못 미치는 상황을 만들어 낸 겁니다. 당신의 형사로서의 오랜 경험을 살려, 미세하고 섬세하게요.

물론 큰 모험이죠. 하지만 당신의 내면은 보통 사람과 좀 달랐던 것 같더군요. 돈이 많다고 믿고 결혼했던 아내한테서는 나오는 게 없었고, 명색이 회사 이사라지만 직원들 앞에서 무시당하기 일쑤였고. 그래서 당신은 생각했겠죠. 이따위로 남은 평생을 사느니, 한번 걸어 보자. 살인이라는 무시무시한 게임에."

김상훈은 여전히 말이 없었다.

"살인 모델이 된 조명숙 사건과 이번은 비슷하지만 다르죠. 그 사건에서는 조명숙이 진짜 무죄였지만, 이 사건은 가짜 무죄였단 겁니다."

김상훈이 결국 입을 열었다.

"……결국은 전부 변호사님의 뇌내 망상이네요. 그거 법조인들만의 이야기 아닙니까? 난 판례 같은 건 모릅니다. 법조인도 아니고요."

애써 힘주어 말했지만 짓눌린 목소리였다.

"아니요! 당신은 그 판례를 이미 알고 있었어요. 법정에 증거로 분명하게 등장하지 않았습니까?"

윤해성이 단호하게 말했다.

판사를 비롯해 법정 안 모든 사람의 시선이 윤해성에게 모였다.

증거나 나왔었다고? 이 법정에? 무슨 증거가…….

윤해성의 말이 이어졌다.

"당신 집에서 압수된 메모지."

"그게 새 증거입니까? 그 정도라면 1심에서도 다 검토했어요."

"아뇨. 이 증거는 누구의 주목도 받지 못했습니다."

"무슨 헛소립니까!"

김상훈이 얼굴이 벌게진 채 소리쳤다.

"자꾸 그러시니 확인시켜 드려야겠군요. 검사님, 메모지를 다시 한 번 이 법정에 제시해 주시기를 부탁드립니다."

검사는 서류철을 뒤적뒤적하더니 메모지를 찾아 실물화상기에 올려놓았다.

벽면 스크린에 메모지가 비쳤다.

신한 364-73058-00222**

국민 2435-342-007749**

nh은행 3420003234***

00-1568

강원

슈팅맥스 gramokson 11467a

헌터×헌터 gramokson 11467b

K-경주마 gramokson 11467c

"여기에 이 범행의 키워드가 적혀 있지 않습니까?"

"키워드요?"

판사가 자신도 모르게 불쑥 말했다.

"가운데쯤을 보십시오."

"가운데……."

"수수께끼 같은 숫자 '00-1568'이 있지요."

웬일인지 조금 전까지 기세등등하던 김상훈이 움찔했다.

"이게 뭘 의미하는 건지, 김상훈 씨가 직접 말해 주실 수 있을 것 같습니다만."

김상훈은 시선을 외면한 채 대답이 없었다.

할 수 없다는 듯 윤해성이 말했다.

"여기서 '-'를 '도'로 바꾸어 보면 어떨까요?"

판사의 눈이 바삐 돌아갔다. 무언가를 눈치챈 것 같았다.

"'00도1568'이 되는군요."

김상훈의 표정이 일그러졌다.

"익숙하죠? 김상훈 씨."

김상훈은 아예 윤해성의 시선을 외면했다.

"바로 조명숙 사건 판례 번호입니다. 원래는 2000도1568이지만 어차피 식별에 문제없으니 앞 두 자리를 생략한 겁니다."

"아……."

판사 입에서 탄식 비슷한 소리가 흘러나왔다. 자신도 모르게 나온 듯하다.

"그 메모지엔 범행 전에 폐쇄된 도박 사이트의 비번이 적혀 있었어요. 즉 범행 이전에 작성된 메모라는 거죠. 그 점은 지난 기일에 당신 본인도 인정했던 바고요. 자, 어떻습니까? 살인이 일어나기도 전에 당신은 왜 이 판례 번호를 적어 놓았습니까?"

김상훈의 얼굴이 일그러져 갔다.

"그…… 그건…… 우연히……."

"우연이라고요?"

"네. 판례가 아니고…… 아니 빌려준 돈을 적어 놓은…… 아니, 아니. 그게 아니라."

김상훈은 더듬었다. 완전히 정신이 무너진 것 같았다.

"범행 계획이 아니라면, 하필이면 이 사건과 똑 닮은 이 판례 번호를 적어 둘 이유는 없겠죠. 피고인 김상훈 씨가 뒤늦게 법률 공부를 하는 것도 아닐 테고요. 다른 이유가 가능합니까?"

아무도 대답할 사람은 없었다.

"만약 지금 김상훈 씨 말대로 하필 빌려준 돈 액수가 그 정도라면 정말 대단한 우연이네요. 아, 그런데 그 우연이 성립할 확률은 얼마쯤 될까요? 태양계 행성이 일렬로 설 확률쯤?"

김상훈은 고개를 푹 숙였다. 김만재 변호사의 입도 얼어붙어 있었다.

장유나는 방청석에서 일어났다. 사람들과 뒤섞이기 전에 조금 일찍 일어나서 법정을 나가려는 것이다. 뒤돌아 걷는 그녀의 얼굴에는 작은 미소가 그려지고 있었다.

판사는 정신을 차린 듯 서둘러 일주일 후로 선고기일을 잡았지만 더는 고민하는 것 같지 않았다.

* * *

"무기징역."

김상훈 사건의 선고일. 판사의 입에서 고대하던 그 한마디가 떨어진 순간, 방청석의 장유나는 몸을 부르르 떨었다. 이윽고 그녀의 뺨에서는 두 줄기 눈물이 흘렀다. 이제야 언니의 한이 풀렸어.

"피고인은 결혼 후 전적으로 가정 경제를 의존해 오던 아내를 살해

한 점에서 배신성이 말할 수 없이 크며, 아내를 살해하기 위해 치밀한 계획을 세우고 타인을 범행에 끌어들인 점, 나아가 법정에서까지 범행을 교묘히 부인하며 조금의 반성도 보이지 않는 점 등을 고려할 때 엄벌에 처함이 마땅한 바……."

판사의 판결 이유는 그다지 귀에 들어오지 않았지만, 흙빛으로 변해 가는 김상훈의 얼굴이 모든 것을 말해 주었다.

쾌재! 통쾌!

장유나는 감격으로 몸을 떨었다. 선고가 끝나고도 한동안 자리를 뜨지 못했다. 윤해성이 다가와 손을 내밀었을 때야 겨우 눈물 젖은 얼굴을 들고 그 손을 잡았다. 정신을 차리고 밖으로 나와 법정 복도에서 양다곤에게 전화를 걸었다.

"자기! 뒤집혔어. 유죄야, 유죄! 무기징역을 받았다구!"

"응. 잘됐네. 축하해."

"어. 엉엉."

"우는 거야?"

"언니가 불쌍해서. 너무…… 어쩌다 하필이면 저런 놈을 만나서."

"그래, 그래."

양다곤은 귀찮아하는 기색이었다.

"다 자기 덕분이야."

"내가 뭐 한 거 있나."

"자기가 윤 변호사님 소개해 줬잖아. 재판 이거, 윤 변호사가 뒤집은 거라구! 자기도 법정에서 봤어야 했어!"

"윤 변호사가 역시 잘한 모양이네. 잘됐어."

"자기 오늘 집에 올 거야?"

"오늘은 안 돼. 평창에 있는 한울 그룹 연수원에서 행사가 있어. 거

52

기서 1박 해야 하고. 회장이 안 갈 수 없는 행사라서.”

“알았어. 자기 사랑해!”

“어.”

“알러뷰! 알러뷰!”

장유나는 휴대전화 액정에 연거푸 키스를 했다. 귀여운 카르멘. 양다곤이 이 여자에게 혼인신고 외에는 모든 걸 퍼 주고 또 퍼 주는 이유를 윤해성은 알 것 같았다.

“브라보!”

장유나가 와인 잔을 쳐들었다.

윤해성은 거기에 가볍게 잔을 쨍 부딪혔다.

“너무너무 수고했어요, 윤 변호사님!”

“유나 씨도.”

윤해성은 눈을 찡긋하고는 와인을 쭉 들이켰다.

그날 저녁 두 사람은 청담동에 있는 와인바에서 자축 파티를 열었다.

장유나는 낮에 있었던 판결로 기분이 상기돼 있었다.

많이 마시고 빨리 취해 있었다.

“변호사님도 그 인간의 표정을 봤어야 했어요.”

“뭐 보진 않았지만 대충 짐작은 가네요.”

“소름 끼쳐. 만약 이번에도 무죄 받았으면 웨딩홀도 그 인간한테 넘어가는 거였잖아요?”

“그렇죠. 유일한 상속인이니까. 르씨엘의 지분을 다 상속받고 대표로 취임했겠죠.”

“언니가 평생을 땀 흘려 세운 웨딩홀인데…… 정말 한이 될 뻔했어.”

“그렇죠. 언니분 유령이 있다면 하늘로 못 올라갔을 겁니다. 억울

해서."

"변호사님을 안 만났으면 어떻게 됐을까, 생각만 해도 어휴, 소름
이……."

하하하, 윤해성은 웃었다. 장유나는 어떻든 사람을 기분 좋게 해 주
는 여자다.

"그건 그렇고, 저도 유나 씨를 다시 봤어요."

"엉? 나를요? 왜?"

장유나가 웃음을 머금고 몸을 앞으로 바싹 당겼다.

배우 출신답게 자신에 관한 이야기에는 민감하다.

"이전에는 배우로서 그저 짤막한 뉴스 정도밖에는 본 적이 없었거
든요."

"그것도 그리 좋은 뉴스들은 아니었죠, 아마."

"별 선입견은 없었지만…… 이번에 사건을 하면서 다시 보게 됐어요."

"어떻게?"

"유명애 씨는 친언니가 아니잖아요."

"응? 그렇죠."

"친언니라도 그렇게 큰돈을 재판에 쏟아붓고, 열성적으로 관심을
두기가 쉽진 않아요."

"……그래요? 내가 좀 별난가?"

"친형제, 남매, 심지어 부모 자식 간에도 소송이 많습니다. 결국 돈
이죠. 물론 그 사람들도 다 사정이 있는 거고, 비난할 생각은 조금도
없습니다. 다만 그저 친한 언니의 원한을 풀기 위해 이렇게까지 하는
사람은 분명 대단하다는 거지요."

"하아……."

"제가 본 중에 가장 의리 있는 사람이랄까요."

하하하, 갑자기 장유나가 배를 잡고 웃었다.

어. 너무 취했나.

"왜 웃으시죠?"

"하하하하, 아니에요. 황당해서."

"황당?"

"내가 지금까지 들은 칭찬은 예쁘다, 아름답다가 전부였거든요."

"아."

"의리 있다는 말은, 이런 칭찬은 난생 처음이에요. 영화계에서 활동할 때 싸가지 없단 말은 많이 들었지만."

"외모가 유나 씨의 다른 모든 장점을 덮어 버린 셈이네요. 오히려 손해?"

"사실 뭐 예쁘단 말이 질리는 건 아녜요. 하지만 의리 있다는 황당한 칭찬은……."

"실례였을까요?"

"아뇨. 그 황당한 칭찬이 첨이지만, 괜찮은데요?"

장유나는 와인 잔을 들었다. 윤해성도 잔을 들었다.

"그대 눈동자에 건배를."

하하하, 장유나가 또다시 웃었다.

"그거 무슨 영화 대산데? 뭐더라?"

"아, 실패. 하필 상대가 영화배우라서 들통 났네. 그 영화는 「카사블랑카」죠."

"그런 식으로 대체 얼마나 작업해 온 거예요?"

"오늘이 처음?"

장유나는 와인을 완전히 비우고는 잔을 조용히 테이블에 놓았다.

"이제 얘길 해 볼까요."

"어떤 얘기죠."

"성공보수."

"그 얘긴 좀 천천히 하죠."

"왜 그럴까. 그때 일이 끝나면 이야기하기로 했을 텐데. 분명히 기억해요. 돈이 아니라 다른 걸 원한다고."

장유나가 윤해성을 장난스럽게 바라보았다.

윤해성이 마지못해 말했다.

"뭐랄까요. 오늘은 꼭 무언가 비즈니스를 하기보다는 그저 친하게 지낸 하루로 삼고 싶네요."

장유나는 지긋이 윤해성을 바라보았다. 몸이 가늘게 흔들리고 있다. 역시 많이 취했다.

그녀는 윤해성을 요리조리 뜯어보는 듯하더니 눈을 가늘게 뜨고서 말했다.

"당신, 나랑 자고 싶어?"

윤해성은 조용히 올려다보았다.

어두운 조명 아래 눈동자가 떠 있었다.

모든 것을 빨아들이는 동굴처럼 깊이를 알 수 없는 눈.

"그렇다고 한다면?"

장유나는 갑자기 손을 내밀어 윤해성의 얼굴을 위에서부터 확 쓸어내렸다. 그러고는 다른 손으로 와인 잔을 내밀었다.

"마시는 거야."

윤해성은 가득 찬 와인 잔을 단숨에 비웠다.

장유나의 아파트에 들어서자 짙은 향기가 코를 찔렀다.

"향 좋지? 방향제 대신 조 말론 뿌려 놓거든. 난 이 향수가 좋아, 아주아주 좋아."

장유나는 횡설수설하며 현관 구석에 구두를 벗어 던졌다.

윤해성은 장유나를 부축하다시피 들어왔다. 집 안 광경에 눈이 휘둥그레졌다. 광활하다는 표현이 어울릴 만한 거실이었다. 통유리 너머로 한강이 내다보였다. 88올림픽도로에는 헤드라이트 행렬이 빛의 띠를 만들고 있었다.

장유나는 윤해성으로부터 떨어져 나와 거실의 큰 소파에 몸을 던졌다.

"거기 부엌 뒤편에 와인 냉장고가 있어. 하나만 더 꺼내 줘. 아, 오늘은 축하할 일 있으니까 샴페인으로 할까 봐. 돔 페리뇽이 좋겠어."

코맹맹이 소리. 여전히 횡설수설이다.

윤해성은 부엌 뒤쪽으로 갔다. 조그만 공간이 더 있었고, 문을 여니 수십 병이 족히 들어갈 커다란 와인냉장고가 있다. 거기서 돔 페리뇽을 찾는 데에는 한참 시간이 걸렸다.

겨우 꺼내 와서 부엌 테이블 위에 놓았다. 윤해성은 철사를 풀고 샴페인 마개를 힘으로 돌려 땄다.

펑.

소리가 났다.

장유나를 보았지만 그녀는 별로 놀라지 않은 듯 이쪽을 보지 않고 있다.

윤해성은 부엌 찬장에서 샴페인 잔을 두 개 꺼내 술을 따랐다. 잘고

하얀 기포가 탐스럽게 올라왔다. 양손에 두 개의 잔을 들고 거실 소파로 다가갔다.

장유나는 여전히 소파에 눕다시피 파묻혀 있다.

어.

쌔근쌔근 숨소리가 났다. 장유나는 잠들어 있었다.

윤해성은 그 옆에 잠시 서 있었다.

장유나는 미동도 없다.

윤해성은 미소를 머금었다.

소파 옆 테이블에 샴페인 잔을 놓고 장유나를 가뿐히 안아 올렸다.

얼굴을 가만히 들여다보았다.

"다행이야."

윤해성은 열려 있는 안방으로 들어갔다.

장유나를 침대 위에 고이 눕혔다. 말려 올라간 옷을 잘 정돈해 주고 이불을 덮어 주었다.

그러고는 잠시 장유나를 내려다보았다.

쌔근쌔근.

깊이 잠들어 있다.

요기를 발산하는 야화 같은 여자.

빨려 들 것 같은 입술.

손짓하는 듯한 눈.

그녀로부터 달아날 남자가 있기는 힘들 것 같았다.

하지만 윤해성은 장유나의 얼굴로부터 시선을 돌렸다.

침대 방문 쪽에 화장대가 있다.

윤해성은 그리로 다가갔다.

화장대 위를 유심히 들여다보다가 무언가를 집더니 포켓에서 꺼낸 조그만 비닐봉지에 넣었다.

침대방 밖으로 나온 그는 거실 바닥에 거의 주저앉아 바닥을 유심히 들여다보았다. 또 무언가를 집어 비닐에 넣었다.

그는 발소리를 죽여 현관으로 갔다.

문득 무슨 생각이 들었는지 다시 거실로 향했다.

조금 전 테이블 위에 따라 놓은 돔 페리뇽을 쭉 들이켰다.

"캬아! 끝내주는군."

그는 다시 현관으로 갔다.

조용히 문이 닫혔다.

* * *

《정안일보》사회부 기자실.

박시영의 휴대전화가 울렸다.

윤해성이었다.

"오랜만에 연락한 걸 보니 또 아쉬운 거 있구나."

"섭섭한데. 그냥 보고 싶어서 전화했어."

"와아. 너도 장사꾼 다 됐다. 그런 말도 할 줄 알고."

"로맨티스트가 된 거지."

"어디야?"

"너희 회사 로비에 와 있어."

"엉? 우리 회사?"

"잠깐 볼 수 있을까?"

박시영은 허둥지둥 엘리베이터를 탔다.

내가 왜 이리 허둥대고 있지, 생각하면서도 발걸음은 저절로 빨라지고 있었다.

《정안일보》1층 로비 소파에 멀뚱히 앉은 윤해성을 발견하고 손을 흔들었다.

윤해성은 활짝 웃으며 마주 손을 흔들었다.

"전화라도 하고 오지."

"하필 이쪽에 볼일이 있는 김에 들렀어. 혹시 딴 데 있는데 무리해서 보잘 순 없고."

"매너남이야, 이 친구."

박시영이 윤해성의 어깨를 툭툭 두드렸다.

그러다 엄지를 들어 보였다.

"참, 축하해."

"뭐가?"

"어제 '르씨엘 살인사건' 판결. 유죄로 뒤집었잖아. 김상훈 무기징역! 나도 기사 하나 썼어."

"나한테 연락하지. 재판에 관해서 자세한 얘기를 해 줄 수 있었을 텐데."

"어젠 선고 결과만 빨리빨리 기사 내보내야 해서 말이야. 분석기사 쓰게 되면 그때 좀 써먹자."

"얼마든지."

"너 그거, 성공보수는 얼마 약정했냐?"

"성공보수? 없어."

박시영이 음흉하게 웃었다.

"뭐야. 나한테까지 연막 치는 거야? 술 사라고 할까 봐?"

"정말이야."

"응? 진짜?"

"농담 아니야. 너한테 내가 왜 숨기냐."

"말하는 거 보니까 정말 약정 안 한 거 같다?"

"그렇다니까."

"왜 안 했어? 너 황금충이잖아."

"상대가 장유나이기 때문이지."

박시영이 주먹으로 윤해성의 배를 툭 때렸다.

"실망이다. 너도 미인계에 넘어갔냐."

"실망은 일러. 장유나에게 접근할 필요가 있어서야. 양다곤하고 가장 가까운 사람이잖아."

"아하, 그렇지."

"재판 이기고 대가로 돈 받으면 그저 거래관계. 글자 그대로 끝. 난 돈이 아니라 장유나와 가까워지는 게 필요했어. 그래서……."

"그래서?"

"어떻게 하다 보니 어제 장유나의 집까지 갔어."

"정말? 우와!"

박시영이 크게 소리치는 바람에 윤해성이 대신 주위를 둘러보았다.

"뭘 그리 놀라?"

"여배우 장유나의 집에! 그게 놀랄 일이 아니면 뭐야?"

"또, 또 빗나간다. 여배우의 집에 간 게 아니라 양다곤의 아내 집에 간 거지."

"그거나 저거나. 근데 어떻게 된 거야?"

"술을 마셨거든. 엄청."

박시영이 눈을 가늘게 떴다.

"남녀가 밤늦게 술을 마셨다…… 그리고 집에 갔다……?"

"그게 다야. 장유나는 집에 가자마자 뻗었어. 만취했더라."

윤해성은 장유나를 침대에 뉘어 주고 무언가를 가지고 나왔다는 사실을 털어놓았다.

침실과 거실에서 무언가를 가지고 나왔다는 것까지.

그리고 그것이 담긴 비닐봉지를 꺼내 박시영 앞에 놓았다.

"그러고 보니 너한테서 아직 술 냄새가 나는 거 같아. 많이 마시긴 한 모양이네."

"장유나를 재우는 게 쉽진 않았어. 엄청 술이 세더라."

"넌 아마⋯⋯."

박시영이 눈을 찡긋하고는 말을 이었다.

"⋯⋯장유나의 집에서 장유나 말고 다른 걸 원한 유일한 남자일 거야."

"솔직히 말할게. 장유나를 원했어."

윤해성이 말했다.

"오호."

"매력 있는 여자야."

"근데 그냥 나왔어?"

"원수의 여자와 자서 복수한다? 그런 모양이 되니까."

"그런 기분이 싫어서?"

"맘에 안 들어."

"하긴, 옳든 그르든 넌 배알 틀리는 짓은 안 하니까."

박시영은 윤해성과 사이에 놓인 비닐봉지를 내려다보았다.

"이게 양다곤의 머리카락이란 말이지."

"길이가 짧아. 살짝 흰색도 섞여 있어. 분명 장유나의 것은 아니지. 양다곤이 분명해."

"이걸로 DNA감정을 하면 바로 나오겠네."

"응. 유언장에 묻은 아버지 아닌 다른 사람의 피. 그게 과연 양다곤이 맞는지 말이야."

"좋아. 바로 김근배 교수님한테 보내 볼게."

"부탁해. 이것만 확인되면 아버지 사건 재수사가 가능해. 그 무렵 하필이면 아버지가 사인한 지분양도약정서가 나왔고, 소송으로 다 가져간 정황과 합쳐지면……."

"그 정황에 쐐기를 박는 DNA. 그래도 양다곤이 범인이 아니라고 생각할 사람이 있다면 제정신이 아닌 거겠지."

박시영이 빙긋 웃었다.

윤해성은 손을 내밀어 박시영의 손을 악수하듯 잡았다.

"부탁해."

그는 잡은 손을 한동안 놓지 않았다.

어떤 결의가 내비치는 간절한 눈빛.

박시영이 말했다.

"오랜만에 남자 손 잡아서 좋은데, 이 손 놔. 그래야 이걸 집어넣을 수 있어."

윤해성이 머리를 긁적이며 손을 놓았고, 박시영은 비닐봉지를 파우치에 집어넣었다.

"너 만약에……."

박시영이 말머리를 꺼냈다.

"……장유나가 양다곤하고 헤어지면 어떨 거 같아?"

"뭐가?"

"여자로서."

"그땐 다르겠지."

"어떻게 달라."

"싱글인 거잖아. 양다곤하고 얽힌 꺼림칙함도 없구."

"그것뿐이야?"

"장유나, 매력 있다니깐."

깔깔깔.

박시영이 크게 웃었다.

"넌 참 거짓말을 못 해."

"거짓말해야 하냐?"

"하긴."

박시영이 몸을 기울였다.

그러고는 검지로 윤해성의 코를 가리켰다.

"넌 그 감성이 없어. 그게 치명적인 하자야."

"무슨 감성?"

박시영은 대꾸 없이 미소를 띠었다.

그러고는 독백처럼 말했다.

"내가 장유나라면 양다곤하고 헤어질 것 같아."

"응? 왜?"

"그래야 널 가질 수 있잖아."

파하하, 윤해성이 크게 웃었다.

"아닐걸. 장유나는 지금의 생활을 포기할 수 없어. 에르메스, 샤넬의 세상에 사는 여자야. 까르띠에, 불가리의 친구고. 한강뷰 120평 아파트에, 전화 한 통이면 풀옵션 전기차가 집까지 배달돼. 방향제 대신 조 말론을 뿌리고, 돔 페리뇽을 생수처럼 마셔. 그런데 헤어져? 양다곤하고?"

"아니지."

"왜."

박시영은 비닐봉지가 든 파우치를 가리켰다.

"이거면 양다곤은 곧 몰락할 수도 있어. 어쩌면 그 자리를……."

박시영은 말을 줄였다. 너무 나갔다고 생각한 때문이었다.

* * *

윤해성이 박재훈 검사와 만나는 날은 생각보다 빨리 다가왔다.

박재훈이 양다곤을 소환한 것은 아니었다.

대신, 양다곤 측의 해명에 대해 소명할 수 있는 자료를 제출하라는 명령조의 연락이 있었다.

양다곤은 최윤식 법무팀장이 보고를 마치고 회장실을 나가자 소파에 털썩 앉았다.

"증거 없으면 불기소할 것이지, 어떻게든 물고 늘어지려고 발광하는군."

"초조한 거죠. 입증이 충분하면 이렇게 하겠어요?"

단명오가 느물느물 웃었다.

"박재훈이는 역시 그냥 두면 안 되겠어. 지금 하는 꼴 보면 재판에 가서도 엄청 괴롭힐 게 분명해."

"평생의 기회를 잡았다고 생각하는 거죠. 양다곤이라는 거물을 수사하고 기소해서 유죄를 받게 했다. 이런 별을 달고 싶은 겁니다. 이런 종류의 인간을 너무나 잘 알아요."

"결국 속물이잖아. 선비 종류는 아니거든. 근데도 말은 더럽게 안 들어."

"박재훈이 갖고 싶은 건 돈이 아니라 권력인 겁니다. 달리 말하면 출세. 위로 올라가는 것에만 눈이 뒤집힌 놈입니다. 그래서 오히려 다루기가 힘들어요. 형님을 먹잇감으로 해야지 채워지는 거니까."

"대(大)한울 모터스가 이런 놈 하나 때문에 무너져서야 하겠어? 나 양다곤이 이런 쥐새끼한테 발이 걸려서야 되겠냐고."

양다곤은 은근히 단명오를 압박하는 말을 던졌다.

박재훈을 해치우라는 말을 던져 놓았는데 뭐 하냐는 암묵적인 질책이다.

"아직 시간은 많습니다. 이제 겨우 수사 단계고요. 일단은 원하는 대로 해 주면서 기회를 보시죠."

"할 수 없지. 박재훈이가 저 난리를 피우고 있으니 일단은 LNK에 연락해서 자료를 준비하라고 해야겠지."

"잠깐만요."

단명오가 제지했다.

"응?"

"자료를 준비하는 건 좋습니다만 LNK는 안 됩니다."

"왜? LNK가 사건 내용은 가장 잘 알고 있어."

"이번에는 윤해성을 시켜서 보내시죠."

"윤해성을? 왜?"

"지난번에 형님이 또 검찰에 소환당하면 윤해성을 입회시키라고 했죠?"

"그랬지."

"입회는 아니지만 이번에 윤해성을 보내서 박재훈 검사하고 만나게 하는 게 좋습니다."

"왜 그래야 하지?"

"박재훈 검사를 해치우면 형님한테도 대미지가 있습니다. 박 검사가 수사를 하는 대상자들이 우선 의심받을 테니까요."

"그렇겠지. 그러니까 그런 걸 피하도록 자네한테 맡긴 거 아닌가."

"그 의심을 최소화하려면 숲에 나무를 숨기는 거죠."

"숲에 나무를 숨긴다?"

"박재훈 검사가 진정한 타깃이 아닌 것처럼 하는 겁니다."

"어떻게?"

"윤해성을 나무를 숨기는 숲으로 이용하는 거죠."

"……"

"윤해성과 박재훈 검사가 같이 있을 때 한꺼번에 해치우는 겁니다. 북한의 암살인 것처럼 해서요. 윤해성은 무엇보다 김정은을 기소한 이력이 있으니까요."

"윤해성 변호사를 같이……."

양다곤은 잠시 생각에 잠겼다. 그가 신뢰하는 인물이다. 수임료를 지불한 관계지만 구속을 면하게 해 준 은공도 있다.

하지만 고민의 시간은 길지 않았다.

그는 이내 말했다.

"필요하면 해야지. 대의를 위해 불가피한 희생이란 것도 있으니까."

그러고는 고개를 끄덕이며 덧붙였다.

"단 변호사 말은 늘 옳았잖아. 그렇게 해."

'그럴 줄 알았어.'

단명오는 이를 드러내며 씩 웃었다.

* * *

제네시스 GV80이 강릉행 고속도로를 달리고 있었다.

핸들은 전기호가 잡고 있다.

그 옆에는 방수희가, 뒷좌석에는 윤해성과 박시영이 앉아 있다.

이람 법률사무소 공식 1박 2일 워크숍, 비공식으로는 '그저 놀러 가는' 길이었다.

　애스턴 마틴도 수리가 끝났고, 전기호도 포르쉐를 가지고 있지만 모두 2인승이어서 윤해성의 세컨드 카인 제네시스 GV80을 꺼내 왔다.

　'사무실 워크숍' 이야기를 들은 박시영은 "마침 그 주엔 나도 일이 거의 없어. 휴가 낼 테니깐 같이 가자."라고 했고, 윤해성은 환영이었다.

　"언니가 한 명 있으면 난 좋죠."

　방수희도 찬성이었고, 전기호도 좋아했다.

　"1박 2일 수희 누나 혼자 감당하기 겁났는데, 잘됐습다!"

　출발 당일 네 사람은 이람 법률사무소 사무실 앞에서 만나 서래마을 카페로 이동해서 브런치를 먹었다. 박시영이 방수희와 전기호를 만나는 건 처음이지만 특유의 털털한 성격으로 금세 친해졌다.

　전기호는 특히 박시영에게 홀딱 넘어갔다. 강릉을 향해 출발할 때 전기호가 박시영더러 옆자리에 앉아 달라고 우기는 걸 윤해성이 뜯어말리느라 진땀을 뺐다. 방수희가 "너 혹시 날 피하는 거냐?" 하자 그제야 포기했다.

　제네시스 GV80이 문막IC을 지날 때쯤 박시영이 윤해성에게 말했다.

　"명색이 워크숍인데, 주중에 출발하네."

　"주말에 어디 가자고 하면 누구보다 수희한테 먼저 죽을걸."

　"야아, 얼굴은 저렇게 귀여운데, 놀랐어."

　"수희한테 박살 난 몇 분을 내가 알고 있지."

　조수석의 방수희가 돌아봤다.

　"누가 내 얘기 한 것 같은데."

　뒷좌석이 이내 조용해졌다.

　핸들을 잡은 전기호는 그 와중에도 콧노래를 흥얼거리고 있다.

"기호 네가 젤 신난 거 같다."

방수희가 고개를 돌리며 말했다.

"난 이렇게 놀러 가는 거 첨이라."

"첨이라구?"

"어. 그동안 사는 게 바빴잖아."

풋, 박시영이 웃었다.

"누나, 웃었어요? 와아, 내 인생을 그냥 부정해 버리네."

"쏘리. 사는 게 바빴다니 마치 중년이 하는 이야기 같잖아."

"그러고 보면 참 슬픈 대사야. 이렇게 놀러 한 번 못 갔다니 말이야."

방수희가 전기호를 위로하듯 말했다.

전기호가 질색했다.

"아, 잠깐! 함부로 남의 인생 불쌍하게 만들지 마요."

"맞아, 기호는 저래 봬도 인생 자알 살았어."

"변호사님! 그 말이 더 기분 안 좋아요!"

전기호가 빽 소리를 지르자 세 사람은 큰 소리로 웃었다.

차는 한 시간 반을 더 달려 마침내 바닷가 펜션 마당에 도착했다.

"와, 바다야!"

방수희가 소리를 질렀다.

"가슴이 뻥 뚫려!"

"술맛 나겠는데요!"

박시영과 전기호도 들떴다. 윤해성이 말했다.

"바비큐 해 먹으려고 펜션으로 했어. 한 채를 통째로 빌렸으니까 불편하진 않을 거야."

"역시 변호사님. 스케일은 커."

"기호야, 왠지 거슬린다."

전기호는 모른 척 시선을 돌렸다.

"아아, 바다 냄새만 맡아도 힐링 되는 거 같아."

박시영은 바다를 향해 두 팔을 쭉 뻗었다.

네 사람은 방에서 조금 쉬었다가 곧장 바비큐장으로 이동했다.

숯을 피우고 고기를 구웠다.

집게를 든 이는 전기호.

불이 널름거리며 고기를 익혔고, 지글지글 오른 기름이 뚝뚝 떨어졌다.

"이거야!"

"이러려고 온 거지!"

"아, 못 참겠다!"

전기호는 연신 감탄을 내뱉다가 채 다 익지도 않은 고기를 입으로 가져갔고, 소주를 거의 목구멍에 들이부었다.

"야, 좀 천천히 먹어. 누가 쫓아오니?"

방수희가 말려 보지만 소용없다.

"이제 두 사람 좀 먹어. 내가 구울게."

윤해성과 박시영이 그릴로 왔고, 방수희와 전기호는 조금 떨어진 테이블로 고기를 들고 가서 먹기 시작했다.

"고기 맛있다."

박시영이 입을 오물거렸다.

"괜찮지? 투뿔로만 가져왔어. 돼지는 이베리코고."

윤해성이 고기를 집어 박시영에게 건넸다.

"놀러 오길 잘한 거 같아."

"어허, 어디까지나 워크숍이라니까."

박시영은 먼 테이블에 앉아 열심히 고기를 집어먹고 있는 방수희와 전기호를 힐긋 보고는 그쪽에 들리지 않을 만큼 목소리를 낮추어 말했다.

"기호 씨가 양다곤 집을 털면 DNA 확보가 더 쉽지 않았을까?"

"그렇지……."

윤해성은 불꽃에 탄 고기를 뒤집었다.

"나도 그 생각 했어. 양다곤 집 앞까지 데리고 가서 보여 줬는데, 그런 집은 털 수 없대. 영화 속 이야기일 뿐이라나. 청소 도우미 아줌마를 섭외하는 방법도 생각해 봤는데, 양다곤을 아들처럼 생각하는 친척들이 집안일을 봐주고 있대. 그래서 그쪽도 포기."

"이수 씨가 우리 편이었다면 쉬웠을 텐데."

"그랬겠지. 근데 요즘 나한테 얼음보다 차가우니까. 너도 그때 비서실 나오면서 느꼈잖아."

"양다곤을 싫어하는 거 같다더니?"

"그건 막 던져 본 말이었구…… 설사 자기 상사를 좀 싫어한다고 해도, 내가 갑자기 너네 회장 뒤통수를 때려 달라고 하면 미친놈 취급 할거야. 사정을 털어놨다간 양다곤한테 알릴 수도 있고. 이수가 어떤 사람인지 알지도 못하는데 그럴 순 없지."

"이수 씨한테 접근하려고 부친 재판까지 자원 봉사해 주었는데, 도루묵이 됐네. 남녀관계로 발전하기 직전에 알 수 없는 이유로 쾅!"

"무슨 소리, 남녀관계는 아니야!"

윤해성이 펄쩍 뛰었다.

"아무튼 그 탓에 장유나 사건까지 맡았고, 고생 많이 했어."

"……."

"결국 성공보수는 양다곤의 머리카락 몇 올이었네."

"그게 몇억짜리인 셈이지."

"……결과는 금방 나올 거야."

윤해성은 묵묵히 집게로 고기를 뒤적였다. 표정만으로는 무슨 생각을 하는지 알 수 없었다. 초조한 기다림을 숨기려고 돌연 펜션행을 택한 건 아니었을까.

윤해성이 지나가는 말처럼 중얼거렸다.

"한울 내부에서 협조할 사람을 찾아내기만 한다면……."

"내부에서 협조? 그럴 사람이 어디 있겠어?"

윤해성이 대꾸가 없자 박시영이 또 말했다.

"당신 회장이 우리 가족 원수니까 도와주시오, 이렇게? 그게 통할 리 없잖아. 전부 그 회사에서 밥 벌어먹는 사람들이야."

"……한 가지 힌트는 있어."

"뭔데."

"김충구 선배가 그러더라. 양다곤이 배터리 결함을 보고받은 문건 같은 걸 검찰이 확보한 모양인데, 아마도 한울 내부에서 제보한 거 같다고."

"한울 내부자가?"

"뭐 김충구 선배의 짐작이라는데. 그 양반이 그런 감각은 탁월하거든."

"오호, 그래?"

박시영의 눈이 커졌다.

"그렇담 얘기가 다르지. 같은 팀이 될 수 있어."

윤해성이 고기 집게를 휘휘 내저었다.

"뭐 어디까지나 짐작이야. 짐작."

박시영은 코를 찡긋하고는 혼잣말처럼 중얼거렸다.

"혹시…… 최윤식 법무팀장이나 신동우 비서실장은 아닐까? 회사를 집어삼킬 계획을 하고서."

"미드를 너무 봤군. 겉으론 아무리 봐도 충성스러운 신하 같던데."

"그렇다면……."

박시영은 말을 끌다가 돌연 윤해성을 쳐다보았다.

"한이수 아닐까?"

"뭐어?"

윤해성은 박시영과 한동안 눈을 맞추다가 피식 웃었다.

깔깔깔. 박시영은 자기가 말해 놓고도 재미있는지 크게 웃음을 터뜨렸다. 윤해성을 놀리는 것도 같다.

윤해성은 피식 하는 웃음기조차 거두고서 심드렁하게 말했다.

"재미있긴 하네."

두 사람은 다 구운 고기를 들고 테이블로 갔다.

방수희와 전기호는 모이를 기다리는 새처럼 목을 죽 빼고 있다.

"자, 맘껏 먹읍시다!"

다시 먹고 마시는 고기와 소주 파티가 벌어졌다.

취한 탓이었을까, 전기호가 불쑥 말했다.

"야아, 이수 누나도 같이 왔으면 좋았을 텐데!"

분위기가 싸해졌다.

의식하지 못하고 있는 사람은 전기호 혼자였다.

윤해성과 박시영은 조금 전까지 한이수 이야기를 했다. 그 일이 아니더라도 윤해성은 한이수가 완전히 차가워졌단 걸 누구보다 잘 안다.

박시영은 윤해성이 한이수와 같이 밤을 보냈다고 짐작하고 있다. 무슨 일이 있었건 아니건.

방수희는 어딘가 복잡한 표정이었다.

아마 두 사람과는 다른 이유인 것 같다.

"아, 오늘따라 술 잘 들어가네!"

전기호는 들떠 있었다. 그의 말대로 이런 여행은 처음인 때문이다.

야외 바비큐 파티가 끝나고, 만취한 윤해성과 전기호는 어깨동무를 하고서 방으로 들어갔다.

"와, 여기 잠으로 보내기엔 아깝다. 우리 밤바다나 보러 갈래요?"

박시영이 말했고, 방수희는 따라 걸었다.

바다에는 사람이 거의 없었다.

일정한 간격을 두고 철썩거리는 파도 소리만 들렸다.

바다에서 부는 바람이 뺨을 간질였다.

"야아. 나오길 잘했어요!"

방수희가 공기를 한껏 들이마시며 말했다.

해안을 조금 걷다가 두 사람은 누가 먼저랄 것도 없이 모래언덕에 나란히 앉았다.

"1박 2일이라 싫진 않았어요? 직장에서 하는 행사는 다들 질색인데."

박시영이 말을 꺼냈다.

"전 좋던데요? 맛있는 거 먹고 바다 구경도 하고. 어차피 한국에 친구도 많이 없고. 운동만 하루 쉬면 되니까요."

"하긴 수희 씨가 싫으면서 억지로 갈 사람은 아니지."

박시영은 미소를 지었다.

"정말 대단해. 운동을 매일 하는 것도 보통 일이 아닌데."

"어린 시절부터 하던 습관이 있어서요. 아마 운동 안 했으면 지금쯤 몸무게가 두 배는 되었을걸요."

"아냐. 수희 씨 이 허벅지가 칼로리를 다 흡수했을 거 같아. 부러워요."

박시영이 방수희의 탄탄한 허벅지를 가리키며 말했다.

"네? 전 언니 다리가 부러운데요? 바비 인형 같아요."

"아니, 잠깐. 우리끼리 서로 띄워 봐야 소용없어."

두 사람은 키득키득 웃었다.

잠시 후 박시영이 말했다.

"아까 한이수 씨 얘기 나왔을 때, 실은 좀 당황했어요. 표정을 어떻게 해야 할지 몰라서."

"왜요?"

"해성이하고 이수 씨하고 지난번 재판 하면서 가까워졌거든요."

"네에. 알고 있죠."

"해성이가 먼저 접근한 모양이던데요."

"그래요?"

방수희는 고개를 갸웃하다가 말했다.

"하긴, 당연한 건데, 왠지 그런 그림이 그려지지 않았나 봐요."

"좀 제멋대로인 친구죠. 무슨 생각을 하고 뭘 바라고 있는지를 알기 힘든……."

"적어도 기호보단 알기 어려워요."

하하하, 박시영이 웃었다.

"맞아요. 남자들의 속마음은 딱 그 정도 깊이?"

"변호사님하고 이수 언니하곤 잘되어 가나요?"

박시영은 천천히 고개를 가로저었다.

"무슨 이유에선지 이수 씨가 차가워졌어요. 아주 빨리."

"……."

"그래서 아까 기호 씨가 눈치 없이 이수 씨 이야기를 했을 때 뭐라고 반응하기가 그렇더라구요."

"네에."

방수희 짧은 대답을 끝으로 말이 없었다.

생각에 잠긴 모습이었다.

박시영이 말했다.

"아까. 수희 씨도 이수 씨 이야기 나왔을 때 표정이 안 좋던데요?"

"제가 그랬나요?"

"그래 보였어요."

방수희는 다시 잠깐 무언가 생각하는 듯하더니 입을 열었다.

"얼마 전에 사표를 내려고 했어요."

"네? 일이 힘들었어요?"

"아뇨. 사실 별로 일도 많지 않아요."

"그럼 왜요?"

"일이 별로 많지 않다는 게 문제죠. 하는 일에 비해 월급을 너무 많이 받으니까."

"하지만 해성이한테는 수희 씨가 필요해요. 사표를 수리하지 않았죠?"

방수희는 고개를 끄덕였다.

"안 받으시더라구요. 언니하고 같은 말을 해요. 제가 필요하다고."

"다행이다."

"근데, 언니는 어떻게 그렇게 잘 알아요? 변호사님하고 똑같은 말을 하고."

박시영은 얼핏 당황했다.

"그야 오래된 친구니까……."

"네에."

"그건 그렇고, 수희 씨도 참 보기보다 맘이 약해요. 보통 사람들은 어떻게든 붙어 있으려 할 텐데, 월급이 너무 많다고 그만둔다니."

"그것도 그거지만, 맘이 좀 불편해서요."

"왜요?"

"그냥 좀 불편해졌어요. 그래서……."

"마음이 불편해서…… 그냥…… 사무실을 그만 나가고 싶다……?"

방수회의 말을 이어 붙이던 박시영은 방수회를 빤히 바라보았다.

"혹시, 해성이를 좋아하는 거 아닐까?"

마치 혼잣말하듯 했다.

방수회는 박시영을 마주 보다가 바다 쪽으로 시선을 돌렸다.

"제가요? 그럴 리가."

"때론 자기 마음을 자기가 잘 모를 수도 있어요."

"그런 건 아닌 거 같아요."

"수희 씬 남자 사귀어 본 적 없죠? 운동만 했구."

"설마요. 원나잇도 해 봤는데."

"원나잇…… 안 됐죠?"

"안 됐어요."

박시영이 웃었다.

방수회가 조금 침묵하다가 말했다.

"아무튼 제가 변호사님을 좋아해선 안 되죠."

"왜 그렇게 생각해요? 해선 안 되는 사랑이 있나?"

"그게 아니라요."

"그럼?"

"변호사님은 누구를 좋아할 사람이 아닌걸요."

박시영은 대꾸하지 않았다. 딱히 반박할 수 없었다. 방수회의 이 거침없는 말은…….

"수희 씬 해성이를 잘 알고 있는 거 같아요."

"그래요?"

"아니, 잘 알고 있다고 확신하네요. 그게 참 놀랍고 부러워요."

"그런 거 몰라요. 그래서 사무실 그만두려 했거든요."

참 이상하다.

방수희가 말하면 큰일도 큰일이 아닌 것 같다.

자신의 마음을 이야기하는 것도. 회사를 그만두는 것도.

박시영은 말없이 바다로 시선을 보냈다.

아스라한 불빛이 밤바다에 점점이 떠 있었다.

* * *

"여보세요. 윤 변호사님? 최윤식입니다."

"아, 네. 최 팀장님."

"이번에 박재훈 검사가 연락이 와서요. 우리 측 자료를 요청했습니다."

"네."

"그 자료는 저희가 준비했는데요, 회장님은 윤 변호사님이 검찰에 가서 자료를 전달하고 해명을 좀 해 달라고 하십니다."

의외의 제안이었다. 영장 재판 이후 후속 수사와 재판은 LNK가 담당할 거라고 믿고 있었다. 그 이후로는 양다곤이 도움을 요청한 바도 없었다.

하지만 금번 요구를 굳이 거절할 이유는 없었다. 약간의 수임료 수입도 발생하겠지만, 무엇보다 한울 모터스 내부 자료를 볼 수 있는 기회다.

"좋습니다. 회장님 일이라면 당연히 제가 도와야죠."

"감사합니다. 자료는 바로 법무팀 직원이 보내 드리겠습니다. 참고하시도록 LNK에서 작성한 의견서도 전달해 드리겠습니다. 박재훈 검사한테는 그 서면을 참고해서 우리 입장을 전달해 주시면 될 것 같습니다."

"알겠습니다."

전화를 끊으려던 윤해성은 "아, 잠깐만요." 하고는 물었다.

"근데, 왜 하필이면 이번에 저한테 일을 맡기시는 거죠?"

"글쎄요. 회장님 의중은 모르겠습니다. 아마 박재훈 검사하고는 그래도 윤 변호사님이 잘 통할 거라고 생각하신 게 아닌가 싶습니다. 영장 재판에서도 두 분이 만난 적이 있고."

"회장님의 결정이란 말씀이군요."

"네. 물론 그렇지요…… 다만."

"다만?"

"단명오 변호사님의 조언이 있었던 것 같습니다. 제가 브리핑을 가면 늘 단 변호사가 옆에 있더라구요."

편치 않은 심사가 최윤식의 말투에서 묻어났다.

단명오가 법률 책사로 양다곤의 옆에 찰싹 붙어 있으니, 한울 그룹의 법무팀을 이끄는 사람으로서 당연한 불만일 것이다.

"그렇군요. 알겠습니다. 곧 전달해 주십시오."

윤해성이 전화를 끊고 기다리고 있으려니 한 시간도 안 되어 한울 법무팀 직원이 도착했다. 그는 사무실 테이블 위에 약 10센티미터 두께의 자료 두 뭉치를 두고 갔다.

윤해성은 방수희에게 말했다.

"이 자료들 복사 좀 해 둬."

"이거 뭐예요?"

방수희가 자료의 모서리를 맞추며 물었다.

"한울 모터스 측 자료야. 오늘 검찰에 제출할 거야."

"근데 우리가 왜 복사를 해 둬요?"

"응. 내가 좀 볼 게 있어서."

둘러댔지만 틀린 말은 아니다. 윤해성은 시간을 내 자료를 샅샅이 훑어볼 생각이다.

검찰에 해명하기 위한 자료라지만 알아 두면 한울 그룹의 내부 사정 파악에 도움 될 수 있다.

윤해성이 다시 자기 방으로 들어가 일을 하고 있으려니 잠시 후 방문이 열렸다.

"복사는 다 해 뒀어요."

"좋아."

윤해성은 일어섰다. 방을 나가 사무실 테이블 위에 있는 자료를 집어 들어 가방에 넣었다.

"난 이거 갖고 중앙지검 박재훈 검사실에 들어갈 거야. 퇴근 시간 다 되었으니까 다들 곧 정리하고 퇴근해."

"알았어요."

"수희는 오늘 주짓수 가는 날이지?"

윤해성이 빙긋 웃으며 말했다.

"와, 수희 누나 일정까지 다 꿰고 있어요?"

전기호가 끼어들었다.

"나 수희 팬이잖아."

윤해성은 그 말을 남기고 사무실을 나섰다.

방수희는 괜히, 조금 설렜다. 그런 말이 아니란 걸 알면서도.

이런 자신이 맘에 들지 않는다. 아, 역시 이 사무실은 관두는 쪽이……

이람 법률사무소에서 서울중앙지검 정문까지는 걸어서 5분 거리다.
윤해성은 가방을 들고 지하도로 내려가 교대역 10번 출구로 나왔다.
항상 많은 인파가 오가는 곳이다. 바깥이 내다보이는 버거킹 창가에 앉아 있던 한 남자가 윤해성의 모습을 보더니 어디론가 전화를 했다.
"010-5465-**** 차주 되시죠?"
"네."
박재훈이 대답했다.
남자는 정중하게 말했다.
"차 좀 빼 주셔야겠습니다."
"주차에 문제없을 텐데요."
"죄송합니다. 모양이 조금 애매해서요. 차가 빠져나가기 어렵네요."
박재훈은 뭐라 뭐라 몇 마디 더 한 것 같지만 남자는 바로 전화를 끊어 버렸다.
윤해성은 당연히 그 사실을 알지 못했다.

* * *

"어, 서류 덜 들고 가셨네."
그 시각 테이블을 정리하던 방수희는 윤해성이 한울 모터스의 자료 중 몇 장을 덜 가져간 걸 깨달았다. 서류 옆에는 윤해성이 늘 쓰는 모나미 볼펜이 굴러 있었다. 볼펜이 끼는 바람에 급하게 서류 뭉치를 집다가 그 아래쪽 서류는 챙겨가지 못한 것 같았다.

윤해성이 사무실을 막 출발한 때였다.

전기호가 말했다.

"하여튼 우리 변호사님도 심하게 덜렁대요."

"부정은 못 하겠다."

"누나, 놔둬요. 내가 갖다줄게요."

"아냐. 주짓수 도장은 검찰청 통과해서 가는 길이니까 내가 전해
줄게."

방수희는 남은 서류를 접어 작은 백팩에 집어넣고 사무실을 나섰다.

전화를 걸어서 윤해성을 기다리게 하기보다는 자기가 걸음을 조금
만 빨리 하면 윤해성이 검찰청 건물에 들어가기 전에 따라잡을 것 같
았다.

* * *

서울중앙지검 본관 건물 앞 관내 도로에는 차량이 열을 지어 주차
되어 있다. 그중에 검은 그랜저가 한 대 끼여 있었다.

서울중앙지검은 일과 시간에는 정문과 후문을 연결하는 도로가 개
방되어 있다. 일반 차량의 통과가 자유롭게 허용된다. 그랜저 차량은
조금 전에 들어와서 조용히 주차해 있었다.

검붉은 낯빛에 도드라진 광대뼈를 한 남자가 운전석에 앉아 있었다.
김 실장이었다.

조수석에도 한 명의 남자가 있다. 김정면이었다.

장어처럼 미끈한 몸에 중년으로는 드물게 긴 머리, 날렵한 턱.

한국의 '한마 유지로'라는 별명답게 벌어진 어깨와 굴곡 깊은 등이
슈트 너머로도 드러났다.

두 사람 다 검은색 선글라스에 마스크를 썼다. 김 실장은 차 실내인데도 모자까지 썼다.

김 실장이 말했다.

"윤해성도 출발했고, 박재훈 검사도 곧 차 빼 주러 내려올 거야."

"지하 주차장에 차를 댔으면요? 현관이 아니라 지하로 가 버릴 거잖아요."

"아까 확인했어. 박재훈 검사 차가 오늘은 외부에 주차되어 있어. 현관으로 나올 거야. 불러내는 게 제일 어려운 부분이었는데, 일이 쉬웠어."

김 실장이 한 번 더 확인하듯 말했다.

"알겠지? 윤해성과 박재훈 검사가 같이 있는 순간을 노리는 거야."

"알고 있습니다."

"윤해성을 먼저 공격해. 어디까지나 목표가 윤해성인 것처럼 보여야 해."

"그 김에 현장에 있던 박재훈 검사도 해치우는 모양새라 이거죠."

"바로 그거야."

김 실장은 김정면의 발밑에 둔 쇼핑백을 가리켰다.

"정확히 면상에 뿌려. 윤해성은 대충 해도 되지만 박재훈은 정확하게 해치워야 해."

"걱정 마세요."

김정면은 귀찮다는 듯 대답하며 긴 머리를 쓸어올렸다.

* * *

윤해성은 교대역 10번 출구를 나와 200미터쯤 걷다가 우회전해서

언덕길을 올랐다.

다시 200미터를 오르면 왼편이 서울중앙지검 정문이다. 정문을 통과해 본관 건물로 향했다.

김 실장은 룸미러로 멀리서 다가오는 남자를 보고는 직감했다. 큰 키에, 흰 얼굴, 변호사 가방을 들었다. 무엇보다 조금 전 윤해성이 출발했다는 부하의 전화를 받았다. 저 남자가 윤해성이 분명하다. 김 실장은 차 시동을 켰다.

룸미러로 다시 남자를 보았다. 점차 가까워지면서 얼굴이 분간되었다.

김 실장은 화들짝 놀라 자신도 모르게 핸들을 꽉 움켜쥐었다.

"저 인간은 그때……."

운전석 창문을 열고 고개를 반쯤 내어 뒤쪽을 뚫어지게 보았다.

으음. 자신도 모르게 신음이 흘러나왔다.

양다곤 회장의 고발인과 김충구 변호사를 습격했을 때 부하들과 자신들을 때려눕혔던 남자. 보디가드인 줄 알았던 그가 바로 윤해성 변호사였다니.

"그놈이 저놈이었어……."

"왜 그럽니까?"

"아, 아냐…… 이거 쉽지만은 않겠는데."

혼잣말하던 김 실장은 조수석의 김정면에게 말했다.

"조심해. 만만한 놈이 아니야."

김정면은 걱정하지 말라는 듯 코끝을 찡긋했을 뿐이었다.

"그나저나 지금쯤 나올 때가 됐는데……."

윤해성이 걸어오는 모습을 룸미러로 지켜보며 김 실장이 초조하게 읊조렸다. 이번 테러의 진정한 목표물, 박재훈 검사가 모습을 나타내기를 기다리고 있다.

그가 말을 뱉은 것과 거의 동시에 박재훈이 검찰청 현관에서 나오고 있었다.

"나왔다. 준비해."

김정면은 조수석 문을 조금 열고 준비했다.

"둘이 만나는 순간을 노리는 거야."

박재훈 검사가 계단을 내려오고 있었다.

그의 발걸음은 조금 빨랐다. 짜증이 묻은 것 같다. 주차를 제대로 했는데. 어디서 운전 못 하는 놈이 귀찮게 만들고 있어. 그런 표정이다.

김정면이 그랜저 조수석에서 스르르 빠져나갔다.

마치 뱀처럼 유연하고 은밀한 움직임이었다.

박재훈 검사가 계단을 다 내려왔을 무렵 윤해성도 그 아래에 거의 도착했다.

박재훈 검사가 먼저 알아보았다.

윤해성 변호사. 양다곤의 영장을 기각시켜 모든 것을 망친 인물. 못 알아볼 수가 없다.

"윤 변호사."

박재훈이 부르자 윤해성도 비로소 그를 보았다.

"박재훈 검사."

"님."

"님."

'님' 자 하나로 자존심 대결을 벌이며 두 사람이 잠깐 대치하고 있는 사이, 김정면이 다가왔다.

여전히 마스크를 하고 선글라스를 낀 채다. 손에는 장갑까지 끼고 있다.

그는 쇼핑백을 들고 있었다.

김정면이 가까이 다가왔을 때 정면으로 향해 있던 박재훈이 그가 두 사람을 향해 걸어온다는 걸 눈치챘다.

김정면은 재빠르게 쇼핑백 안에 손을 넣었다.

꺼낸 손에는 소주병이 들려 있었다.

김정면이 윤해성의 뒤에 있었고, 윤해성의 신경은 박재훈 검사에 가 있었기에 알아차리는 게 늦었다.

누군가 뒤에서 다가온다고 느끼고 뒤돌아본 순간.

김정면은 소주병을 크게 휘둘렀다.

윤해성은 반사적으로 피했다.

빡!

소주병은 막 피하려던 윤해성의 옆머리에 작렬했다.

윤해성의 다리가 휘청하고 꼬이며 그 자리에 쓰러졌다. 병이 깨지고 액체가 튀어나왔다. 윤해성은 쓰러지면서도 양팔을 들어 액체가 얼굴에 흘러들어오는 것을 막았다. 하지만 완전히 막지는 못했다. 깨진 머리에서는 피가 철철 흘렀다.

헉.

그 장면을 눈앞에서 목격한 박재훈 검사의 입에서 비명이 튀어나왔다. 박재훈은 뒤돌아서 도망가려 했다.

김정면은 재빨리 뒤쫓아 갔다. 윤해성을 때린 깨진 소주병을 버리고 어느새 쇼핑백에서 두 개째의 소주병을 꺼내 들고 있었다.

막 등을 돌리는 박재훈의 뒤통수를 향해 휘둘렀다.

소주병이 크게 반원을 그렸다.

빡!

커다란 소리가 났다.

병은 반쯤 깨졌다. 박재훈은 그 자리에 주저앉았다. 뒤에서 습격을 당했기에 무방비였고, 흘러내린 액체는 온통 얼굴을 적셨다.

"이 자식……."

윤해성이 소리를 내며 꿈틀꿈틀 일어나려 했다. 하지만 제대로 정신을 차리지 못하고 있었다.

김정면은 반쯤 일어선 윤해성을 보더니 다시 재빨리 다가갔다.

이어서 깨진 소주병을 거세게 내질렀다.

날카로운 유리 끝은 윤해성의 목을 겨냥해 있었다.

퍽.

큰 소리가 들렸다.

하지만 이번에 들린 소리는 윤해성에게서 난 것이 아니었다.

김정면이 머리에 손을 대고 있었다.

바닥에는 백팩이 떨어져 있었다.

어디선가 날아온 가방이 김정면의 머리를 때린 것이다.

그 충격으로 김정면의 선글라스가 벗겨졌다.

가방 안에 무언가 단단한 게 들었던 모양이다.

그는 머리를 쥔 채 주위를 돌아보았다. 타격은 크지 않았지만 선글라스가 날아간 통에 순간적으로 시야가 흐려졌다. 어디서 날아온 거지?

그사이 가방을 던진 사람은 이미 가까이 와 있었다.

김정면은 본능적으로 깨진 소주병을 들고 그를 향해 겨누었다.

그 순간 흠칫 놀랐다.

상대는 포니테일 머리를 한 젊은 여자.

방수희였다.

방수희는 땅에 떨어진 백팩을 발로 툭 차 밀어 놓고는 자세를 취했다.

왼손은 관자놀이 근처, 오른손은 턱에서 15센티미터.

발은 삼각형 모양 스탠스, 뒤쪽으로 실린 체중.

마치 주짓수 교본에 나오는 듯한 자세.

양손에는 격투기용 손가락보호장갑까지 착용한 상태다.

방수희가 말했다.

"Come on, Bitch."

김정면은 눈알을 희번덕거렸다.

"이년이, 돌았나!"

김정면이 방수희를 향해 달려들었다.

"억!"

달려들던 김정면은 돌연 비명을 지르며 비틀했다.

시야가 흔들렸다. 일순 눈앞에서 상대의 모습이 사라지고 하늘이 보였다.

마치 놀이기구를 타고 거꾸로 뒤집힌 것 같았다.

왼 다리에 격렬한 통증이 왔다.

내딛던 그의 왼 다리 허벅지에 방수희의 강렬한 로킥이 작렬한 것이었다.

예측 불허의 공격이었다.

이 여자가 로킥을 날릴 거라고는 상상치도 못했다.

마치 쇠망치로 맞은 느낌. 불가항력으로 꺾여 버린 다리.

김정면은 비틀거리면서도 이게 뭐지, 하는 눈으로 방수희를 쳐다보았다.

도저히 믿지 못하겠다는 표정이었다.

"어억!"

김정면이 비틀대는 틈을 놓치지 않고 방수희는 다시 한번 김정면의 왼 다리에 로킥을 꽂아 넣었다.

김정면은 완전히 꼬꾸라졌다.

첫 번째와 비교도 되지 않는 격통이 찾아왔다.

방수희가 곧바로 달려들었다.

소주병을 든 김정면의 팔이 무방비로 들려 있었고, 방수희는 그걸 놓치지 않았다.

방수희는 김정면의 팔을 양손으로 잡고 옆으로 회전했다. 무릎으로 팔을 조이며 손목을 아래로 끌어내렸다. 완벽한 암바.

이 모든 연결기는 눈 깜짝할 사이에 이루어졌다.

두두둑!

방수희가 약간의 힘을 주자 김정면의 팔에서 뒤틀리는 소리가 났다.

뻣뻣하던 팔이 휘청 하며 한계치의 각도를 넘어갔다.

"아아아아악!"

김정면의 입에서 날 것의 비명이 흘러나왔다.

얼굴은 극단의 고통으로 일그러졌다.

방수희는 김정면의 팔이 부러지기 직전, 팔을 놓았다.

암바를 걸어 실제로 상대의 팔을 부러뜨린 적은 없었다.

격투기에서는 단지 항복을 받아 내는 기술이니까.

상대의 팔이 부러지기 직전까지 도달했다. 그건 늘 생생하고 소름 끼치는 느낌이었다.

인대 정도는 늘어졌을 것이다. 상대를 제압하기엔 그 정도로 충분하다.

방수희는 김정면의 팔을 풀어 준 다음 윤해성에게 다가갔다.

그는 머리를 감싸 쥔 채 정신을 차리지 못하고 있었다.

머리 옆으로 흘러내린 액체에서 독한 냄새가 났다.

유독성 물질이 분명했다.

방수희는 땅에 던져진 백팩에서 재빨리 수건을 꺼냈다. 자신의 무릎 위에 윤해성의 머리를 누이고 수건으로 정성스레 액체를 닦아 냈다.

삐익.

정문에 있던 경비가 호루라기를 불며 달려오고 있었다.

김정면은 비틀거리며 일어났다.

건물 앞 도로를 절뚝거리면서 뛰어 건너갔다.

그가 향한 곳에는 검은 그랜저가 있다.

김정면이 조수석에 타자 문을 거의 닫기도 전에 그랜저가 출발했다.

"젠장! 젠장!"

김 실장의 얼굴은 귀신같았다.

"등신 같은 새끼!"

김 실장이 욕을 했지만 김정면은 대꾸하지 못했다.

고통스러운 표정으로 왼팔로 자신의 오른 어깨를 붙잡고 신음을 낼 뿐이었다.

* * *

윤해성 변호사. 중앙지검 앞에서 피습! 북한의 소행인가.

김정은 기소했던 윤해성 변호사 중앙지검에서 테러당해. 같이 있던 검사도 중태

우선 뜬 기사의 제목들이었다.

괴한은 먼저 윤해성을 노리고 병을 휘둘렀다는 사실이 확인됐다.

현직 검사가 피해를 입었지만 언론은 윤해성의 피해에 더 무게를 두어 보도했다. 범인이 윤해성을 노렸다고 본 것이다. 무엇보다 윤해성은 김정은을 기소했던 검사 출신이니까.

'남조선의 이번 작태는 최고 존엄에 대한 모욕으로서 절대 좌시하지 않을 것이며……'

기소 직후 나온 조선중앙TV의 논평도 재조명되었다.

북한의 동기는 충분해 보였다.

북한 관련설, 윤해성 타깃설은 뒤이은 범행수법 보도로 더 확고해졌다.

액체 성분은 메타파라티온으로 밝혀져. 전문가들은 북한의 테러로 의심.

김정남 말레이시아 공항 테러를 연상시키는 수법.

괴한은 윤해성 변호사를 먼저 노린 것으로 밝혀져.

차량은 대포차, 추적 불가. 범인의 정체도 오리무중.

검찰청 앞에서의 대담한 테러. 북한이 아니면 누가?

이런 식의 보도가 이어졌다.

뉴스 댓글도 들끓었다.

북한의 소행이 분명하다고 단정하는 글이 주류였다. 아직은 모른다는 의견, 음모론도 있었고, 박재훈 검사를 노렸을 수 있다는 글도 있었지만 다 묻혔다.

* * *

TV 뉴스프로그램에 출연한 초로의 전문가가 말하고 있었다.

"검찰청사 앞에서, 그것도 백주 대낮에 테러가 벌어졌단 말이죠. 우린 이 점에 주목해야 합니다. 적어도 대한민국 국민이라면 범행을 한다고 해도 이렇게 대담하게 할 사람은 극히 드뭅니다. 이런 범행 방법을 생각하고 또 감행할 수 있다면 역시 전문테러단체나 북한 정도를 생각할 수 있겠죠. 물론 메타파라티온이라는 범행 도구나 동기의 관점에서는 북한을 더 의심할 여지가……."

굵은 음성이 그의 말에 더 신뢰를 부여하고 있었다.

"꺼."

양다곤이 말했다.

김 실장은 리모컨을 눌러 TV 화면을 껐다.

양다곤은 몸을 정면으로 돌리고 말했다.

"모든 게 단 변호사 예상대로 흘러가는 것 같아."

기분이 아주 좋아 보였다.

단명오의 인터콘티넨탈 호텔 스위트룸

양다곤과 단명오가 소파에 나누어 앉았고, 김 실장은 간이 의자에 앉았다.

"적어도 우리 쪽을 주목하는 사람은 거의 없습니다. 수사는 완전히 오리무중이고요."

김 실장이 말했다.

"꼬리 잡힐 건 남기지 않았겠지?"

"물론입니다. 대포차를 썼고, 차는 인천 무허가 작업장에서 폐차했습니다."

"아까 뉴스에서는 현장에 범인의 선글라스가 떨어져 있다고 하던데."

"만일의 경우를 대비해 차에서 나가기 전에 지문을 다 닦아 놓도록 했습니다."

"음. 잘했어."

단명오가 덧붙였다.

"그 선글라스도 러시아제로 구했죠. 외부에 보도는 안 되었지만요. 러시아제 선글라스를 쓴 킬러. 북한을 떠올리게 하지 않습니까?"

"역시 단 변호사야!"

양다곤은 껄껄껄 크게 웃고는 물었다.

"박재훈 검사 상태는 어때?"

"지금 중환자실에 있는데, 살아나기 힘들 겁니다. 정면으로 파라티온을 뒤집어썼거든요."

하하하, 양다곤은 또다시 크게 웃었다.

"이제 그놈 설치는 꼴은 안 봐도 되겠군. 눈엣가시 같은 놈이었는데. 잘됐어, 정말 잘됐어!"

김 실장이 말했다.

"윤해성 변호사는 역시 대단하던데요. 그 순간 반사 신경으로 공격을 거의 피했어요. 파라티온도 목 뒤에 조금 묻은 정도였고. 지금 입원 중이긴 한데 금방 퇴원할 거랍니다."

"나도 자네 얘기 듣고 놀랐어. 윤해성 변호사가 자네가 김충구 변호사 쪽 습격할 때 우리 애들 박살 낸 친구라니. 설마 윤 변호사가 이번 현장에서 자넬 본 건 아니겠지?"

"물론입니다. 전 차 안에만 있었고요. 선팅 50이라 밖에선 안 보입니다."

"앞으로 윤해성 변호사한테 혹시라도 얼굴 눈에 안 띄게 조심해."

"알겠습니다. 그건 그렇고……."

김 실장이 단명오를 보며 말머리를 꺼냈고, 단명오가 턱을 쳐들었다.

"응?"

"단 변호사님이 권총 구해 달래서 제가 토카레프하고 실탄 구해다 드렸잖아요? 근데 이번에 사용은 안 하셨데요?"

"얘기했잖아. 이번에 쓸 건 아니라고."

'그렇게 딱 잘라 이야기한 적은 없는데?'

김 실장은 의아한 표정을 지었다.

둘의 대화를 듣고 있던 양다곤의 눈썹이 올라갔다.

"권총을 구했어? 근데 이번에 안 썼다고?"

"권총을 쓰게 되면 정말 위험해지거든요. 아무리 김 실장이 은밀하게 구했다 하더라도 유통 루트는 뻔합니다. 경찰이 금방 추적할 수 있어요."

양다곤이 고개를 끄덕끄덕했다. 단명오에 대한 신뢰가 묻어나는 제스처. 이번에 결과를 보여 주지 않았던가.

김 실장이 물었다.

"그렇군요. 그럼 총은 지금 어디 있습니까?"

"일단은 내가 잘 보관하고 있어. 앞으로 쓸 일이 있을지도 몰라."

"네에."

화제를 돌리고 싶은지 단명오가 불쑥 물었다.

"김정면이는 어때?"

"정면이는…… 사실 걸레가 됐어요. 팔 하나는 인대가 완전히 늘어났고, 다리도 차마 못 볼 정도로 퉁퉁 부었습니다. 무슨 쇠몽둥이로 맞은 줄 알았어요. 지금 잘 걷지도 못합니다."

"도대체 뭐 하는 여잔데, 갑자기 튀어나왔지? 완벽하게 처리될 수 있었는데.”

단명오는 윤해성의 목숨을 앗지 못한 게 아섭다는 듯 말했다.

“윤해성하고 잘 아는 사이 같았어요. 룸미러로 보았을 땐 그 여자가 쓰러진 윤해성을 안고 있었습니다. 상당히 가까운 관계로 보였습니다.”

“격투기 선수 아니야?”

“정식 선수는 아닌 것 같습니다. 스타일로 봐서는 주짓수거든요. 국내 격투기 여자 선수는 몇 명 없어서 다 확인 가능한데, 그중엔 없었습니다.”

“그럼 격투기 도장에 다닌 정도란 건가? 근데 그렇게 싸움을 잘하는 여자라⋯⋯.”

단명오는 도무지 이해할 수 없다는 듯 말했다.

“저도 너무 놀랐습니다. 다른 사람도 아닌 김정면을 박살 냈으니까요. 물론 정면이는 상대가 여자라고 깔보고 방심했던 면도 있지만, 그렇다고 해도 정면이를 저렇게 떡 만들 정도면 거의 인간 병기인 거죠⋯⋯.”

“대체 윤해성과는 무슨 사이인 거지?”

“자세한 내막은 모르겠습니다. 격투기 하는 여자와 변호사가 알고 지낸다는 것도 드문 일이고⋯⋯ 하긴 윤해성 본인도 엄청난 고수거든요. 그런 게 뭔가 연관이 있을 것 같기도 하네요.”

“하필 그 시각에 그 장소에는 왜 온 거야?”

“그건 모르겠습니다.”

양다곤이 불쑥 말했다.

“윤해성이가 보통 변호사들하곤 좀 다르잖아. 그래서 그런 거겠지.”

그만 그 얘기를 끝내자는 뜻이다. 하지만 단명오는 손을 턱에 괴고 생각에 잠겼다.

"이상해······ 이해가 안 가······ 자연스럽지가 않아······."

혼잣말을 중얼거리던 단명오가 김 실장에게 물었다.

"김정면을 어설프게 병원에 데리고 가진 않았겠지?"

"예. 병원에 가면 바로 경찰에 추적당할 테니까요. 대충 집에서 치료하고 있습니다."

인대가 완전히 늘어났는데, 자가 치료가 제대로 될지 어떨지 걱정하는 사람은 적어도 이 방 안에는 없었다.

"잘 감시해. 혹시라도 몰래 병원에 가지 않는지."

단명오가 말했다.

"걱정 마십시오. 애들이 감시하고 있습니다."

김 실장이 자신 있게 대답했다.

* * *

1인실 입구 쪽에는 '쾌유기원'이라는 커다란 리본을 단 커다란 산세베리아 화분이 놓여 있다. 리본 아래쪽에는 '한울 모터스 양다곤'이라고 적혀 있다.

윤해성은 침대에서 반쯤 일어나 벽 사이에 베개를 대고 기대 있었다.

"좀 어떠세요?"

방수희가 침대 옆에 앉아 물었다.

윤서경은 테러 소식을 듣고서는 부리나케 달려와 윤해성을 돌보다가 지금은 옷가지를 가지러 집으로 가 있다. 방수희 혼자 병실을 지키고 있다.

"멀쩡해. 지금 퇴원해도 될 거 같은데?"

"의사는 한 일주일 더 있어야 한대요. 독이 해소되려면 시간이 걸린다구요."

"그깟 파리약 몇 방울이 날 어떻게 못 하지."

방수희는 피식 웃었다.

"죽을 뻔해 놓고도 그 건방은 안 고쳐졌네요."

윤해성은 끄응, 소리를 내고는 말했다.

"수희 몸은 어때?"

"나야 멀쩡하죠."

"독극물이 묻거나 하진 않았어?"

"다행히 주짓수 도장 가는 길이라 손가락보호장갑을 끼고 있었어요. 조금 묻긴 했는데, 손가락 끝에 조금이에요. 잘 씻었더니 아무렇지도 않아요. 의사 선생님도 괜찮다고 하고."

윤해성은 팔을 뻗어 방수희의 손을 잡았다.

방수희는 움찔했다.

윤해성의 표정에 장난기는 없었다.

"이 손에 독이 묻다니…… 큰일 날 뻔했어. 그래도 다행이야. 정말."

"별거 아니었다니까요."

좀 이상해.

윤해성의 눈에 약간 물기가 도는 것 같아.

그럴 리는 없는데 말이야.

윤해성은 마치 보물이라도 되는 양 방수희의 손을 꼭 잡고 있다.

그는 손을 쥔 채로 말했다.

"고마워."

"이미 여러 번 말했네요."

"수희가 그때 안 와 주었으면 죽었을 거야. 덕분에 목숨을 건졌어."

"그건 좀 맞는 것 같아요."

"이젠 알겠지?"

"뭘요?"

"내겐 수희가 필요하다는 거."

"⋯⋯."

저 표정, 저 억양.

비즈니스적인 말이 분명한데.

그래도 방수희는 가슴이 저릿했다.

굳이 그 기분을 덮을 필요는 없었다.

잠시 후 입을 열어 대답했다.

"다행이네요."

"안녕!"

방수희가 돌아보니 박시영이 병실 안으로 들어오고 있었다.

"안녕!"

"안녕하세요."

윤해성은 방수희의 손을 놓으며 인사했다. 방수희도 인사했다.

"이거 뭐야? 두 사람이 손 붙잡고. 이별이라도 하는 거야?"

박시영이 말했다.

"수희 손에도 독약이 묻었다길래 내가 맘이 아파서 말이야."

"그렇다고 막 잡는 거야? 네 손 아니잖아."

박시영이 또 장난스레 말했다.

"저도 손 잡혀 보니 뭐, 생각보다 기분이 나쁘지 않네요."

방수희의 말에 박시영이 하하하, 웃었다.

박시영은 가지고 온 음료수 박스를 냉장고에 집어넣는데, 또 한 사
람이 병실로 들어왔다.

"어, 시영이 누나도 와 있네!"

전기호가 박시영을 보더니 반갑게 말했다. 윤해성이 말했다.

"넌 나보다 시영이를 더 반가워하는 거 같다."

"제 마음이 그런 걸 어떡해요?"

"이럴 거면 여기 왜 왔냐?"

"다행이에요. 저한테 시비 걸 만큼 팔팔해서."

전기호는 박시영의 음료수 위에 자신이 가져온 음료수를 쌓았다.

"수희 누나 퇴근하고 가 본다길래 같이 따라온 거예요. 조금 늦었지만."

"그래도 다들 고마워. 내가 잘못 살지는 않았네."

"변호사님이 월급을 연체하지 않았다는 증거죠."

"너도 좀 같이 입원해야겠다."

"왜요?"

"막말 좀 고치게."

"역시, 기세가 살아 있어. 이걸로 안부는 확인했네요."

침대 옆에 자리가 부족해 전기호는 창가에 섰다.

"하여간 큰일 날 뻔했어."

박시영이 근심스럽게 말했다.

"큰일은 박재훈 검사가 당했지. 지금 중태라며?"

"응, 좀 힘들 거래……."

"안됐네…… 하긴 독약을 얼굴에 정통으로 뒤집어썼으니. 빗맞은 나도 이 정돈데."

"넌 운동신경이 좋아서 다행이야. 그 순간 어떻게 피했냐."

"뭘. 수희 없었으면 나도 죽었어. 그 자식이 도망가는 박재훈 검사 해치운 다음에 다시 날 공격하려 했어."

"참, 수희 씬 그 사람 얼굴 봤겠네요?"

박시영이 방수희를 돌아보며 말했다. 방수희는 고개를 저었다.

"제대로 못 봤어요. 마스크를 하고 있었고, 너무 순식간이어서요. 경찰에서도 몽타주 만들자고 하는데 얼굴을 본 게 있어야 말이죠."

"아쉽네…… 지금 단서가 거의 없는 모양이던데."

박시영도 머리를 절레절레 흔들었다. 그러다가 혼잣말처럼 물었다.

"정말 북한의 짓일까?"

"그렇게 보는 사람들이 많긴 하지. 전문가들도 그렇게 말하고 있고."

"너 생각은 어때?"

"알 수 없지. 하지만, 북한의 짓이 아니라고 가정한다면."

"응?"

"그런 식으로 테러를 할 수 있는 조직력과 힘, 그리고 동기를 갖춘 사람은 한 사람밖에 떠오르지 않아."

"누구?"

"누구요?"

다들 귀를 쫑긋 세웠다.

윤해성은 조금 뜸을 들이다가 말했다.

"한울 모터스의 양다곤 회장."

잠시 뜨악한 침묵이 흘렀다.

하지만 곧이어 방수희와 전기호는 "에이.", "말도 안 돼요!" 하며 외면해 버렸다.

박시영만이 진지했다.

"그게 가능성이 있을까?"

"아니, 누나까지 왜 그래요? 그 말도 안 되는 환자의 망상에 호응해 갖구."

전기호가 말했다.

"그래도 난 이유를 한번 들어 보고 싶은데."

박시영이 말했다.

"말 그대로야. 그만한 조직력과 동기를 가진 사람이라면 양다곤밖에 없단 이유지. 우선 독물을 구하는 것부터 웬만한 사람은 힘들고, 날습격한 놈도 수회한테 얻어터지긴 했지만 프로였어. 대포차를 이용하고 흔적도 없이 처리하는 것도 쉽지 않아. 개인은 힘들어."

"설마."

"하필이면 그날 검찰에 낼 서류를 나한테 제출해 달라고 맡긴 것도 이상해. 내가 검찰청 앞에 도착할 때쯤 딱 맞춰 박재훈 검사가 내려온 것도 이상하고."

"검사는 밖으로 나오지도 못하나요. 박재훈 검사한테 물어보시죠. 그때 왜 내려왔는지."

전기호가 삐죽거리며 말했다.

"지금 저 모양인데? 의식불명."

"그래도 난 북한이 테러했다는 이야기 쪽이 더 재미있어요."

전기호는 윤해성의 말이 도무지 맘에 들지 않는다는 태도다.

박시영이 물었다.

"양다곤이 널 노릴 이유가 있어? 자기 재판을 도와준 사람인데?"

"게다가 계산도 끝났죠. 성공보수도 이체해 줬잖아요. 지금 와서 죽일 이유가 없죠."

전기호도 거들었다.

윤해성은 고개를 흔들었다.

"타깃이 내가 아니라 박재훈 검사라면?"

"응?"

"응?"

"양다곤 회장 입장에선 충분히 동기가 있지. 박재훈이 유독 심하게 다그쳐 왔으니까. 박재훈 검사만 없으면 앞으로 수사나 재판이 훨씬 수월해지지."

다시 잠깐의 침묵이 흘렀다. 윤해성이 한마디 덧붙였다.

"나하고 엮어서 한 방에 해치우면 북한의 짓으로 보이게 할 수 있잖아. 그걸 노렸을 수도 있어."

전기호가 "에이." 하며 손을 내저었다.

"듣자 듣자 하니까, 말도 안 돼요! 아무렴 재벌 회장이 마피아도 아니고, 그런 짓을 해요? 변호사님은 영화를 너무 보셨어요."

아무래도 더 말하면 적어도 이 자리에선 이상한 사람 취급당할 지경이다. 윤해성은 한 발짝 물러섰다.

"아니, 뭐, 그냥 던져 본 말이야. 뭘 그리 심각하게들 반응해?"

반신반의하며 굳어 있던 방수희의 표정도 그제야 풀어졌다.

그때 전기호의 큰 소리가 들렸다.

"어, 이수 누나!"

창가에 서서 출입구를 향해 있던 전기호가 가장 먼저 발견했다.

한이수가 병실을 들어서고 있었다. 손에는 작은 과일바구니를 들었다.

"안녕하세요."

한이수가 모두에게 한 번씩 눈을 맞추며 인사했다.

"안녕하세요……."

"안녕하세요. 언니."

박시영과 방수희가 인사를 했지만 어딘가 어색했다.

여기서 자연스러운 반응을 한 사람은 전기호 한 명뿐인 것 같다. 그는 또한 한이수의 등장으로 병실 안에 순식간에 싸한 공기가 감도는 것을 눈치채지 못한 유일한 인물이었다.

윤해성은 방수희와 박시영의 틈 사이로 한이수를 보았다.

"안녕."

한이수는 윤해성을 향해 작게 웃어 보였다. 그녀는 냉장고 옆에 과일바구니를 두고 침대로 다가왔다.

"몸은 좀 어때……요?"

"괜찮아. 금방 퇴원할 거라는데."

"다행이네."

윤해성이 반말하니 한이수도 주변 눈치를 무시하고 말을 놓았다.

"와 줄 줄 몰랐어."

"아무렴 사람이 이 정도 다쳤는데."

"의리?"

"꼭 의리라기보다 아버지도 걱정하시고 하셔서."

"그럼 효도?"

박시영이 윤해성을 쿡 찔렀다.

"아야!"

너무 세게 찔렀는지 윤해성이 비명을 질렀다.

방수희가 냉랭하게 말했다.

"제가 봐도 지금은 변호사님이 좀 찌질했어요."

"으으. 수희까지 내 편이 아니야?"

한이수가 윤해성을 내려다보며 말했다.

"여전하네요."

그때 전기호가 끼어들었다.

"아니에요. 여전하시지 못해요. 지금 변호사님 정신이 오락가락해요."

"왜요?"

"이번 사건 배후에 양다곤 회장님이 있다잖아요. 히힛."

전기호는 말을 던져 놓고서 문득 싸늘한 기운을 감지했다. 박시영과 방수희가 자신을 쳐다보고 있었다. 특히 방수희의 저 눈빛은.

큰일 났다.

"그게 무슨 말이에요?"

한이수의 반응이 예상보다 너무 진지하다. 박시영이 황급히 나섰다.

"기호 씨가 쓸데없는 말을. 우리끼리 농담한 건데."

박시영이 생긋 웃었다. 방수희가 전기호에게 말했다.

"너 안 되겠다. 옥상으로 올라와!"

"아니, 난 그냥 장난으로 한 말인데……."

전기호는 울상이었다. 한이수를 향해 말했다.

"서, 설마 양다곤 회장님한테 이르시진 않겠죠? 농담인데?"

한이수가 말했다.

"글쎄요, 기호 씨 하는 거 봐서요."

한이수는 농담으로 받았다. 하지만 어딘지 진지한 말투.

박시영이 한이수를 물끄러미 바라보고 있었다.

* * *

서울중앙지검장 이정호는 검찰총장실에 와 있었다.

전국검사장회의가 끝난 후 검찰총장 정건섭이 이정호에게 티타임을 요청한 것이었다. 이날 열린 긴급 전국검사장 회의는 '검찰청사의 보안'이 주제였다. 물론 윤해성과 박재훈이 검찰청 코앞에서 테러를 당한 일 때문이다.

두 사람이 마주 앉은 테이블 위에 따끈한 과일 차의 김이 모락모락 피어올랐다.

정건섭 검찰총장은 찻잔을 들어 한 모금 기울이고 테이블에 내려놓았다.

"이 지검장, 요즘 수고가 많으시죠."

"늘 그렇죠, 뭐."

"말 안 해도 다 알죠. 서울중앙지검이 어떤 곳입니까. 우리나라의 가장 크고 골치 아픈 사건이 모이는 데 아니겠습니까."

"그만큼 늘 막중하게 생각하고 있습니다."

"한울 모터스 사건 같은 것들이 대표적이죠."

"요즘 특히 시끄럽습니다."

"그래요. 하필 담당 검사가 테러를 당해서…… 온갖 헛소문도 돌고 참, 검찰 입장이 조심스럽습니다."

"네."

"그래서 말인데요, 검찰이 왜 잘나가는 기업 뒷다리를 거냐, 이런 비판도 많단 말입니다."

그 비판은 한울 모터스에서 인위적으로 만들어 낸 부분도 한몫하고 있다.

"그런 여론도 알고 있습니다."

"검사가 공명심에만 불타서 나라의 경제를 생각지 않고 밀어붙이는 게 과연 옳은 일인가, 그런 성찰이 필요한 시기란 말이죠."

"……."

"이런 시기에 한울 모터스 수사를 담당한 주무검사가 저리되어 버렸으니."

"안 그래도 수사팀 교체를 준비하고 있습니다."

"후임 검사는 무리 없이 진행할 사람을 잘 선정해 주세요. 이런저런 잡음이 없도록."

이정호 지검장은 막 찻잔에 손을 대려다가 멈추었다.

"……양다곤 회장 수사 고삐를 늦추라는 말씀인가요?"

"꼭 그런 뜻은 아닙니다. 기업 환경을 생각하지 않고 무작정 털기만 해서는 곤란하단 거죠."

"지난번 현대차는 탈탈 털지 않았습니까?"

"그런데 아무것도 안 나왔죠?"

"……."

"경제계에서 검찰을 강하게 비판했어요. 기업 발목만 잡는다고. 검찰이 현대차 주가에 찬물만 끼얹었다면서 여론도 안 좋아졌고요."

"……."

"한울 모터스도 만약에 탈탈 털었는데 결과를 못 내면 어떡할 겁니까? 검찰은 또 한 번 욕먹고 위상이 추락할 겁니다. 수사를 하지 말라는 게 아니라 적정선을 지키면서 하자는 겁니다."

"알겠습니다."

이정호가 고개를 끄덕였다.

"역시 이 지검장은 합리적인 분이십니다. 그래서 이 지검장을 제가 중앙지검장에 추천한 거 아니겠습니까. 이제 다음번 총장 인사 땐 제 자리로 오셔야지요. 하하하."

"과분한 말씀입니다. 하하하."

정건섭 검찰총장이 너털웃음을 지었고, 이정호도 마주 웃었다.

이정호가 서울중앙지검장실에 돌아와 넥타이를 막 풀었을 때, 휴대전화가 울렸다.

"어이, 이 지검장! 나요."

"아, 선배님! 오랜만입니다."

법무법인 LNK의 대표변호사 이영규였다.

"이거 너무 적조했어. 같이 라운딩 한 지도 벌써 반년은 된 거 같아."

"그러네요. 제가 연락을 자주 드렸어야 하는데."

"아이구, 뭘 우리 사이에. 내가 미안하지. 연락을 자주 좀 하고 싶어도 말이야, 서울중앙지검장 자리가 좀 바쁜 덴가? 내가 괜히 방해할까 봐 못 했어."

"별말씀을요. 우리나라 최고 로펌의 대표님보다야 바쁘겠습니까."

"하하하, 그런가?"

"시간 내서 종종 가르침도 좀 주십쇼."

"아냐. 우리 지검장께서 나 같은 재야인사 자주 만나도 구설에 올라. 공직이 얼마나 조심스러운 자린지 나도 잘 알지. 아무튼 경력 관리 잘해서 이 지검장도 다음 인사 때 총장은 한 번 해야지?"

차기 검찰총장? 하필 오늘 두 번째 듣는 말이다.

기분 나쁜 말은 아니다.

욕심이 없다면 거짓말이다.

서울중앙지검장이면 차기 검찰총장 자리가 거의 절반쯤은 예약된 거나 마찬가지다.

큰 사고를 치거나 인사권자의 눈 밖에 나는 일만 하지 않는다면.

"아이구, 선배님. 그런 건 생각지도 않고 있습니다."

"무슨 소리. 이 지검장만 한 인물이 검찰에 또 어디 있나? 내 욕심이지만 이 지검장 나중에 은퇴하면 우리 법인 고문으로 꼭 모시고 싶네. 최고 대우로 말이지."

"말씀만 들어도 감사합니다."

차기 검찰총장, 은퇴한 후엔 LNK의 고문변호사. 최고의 인생길 시나리오다.

이영규 변호사가 말했다.

"이번에 박재훈 검사가 그리되어서 상심도 크시겠네."

"정말 맘이 아픕니다. 참 열심히 하는 친구였는데."

"너무 열심히 했지."

"네?"

"한울 모터스를 아주 뒤집어 놓았어. 압수수색만 10여 차례. 양다곤 회장까지 번번이 소환조사 해서 1000만 불짜리 계약을 놓치게도 만들고. 그 친구 뚝심 때문에 회사, 아니 한국 경제에 피해가 막심했어.

아무튼 그런 사정들이 있나 봐. 후임 검사는 좀 합리적인 친구와 왔으면 한다고. 수사는 수사대로, 법대로 받더라도 기업 경영에 굳이 피해를 줄 필요는 없지 않은가 말이지……."

어떤 방식으로 대응하는 게 안전하면서 이득일까.

이정호는 잠깐 생각했다.

방향을 정했다.

"그런 애로가 있겠군요. 하하하! 민원 사항으로 잘 접수하겠습니다."

"그래, 그래요. 그냥 민원!"

이영규는 껄껄껄 웃었다.

* * *

그날 저녁 최필원 서울중앙지검 4차장검사는 청담동 일식집 별실에 앉아 있었다.

마주한 상대는 지호림 변호사. 사법연수원 동기이자 절친한 친구 사이다.

"최 차장! 한 잔 더 받아. 이거 귀한 준마이 다이긴죠야."

"음. 역시 향이 좋은데."

술잔을 주거니 받거니 하며 벌써 사케만 두 병째다.

음식도 거덜 나고 두 사람 다 술로 얼큰해졌을 무렵, 지호림이 슬쩍 말머리를 꺼냈다.

"중앙지검 4차장이면 부패전담부잖아. 기업사건 주로 하고."

"그렇지. 제일 골치 아파."

"형사부나 공판부 차장도 똑같은 말을 할걸."

"1, 2, 3차장? 그쪽하곤 기록 두께가 달라! 어딜!"

"어허, 이 친구, 또 흥분하네."

"아아, 요즘 스트레스가 많아."

"이해해. 하필이면 박재훈 검사가 테러를 당해서."

"옆에 있다가 피박 쓴 거지. 윤해성인가 그 친구가 원래 타깃이었던 것 같은데."

"그렇겠지. 재수가 없었어."

"자식이 좀 설치더니만…… 참 불쌍하기도 하고."

"아무튼 이제 후임 인사를 해야지."

"해야지."

"이것 참. 이런 얘길 해도 될지 모르겠는데……."

"뭔데? 빙빙 돌리지 말고 그냥 말해."

지호림은 조금 더 뜸을 들이다가 결심한 듯 말했다.

"에이, 그래. 우리 사이에 뭐 조심할 거 있나? 솔직히 말할게."

"말해 봐."

"좀 말랑한 친구로 해 주라."

"뭘?"

"박재훈이 후임 말이야."

최필원 차장검사는 맞은편 친구를 지긋이 보았다.

"이 친구. 오랜만에 술 한잔하자더니만⋯⋯ 너 한울 모터스 사건 맡았나?"

"공식적으론 아닌데."

"비공식적으론 한다, 이거지?"

"오히려 공식적으론 못 하지. 내가 공식적으로 변호사 선임계 냈으면 자넬 못 만날 거 아닌가? 사건 관계자가 되어 버리니깐."

최필원이 술잔을 탕 놓았다.

"에익! 술 다 깨네."

"좀 그렇게 됐네."

"돈 잘 버는 친구한테 밥이나 얻어먹나 했더니만⋯⋯ 젠장. 오늘 밥값은 내가 낼게!"

"그래. 그게 속 편하지. 그래도 좀 생각은 해 봐."

최필원이 검지를 들어 지호림을 겨냥해 흔들었다.

"이 친구, 아주⋯⋯ 지능적이야."

"양다곤 회장이 아주 불면증인가 봐. 그 정도 신경 쓰는 만큼 일이 잘되면 나도 낯이 좀 서겠지."

"제길. 난 어쨌든 안 들은 걸로 하네."

"그래. 알았어."

지호림은 더 보채지 않고 순순히 접었다.

서투른 자는 이 자리에서 어떤 확답을 들으려 밀어붙일 것이다.

하지만 그랬다간 부작용이 있다.

공직자가 대놓고 해 줄 수 있는 말은 한계가 있다.

이 정도 선에서 적절하게 말을 던져두면 된다.

지호림은 조용히 술잔을 기울였다.

그 귀하다는 준마이 다이긴죠의 향을 즐기면서.

＊　＊　＊

김 실장은 바나나 한 뭉텅이를 테이블 위에 툭 던졌다.

"쪽팔리게."

소파에 김정면이 몸을 반쯤 기대고 인상을 찌푸리고 있다. 몸도 아프고 자존심도 상할 대로 상했다. 그는 아무 대꾸를 하지 않았다.

김 실장이 말했다.

"병원 안 갔지?"

"안 갔습니다."

불만스러운 어투다.

"그래. 경찰은 지금 팔과 다리에 상처 입은 환자를 수배 중일 거야. 병원에 가는 순간 체포되는 거지. 조금만 참아."

김정면은 말없이 미간을 찌푸렸다.

"있다 보면 점차 나아질 거야. 좀 시간이 걸릴 뿐이지."

"다리는 붓기가 좀 가라앉았는데, 어깨 인대가 파열된 것 같습니다."

"그래서?"

"의사 아무나 왕진이라도 보내 주시면 좋겠습니다. 한울 그룹 계열 병원 있잖아요."

"천하의 김정면이 인대 파열 정도로 앓는 소릴 해?"

"……."

"찜질 좀 하고 있어 봐. 당분간은 죽은 듯 지내야 해."

"······."

"결과에 대해선 회장님도 만족하고 계셔. 다친 건 예상 밖이었지만 여기서 너만 조용히 지내면 아무런 문제 될 게 없어."

"예······."

"보수는 약속대로 다 넣었어."

"그건 확인했습니다."

"그럼 인상 좀 펴."

이가 갈리는 듯 김정면의 입에서 말이 새어 나왔다.

"그 쌍년······."

돈이 입금되었다는 사실보다 방수희한테 당한 일이 더 맺힌 것 같다.

김 실장은 한심하다는 듯 쳐다보았다.

"그니깐 왜 쪽팔리게 맞았어, 그것도 여자한테."

"로킥에 주짓수 기술까지 쓸 줄은 생각지도 못했습니다!"

"타격기가 원래 그래플링에 약하긴 하지."

김 실장의 말이 기름을 부었다.

"너무 방심했던 겁니다! 아무리 주짓수 좀 배웠다고 여자한테 내가 맞겠습니까!"

"근데 맞았잖아?"

김정면의 얼굴이 잔뜩 일그러졌다.

"죽여 버리겠어, 그년!"

"어이, 어이. 진정해."

김 실장은 김정면의 성한 어깨를 짚었다.

"내가 말했지. 조용히 지내라고. 지금 넌 1급 수배대상이야. 당분간은 어디든 얼굴 내비치면 안 돼. 설칠 생각은 꿈에도 하지 마."

김정면은 굵은 살쾡이처럼 눈알을 번득일 뿐이었다.

김 실장은 거실을 빠져나왔다.

외딴집이었다.

비포장 앞길에는 밴이 한 대 서 있었고, 운전석과 조수석에 두 명의 남자가 타 있었다.

김 실장이 다가가자 조수석 창문이 내려갔다.

김 실장은 창문 너머로 5만 원권 뭉치를 던져 넣었다.

"먹을 거 좀 사 주고, 잘 감시해."

"옙!"

"네!"

우렁찬 소리가 차 안으로부터 튀어나왔다.

* * *

결국 오전에 속보가 떴다.

박재훈 검사 사망

박재훈은 나흘을 의식불명 상태로 버티다가 끝내 숨을 거두었다. 그 정도로 독물을 정통으로 뒤집어썼으면 하루 안에 죽는 게 보통인데, 의학의 힘으로 그나마 연명한 거라 했다.

오후에 또 뉴스가 떴다.

한울 모터스 수사팀 교체.

지난달 괴한의 테러로 의식불명 상태에 빠졌다가 숨진 박재훈 검사의 후임을 같은 서울중앙지검 차원일 검사가 맡게 됐다. 이에 따라 자연히 박재훈 검사가 담당하고 있던 한울 모터스 사건 수사 또한 차원일 검사에게로 넘어갔다. 차원일 검사는······.

기사는 차원일 검사의 간단한 이력 소개로 끝이 났다.

양다곤은 신문을 책상 위에 탁 놓았다. 옆에는 비서실장 신동우와 법무팀장 최윤식이 서 있다.

"박재훈이는 예상대로고······ 후임이 결정 났구먼. 차원일 검사는 어떤 친구야?"

"상당히 온건한 인물로 내부 평판은 좋다고 합니다."

비서실장 신동우가 대답했다.

"내부 평판보다, 우리 사건 수사를 어떻게 할 건지가 문제지."

"걱정 않으셔도 됩니다. 몇 개의 채널을 통해서 중앙지검장하고 차장검사한테 말을 넣어 놓았습니다. 충분히 우리 의사를 반영할 수 있는 인사가 이루어졌을 겁니다."

최윤식이 자신만만하게 말했다.

"뭐, 설마 박재훈이보다야 낫겠지."

양다곤이 말하는데, 책상 위 내선전화가 울렸다.

양다곤은 스피커폰 버튼을 눌렀다. 한이수의 목소리가 들렸다.

"회장님, 서울중앙지검 차원일 검사 전화입니다."

차원일?

금방 뉴스에서 본 이름 아닌가.

박재훈의 후임 검사. 그리고 한울 모터스 사건을 이어받은 검사.

양다곤과 신동우, 최윤식은 서로 얼굴을 마주 보았다.

양다곤이 말했다.

"음. 연결하지."

잠시 후 스피커폰으로 목소리가 들렸다.

"회장님, 안녕하십니까. 서울중앙지검 차원일 검삽니다."

어딘가 패기 넘치는 신입사원을 연상시키는 목소리였다.

"양다곤이오."

"제가 이번에 박재훈 검사의 후임으로 회장님 사건을 맡게 되었습니다."

"그런가요."

신문에서 읽어 알고 있지만 가볍게 내색할 수야 없다.

"우선 한국 경제를 위해 불철주야 뛰시는 회장님의 노고에 시민의 한 사람으로서 감사드리고요, 하지만 저로선 또 정식 고발이 제기된 만큼 수사를 해야 하는 입장임을 이해해 주셨으면 합니다."

아직까진 우호적이다. 하지만 끝까지 들어 봐야 한다.

좋은 말로 시작했다가 이빨을 드러내며 끝내는 경우는 허다하게 봤다.

"검사님 입장은 당연히 그러시겠죠."

"일단 사건을 검토해 보니 회장님을 여러 번 소환할 만한 내용은 아닌 것 같습니다. 그래도 아무튼 수사를 종결하려면 한두 번은 더 소환 조사가 불가피할 것 같습니다. 그 점 양해해 주시기 바라고요, 회장님이나 회사 일정을 조율해서 최대한 피해가 가지 않도록 하겠습니다. 필요하다면 일과 후나 휴일 조사도 진행할 수 있으니 그때그때 의견 주시기 바랍니다."

양다곤은 다시 신동우와 최윤식을 보았다.

이건 아주 훌륭한데? 매너가 거의 킹스맨인데?

"그럼 향후 수사가 잘 마무리될 수 있도록 잘 협조 부탁드리겠습니다."

차원일 검사는 전화를 끊었다.

양다곤은 스피커 폰 버튼을 눌러 끄면서 흐뭇한 웃음을 지었다.

"이번엔 최 팀장하고 신 실장이 일을 제대로 한 것 같군."

"네. 아주 합리적인 친구 같습니다."

"그 정도를 넘어서서 회장님한테 아주 우호적입니다."

최윤식이 내친김에 한마디 더 했다.

"윗선이라도 수사에 직접 개입하는 건 반발도 있고 어렵겠지만, 이건 그저 인사니까요. 말 잘 듣는 인물을 그 자리에 갖다 놓는 건 전혀 어렵지 않죠. 문제될 소지도 없습니다. 비판할 수도 없고, 흔적도 없죠. 합법적 인사니까. 잘 해결된 것 같습니다."

"그래. 맞아. 어디까지나 합법이야! 누가 뭐랄 수 없는. 인사문제니까!"

하하하하하하!

양다곤의 웃음이 회장실에 메아리쳤다.

* * *

박시영이 가톨릭병원에 마련된 박재훈 검사의 빈소에 들른 것은 우연이었다. 비운의 검사 박재훈의 장례식장 모습을 스케치해 오라는 데스크의 지시가 떨어진 것이다.

돌발적인 결정이라 사진기자도 없었고, 박시영은 급히 똑딱이 카메라 한 대를 들고 병원으로 향했다.

근조화환과 사람이 뒤엉켜 혼잡했다. 검찰 간부로 보이는 사람들이 무리 지어 왔다가는 서둘러 사라졌다. 박재훈 검사의 선후배 동료로 보이는 젊은 검사들도 삼삼오오 몰려왔고, 그들은 좀 더 오래 자리를 지켰다.

유족으로는 박재훈의 아내와 어린 아들 둘이 있었는데, 조문객을 상대하면서도 넋이 나간 표정들이었다. 숙환으로 앓다가 별세했다면 마음의 준비라도 했겠지만, 너무나 급작스러운 죽음이고, 너무나 어처구니없는 사고였다.

박시영은 카메라를 들고 이곳저곳 사진을 찍었다. 조문을 기다리는 사람들, 근조화환이 늘어선 모습들, 유족의 표정 같은 것들.

어.

박시영은 카메라에서 눈을 뗐다.

익숙한 얼굴이 있었다.

검은 바지 정장 차림. 낮은 단화. 차분하게 묶은 머리. 분명 조문하러 온 차림이다. 하지만 그녀는 조문객 줄에 서 있지 않았다. 그러면서도 얼굴에는 누구보다 슬픔이 깃들어 있었다. 적어도 얼굴을 비추어야 한다는 의무감으로 찾은 검찰 간부들보다는 더 진심으로 슬퍼 보였다.

잘못 본 건가 싶어 눈에 힘을 주어 똑똑히 쳐다보았다.

틀림없다.

한이수다.

굳이 장례식장까지 와 놓고는 정작 조문은 하지 않는다. 하지만 얼굴에는 분명 슬픔이 있다. 멀리서지만, 한이수의 눈이 조금 벌게져 있다고 느꼈다. 어쩌면, 더 가까이에서 보았다면 눈물을 볼 수도 있지 않았을까.

왜.

한이수가 박재훈 검사와 무슨 사이일까.

만약 친척이라면 정식으로 조문을 했을 텐데.

박시영은 왜인지 한이수에게 다가가거나 알은체를 하지 못했다.

아차, 하는 순간에 한이수는 인파에 뒤섞여 시야에서 사라져 버렸다.

박시영은 장례식장에 조금 더 머물렀다.

하지만 더 이상 한이수의 모습을 볼 수는 없었다.

어디선가 휭한 바람이 불어와 멍하니 서 있는 박시영의 머리칼을 날렸다. 동시에 그녀의 머릿속에서 어떤 이미지들이 한 방향으로 조립되어 갔다.

한이수는 뚜렷한 이유 없이 윤해성에게 적대적인 태도를 보였다. 윤해성은 남녀 사이의 감정 문제라 치부했지만 다른 해석도 가능하다. 하필이면 윤해성이 양다곤의 구속영장을 기각시킨 후에 태도가 변했다. 윤해성은 현재 표면상 양다곤의 오른팔 격. 양다곤이 밑다면 윤해성도 밑다…….

윤해성의 말로는 양다곤이 배터리 결함을 보고받은 자료를 한울 내부에서 검찰에 제보했다고 한다. 그 정도 자료를 빼돌리려면 양다곤의 최측근이어야 한다.

그리고 오늘, 한이수는 박재훈 검사의 장례식장에 몰래 찾아와 눈시울을 붉혔다.

이 사실들이 가리키는 것은?

……혹시?

막연한 짐작 수준이지만 하나의 가설이 떠올랐다. 그리고 그것은 무시할 수 없었다.

박시영은 휴대전화를 들고 선배 기자에게 전화를 했다.

"선배. 우리 회사 데이터베이스에 지난 기사 전부 있죠?"

"다는 아니야. 지난 종이 기사를 전부 보려면 따로 자료실에 가사 열람해야지. 왜?"

"아뇨. 그냥."

박시영은 따로 설명하지 않고 전화를 끊었다.

견딜 수 없을 것 같았다.

이 머릿속 가설을 확인해 보지 않고서는.

당분간은 자료실에서 살아야 할 것 같다.

* * *

"드디어 오늘이 퇴원일이네."

윤서경이 기쁜 듯 말했다.

"지긋지긋했어요. 몸은 벌써 다 나았는데."

윤해성이 침대에서 기지개를 쭉 켰다.

"그랬을 거야. 해성이 넌 돌아다니는 산짐승 같은 데가 있어."

"산짐승요?"

"응. 늘 뭔가 움직여야만 직성이 풀리잖니."

"하하하, 그럴 수도 있겠네요."

윤해성은 침대에서 내려와 슬리퍼를 신고 창가로 갔다.

창턱에 양손을 올리고 몸을 기울여 밖을 내다보았다.

"바깥이 그리웠어요. 역시."

윤서경은 그 모습을 흐뭇하게 바라보다가 말했다.

"난 걱정된다."

"뭐가요?"

윤해성이 뒤돌아보았다.

"이런 일이 또 있을까 봐."

"아이구, 아니에요."

윤서경이 망설이다가 말했다.

"……이제 그만하면 어떻겠니?"

"뭘요?"

"복수 말이다."

"왜 그런 생각을 하세요?"

"이번처럼 북한이 널 노린 것도 결국은 김정은을 기소한 것 때문이고, 그건 너의 복수 계획의 큰 그림에 따른 것이었다며?"

김정은을 기소했을 때 걱정하는 모친을 안심시키기 위해 윤해성은 그런 이야기를 털어놓은 적이 있었다. 걱정 많은 윤서경은 거기에까지 생각이 미치고 있다.

"운이 나빴으면 죽는 쪽은 박재훈 검사가 아니라 너였을지 몰라……. 그런 생각하면 등골에 소름이 끼친단다. 그러니까, 이런 거 다 그만두면 너라도 그냥 안전하게, 편안하게 살 수 있지 않겠니?"

윤해성은 물끄러미 윤서경을 바라보았다.

걱정 많은 윤서경이 안쓰러웠다.

"북한이 테러한 게 아닐 수도 있어요."

"그럼?"

윤서경의 눈이 동그래졌다.

"해성이, 너…… 혹시 뭐 짚이는 게 있어?"

윤해성은 차마 양다곤이 배후에 있을 수 있다는 말은 하지 못했다. 그 말은 안 그래도 걱정 많은 윤서경을 더 걱정하게 만들 것이다. 이번처럼 윤해성의 목숨이 위험할 수도 있단 걸 안다면 기를 쓰고 말리려 들 것이다.

"아뇨. 그런 게 아니라, 북한의 짓인지 확인된 게 없잖아요. 누가 사주한 건진 몰라도, 오히려 전 박재훈 검사가 목표였을 거란 생각이 들어요."

"박재훈 검사가?"

"네. 제가 타깃이 아니라요."

"그럴 수가 있어?"

"다 얘기할 순 없는데요. 그렇게 생각하는 이유가 있어요."

"그러니⋯⋯?"

아들에 대한 절대적인 믿음.

윤해성이 그렇게 말하니 윤서경은 또 어느 정도 믿는 눈치다.

아들이 그렇게 판단한다면 이유가 있겠지⋯⋯.

"우리 일하고는 관련이 없는 사건이라구요. 그러니 걱정 안 하셔도 됩니다. 윤 여사님!"

윤해성은 장난스럽게 말했다.

별일 아니라는 제스처.

윤서경의 얼굴이 펴졌다.

"그런 거라면 다행이구⋯⋯ 하여튼 무엇보다 해성이 네가 다치면 안 돼. 이 엄마한테 그럴 가치가 있는 일은 없단다. 혹여라도 위험한 일 있으면 절대 피해."

"알았어요."

윤해성은 씩씩하게 대답했다.

창으로 비쳐드는 햇살 아래 환하게 웃고 있다.

마치 아들의 보장된 미래 같다.

윤서경도 기쁜 마음으로 웃었다.

이람 법률사무소 앞 복도에는 '퇴원 축하'나 '쾌유기원' 따위의 리본을 단 화분과 화환이 줄지어 있었다. 사무실 안을 채우고 모자라 복도까지 점령한 모양이다.

문 위에 매달린 '이람 법률사무소' 명판이 눈에 들어왔다.

평소에는 지나쳤던 것인데.

비록 며칠이지만 그리웠다.

하마터면 이곳에 다시는 오지 못할 뻔했어.

윤해성은 화환들을 거의 헤치다시피 하면서 사무실 안으로 들어갔다.

뻥!

뭔가 작게 터지는 소리가 들리면서 공중에서 반짝이는 실 같은 것이 날았다.

"생환을 축하합니다!"

"변호사님, 축하해요!"

전기호가 세모꼴 폭죽을 들고 서 있었다. 방수희도 그 옆에서 환하게 웃고 있다.

"촌스럽게 무슨 폭죽이야."

"이런 게 변호사님한테 어울려요."

"퇴원하자마자 막말이야?"

윤해성은 방수희를 돌아보며 말했다.

"수희 활짝 웃는 모습은 오랜만이야. 내가 좀 환영받는 기분은 드는데?"

"자본주의 미소죠."

전기호가 촉새처럼 끼어들었다.

"야."

방수희가 나무랐지만 여전히 웃고 있다.

윤해성의 귀환이 진심으로 반가운 모양이다.

"그동안 별일 없었어?"

"네. 사무실은 잘 돌아갔어요. 변호사님 없이도."

"수희도 역시 내 편은 아니었어."

윤해성은 사무실을 휘이 둘러보았다.

살아서 돌아왔다는 전기호의 말이 딱 어울리는 느낌이다.

이 익숙한 공간과 영영 안녕일 뻔했다.

"혹시 사건 문의 같은 건 없었어?"

"상담 건은 없었고요, 기자들 몇 분이 연락 왔었어요. 언제 퇴원하냐고, 인터뷰 일정 잡고 싶다고."

"그건 다 좀 미뤄 둬. 인터뷰를 한다면 《정안일보》 박시영하고 젤 먼저 해야지."

"넵. 그러실 줄 알고 안 그래도 제가 다 미뤄 놨어요!"

전기호가 슬쩍 끼어들었다. 박시영 이야기만 나오면 늘 화색이 돈다.

윤해성은 자신의 방으로 들어갔다.

책상 위에 조그맣고 길쭉한 상자가 놓여 있었다.

파란빛이 감도는 포장지 위에 리본이 묶여 있다.

포장을 풀고 상자를 열어 보았다.

"와!"

윤해성의 입에서 저절로 탄성이 나왔다.

몽블랑 만년필과 볼펜 세트.

표면이 검은 자개처럼 빛나고 있다.

상자 아래에는 작은 봉투가 있다.

쾌유를 축하드려요.
모나미 볼펜만 쓰시는 거 보고 샀어요.
가끔은 폼 나는 필기구도 필요하실 거 같아요.
^^

—방수희 드림

윤해성은 만년필을 손에 쥐어 보았다.
필기구에서 한 번도 느껴 보지 못한 꽉 찬 그립감.
그건 마음으로 번져 갔다.
'물건'에 관심 없는 윤해성이지만 이 물건에 담긴 '마음'에는 냉정할
수 없었다.
그때 문이 열리고 방수희가 들어왔다.
책상 위에 커피를 두다가 윤해성이 만년필을 꼭 쥐고 있는 걸 보았다.
"맘에 드세요?"
"미치도록."
윤해성은 만년필을 엄지를 치켜들 듯이 들어 보였다.
"다행이네요. 표현은 좀 오버지만."
"한 가지 아쉬운 건 있어."
"뭐예요?"
"편지에 웃는 눈 이모티콘 대신에 하트를 그렸으면……."
"안 변하셔서 다행이에요. 독이 다 빠졌나 봐요."
"수희."
"네."

"고마워."

윤해성이 그윽한 눈으로 바라보았다.

"고마운 건 알겠는데, 그렇게는 보지 마세요. 또 손 잡을 기세네요."

방수희는 뒤돌아 나갔다.

윤해성은 빙그레 웃으며 의자에 몸을 묻었다.

* * *

방수희가 레그프레스를 끝내고서 의자에 앉아 쉬고 있으려니 전새롬이 다가왔다

"와아, 말벅지 부활! 난 무슨 피스톤인 줄 알았어!"

전새롬은 쌍 엄지를 세우며 옆에 와 앉았다.

방수희가 고개를 까딱했다.

"넌 운동 좀 했어?"

"좀 하다가 힘들어서 20분째 쉬는 중."

전새롬은 그러면서 레깅스가 터질 것처럼 부풀어 오른 방수희의 허벅지를 꾹꾹 눌러 댔다. 전새롬의 버릇이다.

"이거, 이거 늘 부러워. 이건 한국인의 몸이 아니야. 남미 어디 여자 같아."

"남미?"

"남미, 브라질 쪽 여자들. 아, 브라질 격투기 잘하잖아? 수희 너도 통하는 게 있어. 이 몸매에 주짓수 도장도 다니구."

방수희는 웃었다. 그걸 본 전새롬이 또 말했다.

"오늘 표정이 밝다? 운동도 엄청 빡세게 하구."

"그래? 난 잘 몰랐는데."

"아냐, 아냐. 확실히 기합이 들었어. 운동이건 뭐건 결국 마음먹기에 달린 거거든. 너 요즘 맘이 편해 보여."

"딱히 불편한 건 없지."

"너 지난번에 사무실에서 일하기 불편하댔잖아? 그래서 그만두려고까지 했구."

"아, 그거? 일 계속해야지."

"그럼 사표는 확실히 안 내기로 한 거야?"

"응."

"다행이다, 정말."

"내가 좀 도움이 된 것 같아."

"당연하지."

"변호사님도 날 필요로 하고."

"응."

"그러니 회사를 그만둔다는 생각은 접었어."

"잘 생각했어. 근데."

"뭐?"

"너네 보스 땜에 마음이 좀 불편했다며? 그 스트레스는 이제 괜찮은 거야?"

방수희는 잠깐 고개를 갸우뚱하고는 대답했다.

"불편해."

"불편하다구?"

"그래도 지금은 일하고 싶어. 일하고 싶어졌어."

방수희는 미소를 지었다.

* * *

장유나가 윤해성을 찾아온 건 퇴원하고서 사흘째였다.

"어서 오세…… 어? 장유나 배우님!"

전기호는 보자마자 호들갑이었다.

"안녕하세요."

장유나는 세련된 웃음을 지었다. 전기호는 윤해성의 방으로 뛰어 들어갔다.

"장유나 님 오셨어요!"

"어."

"뭐 해요! 어서어서 일어나서 맞이해야죠!"

전기호의 성화에 윤해성이 자리에서 일어나서 방 밖으로 나갔다.

"안녕하세요. 윤 변호사님. 퇴원 축하드려요."

장유나는 윤해성을 보며 방긋 웃었다.

"네. 감사합니다. 방으로 들어오시죠."

장유나는 방으로 들어가다가 뒤돌아보며 말했다.

"아, 참. 커피는 필요 없어요."

장유나가 방 안으로 모습을 감춘 뒤에도 전기호는 연신 침을 튀겼다.

"캬! '커피는 필요 없어요'라니. 말 하나하나에도 품위가 묻어나."

"너, 너무 오바한다. 흔히 쓰는 말이잖아."

방수희가 면박을 주었다. 전기호는 아랑곳하지 않았다.

"달라요. 그 억양과 톤, 완전히 배우의 대사라구요!"

"아주 장유나교(敎) 신도가 됐네."

방수희는 고개를 절레절레 저으며 모니터로 눈을 돌렸다.

윤해성의 사무실 안으로 들어오자 장유나의 분위기가 변했다.

전기호나 방수희에게, 혹은 그들이 있는 데서 윤해성에게 보인 꾸며 낸 미소는 사라져 있었다.

"자리에 앉으세요."

윤해성이 앉을 것을 권했고, 장유나는 안쪽 자리에 앉았다.

"지금 모습을 보니 멀쩡한 건 확인했어요. 안부인사 같은 건 생략할 게요."

"네. 완전히 회복했습니다. 걱정해 주셔서 감사해요."

"걱정해 주셔서 감사하다? ……좋네요."

장유나는 뜻 모를 웃음을 지었다.

윤해성은 장유나가 병문안 따위의 용건으로 온 게 아니란 것을 눈 치챘다.

장유나는 샤넬 백을 테이블 위에 올리더니 안에서 봉투를 하나 꺼 냈다.

그러고는 윤해성에게 내밀었다.

"이게 뭐죠?"

"열어 보세요."

"독 묻은 편지 같은 건 아니겠죠? 독이라면 지긋지긋해서."

말을 하면서도 윤해성은 그다지 상황에 맞지 않은 농담이라고 자책 했다.

봉투를 열어 보니 얇고 빳빳한 종이가 한 장 들어 있다.

꺼내 본 윤해성은 눈이 동그래졌다.

"1억 원? 이게 뭡니까?"

"수표잖아요. 자기앞수표."

"설마……."

"성공보수예요."

"성공보수는 안 받기로 했는데요."

"일을 했으니 대가를 받아야죠? 그게 비즈니스 아닌가요?"

비즈니스.

인간 대 인간의 관계가 아니라, 계산하는 관계.

그제야 윤해성은 눈치챘다.

장유나는 자신에게 화가 나 있다. 장유나 집에서의 그날 밤 일에.

화가 나는 게 당연하다. 그동안 자신만이 그 일을 잊고 있었던 것뿐이다.

가슴이 덜컹했다.

상대가 소송을 하러 왔다면 얼마든지 상대할 수 있다.

하지만 이런 때는 어떻게 해야 하는지, 무슨 말을 해야 하는지 알지 못한다.

장유나의 지금 감정이 어떤 건지도 헤아리지 못한다.

그러니 달래기도 쉽지 않다.

그렇다고 장유나를 적으로 돌리는 건 대단히 좋지 못하다.

낭패인 상황.

윤해성은 일단 봉투를 다시 내밀었다.

"받을 수 없습니다. 성공보수는 분명히 없는 걸로 했으니까요."

장유나는 봉투에는 눈길도 주지 않고 말했다.

"받으세요."

"저는 유나 씨를 인간적으로 돕고 싶었어요. 결과가 좋아서 같이 기뻐했구요. 그걸로 됐습니다. 여기서 돈을 받아 버리면 제가 한 일은 의미가 없어져 버려요."

"역시 유능한 변호사답게 말은 청산유수네요. 하지만 모순 아닌가요? 말로는 인간미 철철, 행동은 비즈니스."

장유나는 야릇한 웃음을 띠었다.

이건 화내는 것보다 더 나쁠 수 있다. 윤해성에 대한 기대감이 없어지고 있다는 얘기일 테니까.

이때 가장 좋은 방법은.

그래. 시영이가 가르쳐 준 적이 있었다.

무조건, 절대적으로 비는 거다.

이유는 중요하지 않다.

"미안해요……."

윤해성은 고개를 숙였다.

"뭐가 미안하죠?"

이때 대답을 잘해야 한다. 두루뭉술하지 않게 구체적으로, 진심을 담은 듯 보이게. 하지만 정답이 뭘까? 무엇이 미안하다고 해야 핵심인 걸까?

"그날 말도 없이 나와 버려서요."

장유나는 코웃음을 쳤다.

"그게 왜 미안하죠? 그래야지 별수 있나요? 내가 잠들어 있는데 불침번 설 이유가 있나요?"

할 말이 없다.

"남자라면 괴롭기도 하겠죠? 내가 옆에 있는데 가질 수 없으니. 이해해요."

그건 분명 그랬을 것이다. 이성을 잃기 전에 나올 수 있어서 다행이었다.

하지만 장유나가 이렇게 차가워진 이유는?

"그렇다면……."

"그래도 모르시는 거잖아요. 뭐가 미안한지. 그냥 내가 차가운 거 같으니까 무작정 미안하다고만 하는 거잖아요. 그런 남자들 한 트럭은 만났어요. 윤 변호사님까지 그럴 줄은 몰랐지만. 난 아직 더 배워야 할까 봐."

장유나는 끝까지 비아냥댔다.

하지만 희망이 있다. 이만큼 이야기한다는 건 아직 날 완전히 포기하지 않았다는 거겠지.

윤해성이 말했다.

"죄송해요. 그날 이후 일이 바빠서 연락을 미루었어요. 사정 설명이라도 했어야 했는데. 내가 게으른 때문이에요. 그 이후엔 알다시피 테러를 당해서……."

장유나가 말했다.

"절반쯤 정답. 그날 혼자 돌아간 건 이해할 수 있어. 내가 먼저 잠들었으니까."

"……."

"그런데 왜 연락이 없었어요? 그게 매너 아닌가요? 우리가 그날 밤 잤건 안 잤건 그게 중요한 게 아니에요. 내가 어떤 기분이 들겠어요? 바로 다음 날, 아침 아니면 늦어도 오후에라도 연락이 있을 줄 알았어. 당연히. 어제 자는 걸 보고 그냥 돌아갔다, 지금 머리는 아프지 않냐…… 뭐 그런 가벼운 문자라도. 그런데 소식이 없었어. 바로 지금 이 순간까지도."

다행이다. 절반쯤은 맞혔다!

그나마 이것도 한이수 때 일로 친구 태리현과 상담하다가 알게 된 여성 심리를 바탕으로 때려 맞힌 것뿐이다.

"날 그렇게 쉬운 여자로 본 거야? 내가 집으로 부른 남자는 양다곤 회장 말곤 당신이 처음이었어. 근데 당신은 그걸 그냥 지나가는 퍼포먼스 정도로 생각한 거 같아."

장유나는 아예 말을 놓고 있었다.

"그건 아니었어요. 정말 미안해요. 연락이……."

윤해성은 말을 줄였다. 이 상황에서는 차라리 입을 다무는 쪽이 아무 말이나 하는 것보다 낫다.

그러다 퍼뜩, 이거 큰일인데, 하는 생각이 들었다. 밖에서 전기호 녀석이 또 엿듣고 있을지 모른다!

그런 걸 전혀 알지도 못하고 신경 쓸 리도 없는 장유나의 당당한 목소리가 이어졌다.

"양 회장이 무서웠어요? 그래서 안부 문자 한 통 안 한 거야?"

"그건 아니었어요. 눈 돌아가게 바쁜 통에 연락을 못 했어요. 그러다가 테러를 당해서 죽다 살아났고요."

윤해성은 테러를 당했다는 말을 한 번 더 강조했다. 그 말은 먹혀들었다.

"윤 변호사님이 다쳤단 뉴스를 보고, 난 그래도 걱정했어요."

장유나의 톤이 한층 부드러워졌다.

"어쨌든 할 말이 없어요. 무조건 내가 잘못한 겁니다."

윤해성이 장유나를 똑바로 보고 말했다.

무언가 진심이 담긴 듯한 눈빛.

이런 연기가 통할까. 배우한테.

아니, 연기만은 아니다. 절반쯤은 진심이다.

장유나의 말을 듣다 보니 정말로 미안해지기도 했다.

이 여자는 어쨌든 그날 밤 자신의 감정에 충실했다.

그걸 이용한 건 자신이다.

그 뒤에 이 여자의 감정을 배려할 여유도 가지지 못했다.

그 결과, 이 전직 여배우의 화려하고 높은 자존심은 심각한 손상을 입은 것이다.

"알았어요. 사과는 그 정도 선에서 받아들이죠."

"그럼 이 돈은 도로 가져가세요."

"아뇨. 아직 이해가 안 가요? 내 자존심이에요."

장유나는 단호하게 말했다.

이렇게까지 말하면 도리가 없다. 더 사양하면 부작용이 생기는 선상에 와 있다.

장유나는 봉투를 끌어다 윤해성의 손에 쥐여 주었다.

"뭐, 어차피 양다곤 회장님의 돈이니까. 됐죠? 마음의 부담 없이."

장유나가 한쪽 눈을 찡긋했다.

* * *

"히익!"

장유나가 떠난 뒤 역시, 전기호가 방으로 뛰어들었다.

"변호사님 장유나하고, 아니 장유나 님하고, 서, 설마……?"

"응, 아니야."

"아까 분명히 그랬는데…… 집에서 나왔다, 어쩌구."

"젠장. 이 방 방음이 왜 이 모양이야? 아니, 너 밖에서 귀 대고 들었지?"

"아니에요! 살짝만 갖다 대도 다 들려요."

"대긴 댔군."

"아니, 지금 그게 중요해요? 장유나 님하곤 대체 어떤 사이가……

아니, 그분은 양다곤 회장하고 사신다면서요!"

"아무 사이 아니야. 아무 일도 없었고. 그러니까 나한테 돈을 줬지."

"돈이요?"

수표 이야기까진 정확히 듣지 못한 모양이다.

윤해성은 수표를 들어 보였다.

"이거 수희한테 줘서 사업자 통장으로 입금하라고 해."

"1억? 이거 성공보수?"

윤해성은 고개를 끄덕였다.

"그냥 밤늦게까지 축하 파티 한 것뿐이야. 오해하지 말고. 또 만약에 시영이나 딴 데다 헛소리하면 곤란해."

윤해성은 눈을 부라렸다.

그래도 안 한다는 보장은 없지만.

"그래도…… 그래도……."

전기호는 고개를 갸웃거리며 수표를 받아 들고 방을 나갔다.

"수희 누난 안 들어오고 뭐 했어? 변호사님을 같이 족쳐야지."

"관심 없어."

"응? 같이 들을 때는 언제고?"

"변호사님 인생이잖아. 장유나를 만나든, 양다곤을 만나든."

전기호가 배를 잡고 웃었다.

"양다곤을 만난대! 푸하하하!"

방수희는 무심한 얼굴로 전기호가 든 수표를 낚아챘다.

* * *

"어, 수희 씨! 오늘은 날이 아닌데 왔네."

주짓수 관장 정해권이 반갑게 맞이했다.

"오늘따라 운동이 좀 하고 싶어서요."

방수희가 빙긋 웃으며 말했다.

"어서 와요, 어서 와. 우린 언제나 대환영이지!"

정해권은 방수희를 향해 환영의 표시로 팔을 벌렸다.

방수희는 체육관의 스타였다. 방수희 덕분에 관원도 꽤 늘었고, 방수희가 운동하러 오는 날엔 관원들이 특히 열심히 했다.

방수희는 옷을 갈아입고 샌드백을 치기 시작했다.

펑.

펑.

있는 대로 힘을 실은 주먹이었다.

한 번 킥을 찰 때마다 샌드백이 출렁거렸다.

방수희는 금세 땀으로 흠뻑 젖었다.

오늘따라 왜 저러지.

주변의 관원들이 호기심 어린 눈으로 쳐다보았다.

방수희는 다시 주먹을 날렸다.

펑.

"개자식!"

돌연 욕설이 튀어나왔다.

주변의 관원들이 깜짝 놀라 고개를 돌렸다.

정해권 관장이 건드리지 말라는 눈짓을 했다.

방수희의 운동은 오래 계속되었다.

* * *

　김정면의 파열된 어깨 인대는 쉽게 아물지 않았다.

　다리의 붓기는 어느 정도 빠졌지만 욱신거리는 아픔이 좀처럼 가시지 않았다. 팔의 회전운동이 불가능한 것은 물론, 들어 올리는 것조차 어려웠다. 다리는 절룩거렸다. 걸을 때마다 통증이 올라와 불편하기 그지없다.

　이러다가 병신 되겠는데. 김정면은 생각했다.

　제때에 치료를 받지 않으면 장애가 남을 것 같다. 어쩌면 한쪽 팔은 아예 못 쓰게 될지도 모른다. 다리도 제때에 조치하지 않으면 평생 통증이 남을 수 있다. 그것은 불편도 불편이지만 인생의 추락을 의미하는 것이었다.

　김정면의 자산은 주먹이었다. 그게 생계였다. 그 주먹을 양다곤이 산 것이다. 폭력은 그의 자존심이었고, 김정면이라는 남자를 있게 해 주는 어떤 것이었다.

　"형님, 도저히 안 되겠어요. 병원에 한번 가 봐야겠습니다."

　김정면은 김 실장에게 전화를 걸어 사정하다시피 했다.

　하지만 김 실장은 확고했다.

　"안 돼. 조금 방심했다가 모든 게 무너질 수 있어."

　"서울에 병원이 몇 갭니까? 경찰이 그 병원을 다 뒤질 수 없지 않겠습니까?"

　"사건의 사이즈에 따라 다른 거지. 보통의 상해사건이라면 그렇게 하지 않아. 하지만 이건 외면상 북한의 사주로 변호사와 검사를 테러한 사건이야. 검사는 죽었고. 최대의 인력과 정보력을 동원해서 추적할 거야. 당분간은 조심하지 않으면 안 돼."

"당분간이라면 도대체 언제까집니까? 제 팔이 병신 될 때까지요?"

김정면이 버럭 언성을 높였다.

김 실장은 움찔했다. 같이 일한 지 10년 되었지만 자신에게 대든 건 처음이었다. 일단은 물러섰다.

"많이 안 좋냐?"

"그냥 두면 병신 될 거 같다니까요."

"일단 누굴 보내 줄 테니까 기다려 봐."

김정면은 기대했다. 한울 그룹 계열 병원도 여러 개니까 그중에서 의사를 골라 왕진 보내 주려나.

하지만 사흘 뒤 치료하러 온 남자는 70대 노인이었다.

"어느 병원에 계십니까?"

"온 세상이 내 병원이지요."

노인은 금니를 드러내며 웃었다.

소위 '야매 의사'로 살아온 인생. 손아귀 힘만은 세서 팔과 다리를 누를 때마다 비명이 저절로 튀어나왔다. 하지만 고통만 더할 뿐, 낫는다는 느낌이 조금도 없었다.

"아픈 게 낫는다는 신호요."

영감의 말은 영 신뢰가 안 갔다.

"그럼 다음 방문은……."

"따로 연락하겠습니다."

노인이 다음 치료 일정을 잡으려고 하는 것을 막아 버렸다.

이래서는 안 된다. 김정면은 고민했다.

김 실장의 말만 듣고 병원에도 가지 않고 집구석에 있어 봐야 그게 양다곤 회장이나 김 실장의 안전을 위해 필요할진 몰라도 자신한테 좋은 일은 아니다.

어차피 다들 각자도생.

어리석게 그들의 말만 듣고 있어서야 나만 손해 아닌가. 내 몸은 내가 돌볼 수밖에 없다. 아무렴 병원이 몇 개인가. 경찰이 어떻게 그걸 다 커버한단 말인가. 김 실장의 걱정은 지나치다.

혼자라도 병원에 가야겠어.

김정면은 마음을 굳혔다.

문제는 이 외딴집에는 부하 세 명이 있다는 거였다. 김정면이 병원을 가거나 외출을 해서 눈에 띄지 않도록 감시하는 역할이다. 김정면이 필요한 게 있으면 그들이 심부름을 해 주었다. 외출은 허락되지 않았다. 밤에는 아예 방문을 밖에서 잠갔다. 김 실장의 명령이었다.

보통 때라면 그 인원 정도는 때려눕히겠지만, 한쪽 팔을 쓰지 못하고 발을 절룩거리는 지금 몸 상태로는 불가능하다.

다행인 것은, 김정면이 병원을 가지 않겠다는 말을 여러 번 해 두었기 때문에 그들도 안심하고 있다는 거였다.

김정면은 부하들 몰래 밸런타인 30년을 꺼내 술을 변기에 버렸다. 조금 남은 술은 글라스에 따르고 얼음을 넣었다. 나머지는 입과 목 주변에 발랐다. 빈 양주병을 테이블 위에 올려 두고 그 상태로 거실 소파에 널브러지다시피 하고 누워 TV를 켰다.

잠시 후 부하 두 명이 거실로 들어오다가 김정면을 봤다.

김정면이 누워 있다가 몸을 조금 일으켜 혀 꼬인 소리로 말했다.

"야, 아아, 내가. 내가 말이야, 니들 보기에 부, 부끄럽돼. 이 꼴이 돼서 미, 민폐나 끼치고."

"아닙니다."

"뭘 형님 그런 말씀을 하세요."

남자들이 김정면에게 다가가니 술 냄새가 확 풍긴다.

"아냐! 우리 회, 회장님하고 김 실장 형님하고 전부 돠아 미안하지만, 트, 특히 니들한테 미, 미안허다!"

김정면은 바지주머니에서 지갑을 꺼냈다. 거기서 현금 뭉치와 신용카드를 힘겹게 꺼내더니 남자 한 명한테 내밀어 주었다.

"오늘 이걸로 룸빵 가서 한잔하고 와!"

김정면은 신용카드를 남자의 가슴에 탁 밀어붙이더니 다시 소파에 쓰러졌다.

"예? 형님?"

부하들이 불렀지만 김정면은 음, 음, 하더니 이내 코를 드르렁 골았다.

남자들은 서로 바라보았다.

"완전 떡이 됐는데."

"이 정도면 내일 오후까지 못 일어나."

"같이 생활하느라 우리만 존나 고생이잖아. 오랜만에 스트레스 함 풀고 오지."

"좋아. 자기가 준 거니까 할 말 없겠지. 막내도 불러."

남자들이 거실을 나간 뒤, 김정면은 슬그머니 일어나 창밖으로 바깥의 동정을 살폈다.

잠시 후 남자들 셋이 우르르 나가는 기척이 들렸다. 신나 보이는 발걸음이었다.

김정면도 절룩거리면서 조용히 현관문을 열고 밖으로 나갔다.

그는 밤의 어둠 속으로 사라졌다.

* * *

　귀 법률사무소에 지원합니다.

전기호는 이메일 제목을 확인한 후 클릭했다.

'이상하다. 우린 채용 공고를 낸 적이 없는데.'

'우리 변호사님이 따로 어디다 채용 공고를 낸 모양인데.'

고개를 갸웃하면서도 발신자 '채윤아'라는 이름이 그의 눈길을 끌었다.

여자잖아.

수희 누나 때문에 기죽어 지내는데, 여자가 한 명 더 들어오면 좋지.

혼자만의 공상에 빠졌다.

내용은 간단했다.

　안녕하세요. 채윤아입니다.

　귀 법률사무소의 채용 소식을 듣고 이메일을 드립니다.

　이력서는 첨부 링크에서 확인해 주세요.

　감사합니다.^^

전기호는 아래쪽의 링크를 클릭했다.

엉.

　요청하신 페이지는 기한이 만료되었습니다.

이런 메시지만 떴다.

다시 메일로 돌아가서 몇 번을 눌러 봐도 마찬가지였다.

'멍청한. 이력서도 하나 제대로 못 보내! 어렵게 링크 걸지 말고 그냥 워드파일로 만들어서 첨부하면 간단할 건데! 이런 애는 채용하면 안 돼.'

전기호는 혀를 차고 이메일에서 로그아웃했다.

이 조그마한 일이 이람 법률사무소를 대형 재난으로 빠트리는 사건이 될 줄 전기호는 전혀 알지 못했다.

이튿날, 윤해성은 일부 파일에 이상한 확장자가 붙어 있는 것을 발견했다.

사흘 전에 작성한 한글파일에 hwp가 아니라 crab이라는 확장자가 붙어 있었다.

클릭해도 열리지 않았다.

다른 몇 개의 파일도 crab으로 바뀌어 있었다.

이거 뭐지.

임시 생성된 파일인가.

원(原)파일을 내가 찾지 못하고 있는 건가.

하지만 하드디스크를 샅샅이 뒤졌음에도 hwp 파일은 나오지 않았다.

어딘가 찜찜했지만 당장 필요한 파일은 아니어서 그대로 두었다.

이런 파일은 일하다 보면 어디선가 툭 튀어나와.

그 정도로 낙관하기만 했다.

다음 날.

뭔가 이상했다.

훨씬 많은 파일이 crab으로 바뀌어 있었다. 한글 파일뿐만 아니라 동영상, 음성 파일 일부도 변해 있었다. 그리고 그 파일들은 일제히 열리지 않았다.

이때라도 윤해성은 눈치챘어야 했다. 하지만 당장 닥친 일이 바빴고, 그런 사소한 컴퓨터 에러에 신경 쓸 여유가 없었다. 컴퓨터에는 종종 이해할 수 없는 일들이 일어나지. 그런 편리한 생각만으로 잊었다.

"파일이 좀 이상한데."

"몇 개가 열리지 않아."

"이름이 달라졌어."

이날은 전기호와 방수희도 무언가 이상하다는 걸 깨달았다. 파일이 전혀 열리지 않았다. 하지만 그들 또한 윤해성과 마찬가지로 당장 파일 작업을 할 일이 없었기에 무시하고 지나갔다.

그로부터 이틀 후.

점진적이던 파일 변환이 폭탄처럼 터져 버렸다.

윤해성의 데이터 파일은 3분의 2가 crab으로 바뀌어 있었다. 전기호, 방수희의 컴퓨터 파일도 마찬가지였다. 어느 것도 실행되지 않았다. 컴퓨터는 사실상 정지 상태였고, 업무는 마비되었다.

"이거야, 원시시대로 돌아가 버렸어!"

"돌도끼라도 사야 할까요?"

"변호사님, 회계 파일도 안 열려요. 세금 처리를 할 수가 없어요."

인터넷 검색이나 오프라인의 문서 작성 정도만 가능했다. crab으로 변신한 파일은 무슨 수를 써도 열리지 않았다. 법률사무소의 문서 데이터와 녹음 파일, 회계 자료가 거의 대부분 사라져 버린 셈이었다.

완전한 업무 중단.

마비.

그제야 인터넷 검색을 통해 crab 파일은 갠드크랩이라는 지독한 랜섬웨어에 감염된 탓이란 걸 알게 됐다. 그리고 그 랜섬웨어는 주로 정체불명의 이메일을 통해 전달되며 첨부파일이나 링크를 함부로 열면 걸린다는 것도.

"기호, 너지? 이상한 이메일 열었다며? 링크 연결이 안 되었다는 그거."

방수희가 노려보았다.

"아니, 난 변호사님이 어디다 구인 광고를 내신 줄 알았어요. 그래서 클릭했는데……."

전기호는 울상이 되었다.

"우리 사무실 pc는 세 대가 네트워크를 만들어 파일을 공유하도록 설정되어 있어. 그래서 기호 네 컴퓨터 파일에 먼저 감염되었다가 나머지 pc로 퍼진 것 같아."

윤해성이 기운 빠진 목소리로 말했다.

"일종의 바이러슨데, 치료하면 안 돼요?"

방수희가 말하자 전기호가 힘없이 대답했다.

"한번 갠드크랩에 감염된 파일은 되돌릴 수 없대요."

"그럼?"

"해커의 복구 툴 아니면 불가능하대요……."

"이런……."

윤해성은 머리를 감싸 쥐었다가 말했다.

"일단 보안 전문 업체를 불러보자."

방수희의 전화를 받은 업체에서 사람이 왔다.

그는 윤해성의 의자에 앉아 이것저것 두드려 보더니 말했다.

"이건 복구할 방법이 없습니다."

"인터넷에서 보니까 요즘엔 갠드크랩에 감염되어도 어느 정도 복구가 가능하다고 하던데요?"

"이건 다릅니다."

"어떻게 다른가요?"

"변형된 크랩파일이에요. 원래의 갠드크랩보다 훨씬 더 발전시킨 랜섬웨어입니다. 저도 이런 건 처음 봐요."

"그러면……."

"감염된 파일은 포기하셔야 하구요. 컴퓨터를 전부 초기화했다가 프로그램들을 재설치하는 수밖에 없습니다."

"지금까지 작업했던 데이터들은 다……."

"날아간 거죠. 훨훨."

복구업체 직원은 양손을 펴서 마치 놀리듯 해 보이고는 사무실을 떠났다.

낭패다.

작업한 파일들이 날아가면 끝장이다. 사무실 회계도 엉망이 된다.

전기호, 이 자식. 왜 그런 메일을 열어 갖구선.

하지만 갠드크랩이라는 랜섬웨어에 대한 사전지식이 없다면 누구라도 그렇게 했을 것이다. 전기호만 나무랄 수는 없었다. 나쁜 쪽은 해커다.

"아마 찾아보시면 해커가 남겨 놓은 영어 문서가 있을 겁니다. 그리로 돈이나 비트코인 보내 주면 복구 툴 준다고 할 거예요."

보안업체 직원이 남기고 간 말이었다.

원감염자인 전기호의 컴퓨터를 뒤져 보도록 했다.

"앗, 이거예요!"

전기호가 소리를 질렀고, 윤해성과 방수희가 모니터 앞으로 달라붙었다.

　귀하의 컴퓨터는 감염되었슴다. 절대 복구 안 될 검다. 어디 업체든 알아
보삼. 가격은 쌈. 이쪽으로 0.1비트코인만 보내 주면 이메일로 복구 툴 보내
줌. 그럼 수고하삼.

"이 자식 뭐지? 아주 약 올리고 있어? 이 '슴다'체는 또 뭐야?"
전기호가 얼굴이 벌게져 말했다.
윤해성은 팔짱을 낀 채 모니터를 뚫어져라 보았다.
방수희가 모니터에서 눈을 떼며 말했다.
"한국인이겠죠?"
윤해성이 돌아보았다.
"알아보니까 갠드크랩 만들고 유통하는 해커그룹은 원래 외국 애들
이에요. 돈 요구하는 협박 문자도 그래서 다 영어로 되어 있어요. 근데
여기는 유독 한국어잖아요. 이런 건 사례가 없는 것 같아요. 게다가 이
글이 영문 번역투도 아니고 한국인 아니면 쓰기 어려운 문체잖아요."
　윤해성이 고개를 끄덕끄덕했다.
"수희 말이 맞는 것 같아. 왠지 나이도 좀 어릴 것 같은데."
　전기호가 흥분해서 끼어들었다.
"대가리에 피도 안 마른 놈이겠죠! 누가 나이 처먹고 슴다, 슴다 거
리겠어요?"
"너 나이는 얼마나 드셨니?"
"아, 아니……."
　방수희의 일침에 전기호는 금세 꼬리를 내렸다. 방수희는 컴퓨터를
감염시킨 전기호가 미웠다.

"해커 말대로 돈 준다는 것도 좋은 방법은 아닐 거 같고."

"돈만 꿀꺽하고 먹튀할 수도 있죠."

윤해성의 말에 방수희가 걱정스레 맞장구쳤다.

"그렇다고 돈 안 주면 이 사무실은 폭망이에요."

전기호의 막말은 이런 때에도 튀어나왔다. 하지만 틀린 말은 아니다.

"당분간 작업은 별도의 노트북으로 하고, 며칠만 두고 보지."

윤해성은 고개를 절레절레 저으며 방으로 들어갔다.

"죄송함다."

전기호가 윤해성의 등을 향해 고개를 꾸벅했다.

"너 그 말투는?"

방수희가 말하자 전기호가 입을 막았다.

* * *

윤해성은 메일을 썼다.

수신자는 '채윤아'.

물론 존재하지 않는 여자일 것이다.

정체불명의 해커가 가공으로 만들어 낸 인물.

어쨌든 혹시라도 보내온 쪽으로 답 메일을 보내면 이 해커가 읽을지 모른다.

더구나 방수희가 추측했듯이, 해커는 한국인일 가능성이 크다.

한글 메일로 의사가 전달될 수도 있다.

그 가능성에 기대 메일을 쓰는 것이다.

이람 법률사무소입니다. 난 나이가 많아서 비트코인이 뭔지, 어찌 보내는지 몰라요.

　현찰로 줄 테니 계좌번호를 알려 줘요.

노인인 척하며 용어와 문체를 골라 메일을 쓴 뒤 발송을 눌렀다.
놀랍게도, 세 시간 뒤 답장이 왔다.

　영감님, 누굴 바보로 압니까? 계좌번호 알려 주게.
　비트코인 계좌로 보내삼.

윤해성이 즉시 답장했다.

　정말이오. 난 비트코인 말만 들어 봤지, 도무지 하는 방법을 몰라. 여기
사무실은 직원도 없이 나 혼자 하고 있어서 물어볼 데도 없어요. 그깟 돈
500만 원이 아까워서 이러는 거 아니오. 지금 업무가 안 되오. 컴퓨터만 정
상으로 돌아오면 얼마가 됐든 빨리 주고 끝낼 생각이니 연락 주시오.

　답메일도 금방 왔다. 거의 실시간으로 확인하고 있는 모양이다. 물
론 추적이 안 되도록 우회해서 수발신하고 있겠지.

　계좌는 안 됨. 비트코인 안 보낼 거면 벽돌 컴퓨터 그대로 쓰삼.

배짱 튕긴다 이거지.
하지만 반은 뻥카야.
칼자루를 잡았다고 생각하겠지만, 입질은 왔는데 돈을 못 받을까 봐
너도 초조할걸.

윤해성은 비릿한 웃음을 흘렸다.

이 정도 했으면 상대도 몸이 달았을 거다. 늙수그레한 변호사인 모양인데, 돈 주고 빨리 끝내고 싶지만 비트코인 송금 방법을 몰라 진행이 안 되고 있다. 조금만 더 하면, 500만 원이 손에 들어오는데. 그렇다고 계좌를 알려 주면 추적당할 거고.

뻣뻣한 척해도 속이 좀 탈 거다.

윤해성도 세게 나가 보았다.

그럼 현찰로 주겠소. 내가 할 수 있는 건 이게 최선이오. 현금 500만 원을 당신이 지정하는 곳에 가져다 놓을 테니까, 장소만 알려 주시오.

답장이 한동안 없었다.

좀 생각하는 모양이다. 돈은 갖고 싶고, 위험은 피하고 싶고. 갈등 중인 것 같다.

하지만 결론은 나왔다.

윤해성은 상대가 바로 눈앞에까지 온 돈을 포기할 거라고는 생각지 않았다.

이메일이 오가면서 어느 정도 어수룩한 면도 봤다.

분명히 걸려든다.

하지만 예상은 틀렸다.

하루 동안 아무 연락이 없었다.

윤해성은 초조했다.

컴퓨터 복구보다, 갈수록 이 수수께끼의 해커에 관심이 갔다.

독고다이 같은데, 신종 랜섬웨어를 만들어 낼 만큼 뛰어난 실력을 갖추었으면서, 돈을 요구하는 방식을 보면 어설프기 짝이 없다.

이 친구를 잘 다루면, 좋은 무기가 될 수 있지 않을까?

다음 날 오후 3시 경, 드디어 메일이 왔다.

　양재동 카페거리 메타세쿼이아 길로 가시압. 삼광아파트 후문에서 오른
쪽 11번째 나무 위쪽 구멍에 돈을 넣어 놓으삼. 언제일지 모르지만 돈 찾으
면 그때 복구 툴 보내 줄 것임. 허튼짓하면 게로 변한 컴퓨터 파일과는 영원
히 못 만남.

양재동 메타세쿼이아 길? 아하.
답장까지 하루가 걸린 이유를 알 것 같았다. 직접 그 길로 가서 돈을
넣을 만한 구멍이 있는 나무를 찾았겠지. 그러느라 하루가 걸린 것이다.

　알겠소. 이틀 안으로 돈 넣어 놓고 이메일로 연락하겠소.

벼락같이 답장이 왔다.

　바로 넣으삼. 왜 이틀이나 걸림?

아무래도 나이가 어린 것 같다.

　현금을 찾아야 하는데 곧 은행 문 닫을 시간이오. 내일 돈 찾고 모레까진
넣어 놓겠소.

상대로부터 더 이상 답장은 없었다.

됐어.

윤해성은 전기호를 방으로 불렀다.

"변호사님, 왜요."

"기호 네가 빨리 준비해야 할 물건이 있어."

윤해성은 씩 웃었다.

* * *

그로부터 사흘 뒤.

양재동 카페골목 근처 메타세쿼이아가 늘어선 호젓한 도로.

스쿠터 한 대가 슬금슬금 달려가고 있었다.

몸은 길쭉하지만, 핸들을 쥔 가는 팔을 보면 아직 덜 자란 몸 같다.

헬멧 아래로 드러난 얼굴은 앳되다.

스쿠터를 탄 남자는 힐끔힐끔 나무를 보며 가고 있었다.

여기다 싶은 곳 도로변에 스쿠터를 세웠다.

건너편에는 삼광아파트 후문이 있다.

남자는 아파트 후문과 맞은편 나무들을 번갈아 보더니 눈으로 숫자를 셌다. 그러고는 목표물을 정했는지 그쪽 나무를 향해 발걸음을 옮겼다. 나무 앞에 서더니 왼팔을 위로 쭉 뻗었다. 손이 겨우 닿는 곳에 깊게 썩어 들어간 구멍이 있었다. 까치발을 해서는 왼손을 그 구멍 안으로 집어넣었다. 손을 구멍 안 이곳저곳 더듬더듬하는 것 같았다.

그 순간.

철컥.

소리와 함께 앗, 하는 남자의 낮은 비명이 들렸다.

남자는 손을 황급히 내렸다. 얼굴은 경악으로 일그러졌다. 남자의 왼손에는 수갑 한쪽이 채워져 있었다. 나머지 반쪽은 매달린 채 덜렁거리고 있었다.

"시발!"

남자는 욕설을 내뱉더니 재빨리 스쿠터로 뛰어갔다.

하지만 남자보다 조금 더 빨리 누군가가 스쿠터에 올라탔다.

그 누군가는 스쿠터에 앉은 채로 빙글거리며 말했다.

"500만 원짜리 수갑이야. 잘 받았나?"

윤해성이었다.

남자는 재빨리 곁눈으로 주변 상황을 보았다.

왼쪽은 양재 공원. 너무나 트인 곳이다.

"안녕. 이틀 만에 덫 놓는 장치 구하느라 이 형님이 고생 좀 했어."

또 한 명의 남자가 양재 공원에서 모습을 드러냈다. 전기호였다.

남자는 다급히 맞은편으로 눈길을 돌렸다. 도롯가에 카페가 줄지어 있고, 그 뒤편 골목으로 달아날 수 있으면 몸을 숨기기 쉬울 것 같다.

남자는 방향을 휙 틀어 건너편 카페 쪽으로 뛰었다. 카페를 지나쳐 옆 골목으로 뛰어들었다.

눈앞에 큰 그림자가 있었다.

고개를 들어 보니 여자였다.

포니테일 머리를 한 얼굴이 동그란 여자.

키가 꽤 크다, 는 엉뚱한 생각을 하는 순간 여자가 오른 다리가 하늘을 난다고 느꼈다.

허억.

허공을 가르는 여자의 하이킥이 바로 눈앞을 지나갔다.

조금만 더 빨리 달렸다면 킥을 정통으로 얼굴에 맞았을 것이다.

콧등으로 느껴지는 강렬한 바람의 압력.

맞았다면 분명 여기서 뻗었을 것이다.

남자는 그 자리에 엉덩방아를 찧었다.

양팔을 뒤로 짚고 입을 벌린 채로 눈앞에 우뚝 서 있는 여자를 보았다.

저 여자의 킥이었나.

로……봇인가?

도망갈 의지는 완전히 상실했다.

다른 두 명의 남자가 다가오고 있었다.

"우리 열쇠 없인 수갑도 못 풀 텐데, 어딜 자꾸 갈려고 하삼?"

윤해성이 빙글빙글 웃으며 말했다.

* * *

"고등학생?"

전기호가 목청을 높였다.

양재천 공원 벤치에 해커를 사이에 두고 방수희와 전기호가 앉았고,
윤해성이 그 앞에 서 있다.

솜털이 보송보송한 해커는 기죽은 목소리로 말했다.

"……을 갓 졸업한 나이죠…… 나이만 그렇지 실제로 고등학교를
졸업한 것도 아니구요."

나이는 20세. 이름은 류지훈.

곱상하고 흰 얼굴.

아이돌 댄스를 추면 어울릴 것 같은 긴 팔다리.

전기호가 기세등등하게 말했다.

"그니깐, 중학교만 졸업하고 고등학교는 1학년에 자퇴. 그러곤 해커
짓을 해 왔단 말이야? 이거 아주 싹수가 노란데."

"전문 해커는 아니구요……."

류지훈이 기어드는 목소리로 대꾸했다.

윤해성이 물었다.

"그 랜섬웨어는 네가 만들었냐?"

"갠드크랩이라고 원래 있는 걸 제가 좀 변형했어요."

"보안업체 직원은 그거 엄청 잘 만든 거라고 하던데. 신종이고, 복구가 불가능하다고."

류지훈은 고개를 푹 숙였다.

방수희가 물었다.

"부모님은?"

"……고향에 계세요."

"너 이러고 다니는 거 아셔?"

류지훈은 고개를 숙인 채 대답하지 못했다.

방수희한테는 특히 주눅이 들어 있다.

윤해성이 물었다.

"감염시키고 돈 받는 건 어디서 배웠어?"

"아는 형이 그렇게 감염됐다가 해커한테 돈 준 적이 있어요. 그때 배웠어요."

류지훈이 얼굴을 조금 들었다.

윤해성이 빤히 류지훈을 들여다보다가 말했다.

"스쿠터 네 거 아니지?"

류지훈이 화들짝 놀랐다.

"네? 아, 저, 그거……."

"네가 착실하게 면허증 딸 녀석은 아닌 것 같은데? 게다가 번호판도 안 가렸잖아. 네 거였으면 가렸겠지. 신상이 드러나니까."

류지훈은 고개를 다시 숙였다.

전기호가 흥분했다.

"야아, 이 녀석 보게? 훔친 거야? 여기 와서 돈다발 '겟'하는 데 쓰려고? 이런 도둑놈을 봤나!"

전직 도둑계의 거성이었던 전기호가 화를 내고 있었다.

윤해성이 팔을 들어 전기호를 말리는 시늉을 했다.

"저, 이거 손목에 이거 좀 풀어 주시면 안 돼요?"

류지훈이 한쪽 손목을 들어 보였다. 아직 수갑이 덜렁거리고 있다.

"이 자식이! 풀어 주면 튀려고? 바이러스도 그대론데?"

전기호가 나서서 또 흥분했다.

하지만, 윤해성이 전기호에게 눈짓을 했고, 전기호는 마땅찮은 얼굴로 조그만 열쇠를 꺼내 수갑을 풀어 주었다.

류지훈은 손목을 주물렀다. 도망갈 기색은 없다. 세 사람에게 둘러싸여 있으니 어차피 도망칠 길이 없다. 또, 이 사람들이 그다지 위협적이지는 않다고 느낀 듯하다.

"해커 짓을 전문적으로 하는 것도 아닌데, 그 정도의 바이러스 프로그램을 만들어 낸다…… 아주 컴퓨터의 귀잰데."

"변호사님, 지금 감탄할 땝니까?"

전기호는 류지훈을 돌아보며 다시금 언성을 높였다.

"일단 그 복구 툴인가 하는 거 내놔. 빨리!"

류지훈은 휴대전화를 꺼내더니 이리저리 터치를 했다. 그러고는 화면을 보여 주었다. 메일이 전송되고 있었다.

"……그 메일로 보내 드렸어요."

"이거 크랩인가 뭔가 그거 또 보낸 거 아냐? 복구 프로그램 제대로 보낸 건지 어떻게 알아?"

전기호가 또 소리를 높였다.

"너 신분증 내봐 봐."

윤해성은 류지훈으로부터 주민등록증을 받아 들었다.

나이, 이름 모두 말한 대로였다.

"방 주임. 애 주민번호하고 주소 좀 적어 둬."

방수희는 주민등록증을 건네받아 주소를 옮겨 적었다.

"이제 신상 아니까, 그럴 일은 없을 거야. 컴퓨터 인질극은 상대를 모를 때가 가능한 거지."

"이 상황에서 엉뚱한 프로그램을 보낼 만큼 멍청하진 않아요."

류지훈이 조금 기운을 회복했는지, 그렇게 말했다.

"내가 보기엔 넌 너무 어설픈데?"

윤해성의 말에 류지훈은 그런 말은 처음 듣는다는 듯 눈을 올려 떴다.

"컴퓨터 실력은 대단한지 모르지만, 다른 쪽으론 이런 간단한 함정에 걸려들었어. 스쿠터도 쉽게 훔치지만, 훔쳤다는 사실 자체는 쉽게 들켜. 뭔가 뒤죽박죽이고, 엉성해."

"……."

"너 이렇게 살면 언젠간 쓴맛 보게 될 거야."

"……지금처럼요?"

"훨씬 더 안 좋은 일."

"……혹시 설교하시려는 거예요? 그건 좀 괴로운데…… 그냥 보내주시면 안 될까요?"

류지훈의 눈에서 반항적인 빛이 흘렀다.

그러다가 옆의 방수희와 눈이 마주쳤다.

류지훈은 움찔하며 목을 움츠렸다.

"설교 알레르기? 대책 없는 스무 살의 반항이라…… 그러니까 어설픈 거야."

윤해성은 웃음기를 머금으며 말을 이었다.

"……너 우리 사무실에서 일해라."

"네?"

"네에?"

"에엑!"

류지훈, 방수희, 전기호가 동시에 놀랐다.

"들은 대로야. 우리 직원으로 들어오라구."

"아, 아니, 변호사님! 이 도둑놈을 왜?"

"이건 좀 아니죠. 우리 컴퓨터 정보 다 빼내 가면 어떡해요?"

류지훈이 무언가 말하기도 전에 전기호와 방수희가 일제히 나서서 반대했다. 하지만 윤해성은 요지부동이었다.

"애가 바탕은 괜찮아 보이는데? 단지 인생 노하우를 몰라서 이러고 있는 거야. 재능을 썩히고 있는 거지."

류지훈이 조심스럽게 입을 열었다.

"저…… 근데 제 의사가 제일 중요하지 않나요?"

전기호가 눈을 부릅떴고, 류지훈은 다시 움츠렸다.

"말해 봐."

"이번에 정말 잘못했구, 죄송도 해요. 근데 전 지금 이대로 사는 게 좋거든요. 어디 출근한다는 건 생각해 보지도 않았어요. 그냥 보내 주시면 안 돼요?"

"넌 내가 사무실에 출근하라고 해 놓고 무언가 약점 잡아서 일 시켜 먹는다고 생각하는 거냐?"

"아뇨…… 그게 아니라 그냥 어디 직장에 매인다는 게 전혀 생각해 보지 않은 일이라서……."

"그럼 알바로 해."

"네?"

"재택 근무하라고."

"……."

"매일 네가 할 일이 있는 것도 아니니까, 내가 필요할 때만 일 맡기면 해 주면 돼. 어때?"

류지훈은 묵묵히 있다가 결국 고개를 저었다.

"그것도 직장인 비슷한 거잖아요. 전 그냥 이대로 있을게요……."

윤해성은 고개를 끄덕였다.

"좋아. 아무래도 갑자기 제안했으니까 겁도 나고 선뜻 마음이 안 내킬 거야. 짧지만 지금까지 살아온 네 인생에서 완전히 벗어나는 것이기도 하고."

"감사해요……."

"두 가지만 기억해."

류지훈이 눈을 말똥말똥 뜨고 윤해성을 보았다.

"넌 네 생각보다 재능이 많은 녀석이야. 또,"

"……."

"넌 네 생각보다 어설퍼."

"……."

"아마 내 말이 생각나는 때가 올 거야. 그땐 이리로 연락해."

윤해성은 명함을 꺼내 류지훈에게 건넸다.

이람 법률사무소

"제가 연락할 일이 왜 있을 거라고 생각하세요?"

류지훈이 오늘 처음으로 제대로 던지는 질문이었다.

윤해성이 대답했다.

"컴퓨터 너드. 다른 건 허점투성이. 너 이대로 사는 거, 어차피 오래 못 가."

류지훈은 윤해성을 마주 보다가 시선을 돌리고 주섬주섬 일어섰다.

"죄송했슴다. 안녕히 계세요."

"슴다? 녀석, 회복했네."

전기호가 쓴웃음을 지었고, 류지훈은 세 사람에게 인사를 하고는 스쿠터로 갔다.

"그건 주인한테 돌려줘!"

방수희가 큰 소리로 말하자, 류지훈이 돌아보더니 인사를 다시 꾸벅했다.

왜앵.

어울리지 않는 소음을 울리며 스쿠터는 시야에서 사라졌다.

* * *

"다리 쪽은 괜찮은데요, 어깨 인대가 완전히 파열됐어요. 한동안 물리치료를 받으셔야 할 것 같습니다. 경과를 보고 수술을 결정하시죠."

의사는 조금 전 찍은 김정면의 엑스레이 화면을 보며 말했다.

어느 정도 예상했지만, 김정면은 초조했다.

"물리치료요? 혹시 얼마나요?"

"기한을 정할 수야 없습니다만, 최소한 서너 달은 받아 봐야죠."

"서너 달요……."

김정면은 입술을 깨물었다. 현재 상황으로는 불가능하다.

"물리치료는 생략하고 수술을 곧장 해 주십시오."

"수술부터요? 물리치료로 가능하면 그게 최선입니다. 경과를 좀 보시고……."

"아뇨. 그냥 수술해 주세요."

김정면의 표정은 단호했다. 반대하면 책상이라도 엎을 기세다.

"……알겠습니다. 그러시죠."

데스크에 가서 수술 일정을 잡았다.

수술은 일주일 후로 정해졌다.

김정면이 터덜터덜 병원을 걸어서 나간 후, 의사는 책상 위 파일함에서 서류를 한 장 꺼냈다.

경찰청에서 발송한 공문이었다.

"분명히 다리와 어깨에 상처 입은 환자가 오면 알려 달랬지…… 테러 용의자라고. 더구나 저 사람 인상도 딱 그랬어."

김정면이 수술을 요구하며 강렬한 인상을 남긴 것부터 화근이었다.

더구나 의료보험 없이 진찰해 달라며 신상을 밝히지 않은 것이 결정적으로 의심을 드리웠다.

의사는 공문을 내려다보며 전화기를 들었다.

* * *

일주일 후, 김정면은 다시 그 병원을 들어서고 있었다.

예약된 수술날이다. 전철을 이용해 이리로 왔고, 역에서 병원까지 걸어오면서도 혹시 주변에 경찰차나 형사의 잠복 차량 같은 것이 있는지 유심히 보면서 왔다. 병원 앞에 도착해서도 주변을 두리번거렸다. 지금까지는 별달리 이상한 징후가 없다.

어깨의 통증 때문에 김 실장의 명령을 어기고 집을 탈출해 병원에 갔지만, 그 역시 위험하다는 건 알고 있다. 혹시라도 경찰이 기다리고 있지나 않은지 신경이 곤두서 있다.

김정면은 모자와 마스크를 썼다. 엘리베이터를 타고 병원이 있는 3층으로 갔다.

문이 열리고 정형외과 스크린도어가 보인다. 역시 평온하다.

김정면이 들어서자 간호사들이 "안녕하세요." 하며 인사를 한다. 평상시와 다름없어 보인다.

"오늘 수술이 예약되어 있어서요."

김정면은 이름을 말했다.

"탈의실에서 상의 완전히 탈의하시고 옷 갈아입고 제1수술실에서 기다리세요. 곧 선생님이 들어가실 거예요."

간호사의 안내에 따라 탈의실로 갔다. 김정면은 모자와 마스크를 벗었다. 입고 간 셔츠를 벗고 이어 속옷 상의를 벗으려다 무슨 생각에선지 그만두었다. 그러고는 내의 위에 가운을 걸쳤다.

김정면은 탈의실을 나와 제1수술실에 들어가 의자 위에 일단 누웠다.

잠시 후, 의사가 들어왔다.

기분 탓일까, 어딘지 불안해 보인다.

"준비되셨습니까?"

의사는 딱딱한 얼굴로 옆에 앉았다.

"우선 마취하겠습니다."

"선생님 혼자 하십니까?"

"네?"

"간호사가 같이 도와주지 않습니까?"

"아, 네. 아. 이번 마취는 제가 직접 합니다."

의사는 약간 당황하는 듯하더니, 주사기를 들어 마취약 병에 찔렀다.

이어 한 손에 주사기를 들고 가운 소매를 밀어 올렸다. 가운의 벌어진 앞섶 사이로 김정면의 속내의가 드러났다.

의사가 주사기를 막 김정면의 팔뚝에 대는 순간, 김정면이 말했다.

"아까 간호사가 그러더군요. 상의 탈의하고 가운을 입으라고."

"네."

의사는 간단한 대답인데도 왠지 힘들어한다.

"어깨 수술을 하려면 상의는 완전히 탈의해야 한단 얘기겠죠? 근데 지금 난 속옷을 입었습니다. 근데, 왜 아무 말도 없이 마취 주사를 놓으려 하십니까?"

"아, 아. 그건…… 아! 속옷을 입으셨군요. 말씀이 맞습니다. 사…… 상의 탈의하셔야 합니다."

틀림없다.

이 의사는 경찰을 불렀다.

김정면은 의사를 힐끔 보고는 말했다.

"그럼 위에 속옷도 마저 벗고 오겠습니다."

"네, 네. 그러십시오."

의사는 진땀을 흘리고 있었다.

김정면은 가운을 걸친 채 다시 탈의실로 갔다. 가운을 신속히 벗어 던지고 상의를 걸쳐 입고 모자와 마스크를 다시 썼다.

탈의실 문을 조용히 열고 빠져나왔다.

간호사는 이쪽을 보지 않고 있다.

병원 스크린도어 앞쪽과 데스크 옆에 각기 남자 한 사람씩 서 있었다.

행색이나 매서운 눈빛, 긴장된 태도를 보아 환자로 온 이들은 아닌 것 같았다.

형사다.

김정면은 직감했다.

병원에 들어오기 전 입구에 화장실이 있다는 걸 보아 두었다. 천연 덕스럽게 데스크로 가서 간호사에게 물었다.

"화장실이 어디죠?"

"문 나가시면 왼쪽에 있어요."

김정면은 간호사의 대답이 채 끝나기도 전에 병원 문을 나섰다.

데스크 옆에 있던 남자, 그리고 스크린도어 앞에 있던 남자가 김정면을 은근히 따라붙었다.

김정면은 남자 화장실로 들어갔다.

남자 한 명이 슬쩍 따라 들어왔다.

아마 병원 바깥은 이미 형사들로 포위되어 있겠지.

화장실 안쪽에는 창문이 있었다. 김정면은 창문 쪽에 붙은 소변기로 갔다. 남자가 따라왔다. 슬쩍 아래를 내려다보니 차량이 줄지어 주차되어 있다.

김정면은 순간 몸을 회전하면서 주먹을 뻗었다.

기습이었다. 무방비였던 남자는 흡, 하는 소리와 함께 나가떨어지며 소변기에 머리를 찧었다.

그 틈을 놓치지 않고 몸을 돌려 창문 쪽으로 뛰었다.

"거기서!"

나가떨어졌던 남자가 다급히 일어나 몸을 날렸다. 남자는 김정면의 허리를 붙들었다. 제대로 잡히기 전 김정면이 몸을 비틀었기에 남자는 몸통을 비스듬하게 잡는 모양새가 되었다. 김정면은 허리를 뒤로 뺀 다음 무릎으로 남자의 복부를 가격했다.

흡.

남자는 또다시 비명을 지르며 비틀거렸지만 손을 놓지 않았다.

밖에서 기다리던 또 다른 남자가 뛰어들었다.

"이 자식이!"

남자는 김정면을 향해 달려들었다.

김정면은 몸을 붙든 남자의 등을 팔꿈치로 내리찍었고, 남자는 결국 손을 놓았다. 바로 이어서 뛰어드는 남자의 얼굴에 주먹을 날렸다.

퍽.

얼굴에 펀치를 맞은 남자가 주춤거렸다.

평상시라면 KO를 시킬 만큼 정통으로 맞은 주먹이었지만 김정면의 파워는 현저히 떨어져 있었다. 허리를 잡혔던 탓에 무게가 실리지도 못했다.

얼굴을 맞은 남자는 다시 김정면에게 달려들며 주먹을 뻗었다.

김정면은 다치지 않은 팔을 올려 가드 했다. 남자의 주먹은 팔뚝에 정통으로 맞았다. 김정면은 그 충격으로 뒤로 휘청 밀렸다. 오히려 그 덕분에 몸은 창문으로 바짝 다가간 모양새가 되었다.

김정면은 창을 등에 지고 양 주먹을 번갈아 휘둘렀다. 다친 어깨를 조심하고 어쩌고 할 상황이 아니었다. 그 기세에 달려들던 남자가 주춤했다.

김정면은 그 틈을 타 몸을 휙 돌렸다.

이어 창문을 향해 몸을 던졌다.

와장창.

유리가 산산조각 났고, 김정면은 아래로 떨어졌다.

김정면이 떨어진 곳은 아래에 주차되어 있던 SUV 차량의 지붕 위였다. 아까 화장실에서 미리 보아 두었던 차량이다.

무언가 부서지는 소리가 크게 났다.

으으윽.

온몸이 부서지는 고통이 엄습했다. 김정면은 신음을 내며 몸을 일으켰다. 차량 지붕에서 내려와 주변을 살폈다. 골목 안이냐, 대로냐.

대로 쪽에서 남자들이 뛰어오고 있었다. 형사들이다.

김정면은 골목 안으로 뛰었다.

하지만 3층에서 떨어진 충격으로 몸은 엉망이 되었고, 제대로 달릴 수 없었다.

이를 악물고 절뚝거리는 김정면을 쫓는 형사들.

그때, 그 형사들을 지나쳐 김정면을 향해 빠른 속도로 달리는 오토바이가 있었다.

엔진 덮개에 날림체로 쓰인 한자 '隼' 덕분에 형사들 중 몇 명은 알아보았다.

튜닝 없이도 풀 액셀이면 시속 300킬로를 돌파하는 슈퍼바이크 스즈키 하야부사.

하야부사는 김정면을 조금 지나 급정거를 했다.

"타!"

김정면은 고개를 들었다. 얼굴은 헬멧으로 가려져 있지만 금방 알 수 있었다. 김 실장의 목소리였다.

김정면은 오토바이 뒤에 뛰다시피 올라탔다. 김정면의 엉덩이가 채 닿기도 전에 김 실장은 풀스로틀로 핸들을 당겼다. 오토바이는 순간 굉음을 뿌리며 미치광이처럼 뛰쳐나갔다. 번호판 없는 바이크는 순식간에 점이 되었다.

뒤쫓던 형사들은 멍하니 쳐다볼 뿐이었다.

형사 한 명이 말했다.

"순마 타고 쫓을까요?"

나이가 더 있는 누군가가 고개를 절레절레 저으며 말했다.

"그 낡아 빠진 경찰차로? 도심 골목에서 저 괴물을 잡는 게 가능할 거라고 생각해?"

* * *

방수희가 스쿼트를 하고 있으려니 전새롬이 따뜻한 커피 한 잔을 들고 다가왔다.

"안녕. 커피라도 한잔해."

방수희는 커피를 받아 들고 창가 의자로 갔고, 그 옆에 전새롬이 와 앉았다.

"역시 운동 머신이야. 대체 저 무게가 다 얼마야?"

"늘 하던 대론데 뭘."

"좀 쉬엄쉬엄해. 이미 군살도 없는데."

전새롬은 늘 그렇듯이 방수희의 허벅지를 꾹꾹 눌러 댔다.

검은 레깅스가 터질듯이 부풀어 있다.

"살을 빼려는 건 아니고, 운동 안 하면 몸이 쑤시고 아프더라."

방수희가 어깨 이곳저곳을 주무르며 대답했다.

"와아, 역시. 아무래도 이 엄청난 에너지를 분출할 데가 필요한가 봐."

전새롬은 부러움이 가득한 눈으로 방수희의 몸을 훑었다.

"사무실은 괜찮지?"

"괜찮아."

"다행이야. 그때 다시 일할 이유를 찾았다고 해서 얼마나 반가웠는데."

"내가 보스한테 도움이 된다고 하니깐."

"그 변호사 아저씨는 이제 애 안 먹이구?"

"애 안 먹이냐구?"

방수희는 무언가를 떠올린 듯 빙그레 웃었다.

"애 먹이는 정도가 아니지. 좀 마음에 들려 하면 엇나가고. 자꾸 반복이야."

"어떻게 엇나가는데?"

"여자관계가 좀 복잡해. 그게 꼴 보기 싫어서."

"여자 문제? 역시 그거구먼. 그럼 나온다. 능력 있겠다, 결혼은 안 하고 이 여자 저 여자 건드리고 다니기만 하는. 딱 바람둥이 스타일, 맞지?"

"글쎄, 바람둥이라고 하기엔 평소에 담백하고 멀쩡해. 매너도 좋구."

"지가 꽂히는 여자한테만 올인 하는 거지. 평소에 그러면 또라이게?"

"뭐 그렇겠지."

방수희는 적어도 꽂히는 여자는 아니란 건가.

윤해성이 방수희에게 질척대는 것도 상상하기 어렵긴 하다.

왠지 유쾌한 결론은 아니었다.

"역시 그래. 사람이 잘 안 바뀐다는 거. 너네 변호사만 좀 정신 차려 주면 참 좋을 텐데."

전새롬의 푸념이 이어지는데, 띠링 하며 방수희의 휴대전화 알림음이 울렸다.

방수희는 휴대전화를 꺼냈다.

메시지가 와 있었다.

발신자는 윤해성.

방수희의 눈이 커졌다.

퇴근 시간 이후에 윤해성이 연락하는 경우는 거의 없었다.

방수희는 메시지를 눌렀다.

잠깐 볼 수 있을까. 술 한잔했으면 해서.

옆에서 들여다보던 전새롬의 눈은 더 커졌다.

"윤해성? 너네 변호사잖아!"

"응. 맞아. 우리 보스."

"뭐야, 뭐야? 이 시간에 술집으로 불러내고?"

"그러게. 이런 일은 없었는데."

"평소에 담백하다며? 이거 너한테 작업 거는 거 아냐? 질척대는 거
아니냐구?"

전새롬이 거의 흥분했다.

"앞서 나가지 마."

"너 갈 거야?"

"가 보려구."

"가지 마. 튕겨."

"무슨 연애 밀당 하니."

"가더라도 조심해. 바람둥이 보스의 마수에 걸려드는 직원. 이거 딱
그런 그림이야."

전새롬은 주먹을 꽉 쥐어 보였다. 그녀의 말에 방수희는 웃어넘겼지
만 마음속은 조금 달랐다.

'그러면 어때.'

"나 먼저 샤워하러 갈게."

방수희는 일어섰다.

* * *

윤해성은 서래마을의 한 이자카야에서 혼자 술을 마시고 있었다.

방수희가 들어오는 것을 보더니 손을 번쩍 들어 자리를 알렸지만 윤해성이 손을 들기도 전에 알아보았다. 윤해성의 주변에는 늘 어떤 아우라가 있었고, 방수희만은 그걸 알아볼 수 있었다.

"저녁에 오라고 해서 미안."

"아뇨. 괜찮아요. 싫었으면 안 나왔겠죠."

윤해성은 눈웃음을 지었다. 평소에 보지 못하던 그의 눈빛에 방수희는 마음이 조금 설렜다.

테이블에는 손을 대지 않은 온갖 모둠회가 뛰어오르는 생선 모양의 멋들어진 접시에 담겨 있었다.

윤해성은 잔에 술을 따르며 말했다.

"수희 올 때까지 기다렸어. 지금쯤 숙성 잘됐을 거야. 먹어."

"먼저 먹지 그랬어요?"

"아냐. 혼자 먹으면 맛도 없어."

술이 몇 잔 오갔다.

윤해성이 먼저 용건을 꺼낼 때까지 방수희는 입을 닫고 있었다.

"이번 사건에서 느끼는 바가 많았어."

"이번 사건? 어느 사건이요? 사건이 워낙 많아서."

"그렇게 대수롭지 않게 말해 줘서 고마워. 내가 수희한테 얼마나 의지하는지 모를 거야."

"저야말로 그렇게 말해 주셔서 감사해요."

"아니, 정말. 이번에도 수희 아니었으면 난 분명 살해당했어. 수희는 내 생명의 은인이야."

"뭘 그렇게 거창하게. 아니에요."

"겸손할 필요 없어. 그건 팩트니까."

윤해성은 방수희의 빈 잔을 채웠다.

"고마운 한편으로 그런 생각이 들었어. 이대로 가면 수희를 큰 위험에 빠트릴 수도 있겠구나. 물론 수희의 그 놀라운 능력을 내가 활용하고 싶어서 미국에서 만났을 때 바로 캐스팅 한 거지만, 정작 이번 같은 일이 닥치고 보니 생각이 또 다르더라. 더구나 그냥 폭행 사건 정도가 아니라 확실하게 죽음에 가까워져 보고 나니 더 알겠어. 이건 수희한테, 수희의 안전을 위해서라도 알려야겠다, 그리고 수희한테 선택하도록 해야겠다, 그렇게 말이야."

"무얼 알린단 거예요? 설마 아직도 이번 테러가 양다곤 회장이 박재훈 검사를 타깃으로 한 거라는 망상을 하고 계신 거예요?"

"망상이 아니야."

방수희는 김이 샌다는 듯 사케 잔을 들이켰다.

결국 괴상한 그 망상 때문에 날 부른 거야?

스쿼트나 마저 할걸.

"아무래도 전부를 이야기해 주어야 할 것 같아."

"전부를요? 어떤?"

"이람 법률사무소의 정체에 대해서."

"이람 법률사무소의 정체? 내가 일하는 직장이지, 무슨 다른 정체가 있어요?"

"실은 말이야……."

윤해성은 머뭇거리면서 입을 열었다.

"9살 때 아버지가 돌아가셨어."

"너무 어린 나이였네요. 안되셨어요."

"그게 모든 일의 시작이었어."

"어떤 일요?"

윤해성의 입에서 놀라운 이야기가 쏟아져 나오기 시작했다.

어린 시절 아버지가 자살한 모양으로 발견되었지만 살해당한 의심이 강하게 든다는 것, 양다곤에게 소송을 당해 한울 모터스 지분 전부를 빼앗긴 것. 이후 미국으로 건너가고 이름을 바꾸었던 것, 검사가 되었지만 복수를 목표로 김정은을 아청법으로 기소한 후 사표를 낸 것. 곧장 이람 법률사무소를 개설한 것, 그 후 방수희도 잘 아는 지금까지의 사건, 사건들……

윤해성의 고백을 듣는 방수희의 표정에 큰 변화는 없었다.

미간에 조금 주름이 가 있다는 것 외에는.

마치 어떤 종류의 고뇌가 새겨진 듯하다.

그게 어떤 것일지는 아직 알 수 없다.

윤해성은 생각했다.

그래, 방수희가 이런 여자이기 때문에 이야기를 할 수 있었어.

호들갑 떨지도 않고, 충격을 오직 안으로 소화하면서.

누구보다 믿을 수 있는 그 꽉 다문 입술.

그걸 믿고 이야기를 털어놓은 것이다.

"놀랍네요."

하지만 전혀 놀란 표정은 아니다.

"그런 스토리가 있는 줄은 몰랐어요."

덧붙인 말도 어딘가 무심하다. 윤해성이 말했다.

"지금까지 이야기하지 못한 건 미안해. 이해해 주었으면 해."

"변호사님은 고민이 없어 보였어요. 늘 자신만만하고 뻔뻔하고, 에너지가 넘쳐 아무 여자한테나 기웃거리고."

"으음. 내 이미지가 그랬었나."

윤해성이 낮은 신음을 냈다.

하지만 윤해성이 여자들에게 질척대는 것처럼 보인 것도 전부 어떤 전략적인 필요 때문이었다는 사실이 오히려 방수희의 마음에 많이 위안이 되었다는 사실은 꿈에도 깨닫지 못했다.

"그런데 이유가 있었네요. 내가 알던 변호사님하고는 다른 모습이었구."

"⋯⋯어쨌든 내 말을 믿어 주는 거야?"

"실은 도저히 믿기지 않는 이야기지만⋯⋯ 아무튼 변호사님이 그렇게 말하고 있으니 믿을게요."

"그래 줘서 고마워."

"무엇보다 도무지 이해 가지 않는 우리 사무실 사람들⋯⋯ 황당하게 높은 급여⋯⋯ 그런 것들을 보면 변호사님 말이 사실일 수밖에 없겠어요. 법률이라고는 전혀 모르는 전직 도둑과 격투기 훈련하던 여자를 변호사 사무실에서 채용했어요. 그것도 엄청난 초고액 연봉을 주며 말이죠. 그 모든 것들은 이런 이야기가 아니면 납득이 가지 않으니까요. 믿어요. 믿을 수밖에요⋯⋯."

"⋯⋯."

방수희의 독백 같은 말에 윤해성은 딱히 대꾸할 말을 찾지 못했다.

"그래서요?"

방수희가 고개를 번쩍 들었다. 눈이 초롱초롱 빛나고 있었다.

"응?"

의외의 반응에 윤해성이 눈을 올려 떴다.

"그래서 뭐가 달라진단 거죠?"

"……그러니까 수희가 여기서 계속 일하는 건 본인에게 위험할 수 있단 거야. 지난번 테러 사건도 내가 타깃일 수 있다는 걸 이해했겠지? 동네 껄렁패가 아니야. 킬러를 보내는 집단이야. 수희가 내 옆에서 도우려다가 자칫하면 목숨이 위험해질지도 몰라. 그래서 이야기를 전부 털어놓아야겠다고 생각했어. 신변에 관한 중요한 문제야. 수희는 알 권리가 있어."

"내가 없었으면 변호사님은 죽었을 거라고 했죠?"

"물론이지."

"그럼 내가 그만두고 나면 어떻게 할 계획이에요? 보디가드 업체라도 부르실 건가요?"

"그러지는 않겠지. 이건 예측 가능한, 일상적인 위험이 아니니까."

"잘됐네요. 그럼 계속 일할게요."

"응? 정말?"

윤해성은 반색하면서도 못 믿겠다는 듯 재차 확인했다.

"그럴 수 있겠어?"

"난 지난번 상황에서도 그리 위험하다고 생각하지 않았어요. 어쨌든 목표물은 변호사님이었지, 내가 아니었잖아요?"

"차가운 말이지만 위로는 되네."

"난 이 일이 좋아요. 급여도 좋고. 그래서 일할 거예요."

윤해성은 테이블 위로 손을 뻗어 방수희의 손을 덥석 잡았다.

"고마워! 정말 고마워!"

방수희는 손을 잡힌 순간 조금 움찔했지만 빼지는 않았다.

잠시 후 윤해성은 자신이 방수희의 손을 잡고 만 사실을 깨닫고는 팔을 슬그머니 물렸다.

윤해성은 새삼스레 방수희를 쳐다보았다.

어떤 경이로움이 담긴 눈빛이었다.

이 여자는 놀라 자빠질 이야기를 듣고도 그저 가만히 내 앞을 지키고 있을 뿐이다. 어딘가 알 수 없는 곳을 응시하면서.

살포시 내리뜬 방수희 눈 위로 드리운 긴 속눈썹이 무척 매력적이라고 문득 느껴졌다.

한없이 믿을 수 있을 것 같은 기분.

박시영하고 있을 때와는 또 다른 편안함.

거기에 불쑥 찾아온 두근거림.

어, 이게 뭐지.

제멋대로 흘러가는 감상을 방수희가 깼다.

"기호도 알고 있어요?"

"아, 아니."

윤해성은 조금 버벅거렸다.

"기호는 그런 면에선 위험이 거의 없는 역할이지. 전혀 밖으로 드러나지도 않았고."

"그래도 나중엔 이야기할 날이 있겠죠?"

"물론이야. 그때 기호도 수희처럼 같이해 주길 바랄 뿐."

"그때 해커를 잡은 뒤에도 알바 하라고 제안하셨죠. 그것도 같은 맥락인가요?"

윤해성은 고개를 끄덕였다.

"음. 녀석의 컴퓨터 실력이 꼭 필요할 것 같아서. 또, 수희도 알겠지만, 난 특별한 재능을 가진 사람을 보면 탐나서 견디지 못하잖아."

"다행이에요. 저도 그 특별한 사람에 속한단 거네요. 적어도 변호사님 눈에는."

"물론이지. 내가 수희한테 얼마나 기대고 있는지 모를 거야."

윤해성은 활짝 웃었다.

방수희가 옆에 있어 주겠다니 정말로 기쁜 모양이다.

자신이 얼마나 기대고 있는지 방수희가 모를 거라고?

아니.

'당신이야말로 모르고 있어.'

방수희는 마음속으로 말했다.

* * *

이를 드러내고 자리로 다가오는 모습을 보았을 때부터 장유나는 그가 마음에 들지 않았다.

변호사답지 않게 목덜미까지 덮은 긴 머리카락도 싫었고, 찢어진 눈, 툭 불거진 광대뼈는 억센 인상이다. 현대 패션업계의 센스를 무시하는 듯 끝이 뾰족한 악어가죽 구두까지, 총체적 난국이다.

"인사하지, 단명오 변호사야. 이쪽은 내 안사람."

양다곤이 장유나와 단명오를 서로 소개했다.

장유나는 고개를 까딱했는데, 단명오는 손을 내밀었다.

"안녕하세요. 단명옵니다."

순간 장유나는 확 불쾌해졌다.

그렇지 않아도 인상부터 역겨운데, 감히 먼저 손을 내밀어?

남자가 여자한테 먼저 악수를 청하는 건 결례라는 걸 몰라?

게다가 난 당신의 형님 양다곤의 아내라고!

하지만 장유나는 속마음을 숨기고 미소를 머금은 채 고개를 까딱했다.

단명오는 손을 거두고서 민망한 표정을 한 채 자리에 앉았다.

그 역시 불쾌했다.

한이수, 박시영을 만났을 때 악수를 청했다가 거절당했던 기억도 떠올랐다. 그 불쾌감까지 겹쳤다.

장유나인가 이 여자는 인기 없는 배우 출신인데, 도도하기 그지없군.

양다곤 회장의 빽을 믿고 이러는 모양인데, 어림없어.

단명오는 장유나를 양다곤의 아내로 인정하지 않았다.

일시적으로 곁에 두고 있을 뿐, 질리면 바로 관계를 청산하겠지.

그 정도로 생각하고 있다.

일회성의 이 여자보다는 20년이 훨씬 넘도록 인연을 이어 온 자신이 당연히 더 양다곤에게 중요한 사람이라고 믿고 있다.

두 사람 사이에 불쾌감이 교차하는 것을 눈치채지 못한 양다곤은 껄껄껄 웃었다.

"진작에 이렇게 식사 자리를 마련했어야 하는데 말이야."

"네. 뵙고 싶었습니다. 형님이 옆에 두고 있는 분이 어떤 분인지."

단명오가 씨익 웃으며 말했다.

장유나는 '형님이 옆에 두고 있는 분'이라는 표현이 거슬렸다. '형님의 아내'라고 말해야지.

한번 싫어지니 어떤 말이든 좋게 들리지 않는다.

"저도 뵙고 싶었어요. 오랫동안 이 사람 법률문제를 맡아 주셨다고요."

장유나는 그러면서 양다곤을 향해 방긋 웃었다.

'양다곤의 안사람'으로서의 위치를 확인시키려는 것이다.

신라호텔 한식당 라연의 가장 깊숙한 룸.

종업원들이 코스 요리를 차례차례 내왔다.

"이 친구는 말이야, 남미 파라과이? 파라과이 맞지? 거기서 한 도시만 한 농장을 갖고 있어. 거기서 황제 같은 인생을 보내고 있지. 부러워. 한국에선 기업 한다 그러면 골치만 아파. 이놈 저놈 다 뜯어먹으려고 하고. 거기서야 얼마나 속 편하겠어? 누가 뭐라는 놈도 없고. 난 단변호사가 제일 부러워."

양다곤의 흥을 장유나가 깼다.

"남미 농장에서 황제처럼 지낸다구요? 근데 여기에 왜 이렇게 오래 계세요?"

순간 양다곤도, 단명오도 말문이 막혔다.

서로 먼저 이야기를 하고 나오는 사람이 없었다.

장유나는 천진난만한 얼굴로 대답을 기다리고 있다.

단명오가 말했다.

"오랜만에 고국에 오니까 좋더라고요. 온 김에 오래 있으려 합니다. 좀 즐기다 가야죠."

"근데 놀러 다니거나 사람 만나지 않고 왜 이 사람 일을 봐줘요? 일하러 오신 거 아니라면서요?"

"아, 그게……."

단명오는 우물쭈물했다.

양다곤도 궁금한 듯 단명오를 쳐다보았다.

영장사건 때문에 불렀지만 그 일은 끝났다. 아무튼 단명오는 당연히 자기 옆에 있는 사람이라 생각했을 뿐, 단명오 입장에서 왜 그러고 있는지는 한 번도 의아하게 여겨 본 적이 없었다.

"그러게. 자네도 한국 온 김에 여행도 다니고 만날 사람 만나고 그래."

양다곤이 말했다.

단명오가 겨우 입을 열었다.

"그래도 전 형님이죠. 형님하고 제일 가까웠으니까요."

어떻게 보면 별것 아닌 질문이고, 대답도 당연하다. 그런데 허를 찔린 듯한 단명오의 모습과 더듬대는 말투에서 그가 상당히 타격을 입었다는 것을 알 수 있었다.

이게!

단명오는 속으로 버럭 소리를 질렀다.

지금 여기 양다곤의 옆에서 비위를 맞추며 붙어 있어야 할 이유가 있는 자신의 처지.

아무도 모르는 속사정, 그 아픈 지점을 꿰뚫린 분노가 일었다.

비록 장유나의 고의가 아니었다 할지라도 괘씸하기 이를 데 없었다.

그에게 장유나는 '양다곤의 여자'가 아니라 그저 '잠시 빌붙는 인간'이었다.

양다곤만 아니라면 이렇게 예를 갖추어 상대해 줄 이유도 없다.

장유나는 반대로 그가 무례하다고 여기고 있었지만.

몇 개의 음식이 나오면서 화제는 장유나의 예전 연예계 활동으로 넘어갔다.

"저도 팬이었어요. 출연하신 영화 몇 개 봤어요."

단명오가 의례적으로 팬이라며 비위를 맞추는 척했다. 하지만 장유나는 슬슬 눈치채고 있었다.

단명오는 한 번도 자신을 부르지 않았다.

부르려면 호칭이 문제다. '형수님'이 가장 자연스러운데, 절대 그 호칭을 입 밖에 꺼내지 않았다.

인정하기 싫다는 거야?

그걸 깨닫는 순간부터 장유나의 기분은 급속도로 나빠지기 시작했다.

단명오가 기름을 부었다.

"출연하신 영화 중에 「겨울의 끝」이 있었죠? 주인공의 친구로 나왔던 거. 인상적이었어요. 나름 연기도 나쁘지 않았고."

나름?

장유나의 빈정이 확 상했다. 비록 일찍 은퇴했지만 프로 연기자 출신이다. 연기에 대해서는 이런저런 군말을 듣기 싫은 자존심이 있다. 연기력 논란이 있는 건 알고 있지만 그녀 앞에서 대놓고 하는 인간은 없었다.

그런데, '나름'이라니.

대놓고 반발하기 그렇지만 교묘하게 자존심을 건드리는 표현이다.

그것도 남편이나 다름없는 양다곤 앞에서.

낯이 확 붉어졌다.

나를 완전히 무시했어.

양다곤의 아내로서도, 배우로서도.

높디높은 장유나의 자존심은 단명오가 그 말에 슬쩍 얹은 비웃음에 상처를 입었다.

"그때 이 사람 스크린에서 얼마나 예뻤는지 몰라. 나도 그 영화에서 보고 반했잖아. 그래서 만나자고 했지."

양다곤은 눈치 없이 맞장구치고 있었다.

"전 그 영화 여주인공 원상희가 참 좋더라고요. 그냥 예쁜 게 아니라 다른 배우들한테는 없는 고상한 느낌이 있어요."

표정 관리의 달인인 장유나도 통제가 어려울 만큼 얼굴이 달아올랐다.

원상희는 영화 촬영 도중 사이가 벌어져 거의 원수처럼 지내고 있다. 하필이면 싹퉁바가지인 그 여자를 칭찬하다니. 원상희와 사이가 좋지 않다는 건 예전 뉴스에도 몇 번 나온 적 있다. 단명오는 그걸 알고서 일부러 엿 먹이는 거 아닐까.

게다가 뭐? 고상해? 다른 배우들한테는 없는?

그 고상함이 없는 다른 배우가 바로 눈앞에 있는 자기란 말 아닌가!

뭐 이런 개자식이.

"아, 원상희! 그 여자도 참 예쁘지."

양다곤은 아무 생각 없이 또 맞장구를 치고 있다.

장유나는 일어나고 싶었다.

내가 왜 여기에서 이런 말을 듣고 있어야 해?

단명오 이자한테 내가 뭐가 아쉬운 게 있어서 이런 꼴을 당해야 하지?

양다곤 이 멍청한 영감은 또 왜 이러고 있어?

식탁 위 유리잔 안의 샤텔동 탄산수처럼 속이 부글부글 끓어올랐다.

장유나는 종업원을 불렀다.

"여기요. 얼음 좀 큰 잔으로 하나 가득 갖다주세요."

속에서 천불이 났다. 식혀야 했다.

잠시 후 얼음이 가득 든 커다란 컵이 장유나 앞에 준비되었다.

거기에 생수를 들이붓고 한 잔 들이켰다.

잔을 내려놓고 단명오에게 물었다.

"무슨 농장이죠?"

"네?"

"농장 이름이요. 파라과이에서 도시 크기만 한 농장을 하신다면서요."

"그렇긴 합니다만, 농장 이름은 왜?"

"아는 언니가 파라과이에서 오래 살고 있어요. 한번 물어보게요. 그쪽 교민 사회는 다 빤할 거 아니에요?"

"어, 그래. 알려 줘 봐. 그 대단한 농장주하고 알고 지낸다고 하면 언니한테 이 사람 낯도 서겠네."

이번에도 양다곤이 말을 얻었다.

단명오의 눈동자가 흔들리는 걸 장유나는 놓치지 않았다.

"아…… 스페인어로 된 긴 이름이라 들어도 알아먹기 힘드실 거예요."

"그냥 언니한테 물어만 볼 건데요."

"하하하! 다음에요. 그때 제가 스펠까지 적어 드릴게요."

단명오는 얼버무렸다.

더 캐물으면 어색해지는 상황.

장유나는 "알았어요. 담에 알려 줘요." 하고는 생긋 웃었다.

단명오의 눈빛이 사악하게 빛났다.

장유나가 자신에게 적대적이란 사실을, 적어도 호감은 절대 아니란 사실을 분명히 알았다. 나아가 어떤 의심마저 품고 있다.

단명오는 다시 슬그머니 영화 이야기를 꺼냈다.

"난 어릴 때 봤던 영화 「귀여운 여인」이 참 재미있더라고요."

"아, 리처드 기어하고 줄리아 로버츠 나오는 영화. 나도 봤지."

"리처드 기어가 성공한 사업가고 그 친구로 변호사가 나오죠. 마치 형님과 저 같더라고요. 마치 지금 상황하고 똑같지 않습니까? 하하핫!"

그러면서 단명오는 장유나를 똑바로 쳐다보았다. 시선은 질펀했고, 조롱이 담겨 있었다.

장유나는 온몸이 벌겋게 달아올랐다.

누가 봐도 자신을 줄리아 로버츠에 빗대는 대화와 눈빛.

리처드 기어와 사랑에 빠지는 줄리아 로버츠의 영화 속 직업은 창녀였다.

"그 영화 좋죠."

말을 하며 물잔을 집으려는 장유나의 손이 떨렸다. 얼른 손을 거두었다. 마음이 흔들렸다는 사실을 적에게 알려서는 안 되었다.

"오늘은 몸이 좀 안 좋네요."

"응? 그래? 어쩐지 아까부터 안색이 왔다 갔다 하더라."

양다곤이 말했다.

"먼저 일어날게요."

"아직 코스가 더 남았는데."

"죄송해요. 두 분이 말씀 더 나누다 오세요."

"그래, 그럼. 기사한테 집에까지 잘 모시라고 얘기해 놓을게."

장유나가 일어섰다.

룸을 막 나가려다가 뒤돌아 왔다.

"잊은 게 있어서요."

장유나는 방긋 웃으며, 자신의 자리로 갔다.

얼음이 가득 든 물컵을 들고 단명오의 옆으로 갔다.

어리둥절한 눈으로 보는 두 남자.

장유나는 컵을 단명오의 머리 위에서 기울여 물을 전부 쏟아부었다.

물벼락을 맞은 단명오의 머리칼에서 목덜미까지 물이 줄줄 흘러내렸다.

"엇? 왜 그래?"

양다곤이 놀라 말했다.

단명오는 꼿꼿하게 앉아 있었다. 그는 이유를 알고 있으니까.

장유나는 생긋 웃었다.

"이 물이 단 선생님께 필요할 것 같아요."

장유나는 또각또각 스틸레토 소리를 울리며 룸을 떠나갔다.

* * *

김정면은 도망쳐 왔던 외딴집에 다시 돌아가 있었다.

거실 가운데에 앉아 김 실장과 부하들 네 명에게 둘러싸여 있었다.

그들은 서 있었기에 김정면은 고개를 쳐들고 이야기해야 했다.

"제가 그 병원에 갈 거란 걸 어떻게 아셨습니까?"

"우린 경찰에도 다 뻗어 있어. 잘 알지?"

"경찰에서 정보를 얻으셨군요."

김정면은 고개를 푹 숙였다.

"병원 주변에 형사들이 깔려 있어서 접근할 수 없었어. 유리창 깨지
는 걸 보고 그때 바로 달렸지."

"고맙습니다."

"고마울 건 없어. 널 도우려던 건 아니야. 알지?"

김 실장의 만면에 노기가 가득 차 있다.

"죄송합니다."

김정면은 눈길을 떨어뜨렸다.

"왜 지시를 거역했어?"

"어깨가 너무 아팠습니다…… 죄송합니다."

"그래도 체포되는 것보단 나을 거 아냐!"

"……."

"경찰이 수배했을 거라고 분명히 경고했어. 넌 우리 모두를 위험에

빠트린 거야!"

"드릴 말씀이 없습니다. 용서해 주십시오."

"네 처분은 단명오 변호사와 상의해서 결정한다."

"죄송합니다……."

어깨의 통증은 김 실장의 분노 앞에 잊혔다.

평소에 친한 형님이지만 이만큼 화가 났을 땐 다른 사람이 된다는 걸 잘 알고 있다.

입안이 바짝바짝 마르고 있었다.

단명오가 집으로 찾아온 건 저녁 무렵이었다.

김 실장으로부터 김정면을 찾았다는 연락을 받은 건 몇 시간 전이 었다. 하지만 양다곤, 장유나와의 저녁 식사 약속이 있어 늦는다고 말 했다. 은근히 양다곤의 최측근임을 과시하는 것이다.

"이번에는 잘 감시해."

그런 말을 하고 전화를 끊을 때만 해도 단명오의 태도는 부드러웠 다. 적어도 김정면 건에 대해 화난 기색은 전혀 없었다.

하지만 밤 시간에 집에 온 단명오는 변해 있었다.

"양아치 새끼!"

일그러진 얼굴이었다.

퍽.

다짜고짜 김정면에게 욕설을 하며 뺨을 갈겼다.

보기 드물게 흥분한 모습에 김 실장이 놀라 쳐다보았다.

저녁 식사 자리에서 장유나한테서 물벼락을 맞고 화가 머리끝까지 난 상태임을 알 리가 없다.

"주먹 좀 세 봤자 어차피 양아치들이야! 대가리 텅텅 빈 것들! 대가리가 비었으면 시키는 대로라도 해야 할 것 아니야! 등신 새끼!"

양아치들? 대가리 빈 것들?

복수형의 단어에 김 실장의 기분이 상했다.

이 자식은 변호사랍시고 주먹 쓰는 애들을 뼛속 깊이 무시해. 김 실
장은 속으로 욕을 삼켰다.

욕설을 퍼붓던 단명오는 급기야 발을 들어 김정면의 얼굴을 갈겼다.

김정면이 소파 뒤로 넘어갔다.

"단 변호사님!"

김 실장이 단명오를 말렸다.

그때 단명오의 휴대전화가 시끄럽게 울렸다. 단명오는 발길질을 멈
추고 씩씩대면서 품 안에서 휴대전화를 꺼냈다.

"다 왔어? 문 열려 있으니까 그냥 들어와."

"누가 옵니까?"

김 실장이 걱정스럽게 물었다.

이 외딴집은 외부에 드러나지 않은 그들만의 아지트였다.

"걱정 마. 이딴 등신처럼 바가지 샐 일은 없는 친구니까."

단명오는 눈으로는 김정면을 노려보며 김 실장에게 말했다.

김 실장이 물었다.

"김정면이는 어떡할까요? 여기도 위험하고, 아예 지방에 집 하나 구
해서 옮기는 게 어떻겠습니까?"

소파 뒤로 넘어갔던 김정면은 일어나 다시 소파에 가 앉았다. 입은
꾹 다물고 있다. 여기서 자신의 처분을 결정하는 사람은 단명오과 김
실장 두 사람이다. 자신은 아니다.

"안 돼."

단명오가 고개를 저었다.

"왜요?"

"이미 얼굴 다 팔렸어. 옮기는 것도 위험해."

김정면은 고개를 들었다.

"병원 갈 때 혹시나 싶어 마스크를 끼었습니다. 얼굴을 알아보진 못할 겁니다."

"그렇습니다. CCTV에 찍혔다고 해도 마스크를 쓴 상태라면 분간 못 합니다."

김 실장도 거들었다.

"병원에 가서 마스크를 내내 썼나? 그건 아니잖아. 의사도 간호사도 김정면의 얼굴을 보았어. 경찰은 벌써 이 친구 몽타주를 만들고 있을 거야."

"⋯⋯."

김정면은 반박하지 못했다.

김 실장이 변호하듯 말했다.

"몽타주는 아무래도 정확도가 떨어지잖습니까? 큰 위험이 없습니다."

"효과가 없다면 몽타주는 왜 만들겠어?"

"⋯⋯."

이번에는 김 실장도 대꾸하지 못했다.

"이미 이 친구는 얼굴이 다 팔렸어."

"그럼 어떻게 할까요? 지하실에라도 가두어야 합니까?"

"존재를 지워야지."

"네?"

단명오의 입에서 놀라 넘어갈 만한 말이 튀어나왔다.

"죽여."

거실은 얼어붙었다.

"……뭐라고요?"

"……그게 무슨 말씀……."

김 실장과 김정면이 말을 잇지 못할 만큼 놀란 것은 물론, 무심하게 서 있던 부하들마저 입을 떡 벌렸다.

"당연한 거 아닌가?"

"아니, 그건 안 됩니다."

김 실장이 단호하게 말했다.

단명오가 그를 경멸하듯 바라보았다.

"뭐야? 정? 의리? 그런 건가?"

"아무래도 그건 아니지 않습니까? 정면이를 죽이라뇨."

"이런 아마추어 같은 생각이니 일을 망치지."

"아마추어가 아니라, 한 번 실수했다고 그렇게 해 버리면 안 되는 겁니다. 그렇게 해서 조직이 돌아가는 것도 아니고요."

"실수에 대한 처벌이 아니야. 지금 이 친구를 살려 두면 추적당할 판국이야. 우리가 살기 위해서야. 그러고."

단명오가 김 실장을 노려보며 말했다.

"지금 날 가르치는 건가?"

김 실장도 분노가 서린 눈으로 단명오를 보았다.

"정면이는 10년간 데리고 있었던 앱니다. 고생도 일도 많이 같이 했고요. 단 변호사님이 갑자기 등장해서 애를 죽이라 마라 할 일은 아닙니다."

"그딴 의리 때문에 다 죽는다고! 같은 말을 몇 번을 시켜!"

"그건 안 됩니다. 감시는 우리가 확실히 하겠습니다. 정면이도 한 번 그 꼴을 당했으니 다시는 안 할 겁니다."

얼핏 정중하게 들렸지만 김 실장의 말에도 커다란 분노가 담겨 있었다.

단명오가 말했다.

"왜 이리 연약해졌어. 같이 사람 죽이는 게 처음이야?"

김 실장은 움찔했지만 물러서지 않았다.

"정면이는 아닙니다. 어쨌든 우리 사람이잖습니까."

"정말 내 말을 안 들을 건가?"

김 실장은 대꾸 없이 단명오를 쳐다보기만 했다. 명백히 반대의 뜻이다.

부하들도 단명오와 맞서듯이 노려보았다.

김정면도 먹이를 노리는 뱀 같은 눈으로 단명오를 살피고 있었다. 자신을 죽이려는 적이다. 수틀리면 덤벼들기라도 할 태세다.

단명오의 말은 실행될 수 없을 것 같았다. 단명오의 편은 이 집에 한 명도 없어 보였다.

그 남자가 도착하기 전까지는.

현관문이 열리며 남자 한 명이 들어왔다.

"올라(Hola), 마테오!"

단명오가 자신을 둘러싼 남자들 사이로 손을 번쩍 들어 마테오라고 불린 남자에게 스페인어로 인사했다.

단단한 근육질의 남자였다. 덩치에 비해 얼굴은 작은 세모꼴에 뺨이 홀쭉했다. 솟대처럼 우뚝한 코, 폭 꺼진 눈이 이국적이었다. 팔뚝과 손등에는 털이 북슬북슬했고, 코밑수염도 무성하다.

남자가 다가오자 그의 압도적인 존재감 때문에 부하들이 슬금슬금 뒤로 빠졌다.

대치하던 힘의 밸런스가 미묘하게 달라진 순간이었다.

"소개하지. 남미에서 건너온 내 친구, 마테오야."

마테오는 거실에 있는 사람들 위로 시선을 한 번 슥 훑는 것으로 인사를 대신했다.

"국적은 브라질. 어머니의 나라, 한국에 이번에 오게 됐지. 주짓수의 본산 그레이시 가문의 수제자였다가 파문당한 걸 내가 거두었어."

단명오가 소개를 덧붙였다.

마테오는 다시 한번 사람들을 훑어보았다.

"여기 분위기 왜 이렇습니까. 보스."

굵은 목소리에 거실이 온통 울리는 것 같다.

단명오만 볼 뿐, 다른 사람은 안중에도 없는 듯한 시선.

"사고 친 놈을 처리하려는데, 다들 반대 의견이네."

단명오가 빙긋 웃었다.

마테오도 같이 히죽 웃었는데, 주름과 같이 딸려 올라간 입이 마치 악어 같다.

"보스 뜻대로 하셔야죠. 쭉정이들 의견은 필요 없습니다."

"어이, 너무 건방진 거 아냐?"

부하 중 한 명이 참다못해 나섰다.

세 보이지만 이쪽은 다수다. 2 대 5. 단명오는 주먹을 못 쓸 테니 거의 1 대 5. 만약 김정면까지 합세하면 1 대 6이다. 압도적인 숫자의 우위에 있다.

남자는 마테오 앞을 스윽 가리면서 팔뚝으로 그를 밀었다.

"쿠이다두!"

마테오는 브라질어로 '조심해'라고 뱉더니 남자의 팔을 잡고 비틀었다. 마치 어른이 어린아이 팔을 쥐는 듯한 모습이다.

아아.

남자가 팔을 거머쥐고 뒤로 물러났다.

"어이, 어이. 그만."

단명오가 팔을 휘두르며 나섰다.

"우리끼리 이러면 안 돼. 어리석은 짓 그만하자구."

"아니, 단 변호사님. 이건 아니죠. 어디서 굴러왔는지 말뼉다귀 같은 애를 불러들이고는 김정면이는 위험하다고 처리하잔 겁니까?"

김 실장이 반걸음 나서서 말했다.

"마테오는 내 아들 같은 녀석이야. 믿어도 돼."

"그래도……."

김 실장이 뭐라고 말을 하려는 것을 단명오가 잘랐다.

"마테오. 저기 소파에 앉아 있는 친구 보이지? 죽여."

마테오가 시선을 들어 김정면을 보았다. 눈이 마주쳤다.

마테오는 그에게로 걸음을 옮겼다.

부하들이 앞을 가로막았다.

그는 멈춰 섰다.

"어떡할까요?"

시키는 대로 한다는 태세다.

단명오가 남자들에게 말했다.

"니들 비켜."

"못 비킵니다. 김 실장님이 안 된다잖습니까. 이 남미 애는 보내십시오."

마테오의 길을 막은 부하 중 한 명이 말했다.

단명오가 돌연 소리를 질렀다.

"아, 쉬팔! 오늘따라 여러 연놈들이 짜증 나게 만드네!"

단명오가 이렇게 감정적이 된 모습은 김 실장도 처음 보았다. 단명오는 잠깐 틈을 둔 후 김 실장에게 말했다.

"김 실장도 알다시피……."

언제 화를 냈냐는 듯이 단명오의 말투는 다시 평온을 회복해 있었다.

"이번 사건 처리는 양다곤 회장님이 나한테 전권을 맡겼어."

그 말에 김 실장이 움찔했다.

"하지만 김정면을 죽이라는 것까진 들어 있지 않았습니다. 적어도 회장님 의사를 직접 여쭤보고 설명드릴 기회라도 가져야 합니다."

"김 실장, 당신 변호사야? 조폭이 왜 절차를 따지고 있어!"

단명오의 언성이 다시 높아졌다.

"뭐? 보자 보자 하니까!"

부하 중 한 명이 나섰다. 옆에 선 김 실장을 눈짓으로 가리키며 단명오에게 말했다.

"우리 형님은 이분이지 당신은 아니야! 같잖게 굴지 마!"

단명오가 마테오에게 눈짓했다. 이들 사이에 합을 맞춰 온 오랜 시간이 있었던 듯 눈짓만으로 마테오가 성큼 앞으로 나섰다.

그는 솥뚜껑만 한 손바닥으로 금방 단명오에게 소리친 남자의 얼굴을 거머쥐듯이 하고는 그대로 바닥에 내던졌다.

어억!

남자의 몸이 살짝 들리는가 싶더니 그대로 뒤로 넘어지며 바닥에 뒤통수를 찧었다.

나름대로 주먹계에서 살아온 남자를 마치 어린아이 다루듯 하는 마테오의 괴력에 다들 깜짝 놀랐다.

팽팽한 공기.

일촉즉발의 긴장감.

남자들과 마테오는 대치했다.

마테오의 폭력은 가공할 레벨이지만 그래도 이쪽은 절대적인 수적 우위에 있다.

여기서 마테오가 균형을 깼다.

팔을 뒤로 돌리더니 허리춤에서 무언가를 꺼냈다.

"어이!"

"이봐, 조심!"

김 실장과 남자들은 반사적으로 몸을 뒤로 물렸다.

마테오가 꺼낸 것은 군용 나이프.

정글의 풀숲이라도 베어 헤쳐 나갈 것같이 크고 예리한 날을 가졌다.

고수는 동작 하나로도 알아보는 법.

마테오가 칼을 꺼내는 동작은 수천수만 번 해 본 것처럼 매끄럽고 재빨랐다.

"워, 워."

김 실장이 마테오를 진정시키듯 양 손바닥을 펴며 누르는 시늉을 했다. 뒤의 부하들 중 두 명이 잭나이프를 꺼내 들었지만 한눈에 보기에도 상대가 안 되어 보였다.

김 실장의 말투가 다급해졌다.

"진정해. 여기서 우리끼리 이러지 말자구."

"해치워."

단명오의 음성이 들렸다. 뒤이어 마테오가 말했다.

"비켜. 막지 않으면 아무도 안 다친다."

마테오는 나이프를 가로 세로로 한 번씩 크게 휘둘렀다.

이 기세는 진짜다. 위협 따위가 아니다.

김 실장과 부하들은 나이프의 반원 바깥으로 몸을 물렸다.

김정면을 살리고 싶지만 자신들의 목숨까지 걸 만큼은 아니다.

이런 미친 인간을 상대로 어떻게 커버한단 말인가.

"형님!"

김정면이 새파랗게 질린 얼굴로 김 실장을 불렀다.

하지만 김 실장 또한 새파랗게 질려 있다. 도움을 기대할 상황은 더이상 아니다.

김정면이 소파에서 튕기듯 일어났다. 뒤돌아 베란다로 연결된 창문 쪽으로 뛰었다. 그러나 부상한 몸은 순발력이 떨어졌고, 탄력도 잃었다. 어기적거리는 김정면의 뒤를 마테오가 덮쳤다.

김정면이 바닥에 자빠졌다.

마테오의 칼이 공중에서 번득였다. 순간.

"칼은 안 돼!"

단명오가 소리쳤다.

마테오는 칼을 든 손을 내렸다.

김정면은 새하얗게 질린 얼굴로 가쁜 숨을 몰아쉬었다.

살았다는 작은 안도감이 표정에 깃들었다.

지켜보던 김 실장도 가슴을 쓸어내렸다.

바로 눈앞에서 피 칠갑된 김정면을 볼 뻔했잖아.

하지만 안심한 것도 잠시.

마테오는 비어 있던 왼손을 뒤로 돌려 허리춤에서 무언가를 꺼내들었다.

"어!"

"어엇!"

김 실장과 부하들이 일제히 낮은 비명을 질렀다.

마테오의 손에 들린 것은 시커먼 쇳덩어리, 권총이었다.

김 실장은 분명히 기억한다. 눈에 익은 익숙한 권총, 얼마 전 단명오의 요구로 힘들게 구해다 준 구소련의 토카레프 권총. 루마니아산 TT-33 모델.

나서서 말릴 새도 없었다.

탕.

토카레프가 불을 뿜었다.

우윽.

김정면은 총성과 동시에 바람 빠지는 소리를 냈다.

그 자리에서 고개를 푹 떨구며 바닥으로 힘없이 머리를 처박았다.

터진 비닐봉지에서 물이 흐르듯 거실 바닥에 피가 우르르 쏟아졌다. 쓰러진 김정면의 배는 온통 붉게 물들어 있었다.

"으……."

"으윽."

김 실장과 부하들이 저마다 신음을 냈지만 누구 하나 당장 나서지는 못했다.

개새끼.

개새끼!

박재훈 검사 습격 때 쓰려나 싶어 위험을 무릅쓰고 어렵게 토카레프를 구해다 주었더니, 여기서 사용했어!

내 말을 무시하고 김정면을 죽이는 데에 썼어!

단지 본인이 무장하려고 권총을 구해 달라고 한 거야!

날 이용했어, 철저히!

김 실장은 피가 맺힐 만큼 주먹을 꽉 쥔 채로 부르르 떨었다.

마테오가 물러난 후에야 김 실장이 김정면에게 조심스레 다가갔다.

쭈그리고 앉아 김정면을 살폈다.

이미 틀렸다.

가는 숨만 몰아쉴 뿐.

이렇게 허무하게 끝이 나다니. 스트리트 파이터로는 한때 한국 최고 중 한 명이었는데. 어디서부터 뭐가 잘못된 걸까. 그를 보자 연민이 치솟으며 코끝이 시큰했다.

김 실장은 뒤를 돌아보았다. 부하들이 주춤주춤 다가왔다.

뒤로 물러선 마테오는 무표정한 얼굴로 그 장면을 내려다보고 있었다. 한 손에는 군용 나이프, 다른 한 손에는 권총을 든 채다.

단명오가 말했다.

"칼보다 총으로 해치우는 게 나아. 사체 처리도 편하고, 어딘가 북한 소행 같잖아?"

아무도 말이 없다.

단명오가 또 말했다.

"이제 다들 살인 공범이야."

김 실장이 울분에 차 소리쳤다.

"그게 무슨 말입니까? 우린 말렸잖습니까!"

"어이, 김 실장."

단명오가 히죽 웃었다.

"나 변호사야."

김 실장은 단전 어딘가에서 맥이 풀려 버리는 느낌을 받았다.

"우리한테 고마워해야 해. 이걸로 다들 안전해진 거니까."

단명오의 목소리가 메아리처럼 아득하게 들렸다.

"이수 씨, 안녕?"

장유나의 하이톤 목소리가 휴대전화 건너편에서 들렸다.

한이수는 한울 모터스 복도를 걷던 중에 전화를 받았다.

"네, 사모님."

"사모님이라니. 언니지."

"아. 네. 언니."

호칭 하나가 인간관계를 참 다르게 맺게 한다는 걸 새삼 느끼며 한이수의 목소리가 밝아졌다. 결국은 장유나가 이끄는 대로 관계가 만들어진 거지만.

"오늘 저녁에 약속 있어?"

"아뇨. 별다른 건."

"그럼 나 좀 만나 주라. 대신 맛난 거 사 줄게."

한이수는 조금 긴장했다.

'언니'라고는 하지만 양다곤의 사실상 아내다. 개인적으로 가까워져서 좋은 일일까.

아니, 어쩌면 기회인지도 모른다. 양다곤의 약점을 잡아야 한다면 가장 가까운 장유나가 적역일 수 있다.

"저야 좋죠."

"정말? 좋아, 좋아. 자기 회사 가까운 데로 내가 갈게."

장유나는 과장된 반응을 보이고는 장소와 시간을 알려 주었다.

그날 저녁 장유나가 식사 장소로 정한 곳은 삼성역에 접한 파크하얏트의 최고층 레스토랑.

식사를 가볍게 끝내고 장유나는 와인과 안주를 주문했다.

"지금부터가 시작이야."

장유나는 와인 잔을 부딪치며 말했다.

통유리 너머 테헤란로의 야경이 펼쳐져 있다.

"난 이 경치가 좋아. 난 도시를 사랑해."

장유나가 마치 와인 잔으로 겨냥하듯이 창 너머를 가리켰다.

"언니한테는 이런 풍경이 어울려요. 마치 배경에 녹아 들어가는 것 같아요. 영화의 한 장면처럼."

장유나가 빙긋 웃었다.

"어쩌면 그렇게 말을 이쁘게 할까. 역시 한울 그룹 비서실은 아무나 들어가는 데가 아닌가 봐."

"하하, 느끼는 대로 말한 것뿐인데요."

"남들은 내가 야하게 보인다는 둥, 화려한 남자 편력이 있다는 둥 수군대지만 어림 반 푼어치도 없는 소리지. 난 남자 별로 안 좋아해. 그딴 게 다 뭐야? 내가 사랑하는 건 이 도시 자체야."

"설마 벌써 취하신 거 아니죠?"

한이수가 웃으며 말했다.

"아. 오늘 내가 기분이 좀 그래서 그런가 봐."

"뭐 안 좋은 일 있으셨어요?"

장유나는 테이블 위에 양팔을 올려놓고 한이수에게로 몸을 기울였다.

"단명오 변호사는 어떤 사람이야?"

"단명오 변호사요?"

뜬금없는 이름에 한이수가 난감한 표정을 지었다.

"그저 회장님이 오래전부터 아는 변호사란 정도만 알아요. 얼마 전 남미에서 오셔서 회장님하고 자주 만나고 계시구요. 회장실에도 가끔

출입하시더라구요."

장유나는 듣는 둥 마는 둥 하다가 엉뚱한 이야기를 꺼냈다.

"이수 씨, 난 말이야. 생각보다 배우를 꽤 오래 했어. 나이는 많지 않지만 연예계 데뷔를 일찍 했거든."

"알고 있어요."

"온갖 종류의 인간을 만났어. 내가 만난 사람들은 착착 분류돼서 내 머릿속 서랍 안에 저장돼 있지."

"네에."

"인간은 말이야, 다양한 것 같지만 패턴이 있어. 크게 벗어나진 않더라구. 그러다 보니 이젠 얼굴만 봐도 딱, 아 이 인간이 어느 서랍에 들어갈 인간이구나, 하고 알게 되더라."

"하긴 그러실 수 있을 거 같아요. 그 일 하시면서 워낙 다양한 사람들 많이 보셨을 거잖아요. 아예 다른 사람으로 살아 보기도 하는 게 배우라는 직업이고. 게다가 언니는 남달리 그런 감각이 뛰어나신 분이니까요."

"오, 뭐야, 사람을 좀 알아보는데?"

"제가 그렇진 못해도 그런 분을 알아는 보죠."

"이수 씨는 아주 좋은 서랍에 들어가 있어. 저어기 위쪽."

장유나는 손을 들어 천장을 가리켰다.

"너무 높아서 아찔한데요."

"정말이야."

"어쨌든 감사해요, 언니."

"근데 말이야. 단명오는 느낌이 안 좋아. 이수 씨가 좋은 사람이라고 믿는 딱 그만큼, 단명오는 반대의 확신이 들어."

"오늘 만나셨어요?"

"응. 오랜만에 아주 술 생각 나게 만드는 인간을 만났어. 난 기분이 아주 좋거나, 그 반대거나 할 때 술 마시는 거 알지?"

양다곤 같은 인간하고 어울리는데 제대로 된 인간이겠어요?

이런 말이 목구멍까지 치밀었지만 참았다.

"서랍도 아까워. 저어기 쓰레기통에 집어넣고 싶어."

"언니 느낌이 맞을 거예요."

"맞지? 그렇지? 이수 씨도 같이 느꼈지?"

장유나는 반가워하며 동조를 구했다. 한이수도 단명오에게 좋은 느낌을 받진 못했다. 하지만 답하기 곤란했다. 어떻든 장유나는 양다곤과 가까운 사람이다. 여기서 양다곤의 절친에 대한 험담에 동조했다가 좋지 못한 결과로 이어질 가능성도 있다. 실컷 욕하다가 둘이서 화해해 버리면 정말 최악의 상황이 된다. 여기선 적당히 넘기는 수밖에 없다.

"저는 워낙 잠깐 뵈어서요. 잘 모르겠어요. 그냥 언니의 감은 늘 정확하다는 건 아니까요."

장유나는 바짝 당겼던 몸을 뒤로 물렀다.

"이수 씨도 조심해. 그 인간 언젠간 발톱을 드러낼 거야."

한이수는 생각했다.

이 말은 기억할 필요가 있어. 연예계에서 뼈가 굵으며 감이 발달한 장유나가 이 정도로 인물평을 한다면 주의할 가치가 있는 거야.

한 번의 만남만으로 사람에게 이만큼의 임팩트를 준 인물이다. 어느 쪽으로든 강한 개성을 가진 인간이다. 단명오는.

"그 양반 말 들어 보니까 단명오하고 김 실장하고도 아주 단짝인 것 같아."

"그래요?"

그 말에는 한이수가 고개를 갸우뚱했다.

김 실장은 '양다곤의 허드렛일을 해 주는 사람' 정도로 인지하고 있다. 그런데 양다곤의 절친인 단명오와 단짝이라고?

아무래도 한이수가 생각하는 김 실장의 위상이 실제와는 좀 다른 것 같다. 아니면 장유나가 잘못 알고 있거나.

말이 나온 김에 물어보았다.

"언니가 보기에 김 실장님은 어때요?"

"인상 더럽지. 얼굴에 그 흉터 봐. 그이가 거둬 주지 않았으면 그 관상에 어디 밥이나 벌어먹겠어?"

"그럼 역시 좀 나쁜 쪽?"

"아냐. 단명오 같은 인간은 정말 참기 힘들지만, 김 실장은 달라. 의외로 매너는 좋잖아?"

"하하하, 결국 그 감이란 게 언니한테 나쁘게 하냐, 안 하냐가 기준 아니에요?"

"뭐 그런 면도 없진 않아."

장유나가 와인을 한 모금 삼킨 뒤 물었다.

"김 실장은 언제부터 일했어?"

"글쎄요. 회장님이 김 실장한테 언니 일을 인수인계 받으라고 하셔서 알게 되었으니까…… 저보단 언니가 더 잘 아시지 않나요?"

"나야 본 지 한 2년 됐으니까. 그럼 한 2, 3년쯤 일한 사람일까?"

"그러시겠죠."

"아니, 근데 왜 우리가 여기서 칙칙한 중년들 이야길 하고 있는 거야!"

장유나가 탓하듯 말하는 바람에 한이수도 웃으며 화제를 돌렸다.

"윤해성 변호사는 어때요?"

아니 이런.

자신도 모르게 그만 말이 튀어나와 버렸다.

화제를 돌린답시고 윤해성을 입에 올리다니. 내가 취했나?

장유나는 빙그레 웃었다.

"왜? 이수 씨가 관심 있어?"

"아뇨. 그냥 좀 희한한 사람 같아서요. 전 잘 모르겠고, 언니 감으론 어떤지 싶어서요."

"윤해성이라……."

장유나는 창밖으로 시선을 던지면서 잠시 생각하는 듯했다.

"이수 씨 말대로 희한한 구석이 있어. 재미있는 샘플이야."

"역시 수집과 분류의 대상?"

장유나는 조그맣게 머리를 저었다.

"기존의 서랍 안에 들어가지 않아. 그래서 새 서랍을 만들었어."

"그런가요?"

"나쁜 인간 같지는 않은데, 그렇다고 좋은 인간인가 하면, 도저히 그렇게는 말할 수 없을 것 같아…… 분명 남들하곤 다르게 사는데, 본인은 그걸 잘 몰라."

"네……."

"한 가지는 분명해."

"뭐예요?"

"매력 있다는 거."

장유나는 새빨간 입술을 끌어 올리며 미소를 만들었다.

한이수는 아무 말도 할 수 없었다.

* * *

"우리가 살인 공범이라니 말이 됩니까?"

남자가 얼굴을 잔뜩 찌푸리고 말했다.

김정면이 은거하다 살해된 외딴집.

사체를 처리하고 며칠 후, 당시 현장에 있던 네 명의 부하가 전부 모여 있다.

생각에 잠겨 있던 김 실장은 깨어났다.

"물론 아니지."

"그렇다면 그 개자식을 살인으로 발라 버리죠. 차라리 경찰에 꼬나 버리면."

"하지만 우리는 살인 현장에 같이 있었어. 남들이 보기엔 우린 단명오하고 같은 패거리야. 객관적으로 확인되는 건 그것뿐이야. 결론? 우리가 같이 죽인 거야. 재판에 간다고 다른 결론이 가능할 거라고 생각해?"

김 실장은 언성을 높여 갔는데, 그건 자신에게 향한 것이기도 했다. 무기력했던 스스로에 대한 분노.

"하지만 우린 분명히 반대했고, 말렸습니다!"

"증거는?"

"……."

분노했던 남자는 말문이 막혀 버렸다.

"증거 없지? 우리 주장일 뿐. 단명오가 적극적으로 나서서 그렇게 해명해 준다 해도 법에서 인정될 가능성이 적어. 어차피 같은 편 아니냐고 코웃음 치겠지. 그런데 단명오는 한술 더 떠서 물귀신처럼 우릴 끌어들일 작정이야. 우린 어차피 살인 공범 신세를 못 면해."

"제기랄! 비열한 새끼!"

남자는 주먹을 꽉 쥐었다. 하지만 눈앞에 대상은 없다. 있다고 해도 더 이상 어쩌지는 못한다. 단명오는 입만 산 변호사가 아니다. 상대방 측의 무력을 눈으로 확인했다. 자신의 고향 같은 남미에서 킬러를 미리 불러온 걸 보면 아마도 이런 사태를 예상하고 준비한 거겠지.

김 실장은 거기다 쐐기를 박듯이 말했다.

"무엇보다, 회장님을 어떡할 거야?"

"네?"

"단명오가 살인으로 들어가면 회장님한테까지 수사가 올라가. 회장님이 무너지면 우리도 끝이야."

남자들은 말이 없었다. 김 실장의 말대로였다. 그곳에 모인 남자들은 조직의 말단이면서도 모두 알고 있었다. 양다곤은 기어오르는 일은 결단코 용서하지 않지만, 결정적으로 후한 보스였다. 그가 제공해 온 끝을 모르는 돈. 김 실장은 물론이고, 심지어 자신들도 서울에 집을 두고 BMW를 굴리고 있다. 이곳 말고는 어디서 어떤 몸부림을 쳐도 얻을 수 없는 것들이었다. 포기할 수 없는 인생. 양다곤이 없다면 이 모두가 무너진다. 죽으라면 죽는 시늉이라도 해야 한다.

더구나, 이들은 점조직이었다. 만약 몇 명이 배신했다가는 얼굴을 모르는 다른 부하들에 의해 쥐도 새도 모르게 야산에 묻히는 신세가 되리라. 김 실장이 늘 가까이 두는 이들은 주먹계 후배 몇 명이지만, 그 수하에 실제 몇십 몇백 명이 움직이는지, 아무도 모른다. 그때그때 필요에 따라 돈을 주어 고용한다는 정도만 짐작할 뿐. 주먹을 쓰는 자들은 수십 년간 어둠의 세계를 지배해 온 김 실장의 이름만으로도 움직였다. 조직의 입김은 의사, 변호사, 회계사 같은 전문직은 물론 관청, 경찰, 검찰에까지 깊숙이 뻗어 있다. 이 모든 커넥션은 양다곤의 돈으로 지탱되고 있다.

이 일에는 모두가 입을 다물 수밖에 없다.

김 실장이 물었다.

"정면이 시체는 잘 처리했어?"

"네. 절대 찾을 수 없도록 했습니다. 열 받는 건 열 받는 거고 어쨌든 일은 제대로 해야 하니까요."

다른 남자가 대답했다. 부하 중 비교적 머리가 잘 돌아가는 남자였다.

"잘했어."

또 다른 남자가 말했다.

"우리도 권총을 사죠? 실장님 아시는 그 밀수꾼 통해서 다시 구해 달라고 하면 되잖습니까?"

김 실장은 고개를 저었다.

"해 봤어. 안 돼. 그 일 이후에 분통이 터져서 나도 같은 생각을 했어. 그쪽에 연락했더니 당분간 못 한대. 박재훈 검사 테러 사건을 계기로 군경에 대북 경계 특별 명령이 떨어져서 동해안이고 서해안이고 일체 배를 못 띄운다는 거야. 지난번에는 블라디보스토크에서 동해안을 거 치는 통통배를 통했거든. 근데 그게 다 막힌 거야."

"젠장!"

남자는 욕설을 하며 고개를 돌렸다.

다른 남자가 말했다.

"그 새끼, 남미 마피아 출신 아닙니까? 칼에다 총에다 그런 막가파 새끼는 첨 봤어요."

"그때 얼핏 단명오가 말하길 그레이시 가문의 수제자였다며? 주짓 수 고수라고."

"주짓수는 개뿔. 총질했잖아! 그냥 헛소리야."

"단명오가 그냥 뒷골목에서 데리고 온 거 같아. 파라과이랬나, 볼리비아랬나, 지 살던 거기서."

부하들의 대화를 듣던 김 실장의 귀가 번쩍 뜨였다.

"볼리비아?"

그 단어를 듣자 기억이 났다. 단명오의 호텔 방에 서류를 가지러 갔다가 우연히 보게 된 비행기 표. 볼리비아에서 출발한 이코노미 표였다. 파라과이에서 큰 농장을 한다면서 왜 출발지가 볼리비아지? 게다가 이코노미?

그땐 가볍게 넘어갔지만 지금은 달랐다.

단명오가 마구잡이식 살인을 저질렀다.

원래 악당인 거야 알고 있었지만.

살인까지 하면서 양다곤 회장을 도울 이유가 있나?

그동안 도대체 무슨 일이 있었던 거지?

비로소 강한 의문이 들었다.

* * *

"당신, 그날은 왜 그랬어?"

양다곤이 조심스럽게 말했다.

장유나의 눈치를 살피는 기색이 역력하다.

거실 소파에 몸을 묻고 있던 장유나가 귀찮다는 듯 반문했다.

"뭐가?"

"단 변호사 만난 날 말이야."

장유나는 창밖으로 던지고 있던 시선을 거두고 고개를 돌려 양다곤을 바라보며 몸을 조금 일으켰다.

잊었던 일이 하루 만에 다시금 되살아났다.

장유나의 기색이 좋지 못하게 돌변한 걸 느낀 양다곤은 조금 움츠러들었다.

아무리 둔한 그라도, 눈앞에서 장유나가 단명오의 머리에 물을 들이붓는 장면을 목격했다. 그녀가 단명오에게 뿌리 깊은 적대감을 갖고 있다는 걸 확인했다. 말하기 조심스러울 수밖에 없다.

"늘 세련된 매너를 잃지 않던 당신인데 말이야. 그날 좀 놀랐거든."

"그만큼 비위가 상했어."

"왜지?"

"변호사인지 뭔지 몰라도 직접 봤더니 양아치던데? 나 양아치 싫어하잖아. 몰라?"

"……."

잠시 침묵하던 양다곤이 입을 뗐다.

"단명오가 뭔가 말실수를 한 모양이네."

"말실수 정도가 아니지. 날 모욕했어."

"모욕?"

"날 자기의 아내가 아니라, 세컨드 정도로 여기는 태도였어."

"설마."

"설마라니?"

장유나가 쌍심지를 켰다.

우둔한 양다곤은 장유나의 심기가 얼마나 상했는지 아직 제대로 감지하지 못하고 있었다.

"그게 문제야."

"무슨 문제?"

"자기가 그 정도로 밋밋하니까, 그 태도가 다른 사람한테도 드러나는 거라구. 당신이 다른 사람들 앞에서 날 어떻게 대했길래 나한테 그 인간이 그렇게 하냔 말이야."

"무슨 말이 그래. 난 당신을 내 사람으로 소개한 거야."

"하지만 아내는 아니지?"

"……."

양다곤은 즉각 대꾸하지 못했다.

가장 약한 부분이었다. 양다곤이 절대 해 줄 수 없는 것. 양건일에게 회사를 물려주고 탄탄한 입지를 만들어 주려면 장유나와의 결혼은 있을 수 없다.

"이건 그런 문제야. 그걸 단명오같이 교활한 인간은 알아본 거라구. 그래서 나한테 함부로 대했고."

"유나야, 너 너무 과민한 거 같아."

양다곤이 팔을 뻗어 어깨를 안으려 했지만 장유나는 어깨를 뺐다.

"과민은 개뿔. 아니야. 단명오 행동 봤지? 물 뒤집어쓰고도 아무 말 없이 냅킨으로 얼굴 닦던 거. 자기도 알고 있는 거야. 물 싸다구 맞을 짓 했단 거."

"이것 참. 난 두 사람이 잘 지냈으면 해서 자리를 만들었더니만 최악의 상황이 돼 버렸구먼."

장유나가 단호하게 말했다.

"단명오 그 인간, 끊어."

양다곤이 화들짝 놀랐다.

"끊으라고? 그렇게까지야……."

"응. 꼭 필요한 사람도 아니잖아? 자기 회사에는 전관들 잔뜩 모인 법무팀도 있고 우리나라 최고 로펌이 자문단으로 있는데, 굳이 그 인간을 변호사로 둘 일 없잖아?"

"아니, 그건 곤란해."

양다곤은 곤란한 듯 입술을 움찔움찔했다.

장유나의 말은 틀리지 않았다. 하지만 단명오의 필요성은 분명히 있었다. 법무팀이든 LNK든 그들이 대리하는 일은 어디까지나 적어도 외견상 양지의 일뿐이다. 음지의 일을 믿고 맡길 수 있는 유일한 변호사는 단명오다. 무엇보다 그는 한울 모터스의 모태를 만들었던 20년 전의 그 범죄를 같이한 남자다. 하지만 장유나에겐 말할 수 없다.

"내 자존심 알지? 내가 싫어하는 인간, 날 인정하지 않는 인간하곤 1분도 같이 있기 싫어. 솔직히 지금은 자기도 원망스러워. 자기 아니면 단명오 같은 인간하고 만날 일도 없었잖아?"

"단명오하고는 20년도 넘은 사이야. 어떻게 하루아침에 관계를 끊어?"

"그럼 나하곤 2년 됐으니까 끊어도 된단 얘기야?"

"무슨 말을 그렇게 하나."

양다곤이 나무랐지만 힘이 없었다.

장유나는 소파에 다시 몸을 파묻고는 창밖으로 멍하니 시선을 보냈다. 이윽고 조금 누그러져서는 말했다.

"하여튼 적어도 내 눈에는 더 이상 띄게 하지 말았으면 해."

"……알았어. 그건 내가 조치할게."

양다곤은 대답하면서 몰래 가슴을 쓸어내렸다.

가까운 사람들끼리 불화를 일으키면 곤욕스럽다.

단명오와 장유나.

두 사람 다 필요한데, 하필이면 두 사람은 상극이다. 한 번의 만남으로 돌이킬 수 없는 강을 건너고 말았다. 개와 고양이를 만나게 한 셈이다.

양다곤은 눈을 감았다.

급격히 피곤해졌다.

                          * * *

  며칠 후, 김 실장은 어느 사무실 의자에 앉아 있었다.

  책상을 사이에 두고 앉은 사람은 40대 후반의 남자.

  깔끔하게 면도를 한 상대는 영업적인 미소를 띠며 명함을 내밀었다.

    탐정사무소 경현

  2020년 8월부터 탐정업이 합법화되자마자 바로 간판을 내건 곳이다.

소장인 임경현은 은퇴한 경찰 출신으로, 외사과에 근무 경력이 있다.

  경찰청 외사과는 외국인이나 해외 교포의 범죄를 수사하는 곳이다.

인터폴과 협조해서 국제 범죄자를 검거하기도 한다.

  그 경력이 김 실장을 이곳까지 이끌었다.

  "그러니까 남미 출장 건이라 이거죠?"

  임경현의 입이 귀에 걸렸다.

  큰 건이다. 감이 왔다.

  사기 치고 남미로 튄 놈 추적해 달란 건이겠지.

  남미까지 탐정을 보내려 할 정도면 거액을 당한 것이다.

  그만큼 수임료도 크게 받을 수 있다.

  "이 사람입니다."

  김 실장은 단명오의 사진과 간단한 인적 사항이 기재된 종이를 내

밀었다.

  "가지고 있는 정보는 이것밖에 없어요."

  "그렇군요."

  임경현은 사진과 종이를 번갈아 들어 보더니 김 실장과 눈을 맞추

었다.

"이 사람이 얼마를 해 먹은 겁니까?"

"그건 아니고요. 남미에 오랫동안 살던 사람입니다."

"그래요? 사기 치고 뛴 게 아니고요?"

"네. 원래 변호사였는데 한국서 살다가 거의 15년 전에 이민을 떠났습니다. 파라과이에서 농장을 크게 했다고 들었어요. 소문으로는 제주시만 한 크기라고."

"호오. 그 정도 부자인데, 어떤 용건이시죠?"

"이 사람이 최근 한국에 들어왔어요. 사업 파트너로 만나고 있는데……."

"아하, 브라질 국채에 투자하라는 그 건이죠? 요즘 많은데."

임경현은 또 넘겨짚고 있다. 김 실장은 고개를 저었다.

"아닙니다. 그런 게 아니라…… 너무 좋은 말만 늘어놓더라고요. 과연 믿을 만한 사람인지 좀 알아보려고 합니다. 이 사람 말이 사실인지도 확인할 겸해서요."

"그런 이유만으로 남미까지 사람을 보낸다고요……."

임경현은 미심쩍다는 듯 고개를 갸우뚱했다.

김 실장은 물끄러미 바라보았다.

당신에게 더 설명할 이유는 없다는 뜻.

임경현은 알아들었다는 듯 고개를 힘차게 끄덕였다.

"좋습니다. 이런 일은 전문이죠. 제가 외사과 출신이기도 하거든요. 잘 찾아오셨습니다!"

굳이 이유를 알 필요는 없다.

상대가 돈을 지불할지, 그것만이 중요하다.

괜히 이유를 캐물었다간, 어떤 '공범'이 될 수도 있다.

임경현은 힘 있게 말하며 활짝 웃었다.

'자신만만'을 연출하는 듯한 모습이다.

"그러면 에에, 기본 수임료에 실비로 항공권은 비즈니스석 기준이고요, 최소 4성급 호텔 기준으로 출장 경비를 계산하고, 위험수당까지 더하면……."

임경현은 열심히 계산기를 두드리고는 최종적으로 액정화면에 뜬 어떤 금액을 내밀었다.

"견적입니다. 대략이지만."

계산기를 든 손가락이 미세하게 움직이는 걸로 보아 베팅을 조금 크게 한 모양이다.

김 실장은 두말하지 않고 가방을 열어 돈다발을 꺼냈다. 5만 원권 묶음 두 덩어리를 임경현 앞에 놓았다.

"우선 착수금으로 1000만 원을 드리죠. 실비는 영수증을 확인한 후 처리해 주겠습니다. 조사를 마치고 결과를 보고받을 때 잔금을 드리죠."

거절을 거절할 듯한 무미건조한 말투.

조건 또한 임경현이 조금도 반대할 이유가 없는 제안이었다.

김 실장은 덧붙였다.

"결제는 전부 현금으로만 할 겁니다. 괜찮죠?"

임경현의 입은 조금 더 찢어졌다.

"선생님은 역시 매너가 좋으시네요. 물론입니다. 얼마든지!"

임경현의 오른손은 책상 위의 1000만 원을 쓸어 담고 있었다.

* * *

서울 소공동의 한 프렌치 레스토랑.

단명오와 양건일이 마주 앉아 대화를 나누고 있다.

젊은 남자 종업원이 다가왔다.

"메뉴는 뭘로 하시겠습니까?"

단명오가 멈추라는 신호처럼 손을 펴 들었다.

"일행이 오면 주문할 거야."

당연한 듯한 반말.

"네. 그럼 천천히 말씀해 주십시오."

종업원은 깍듯하게 인사하고 물러났다.

양건일은 하던 이야기를 마저 했다.

"박재훈 검사가 죽었으니까, 이제 아버지 사건은 한결 수월해진 거죠?"

"박재훈이가 워낙 강성이었지. 새로 온 검사는 많이 우호적인가 봐. 말 잘 들으면 나중에 한울에 한자리 줘."

"옆에서 아버질 보면 참 운도 대단히 좋은 분인 것 같아요. 그렇게 몰아붙이던 박재훈이가 테러 사건에 휘말려 죽을 줄이야 누가 알았겠어요?"

단명오는 음흉하게 웃었다.

그 '운'이란 것도 실은 양다곤과 단명오가 의지로 만들어 냈다. 양건일은 모른다.

내막을 알려 주면 충격을 받을 만큼 양건일이 의로운 인간이라서 그가 모르게 진행한 것은 아니다.

"건일이는 모르게 해. 아직 어리고, 처신이 가벼워. 말이 새어 나갈 위험이 있어."

양다곤의 말을 떠올리며 단명오는 화제를 돌렸다.

"근데, 건일이 넌 회사에서 보기 힘들더라. 내가 갈 때마다 회사 안에 없어. 주로 외근 하냐?"

양건일이 히죽 웃었다.

"출근을 잘 안 해요."

"왜?"

"요즘 몸이 예전 같지 않아서요. 심하게 마시면 담날 힘들거든요."

"거의 매일 밤 마시고 다닌단 얘기군."

"어차피 나중에 그룹 물려받으면 그때 존나, 아니 열심히 골치 아픈 서류 볼 거잖아요. 딱딱한 영감쟁이들도 만나야 하고. 그니깐 지금은 좀 놀아 둬야죠."

"소문이 맞네."

"무슨 소문인데요?"

"낮에는 양다곤 회장님이 황제지만, 밤에는 네가 황제라고."

히히힛.

양건일이 바람 새는 웃음소리를 냈다.

"소문 적당히 나게 놀아. 나중에 배지처럼 따라붙어. 강남 황태자니 뭐니 하면서."

"삼촌 세대나 그렇겠죠. 요즘 그 정도야 뭘."

"그래도."

"저도 클래스 있는 애들하고 어울려요. 어제도 한탐희라고, 혹시 아세요? 얼마 전 미니시리즈로 뜬 앤데, 걔를 불렀죠. 바로 튀어나오던데요? 우리 술자리에 끼고 싶어서 안달 난 애들이 수두룩해요. 하하하."

자랑스러운 듯 킬킬대는 모습이 철딱서니 없다. 어쩌면 철없음을 넘는 짓을 하고 있을지도 모른다.

단명오가 말했다.

"여자나 술은 얼마든지 괜찮아. 하지만 약은 조심해."

"에이, 그런 건 안 해요."

양건일이 움찔해서는 다급히 대꾸했다.

마음속으로는 욱했다. 이 인간이 왜 훈계조야? 그다지 질 좋은 인간 도 아닌 주제에.

용건만 아니면 이렇게 마주 앉아 밥 먹고 싶은 상대가 아니다. 단명 오가 탐탁지 않다. 하지만 실리가 그의 손을 잡게 한다. 그룹의 후계자 로서 자신의 위치를 좀 더 단단하게 해 줄 수 있는 인물이다.

오늘의 만남도 크게는 그런 생각에서 만들어졌다.

정확히는 지금 오려는 사람의 제안에서 비롯한 거지만.

"오랜만이에요. 단 변호사님."

세련된 톤의 여자 목소리가 단명오의 등 뒤에서 들렸다.

단명오는 뒤를 돌아보았다.

몸에 딱 맞는 재킷에 슬랙스 차림. 목과 팔목에 주렁주렁 액세서리 를 단 중년의 여자가 서 있다.

"안녕하세요. 형수님. 정말 오랜만입니다."

단명오의 눈이 뱀처럼 가늘어졌다.

양건일이 불퉁스럽게 말했다.

"엄마, 왜 이렇게 늦었어."

양다곤의 전처이자 양건일의 친모 박연숙이었다.

쇼트커트에 살집이 두툼한 얼굴, 피부는 반짝반짝했지만 부리부리 한 눈에는 어떤 화를 담고 있는 것 같기도 하다.

박연숙은 양건일 옆자리에 앉았다.

곧 종업원이 와서 박연숙의 백을 받아 빈자리에 놓아두었다.

"두 사람이 얘기 좀 하라고 일부러 늦었지. 단 변호사님 괜찮죠?"

쩌렁쩌렁할 만큼 커다란 목소리였다.

"전 좋았죠. 덕분에 건일이하고 얘기 많이 했습니다. 하하하."

단명오가 양팔을 벌리는 과장된 제스처를 하며 말했다.

"와아, 형수님은 어째 그대로세요? 15년 전이나 지금이나."

"뻔한 인사. 나도 거울을 보는데, 그러지 마세요."

"아니, 정말입니다."

"단 변호사님도 그대로예요."

"저야 뭐 잘 먹고 잘살다 보니."

단명오는 긴 머리칼을 손으로 빗어 넘겼다.

"정말 하나도 안 변하셨어요. 길에서 만났대도 어제 본 사람처럼 바로 알아볼 것 같아요."

"하하하. 형수님은 예전부터 눈썰미가 워낙 좋으셨죠. 사람 얼굴을 귀신같이 기억하고. 전 그 뭐죠, 아, 안면인식장애. 거의 그 정도 수준이었고요."

종업원이 와서 세 사람은 코스 요리를 주문했고 접시가 하나둘 나오기 시작했다.

"형수님은 요즘 뭐 하세요? 건일이 말로는 회사 하신다고 그러던데요."

"그냥 의류업 조그맣게 해요. 내가 뭐 회사 일을 하나요. 밑에 사람한테 맡겨 놓고 난 명함이나 돌리고 있어요."

"왜요? 예전에 다단계업체 거 뭐죠? 휴디아 테크놀로지였나? 그거 형님하고 두 분이 엄청 크게 하셨잖아요. 거기서 돈 벌어서 한울 모터스에 출자도 했고."

박연숙의 표정이 안 좋아졌다. 옆에 아들도 있는데. 박연숙은 포크를 내려놓고는 말했다.

"단 변호사님. 우리 옛날얘기는 좀 가려서 해요."

톤이 싸늘하다.

"아하, 그렇죠."

단명오가 히죽 웃었다. 아무래도 일부러 그 얘길 꺼낸 것 같다. 난 당신의 그다지 자랑스럽지 못한 과거를 알고 있단 걸 넌지시 암시하려는 의도.

"옛날얘기를 하다면 보면 늘 안 좋은 기억이 따라오거든요."

박연숙은 차분했지만, 눈에는 순간적인 분노가 이글거렸다.

"안 좋은 기억이라고 하시면?"

"거의 푼돈 받고 이혼당했어요. 그 생각만 하면 지금도 이가 갈려. 그 사람은 변호사 비용을 거의 무제한으로 썼어요. LNK의 이정환 변호사던가? 아주 싹싹 털어 갔죠. 건일이 양육권도 빼앗겼고."

박연숙 쪽에 눈에 띄는 실책이 있었던 모양이다. 이혼 재판은 변호사가 잘한다고 해서 압도적으로 많은 재산을 가져갈 수 있는 게 아니다. 이유야 어떻든 진 쪽에서는 억울하게 느끼는 게 소송이다. 이혼처럼 감정이 들어가는 재판은 더하다.

"그것참…… 그랬군요."

단명오는 누구의 편을 드는 말을 할 수 없었다.

"제가 있었다면 좀 더 형수님 편을 들어 드렸을 텐데."

이 정도가 고작이다.

한동안 별 알맹이 없는 대화가 식사 내내 이어졌다.

메인 요리가 끝난 후, 박연숙은 냅킨으로 입을 닦고는 말머리를 꺼냈다.

"그래서 말인데요."

"네."

"제가 단 변호사님을 오늘 만나자고 한 건 물론 오랜만에 얼굴을 뵙고 싶었던 거지만, 다른 부탁도 있어서예요."

"어떤 겁니까?"

박연숙은 목소리를 가라앉혔다.

"장유나 아시죠?"

"장유나요?"

"그 사람하고 살림 차린 여자. 전 여배우."

"압니다. 만난 적도 있죠."

"어땠어요? 느낌이."

"별로 알고 싶지 않은 여자더군요. 성질도 지랄 맞고."

자신의 얼굴에 물을 부은 여자다. 좋은 감정일 리 없다.

"역시 잘 보셨네요. 성질도 지랄 맞지만 영악한 여우죠."

"근데…… 설마 그 여자 땜에 이혼하신 건 아니죠? 그 여자는 형님이 이혼하고 한참 뒤에 만난 걸로 아는데."

"물론 그건 아니에요."

"그래도 형수님은 그 여자를 아주 싫어하시는 것 같네요."

"내가 그 여자를 싫어하는 이유는 건일이 때문이에요."

박연숙은 옆자리의 양건일을 돌아보았다.

양건일은 묵묵히 와인만 비우고 있다.

"건일이 때문이라…… 그렇군요."

단명오는 알겠다는 듯 빙그레 웃었다.

"어떻게든 그 사람과 혼인신고를 하려고 몇 번이나 조른 모양이에요. 한울의 상속자가 되겠단 거죠. 돈도 돈이지만 그렇게 되면 우리 건일이 자리가 위험해져요."

"그렇죠. 지분으로만 따지면 회장님 재산의 60퍼센트가 장유나에게, 나머지 40퍼센트가 건일이한테 가게 되니까 건일이가 밀리죠. 만약 장유나가 딴 맘 먹으면 주총에서 대파란이 일어날 수도 있어요."

"충분히 딴 맘 먹을 여자예요."

대화를 듣고 있던 양건일이 끼어들었다.

"설마 그렇게까지 분수를 모르겠어? 그저 재산이나 탐내는 거 같던데. 경영에는 관심 없어."

"어리석은 소리."

박연숙이 양건일을 타박했다.

"그러고, 만에 하나 상속받으면, 그 재산도 어디 보통 재산이니? 자그마치 60퍼센트야, 60퍼센트. 피도 안 섞인, 근본 없는 여자가 어딜. 그건 다 너한테로 가야 해."

단명오가 말했다.

"그건 걱정 안 하셔도 될 겁니다. 형님이 그리 어설픈 분이 아니거든요. 여자한테 그만큼 빠질 분도 아니고, 또 아무리 여자한테 빠졌다 해도 장유나와 혼인신고 할 가능성은 없어요. 제가 누구보다 잘 압니다."

"그건 저도 생각이 같아요. 그래도 사람 일은 알 수 없죠. 만일의 경우란 게 있으니까, 견제할 필요는 있겠죠."

"그래서 제 역할이 필요하다?"

"그 사람이 지금 가장 믿는 사람이 단 변호사님 아니겠어요? 두 분이 지나온 세월을 내가 누구보다 잘 알고 있고요. 단 변호사님만 우리 편이면 안심할 수 있어요."

"물론 제가 개입한다면 완전히 믿으셔도 되죠."

단명오는 이를 드러내고 웃었다.

양건일이 불만스러운 투로 말했다.

"엄마, 그렇게까지 신경 안 써도 돼. 장유나는 그저 한때 지나가는 여자야. 본인이 과욕을 부리든 말든 그건 자기 욕심에 불과한 거지."

단명오의 역할이 너무 커지는 것에 대한 불만이 내비친다.

박연숙은 아랑곳하지 않고 단명오에게 한 번 더 당부했다.

"그래도 잘 부탁해요. 그 사람 재산을 잘 지키고, 우리 건일이가 차기 한울 회장에 올라야 우리 단 변호사님하고 인연도 오래 이어질 것 아니에요?"

박연숙이 미소를 지었다.

너한테도 이익이 있다는 이야기.

도와주면 이익을 나눠 주겠다는 뜻.

조금은 더 구체적인 약속이 필요하다고 느낀 것일까, 박연숙은 말을 덧붙였다.

"저는 장차 단 변호사님이 한울 그룹에서 큰일을 맡아 주시길 바라고 있어요."

"물론입니다."

"좋아요."

단명오는 조금 이상하다고 생각했다.

박연숙이 장유나의 위협을 너무 과대평가하고 있다는 기분이 들었다. 양다곤이 장유나를 집 안에 들일 사람이 아니란 건 누구보다 잘 알고 있을 것이다. 왜 굳이 자신하고의 자리를 만들면서까지 신경을 쓰는 걸까.

이유는 곧 짐작할 수 있었다.

"그래서 얘긴데."

"네."

박연숙의 음성이 한층 낮아졌다.

"장유나를 이대로 묻어 버렸으면 해요."

장유나의 말이 던진 충격은 흘러나오는 클래식 연주곡 소리에 묻혔다.

단명오가 조금 뜸을 들이다가 물었다.

"묻는다? 어떤 의미죠?"

"재기불능으로 만드는 거예요. 언감생심 헛된 욕심을 못 부리도록 요. 멘탈을 망가뜨려 버리면 좋겠네요."

단명오는 팔짱을 끼고 몸을 뒤로 물렸다.

"약물 같은 걸 쓰면 바로 경찰에 잡힐 겁니다. 약물로 망가진 건 바로 표 나고, 약 출처도 금방 추적돼요."

"약물 없이 할 수도 있겠죠."

"제가 정신과 의사도 아니고, 그런 게 가능하겠습니까?"

"가능하다고 믿어요."

"왜죠?"

"당신은 단명오니까."

박연숙에게서 어떤 의지 같은 것이 번득였다.

그 의지의 이름은 증오로 읽혔다.

잠시 후 디저트가 나올 무렵, 박연숙은 화장실에 다녀오겠다며 일어섰다.

박연숙이 테이블에서 멀어진 후, 단명오가 양건일한테 말했다.

"어머님이 왜 저렇게 장유나를 미워하시지?"

"잘 몰라요. 근데, 아마 그렇지 않을까요? 엄마는 힘들게 이혼했잖아요. 몇 푼 받지도 못하고. 근데 장유나는 꼬리 치면서 아버지한테 아파트며, 차며 잔뜩 뜯어냈고, 귀여움 받고 살아요. 엄마는 그걸 아니까, 그게 못 견디게 미우신 게 아닌가 싶어요. 아이 낳고 몇십 년 산 자신이 받지 못한 대우를 어딜 감히, 뭐 이런 거죠. 하긴 그럴 법해요. 저도 장유나가 미우니까."

"너도 같은 의견이야? 엄마하고?"

"당연한 거 아니겠어요?"

"그렇군. 모전자전인가."

"엄마가 나서 주면 고맙죠."

하긴 이런 건은 박연숙과 양건일 사이에 미리 합의된 얘기일 것이다.

그렇지 않다 하더라도 양건일이 말릴 만한 인물이었다면 박연숙은 아들을 이 자리에 부르지도 않았으리라.

단명오는 빙그레 웃었다.

"장유나는 큰일 났군."

"왜요?"

"질투라는 화살의 과녁이 됐잖아. 질투는 자고로 최악의 범죄 동기거든."

양건일은 어이없다는 듯 웃었다.

"한나라 유방 알지?"

"네? 들어는 본 것 같은데……."

"한나라 황제 유방은 애첩 척 부인을 무척 사랑했어. 척 부인 소생의 아들을 후계자로 삼으려고도 했고. 유방의 본처인 여후는 척 부인을 무척 미워했지. 그러다 유방이 죽고, 유방의 본처 아들이 왕위에 올랐어. 권력을 쥔 여후가 미워하던 척 부인을 어떻게 했는지 알아?"

"어떻게 했는데요?"

"의사를 시켜 사흘에 걸쳐 죽지 않도록 팔다리를 자르고 눈알과 혀를 뽑았어. 그다음 변소에 던져 넣고 인돈(人豚), 즉 인간돼지라 부르게 했지. 척 부인은 인돈이 되어 석 달을 더 살다가 죽었어."

"윽. 더러워. 밥 먹기 전에 듣지 않아서 다행이네요."

양건일은 그러면서 무심하게 케이크 한 조각을 떴다.

그때 박연숙이 자리로 돌아왔다.

"혹시나 오해하실까 봐 말씀드리는데, 난 욕심이 없어요. 내가 이제 와서 한울 그룹에 뭐 흑심이 있거나 할 리가 있겠어요? 그저 건일이 하나 잘되길 바라는 것뿐이지."

그러면서 은근히 단명오를 쳐다보았다.

"알죠. 형수님이 욕심 없는 분인 거."

단명오가 의미심장하게 웃었다.

박연숙도 야심이 없는 여자가 아니다. 단명오는 익히 안다. 양건일이 한울 그룹을 물려받으면 박연숙은 수렴청정까지는 몰라도 거의 2인자 노릇을 하려 들지 않을까. 하다못해 계열사 몇 개라도 차지하려 들 거다. 기를 쓰고 장유나를 제거하려 하는 것도 양건일을 위해서만은 아닐 것이다.

"지난번에 그 사람이 구속이 됐더라면 했어요. 그랬다면 그 기회에 건일이가 그룹을 물려받을 수도 있었을 텐데."

"완전히 물려받지는 못했더라도 임시로 회장 대행을 하면서 입지는 다졌겠죠."

"그러게 말이에요. 참 아쉬워요."

"네에……."

단명오는 대놓고 동조할 수 없었다. 혹시라도 양다곤에게 말이 들어갈까 봐서다. 그런 거리낌이 없는 박연숙이 계속 말했다.

"다들 구속된다고 해서 꼭 그럴 줄 알았더니만……."

"변호사를 잘 쓴 모양이야."

양건일이 끼어들었다.

"LNK에서 한 거 아니야?"

"아니. 윤해성이라고 젊은 듣보잡 변호산데, 일은 희한하게 잘하더라구."

"그럼 그 윤해성이란 변호사가 너네 아버질 빼낸 거야?"

"그런 셈이지."

"대체 어떻게? 언론에서도 전부 구속될 거라고 했는데."

"방법은 모르겠어. 그냥 소 뒷발에 쥐잡기였을 수도 있구."

"그래도 뭔가 있었을 텐데…… 어떤 변호사야?"

"검사 짧게 하다가 나온 친군데, 엄마도 아마 알 거야. 몇 달 전에 검찰이 김정은을 아청법으로 기소해서 시끄러웠잖아. 그거 담당했던 친구야."

"그래? 별나긴 별난 모양이네."

박연숙이 심드렁하게 말했다. 걸림돌인 전남편을 도와준 변호사이니 그다지 좋은 느낌을 받지는 못한 것이다.

"영장 기각 후엔 어떻게 되고 있어? 그것도 그 변호사가 담당해?"

"아니, 그건 해 오던 대로 쭉 LNK에서 하고 있나 봐. 아직 결론은 나기 전이고."

단명오는 두 사람이 눈치채지 못하게 웃음을 지었다. 양다곤을 괴롭히던 박재훈 검사를 살해하고, 담당 검사를 바꾸어 버린 게 바로 자신 아니던가. 윤해성이란 애송이나 뻔한 법리만을 주워섬기는 LNK에서 그런 일을 할 수 있을 리가 만무하지 않은가 말이다.

"그런 변호사들이 붙어 있으니 양다곤 씨는 장수하겠네."

잔뜩 심사가 뒤틀린 박연숙의 말이었다.

* * *

류지훈으로부터의 연락은 예상보다 빨리 왔다.

"거기 이람 법률사무소죠?"

앳된 목소리의 여자 전화였다.

"누구세요?"

"저, 저기……."

쉽게 말을 꺼내지 못했다. 방수희의 허스키 보이스가 상대를 주눅 들게 한 모양이다.

"저 류지훈이 여자 친구인 송아린이라고 하는데요……."

"류지훈? ……아, 그 해커?"

"네. 아마도요."

"근데, 무슨 일이야? 본인도 아니고 여자친구가?"

"지훈이는…… 지금 직접 전화를 걸기가 어려워서요. 저한테 대신 좀 연락해 달라고 했어요."

"왜 전화하기 어려워? 외국이라도 갔니?"

"그, 그게 아니라. 지금 구속돼 있거든요?"

"구속?"

방수희는 깜짝 놀라 윤해성에게 전화를 연결해 주었다.

송아린은 류지훈의 여자 친구라고 해도 자세한 사정을 알지는 못했다.

다만 구치소 접견을 갔더니 이리로 연락하라고 해서 전화했다는 것이었다. 윤해성더러 한번 와 달라고 했다고 한다.

"사고를 친 모양인데. 기어이."

윤해성은 작게 한숨을 내쉬고는 접견 준비를 했다.

* * *

"어떻게 된 거야?"

구치소 접견방의 아크릴 문을 열고 들어온 류지훈의 행색은 초췌했다.

머리는 새집 같고, 눈알은 명태처럼 멍하다. 지난번 양재 공원에서 헤어질 때만 해도 멀끔했는데, 그사이 몇 년은 더 늙어 보였다. 구속이란 건 보통 사람들이 소화할 수 있는 충격이 아니다. 하물며 갓 스무살에게는 더 그렇다.

류지훈은 들어오자마자 고개를 폭 숙였다.

"노숙자 꼴이잖아. 무슨 일이야?"

윤해성이 한 번 더 물었다.

류지훈은 머뭇거리다가 말했다.

"죄송해요. 변호사님밖에 생각이 안 나서요…… 제가 이렇게 될 거라고 예언하셨잖아요."

"예언은 아니었다. 그리고 구속될 거라고까진 안 했어."

"연락할 일이 있을 거라고 하셨는데, 정말 그대로 되었네요……."

류지훈은 다시 고개를 숙였다.

"나한테 죄지은 건 아니니까, 일단 고개를 들고 말해 봐. 무슨 일인지."

류지훈이 조금 더 쭈뼛거리다가 말했다.

"스쿠터를 훔쳤어요."

"또!"

윤해성의 음성이 높게 튀어나왔다. 류지훈은 움츠렸다.

"아니, 일단 이야기해 봐."

"훔치다 걸린 거죠."

윤해성은 류지훈을 지긋이 바라보았다.

"그게 다가 아니지? 너 스물이잖아."

"네?"

"소년법상 '소년'을 겨우 벗어난 나이야. 그 정도 나이라면 전과가 특별히 많거나 아니면 특히 중죄거나 하지 않으면 구속 안 돼."

류지훈은 또다시 쭈뼛거렸다.

"실은……."

"뭐야. 다 말해 봐. 그래야 도울 수 있어."

"스쿠터 주인이 쫓아와서 절 잡으려 하길래 밀쳤어요. 근데 그분이 넘어지면서 보도블록에 머리를 빻았거든요. 피 철철 흐르고, 전치 6주 나왔다고……."

"준강도군."

"네?"

"그건 준강도라고 해서 중죄야. 강도의 일종이지."

"아, 아니, 잠깐. 강도라고요? 전 그냥 스쿠터를 훔쳤던 건데요?"

류지훈이 눈이 커질 대로 커졌다.

"도둑이 자기를 붙잡으려는 사람을 폭행하면 '준강도'라고 해서 강도와 똑같이 처벌돼. 강도는 징역 3년 이상이야."

"네? 징역 3년이요?"

"놀라긴 일러. 그건 기본형인 경우고, 사람이 다쳤으니까 강도상해 죄로 변하게 돼. 강도상해는 징역 7년 이상이야."

류지훈은 거의 거품을 물고 쓰러지기 직전이었다.

"아…… 이건…… 말도 안 돼."

"내가 말했지? 너 컴퓨터는 잘할지 몰라도 딴건 영 어설프다고."

류지훈의 귀에 다른 말은 더 이상 들어오지 않는 듯했다.

"그럼…… 전 여기서 최소 7년을 살아야 하는 건가요?"

"꼭 그런 건 아냐. 판사가 재량으로 깎아 줄 수도 있어."

"그래도…… 워낙 정해진 형이 높잖아요."

"깎인대도 한계가 있지. 법적으론 절반까지만 가능해. 즉 징역 3년 6월."

"아. 시발……."

류지훈은 숙인 채로 고개를 세게 저었다. 현실을 믿고 싶지 않은 듯했다.

윤해성은 그 모습을 지긋이 내려다보았다.

류지훈은 윤해성이 자신을 보고 있다는 걸 깨달았다.

그때 윤해성의 입이 열렸다.

"걱정하지 마. 조금 살다가 나올 거야."

"최소 징역 3년 6월인데요?"

"아직 어리잖아. 다 살고 나와도 스물셋이야."

류지훈은 거의 울기 직전이었다.

"너무해요. 겨우 스쿠터 가지고 3년 6월이라뇨……."

"사고 안 쳤으면 되잖아."

류지훈은 고개를 푹 숙였다. 이윽고 다시 쳐든 그의 목에서 모기만 한 음성이 기듯이 흘러나왔다.

"집행유예……는 되겠죠?"

"안 돼."

류지훈은 불에 덴 듯 놀랐다.

"집행유예도 안 돼요?"

"응. 안 돼."

"정상참작은 되지 않나요? 겨우 스쿠터고, 또 나이도 어리고."

"참작하려야 할 수 없어. 판사 맘대로 안 돼."

"무슨 말이에요. 판사가 형을 정하는데 판사 맘대로 할 수 없단 게."

"집행유예는 징역 3년 이하를 선고할 때 가능해. 이건 최소가 징역 3년 6월이야. 그러니 집행유예가 안 되는 거야."

"아아아아아아……."

류지훈은 입을 다물지 못했다.

"씨팔…… 무슨 법이 이따위……."

그의 입에서 거의 반사적으로 욕설이 튀어나왔다. 살아온 환경이 그렇고, 익힌 습관이 그렇다. 자잘한 범법 행위와 친구하며 살아왔다. 해커 짓이든 스쿠터 절도든. 그게 생계다. 그게 3년 6월 징역감이라고는 꿈에도 생각해 본 일이 없다.

"3년 6월…… 와, 시발…… 존나…… 강산이 절반 바뀔 세월…… 이게 말이…… 그래 갖곤 숨도 못 쉴 거예요……."

아무리 잘못을 했다곤 하나 징역 3년 6월이면 법을 수긍하기란 어려울 것이다. 류지훈은 자신이 처한 현실이 저주스러우면서도 믿기지 않는 듯했다.

윤해성은 대꾸하지 않고 류지훈을 지긋이 내려다보았다.

그 시선이 신경 쓰였을까, 류지훈이 말했다.

"동정…… 안 하셔도 돼요……."

"동정이라니? 계산하고 있는 거야."

"계산요?"

"네 형을 왕창 줄여 주었을 때 내가 얻는 이익."

"네? 그럴 수 있어요? 강도라면서요?"

류지훈이 눈을 번쩍 떴다. 윤해성이 손을 내저었다.

"어이, 줄이지 마. 강도가 아니라 강도상해야. 형량은 더블스코어를 넘어."

"강도상해든 뭐든, 아무튼 3년 6월에서 줄일 수 있다고 말하신 거 아니에요?"

"내가 하면."

"……"

류지훈은 고개를 기울였다. 기대와 의심이 교차하고 있었다.

"지훈아."

"네?"

윤해성이 갑자기 이름을 부르자 류지훈이 눈을 동그랗게 떴다.

"머리 굴리지 마. 이럴 땐 그냥 믿는 거야."

윤해성이 손을 뻗어 류지훈의 머리부터 얼굴까지 쓰윽 쓸어내렸다.

"근데. 수임료는……"

류지훈은 눈을 끔벅끔벅했다.

"지난번에 말했지? 알바 뛰라고. 넌 석방 대가로 내가 주는 일 몇 개만 해 주면 돼. 지금 계산해 보니 그게 이득이겠어. 물론 나한테 말이야."

"일이라면, 혹시 뭐…… 마약 거래나 암살 같은?"

"내가 약 먹었냐? 너 같은 허당한테 그런 거 시켰다간 바로 쪽박이야."

윤해성은 다시 한번 팔을 뻗어 류지훈의 얼굴을 쓸어내렸다.

* * *

피의자: 양다곤

처분결과: 혐의 없음

결국, 검찰의 불기소처분 통지서가 날아왔다.

"회장님!"

신동우 비서실장과 최윤식 법무팀장이 약속도 없이 들이닥쳤다.

만면에 기쁨의 웃음을 가득 띠며 회장실로 들어왔다.

"무슨 일이야?"

양다곤은 책상 뒤 의자에 앉아 있다가 놀라 고개를 들었다.

최윤식이 손에 쥔 서류 몇 장을 흔들고 있었다.

"회장님! 무혐의입니다. 오늘 검찰에서 불기소처분 통지서가 날아왔습니다!"

그 옆에서 비서실장 신동우도 뿌듯한 표정을 짓고 있다.

"뭐? 그래?"

양다곤은 벌떡 일어서서 최윤식의 손에 든 서류를 낚아채듯 가져가 읽었다.

"오오, 정말이군!"

양다곤은 불기소처분 통지서를 손에 쥐고 감개무량한 듯 서 있었다.

잠시 그 기쁨, 안도, 환희를 즐기며 눈을 감았다.

"축하드립니다! 회장님."

"그동안 고생 많으셨습니다. 이제 안심하셔도 됩니다!"

신동우와 최윤식이 번갈아 말을 던졌지만 양다곤의 귀에는 가닿지 않는 듯하다.

아마도 그간의 고생이 주마등처럼 펼쳐지고 있는지도 모른다.

"정말 드라마 아닙니까? 억지 고발사건이 애초에 무혐의 처분되었다가 고발인이 검찰 항고해서 재수사가 시작됐죠. 그게 구속영장까지 청구돼서 마음 졸이던 때가 엊그제 같습니다. 기적적으로 영장이 기각되었고, 회장님을 괴롭히던 미치광이 박재훈 검사가 테러 사건에 휘말려 죽고, 새로 교체된 검사가 결국은 무혐의 처분을 했습니다. 돌이켜 보면 중요한 고비마다 회장님은 마치 거짓말처럼, 불사조처럼 살아나셨어요. 결국은 모든 게 정상으로 돌아왔습니다. 정말 축하드립니다!"

최윤식이 감회가 새로운 듯 그동안의 고생을 줄줄이 읊었다.

양다곤은 눈을 감은 채 고개를 연신 끄덕였다. 감방 목전까지 갔다가 살아 돌아오고 마침내 무혐의 결정을 얻어 낸 감격을 그보다 더 절실히 만끽하고 있는 사람은 없을 것이다.

양다곤은 퍼뜩 정신을 차린 듯 말했다.

"자네들도 고생했어. 수고 많았네."

"별말씀을요. 저희들이 제대로 보필하지 못해서 괜히 회장님만 고생시켜 드린 것 같습니다."

"역시 사필귀정인 것 같습니다. 한울 그룹을 위해서도 너무 잘된 일입니다."

신동우와 최윤식은 충성경쟁이라도 하듯 치하의 말을 쏟아 냈다.

"그럼 이 사건은 완전히 끝난 거지?"

"물론입니다. 아래 부장들 몇 명만 기소가 되었습니다. 배터리 결함에 관해서 회장님은 전혀 모르고 계셨단 사실을 검찰이 인정해 준 겁니다."

"그 부장들이 자기들 선에서 숨긴 걸로 되었구먼."

"네. 그 정도에서 정리된 겁니다. 천만다행입니다."

"기소된 부장들은 LNK에 변론을 맡기고, 뒤를 봐줘. 혹시라도 서운하게 하거나 회사가 자기들을 버렸다고 생각하면 마구 불어 버릴 수도 있으니까."

양다곤은 어느새 냉정한 계산을 회복하고 있었다.

"예. 알겠습니다."

두 사람은 고개를 꾸벅하고 회장실을 나갔다.

양다곤은 한참을 방 한가운데에 서 있었다.

지긋지긋한 시간이었다.

회상이 흘러갔다.

구속영장 결과를 기다리며 구치소에서 보낸 반나절. 그 미칠 듯한 초조함. 석방되었을 때의 환희. 박재훈 검사에게 시달리며 겪은 수모.

결국 박재훈을 해치우고 인사권자에 압력을 넣어 우리 편 검사로 갈아치웠다.

그리고, 기어이 '안전'이라는 결과를 손에 거머쥐었다.

고난이 있었지만, 앉아서 운명을 기다리지 않고 의지로 돌파했고, 해냈다.

마치 큰 산을 오른 듯한 기쁨이 밀어닥쳤다.

그리고 안도감. 익숙한 모든 것들과 헤어지지 않아도 된다는 평화.

이런 감정들이 앞서거니 뒤서거니 뒤섞였다.

양다곤이 이런 감상에 젖어 있노라니 잠시 후 문이 열리며 양건일이 들이닥쳤다.

"아버지! 축하드립니다!"

뒤이어 단명오가 들어왔고, 이어 한울 그룹 이사진, LNK 변호인단 등의 축하 방문이 이어졌다.

조금 늦게는 다른 그룹 회장단과 정계, 경제계 인사들의 축하 전언도 쇄도했다.

* * *

한이수가 윤해성에게 전화를 걸어 양다곤에게 무혐의 처분이 내려
졌다는 사실을 알려 주었다.

윤해성은 별다른 감흥, 이를테면 분노라든가 냉소라든가 하는 감정
을 느끼지 않았다.

어차피 재판으로 넘겨져도 집행유예 정도로 끝날 것이었다. 예상보
다 조금 더 일찍, 편리한 결과가 나왔을 뿐이다.

"······이렇게 오늘 무혐의 처분 통보를 받았어요. 신동우 비서실장
님이 윤 변호사님한테 알려 드리라고 해서 연락을 드렸어요."

"마치 ARS로 통보받는 기분인데. 좀 더 인간적인 정보를 듣고 싶어.
휴대전화로 한 번 더 걸어 줘."

한이수는 사무실 전화를 끊었다. 화가 났지만 왠지 윤해성의 말대로
하고 싶었다. 양다곤이 무혐의로 끝난 데 대한 허탈감이 있었다. 그 단
초가 된 것이 구속영장 기각. 윤해성에 대해서도 분노가 새삼 치미는
것이었다.

한이수는 자리에서 일어나 밖으로 나갔다. 복도 끝 창가로 가서 휴
대전화를 들었다.

"기뻐할 줄 알았는데 덤덤하네."

한이수의 입에서 잔뜩 뒤틀린 말이 튀어나왔다.

"이미 보수는 다 받았어. 회장님이 무혐의 처분 받았다고 내가 기뻐
할 이유는 없지."

"철저히 비즈니스적인데."

한이수는 조금 마음이 가라앉는 걸 느꼈다.

그렇지. 윤해성은 변호사다. 양다곤이라는 사람을 위해 일한 게 아

니야. 보수를 받고 일을 해 준 것뿐이야.

그에 대한 미움이 조금은 가라앉았다.

"지금 그룹 내 임원진들이 축하 방문을 하고 있어. 회장님 눈도장을 확실하게 받으려면 이런 때 빠져선 안 될걸."

"지금 날 도와주는 거야? 와아."

"출세하고 싶어 하는 당신의 욕망이 가상해서라고 생각해 줘."

"그래도 기분이 조금은 풀린 것 같은데."

"이래서 당신은 안 된다니까."

"난 안 갈 거야. 우르르 몰려다니는 데 끼어 봐야 표도 안 나고."

"웬일이야? 어쨌든 당신 맘대로 해. 하지만 그룹 임원진은 물론 단명오 변호사, LNK 측 변호사 전부 줄줄이 축하 인사 오는데 당신이 빠지면 좀 그렇지 않을까 싶어서."

"최후까지 비서의 본분에 충실한데. 회장님한테 빠짐없이 예를 갖추라 이건가?"

"삐딱선 타든 맘대로 해. 전화 끊어."

한이수가 전화를 막 끊으려는데, 윤해성이 물었다.

"유나 씨는 안 왔어?"

"유나 언니? 집에서 축하를 하든가 하겠지. 회장실로 오진 않았어."

"의왼데? 회장실에는 일부러 잘 안 찾아오는 건가?"

"그건 아니구, 요즘 단명오 변호사하고 안 좋아. 만나지 않으려고 언니가 그럴 만한 곳은 피해."

"단 변호사하고 좀 안 좋아?"

"심하게 틀어졌어. 언니가 모욕을 당했어."

"회복 불가?"

"내가 보기엔. 그니깐 당신도 혹 두 사람 있는 데서 분위기 파악 못

하고 실수하지 마."

"땡큐."

한이수는 전화를 끊었다.

책상에 양팔을 괴고 잠시 생각에 빠져 있던 윤해성이 일어섰다.

"그렇다면 얘기가 다르지. 양다곤한테 가 봐야겠어."

혼잣말을 하는 윤해성의 눈이 빛나고 있었다.

그는 넥타이를 매고 슈트 재킷을 걸친 후 방을 나섰다.

"나 한울에 좀 다녀올게."

모니터에 눈을 박고 있던 전기호와 방수희가 일제히 고개를 들고 묻는 듯한 표정을 지었다.

"양다곤 회장이 무혐의 받았대."

윤해성의 말에 전기호가 득달같이 일어났다.

"우와아! 그럼 뭐 떨어지는 거 있지 않나요?"

"뭐가 떨어져."

"콩고물요. 변호사님 공이 제일 컸잖아요. 영장이 기각됐으니깐 수사도 힘을 잃었고."

"변호사님 덕분인 건 맞죠."

방수희도 동조했다.

"이미 성공보수 받았는데, 없지. 영장 이후 수사나 재판 단계는 정식 수임을 안 했거든."

전기호는 그래도 기대감으로 눈을 빛냈다.

"재벌인데, 그래도 통 크게 뭐 있지 않을까요."

"없어."

"변호사님이 어떻게 알아요?"

"양다곤 회장이 그럴 사람이 아니야. 호탕해 보여도 철저한 비즈니스맨이거든. 안 줘도 되는 돈은 안 준다, 그런 마인드로 무장해 있어."

방수희가 물었다.

"변호사님이 어떻게 그렇게 잘 아세요?"

"적어도 양다곤 회장이 그 점은 나하고 비슷하니까."

방수희와 전기호가 마주 보았다. '이게 무슨 말?' 하는 듯이.

"변호사님이 비슷한 거 같진 않아요. 급여만 봐도 그렇잖아요. 여기 사무실 페이가 서초동에서도 아득히 높은 수준인 거 아시죠? 우리야 나쁠 것 없지만."

"억울하지만 그건 인정할 수밖에 없어요. 가끔은 별 하는 일 없이 받기 좀 미안할 때가 있다니깐."

방수희와 전기호가 이구동성으로 말했다.

윤해성은 검지를 흔들었다.

"노노, 전혀 높은 페이가 아님. 난 두 사람의 특별한 재능을 산 거야. 두 사람이 딴 일 할 생각이 들지 않을 정도로 정확히 계산한 금액일 뿐이야."

그런 말을 남기고 윤해성은 사무실을 나갔다.

"말 참 밉상스럽게 한다."

"그러게요."

방수희와 전기호는 혀를 차고는 자리로 돌아갔다.

* * *

"회장님, 축하드립니다!"

양다곤의 앞 소파에 앉으며 윤해성이 큰 소리로 말했다.

마침 이사진들이 물러가고 방은 비어 있었다.

"윤 변호사도 수고했어."

"기소돼 봐야 별거 없었겠지만 그대로 검찰 단계에서 끝났으니 귀찮은 일이 덜어졌습니다."

"그럼. 무엇보다 내 주변에 이렇게 유능한 법조인들이 수북이 있는데, 내가 무슨 걱정이겠어."

양다곤의 기분이 무척 좋아 보인다. 좀처럼 않는 공치사까지 하고 있다.

몇 마디 더 축하 인사가 지나가고 윤해성이 말했다.

"이번에는 영장이 기각된 것도 물론 컸지만, 검사가 바뀐 것도 큰 도움이 되었습니다."

"그렇다고들 하는군. 좀 합리적인 친구가 후임으로 왔다고."

"실은 검사가 그대로였으면……."

윤해성이 말을 줄이자 양다곤은 눈썹을 올렸다.

"응?"

"박재훈 검사의 교체 방안을 생각했었습니다."

"교체한다……고?"

"그렇죠. 본인에겐 미안하지만 박재훈 검사가 테러를 당해서 저 모양이 된 덕분에 수사팀이 교체된 거 아니겠습니까. 그런 우연을 기다리지 않고 제 쪽에서 검사 교체의 상황을 만들어 가는 것으로 말이죠."

"어떻게 말인가?"

"우선 쉬운 방법은 역시 우연을 가장해서 사고를 일으키는 걸 테고요. 연구하면 다른 방법도 얼마든지 있었을 겁니다. 대(大)한울 모터스라는 무한정한 자원을 이용할 수 있으니까요."

윤해성은 말을 마치고는 음침하게 웃었다.

흠, 흠.

양다곤이 헛기침을 크게 했다.

"윤 변호사. 말이 너무 심해. 어떻게 그런 생각을 하나. 아무리 미워도 그렇지, 우리 살자고 대한민국 검사를 상대로 해코지를 한다는 건 상상치도 못할 일이야. 더구나 박재훈 검사가 죽은 마당이야. 그냥 농담으로 알겠네."

양다곤이 점잖게 나무라는 말을 했다.

그러면서 양다곤은 생각했다.

단명오는 '박재훈 검사를 제거한다'는 미션을 실수 없이 이행했다. 분명 모략가로서 뛰어난 인물이다. 하지만 '박재훈을 제거한다'는 발상 자체는 양다곤이 먼저 하고 명령을 내린 것이다.

그런데, 윤해성은 박재훈을 인위적으로 제거한다는 생각을 했었다고 한다. 물론 일이 해결되고 나서 사후적으로 갖다 붙이는 말일 수도 있다. 그렇지만 그의 말은 꽤 마음에 들었다.

물론 그렇다고 좋은 생각이었어, 라며 동조해 줄 수는 없다. 아직은. 이 인간과는 신뢰가 쌓일 만큼의 세월이 없다.

아무튼 윤해성. 생각보다 더 대담한 놈이다. 더 쓸모가 있을지도 모른다.

"물론입니다. 회장님이 그런 방식을 좋아하시리라고는 전혀 생각지 않습니다. 제가 맘대로 생각해 본 거죠. 하지만……."

윤해성은 잠깐 뜸을 들이고는 말을 이었다.

"……전 어떤 방법도 제쳐 두고 있진 않습니다. 회장님과 한울 그룹을 위해서라면 말이죠. 약간의 절차상 무리가 있다 해도 뭐가 문제겠습니까? 한울 그룹이 사는 일인데 말입니다. 방법보단 목적이 중요하지 않겠습니까? 전 그렇게 생각하고 있습니다. 만약 회장님이 곤란에 처하신다면 전 언제든지 준비가 되어 있습니다."

* * *

    윤해성은 그날 저녁 광화문 세종문화회관 뒷길 수제 맥줏집에서 박시영을 만났다. 박시영이 일하는 《정안일보》 건물에서 그리 멀지 않은 곳이다.

    "우리 회사 근처까지 와 줘서 고마워."

    맥주잔을 든 박시영은 기분이 좋아 보였다.

    "뭘. 목마른 사람이 우물을 파야지."

    "요즘 네가 나한테 아쉬울 게 있냐?"

    "양다곤이 예상대로 무혐의로 끝났어. 남은 건 역시 유전자 검사뿐이거든. 네 힘이 필요해."

    윤해성은 맥주를 벌컥벌컥 들이켰다. 박시영은 오르락내리락하는 윤해성의 목젖을 재미있다는 듯 들여다보았다.

    "무혐의를 예상했어?"

    "사건 기록을 보니깐 힘들겠더라구."

    "하긴 넌 김충구 변호사한테서 고발 사건 기록도 받아 보았지. 왜, 증거가 부실했어?"

    "증거가 몇 가지 있긴 한데…… 본안 재판 가면 변호인 선에서 반박할 수 있는 수준이야. 사안 자체도 양다곤에게 결정타를 먹일 만한 건 아니었고. 양다곤이 검찰에 손을 쓰면 무마될 수준."

    "그래도 구속영장까지 청구됐는데?"

    윤해성은 머리를 가로저었다.

    "그건 증거인멸 시도 때문이었지."

    "끝까지 가 봐야 어차피 중형은 안 나올 테니까, 라는 거지?"

    "응. 구속이 되면 충격은 좀 받겠지만, 양다곤은 금방 재기할 거야.

응징이 그 정도로 끝나선 안 되지. 죄와 벌의 밸런스가 맞지 않아. 차라리 이번 영장은 기각시키고 양다곤의 신임을 얻어 기회를 엿보는 쪽이 나아."

윤해성은 맥주를 한 모금 더 들이켜고는 잔을 내려놓았다.

"오늘 이수하고 통화했는데, 장유나하고 단명오하고 사이가 틀어졌다더라. 그래서 굳이 양다곤을 찾아갔어."

"이수 씨하고 요즘도 연락하고 지내? 널 미워한다며?"

한이수와 통화했다는 말에 박시영이 바싹 다가가며 물었다.

윤해성은 몸을 뒤로 물렀다.

"업무상 전화한 거야. 양다곤 무혐의 결정을 통보해 주러. 전화한 김에 그런저런 얘기들이 나왔어."

"꽤 사적인 이야기를 나눈 거네. 많이 발전했다, 그래도. 뭔지 모르지만 이수 씨 맘이 좀 풀린 거 아냐?"

"나도 그랬으면 좋겠지만, 아냐."

"하여튼 얘기 계속해 봐. 업무적으로."

박시영은 빈정댄 것이었지만 윤해성은 깨닫지 못했다.

"이수 얘기를 듣다가 그런 생각이 퍼뜩 들었어. 내가 단명오의 자리를 차지한다면, 하고 말이지."

"오호라, 단명오를 대신해서 측근으로 등극한다, 이거지?"

"그래. 양다곤은 예전에 우리를 상대로 제기한 지분양도소송을 맡겼을 만큼 단명오 변호사하고는 끈끈한 관계야. 단 변호사가 해외에서 오래 지내다 왔지만 지금도 최측근인 것 같고. 하지만 조금 상황이 달라졌어. 단명오가 장유나와 틀어졌다잖아. 그렇다면 양다곤과도 틈이 생길 여지가 있어. 누가 뭐래도 장유나는 양다곤의 아내니까. 그땐 내가 대안이 될 수가 있겠지. 그래서 오늘 양다곤에게 갔어. 축하한다는 명분이지만, 어떤 불법적인 일도 처리해 줄 수 있다는 뉘앙스를 뿌리고 왔지. 말하자면 손을 더럽혀 줄 만한 변호사가 단명오 말고도 있단 걸 알린 거야. 양다곤에게 정작 일이 생겼을 때 단명오 대신 내가 떠오를 수도 있겠지."

"그 위치에 간다면 양다곤의 은밀한 약점을 얼마든지 알아낼 수 있겠네."

"그렇지. 어쩌면 과거의 비밀까지도."

"일종의 보험인 셈이네."

"뭐, 그럴지도."

누가 먼저랄 것도 없이 맥주잔을 들었고, 약간의 침묵이 흘렀다.

윤해성이 다시 입을 열었다.

"하여튼 그건 나중 일이고, 지금 결과가 씁쓸하긴 해. 양다곤은 건재하고, 한울 모터스의 힘이 어느 정도인지도 알았으니까."

"나도 좀 놀라긴 했어. 검찰에서 무혐의가 떨어질 줄이야……."

"수사가 이렇게 용두사미 될 줄 알았어. 그나마 양다곤을 닦달하던 박재훈 검사가 죽고, 담당 검사마저 충성파 비둘기로 바뀌어 버렸으니까."

"넌 박재훈 검사의 죽음도 수상하다고 했지?"

윤해성은 고개를 끄덕였다.

"나를 노린 북한의 짓인 것처럼 가장해서 실은 박재훈 검사를 노린 게 아닌가 싶어. 물론 그럴 사람은 양다곤밖에 없겠지."

"하지만 단지 추측이잖아."

"맞아. 객관적인 물증이 없어. 그래서 어떤 액션도 취하지 못하고 있어. 증거 제시도 못 하면서 의심스럽다고 주장해 봐야 경찰은 콧방귀도 뀌지 않을 거고, 오히려 내 정체만 드러나지. 섣부른 공격은 이쪽이 되레 당한다, 이거야."

박시영이 손가락으로 총을 쏘듯이 윤해성을 가리켰다.

"네가 기다리고 있는 건, 양다곤의 인생을 통째로 무너뜨릴 사건."

"그래. 바로 그 유전자 검사. 양다곤이 범행 현장에 있었다는 것만 밝혀지면…… 모든 걸 되돌린다. 아버지의 죽음 **빼고**는 전부."

"양다곤의 한울 모터스 지분도 물론 그 안에 포함되겠지."

"물론이야."

윤해성은 맥주잔을 든 손을 멈추고 눈을 빛냈다.

가게를 나온 때는 저녁 7시를 겨우 넘어 있었다. 해가 아직 넘어가지 않았다. 박시영이 손목시계를 보더니 말했다.

"이거 거의 낮술 아냐?"

"술을 먼저 먹었으니, 이제 저녁 먹으러 갈까?"

윤해성이 장난스레 말했다.

그때, 띠링 하고 박시영의 휴대전화가 울렸다.

박시영은 무심히 휴대전화의 메시지 화면을 눌렀다. 그녀의 표정이 확 굳어졌다. 그렇게 시간이 조금 흘렀다.

박시영의 낌새가 이상하다고 느낀 윤해성이 물었다.

"뭐 안 좋은 일이야?"

박시영은 휴대전화를 쥐고 굳어 있었다.

"아무래도 저녁 먹을 기분은 아닐 거 같다."

"왜 그래? 무슨 일이야?"

손을 들어 두어 번 터치하더니 화면을 내밀었다.

카카오톡 화면이었다. 발신자는 서령대학교 김근배.

윤해성의 동공이 커졌다.

가슴이 두근거렸고, 양손에 힘이 꽉 들어갔다.

양다곤의 DNA 분석 결과가 나온 것인가!

조금 전에 양다곤의 유전자 검사에 관한 이야기를 나누었는데.

그 결과만 확인되면 양다곤이 빼앗아 간 모든 것을 되돌려 받겠다고 의지를 불태웠는데.

드디어!

윤해성은 눈을 한 번 질끈 감았다 뜨고는 화면을 들여다보았다.

　박 기자. 유언장 체액 DNA와 머리카락의 DNA는 일치하지 않아. 다른 사람이야.

기운이 쭉 빠졌다.

얼이 빠져 박시영을 쳐다보았다.

박시영도 마주 보았다.

괜히 자신이 미안한 듯한 표정이었다.

"또다시 원점이네……."

박시영이 기운이 빠져 있으니 오히려 윤해성이 위로했다.

"괜찮아. 유언장에 묻은 게 꼭 양다곤의 체액이라는 법은 없으니까. 그저 희망사항이었지."

"희망사항……."

"공범이나 부하의 것일 수도 있으니까."

"공범이 있단 건 가설에 불과하잖아."

"그렇긴 해. 하지만 누구의 것인지 확인된다면, 그리고 그게 양다곤과 관계있는 자인 게 확인된다면 양다곤의 범행도 입증 가능해지겠지."

"그게 공범의 체액이라면 더 어렵잖아. 지금 와서 찾을 수 있을까.

20년이나 지났는데."

"가설의 가설이지만 용의선상에 올려놓을 수 있는 사람은 있어."

"누구?"

"이를테면 단명오?"

"설마…… 그 사람은 그저 소송대리인이잖아. 변호사가 설마 살인을? 그건 너무 나간 거 같아."

박시영이 어이없다는 듯 말했다.

"그러니까 가설의 가설이라구……."

윤해성이 얼버무리다가 다시 힘주어 말했다.

"하지만 단명오는 그저 일회성으로 사건을 맡긴 변호사하곤 다르게 좀 각별한 사이인 것 같아. 20년 만에 귀국해서 양다곤하고 만났는데, 젖은 낙엽처럼 그 옆에 찰싹 붙어 있잖아. 예전에도 그러지 않았을까? 범죄를 같이 했을 가능성도 전혀 없지는 않다고 봐."

"하긴……."

박시영이 웃음기를 머금고 말했다.

"널 보면 그럴 수도 있을 것 같단 생각이 들어."

"응?"

"법을 아는 변호사라고 해서 다 건실하게 사는 건 아니더라."

"뭐?"

윤해성은 이어 입을 크게 벌리고 하하, 웃었다.

"덕분에 고맙다. 내가 누군지를 알게 해 줘서."

윤해성은 검지로 박시영을 가리켰다.

"너하고 나하고 이렇게 친한 만큼 비밀을 공유해. 마찬가지로 양다곤과 단명오의 관계도 데칼코마니 아닐까?"

박시영은 윤해성을 물끄러미 보다가 말했다.

"그럼 단명오도 유전자 검사를 해 볼 거야?"

"언젠가는."

"언젠가는? 지금 당장은 아니고?"

"그 전에 먼저 확인해 볼 게 있거든."

윤해성은 땅거미 속에서 눈을 빛냈다.

*　*　*

"지금부터 피고인 류지훈의 강도상해사건 국민참여재판을 진행하 겠습니다."

판사가 개정을 선언했다.

이름도 무시무시한 '강도상해' 사건은 변호인 윤해성의 신청으로 국 민참여재판으로 넘어갔다.

재판 당일 오전 10시, 서울남부지방법원 102호 대법정.

"피고인 류지훈, 앞으로 나오세요."

판사의 말에 류지훈이 주춤주춤 걸어 나와 피고인석 앞에 섰다.

가느다란 팔다리가 수숫대처럼 휘청거렸다.

얼굴이 하얗게 질려 있다.

판사가 인적 사항을 확인하는 동안 모기소리 같은 음성으로 대답했 기에 판사가 몇 번이나 반복해서 물어야 했다.

배심원은 30대에서 60대까지 남녀가 반반으로 뒤섞여 있었다. 약 간의 애잔한 감정이라도 띠는 사람은 없었다. 그들의 귀찮고 지친 듯 한 무표정이 류지훈을 더 주눅 들게 한 것 같다.

방청석에는 류지훈의 여자 친구 송아린이 와 앉아 있었고, 그와 멀 찍이 떨어져 박시영이 앉아 있었다. 흔하디흔한 10대의 스쿠터 절도

사건에 메이저 신문 기자가 관심을 가질 이유는 없다. 박시영이 와 있는 이유는 오로지 윤해성 때문이었다.

윤해성이 류지훈의 사건을 맡기로 결정했을 무렵, 전기호가 박시영에게 전화를 했었다.

"누나, 변호사님 좀 말려 줘요."

"왜요? 또 뭐 사고 쳤어요?"

"사고는 아닌데, 돈 안 되는 쓸데없는 일을 자꾸 벌이고 있어요. 안 그래도 한울 그룹 사건 이후로 사무실에 사건도 없는데. 이러다가 문 닫는 거 아닌가 몰라요."

"무슨 사건이에요?"

"영양가 없는 절도 사건이에요. 게다가 걔를 빼내서 사무실에서 알바 시킬 거라나요. 나 참."

"알바를 시킨다구? ……어떻게 알게 된 아이예요?"

"해커였어요, 해커. 사무실 컴을 전부 벽돌 만들어 버린 놈."

"해커……요?"

"네."

"이번엔 해커라…… 흠."

도둑과 격투가에 이어 해커까지. 윤해성이 사람을 모을 생각인가 봐.

박시영이 곰곰이 생각하고 있으려니, 전기호의 발끈한 말이 건너왔다.

"앗 잠깐, '이번엔' 해커라뇨, 누나 그게 무슨 뜻이에요?"

"아, 아무것도 아니에요. 그냥 나온 소리."

박시영은 재판에 와 보기로 했다. 윤해성이 어떤 방식으로 류지훈을 빼낼지 호기심이 일었다. 마침 일이 좀 비는 날이기도 했다.

방청석에서는 송아린이 눈에 띄었다.

저 아이가 류지훈의 여자 친구인 모양이지…….

"검사, 기소 요지 진술하세요."

판사의 말이 박시영의 상념을 깼다. 검사가 일어섰다.

"피고인은 구로구 천왕동 천왕산 입구 한적한 도로 근처에 시동이 걸린 채 주차된 스쿠터를 발견하고는 임의로 운전하여 가 이를 절취하였습니다. 뒤늦게 이를 발견한 스쿠터 주인인 피해자 이현만이 피고인을 쫓아가 달리기 시작한 스쿠터 뒤를 붙잡아 넘어뜨렸습니다. 이에 피고인도 같이 넘어졌고, 피고인이 일어나 도망치려 하자 피해자 이현만이 피고인의 멱살을 잡고 팔을 비틀었습니다. 그러자 피고인은 체포를 피하기 위해 피해자를 강하게 밀쳤고, 피해자 이현만은 넘어지면서 보도블록에 머리를 세게 충격하여 전치 6주의 상해를 입혔습니다. 이로써 피고인은 피해자 소유 재물을 절취한 후 체포를 면탈할 목적으로 피해자에게 상해를 가하였습니다."

류지훈의 턱이 조금 경련하고 있었다.

판사가 윤해성에게 물었다.

"공소 사실을 인정합니까?"

윤해성이 대답했다.

"네. 다 인정합니다."

박시영은 고개를 갸웃했다. 공소 사실을 다 인정한다고?

그렇게 되면 바로 준강도상해가 성립되는데, 법정형은 강도상해와 마찬가지로 징역 7년 이상이다.

법정형의 절반까지 판사가 깎아 줄 수 있으니 선처를 받으면 최소 징역 3년 6월. 징역 3년을 넘어가기에 법률상 집행유예가 붙을 수 없다. 말하자면 류지훈의 최소 형량은 징역 3년 6월이다.

이건 법률이고, 판사도 배심원도 깎을 수 없다. 오직 형을 더 높이는 것만이 가능할 뿐이다. 그런데 윤해성이 약속한 바대로 류지훈이 석방될 수 있을까?

"검찰은 증거 신청하십시오."

판사의 말에 검사가 일어섰다. 서류 뭉치가 검사의 책상 위에 놓여 있었다. 류지훈의 사건 기록인 모양이다. 간단한 사건인 만큼 두께는 얇았다.

"피해자 이현만의 경찰 진술조서, 피해자의 자필 진술서, 피해자 상처 사진, 진단서, 경찰 압수조서, 압수목록, 각 수사보고, 피고인의 범죄경력조회가 있습니다."

검사는 증거목록 서류를 보며 줄줄이 읽었다.

판사가 윤해성에게 물었다.

"변호인은 증거 의견을 말해 주십시오."

윤해성이 대답했다.

"피해자의 진술조서와 진술서는 부동의 하고, 나머지는 모두 동의하겠습니다."

박시영은 한 번 더 고개를 갸웃했다.

공소사실을 인정한다면 증거도 모두 동의하는 게 보통이다.

범행을 다 인정한다면서 경찰에서 작성된 피해자의 진술조서를 부동의 하는 이유는 뭘까? 조서에 동의하지 않으면 피해자가 직접 법정에 나와서 증언해야 하는데, 그때 무언가를 뒤집을 계획인 걸까?

역시나 검사가 말했다.

"피해자의 진술조서를 변호인이 부동의 했기 때문에 피해자 이현만을 증인으로 신청합니다."

"채택하겠습니다. 그럼 휴정하고 점심을 먹고 난 후 증인신문은 오후 2시에 실시하겠습니다."

판사는 휴정을 선언하고 일어섰다.

배심원을 비롯해 법정 안 모두가 일어서서 판사가 퇴정할 때까지 서 있었다.

약간 이색적인 면도 있긴 했지만 지금까지는 마치 컨베이어벨트처럼 재판이 일사천리로 진행되었다. 대량생산 시스템 같은 이 재판 절차의 어느 지점에 류지훈이 석방될 가능성이 있는 것일까. 박시영은 궁금했다.

서류를 챙겨 변호인석을 빠져나오는 윤해성에게 눈짓을 해 법정 밖 복도로 불러냈다.

박시영이 윤해성에게 막 말을 건네려는데, 송아린이 다가왔다.

"변호사님. 지훈이 어떻게 돼요?"

이마에 수심이 가득 어려 있다.

"지금은 알 수 없어요. 배심원들 평결이 나 봐야 아는 거지."

부드럽게 말했지만 내용은 냉정하기 이를 데 없다. 송아린은 실망한 기색을 띠었다.

"그럼 오후 재판 잘 부탁드려요."

그렇게 말하고는 딴 데로 가 버렸다. 더 이상 윤해성에게는 기대하지 않는 눈치였다.

박시영이 책망하듯 말했다.

"이왕이면 좋은 말 좀 해 주지. 꼭 그렇게 로봇같이 말해야 했어?"

"사실대로야. 애 상대로 거짓말하는 건 더 나쁘지."

"그럼 너도 자신이 없는 거야?"

"자신? 있지만 이번은 전망이 확실한 건 아니야."

"사건은 단순한데."

"단순해서 더 그렇지. 찍어 내듯이 처리가 이루어지니까. 이례적인 결론을 끌어내기가 힘들어."

"그럼 대체 무슨 생각으로 사건을 맡은 거야?"

"배심원들의 심리를 공략해 볼 생각이야. 심리란 게 확실하지 않잖아. 그래서 전망이 불투명하단 거야."

"배심원들의 심리? 설마 또 지난번처럼 강제 소음체험 시키려는 거? 이번은 그런 꼼수 부릴 만한 부분도 없는데?"

"뭐야, 꼼수라니."

하하. 윤해성이 웃었다.

"알았어. 말해 봐."

"이번은 변칙을 쓰지 않아. 정통파 재판이랄까, 좀 더 정통적인 심리이론에 기초한 전략으로 갈 거야."

"이를테면?"

"배심원들은 재판하는 게 처음이거든. 법률 전문가들도 아니고."

"그야 당연하지."

"그런 낯선 상황에 처한 사람은 익숙한 개념이 등장하면 '바로 이거야!' 하면서 그걸 받아들여 판단해 버리는 경향이 있어."

"익숙한 개념?"

"말하자면 배심원들은 첫 재판이라는 낯선 상황과 난무하는 낯선 법률용어 안에서 당황하게 돼 있어. 이걸 모면하려고 의지하고 싶은 익숙한 개념을 찾아내는 거지. 그걸로 혼란스러운 상황을 모면하는 거야. 그래서 변호인 입장에선 어려운 법률용어를 마구 주워섬기는 것보다 익숙한 개념으로 배심원단의 사고를 어느 방향에서 때리면 먹혀 들어가는 법이야."

"뭔 말인지. 말만 들으면 거창한 전략 같다."

"거창한 건 아냐."

윤해성이 겸연쩍은 듯 관자놀이에 손가락을 얹으며 말을 이었다.

"……달리 말하면 이번은 그냥 망치로 대충 부수는 거야. 디테일이 없어. 먹혀들면 이론은 나중에 갖다 붙이는 거고. 나머진 재판 끝나고 이야기하지. 전략을 미리 말하는 것도 불길해."

윤해성은 눈을 찡긋했다.

"좋아. 하늘이 도와 감형을 받는다고 치자. 넌 어느 정도를 목표로 하는 거야? 3년 형, 2년 형?"

"아니."

"응? 그거 말고 뭐가 가능해? 설마 집행유예?"

"아니."

"그럼?"

"벌금형을 받아야지."

"벌금형?"

박시영의 목소리가 높아졌다.

"강도상해는 형법상 징역형 말고는 할 수 없어. 근데 어떻게 벌금형이 나와?"

"그렇게 만들어야지."

박시영은 윤해성을 물끄러미 보다가 말했다.

"……뭐야. 좋아, 너 헛소리는 그렇다 쳐. 그게 가능하다고 치면, 왜 굳이 그렇게까지 하려는 거야? 3년 6월보다 적게만 받아도 류지훈은 고마워할 텐데. 아니면 집행유예라도 받아 내든가."

윤해성이 왜 당연한 걸 묻지, 하는 표정으로 말했다.

"얘기했잖아. 류지훈이를 직원으로 쓸 거라구. 컴퓨터 실력이 아주 탐난단 말이야."

"그럼 벌금형은 왜……."

"변호사법상 집행유예 이상을 받으면 변호사 사무실 직원으로 될
수 없어. 그래서 벌금형이 필요하거든."

"이 친구 보게. 좌판에서 생선 골라잡듯이 형을 얘기하네."

박시영이 장난스럽게 말하며 웃었다.

그러고는 손가락 두 개를 펴 자신의 눈에 갖다 댔다가 윤해성을 향
했다.

"하여튼, 오후 재판 두고 보겠어. 윤해성 변호사의 허세가 조금은 봐
줄 만한지 어떤지 말이야."

* * *

점심시간 후 재개된 오후 재판.

증인신문이 바로 시작됐다.

증인으로 출석한 피해자 이현만은 덩치가 꽤 큰 30대 사내였다. 갈
매기 눈썹과 그 아래 삐침 같은 눈이 강한 기를 발산하고 있었다. 손이
솥뚜껑만 했고, 양쪽 허벅지 살이 부딪혀 걸음걸이는 뒤뚱뒤뚱했다.

이현만은 증인 선서를 한 후 자리에 앉았고, 검사의 신문이 시작됐다.

내용은 대체로 공소사실의 확인 정도였다.

스쿠터를 도둑맞은 것을 알고 바로 류지훈을 쫓아갔다는 것. 스쿠터
뒤를 붙잡고 넘어뜨려 류지훈도 같이 넘어졌다는 것. 류지훈이 그를
강하게 밀쳐 보도블록에 머리를 찧고 큰 상처를 입었다는 것.

검사의 간단한 신문이 끝나고 윤해성이 반대신문을 위해 일어섰다.

"스쿠터는 증인 겁니까?"

"네."

"언제, 얼마 주고 산 거죠?"

"한 5년 됐고요, 150 정도 줬습니다."

"그건 당시 새 제품 가격이고, 지금 중고 시세로는 한 80 정도 하죠?"

"80 좀 넘을 거 같은데……."

"그건 증인의 희망사항이고, 시세는 그 정도지 않습니까?"

"뭐 그렇다고 치죠."

이현만은 인상만큼 깐깐한 사람은 아닌 듯했다.

"당시 스쿠터는 시동이 걸려 있었죠?"

"네. 시동을 켜 두고 편의점에 잠깐 들러 도시락을 사고 있었습니다."

"시동이 켜져 있으면 절도의 위험이 있지 않나요?"

"그렇긴 하지만 잠깐이면 괜찮을 거라 생각했습니다."

"증인이 생각해도 도난의 위험이 있다고는 생각했단 거죠?"

"잠시 볼일 보는 거였으니까요."

"아무래도 시동이 켜진 스쿠터가 안 켜진 스쿠터보다는 좀 더 유혹적이겠죠."

증인의 대답을 기다리지 않고 검사가 일어섰다.

"이의 있습니다. 변호인은 유도신문을 하고 있습니다. 또한 이건 질문이 아닙니다."

"변호인. 지금 질문은 삭제하겠습니다."

판사가 이의를 받아들였다.

"좋습니다. 다음 질문으로 넘어가죠."

윤해성은 유유히 대답했다.

"피고인이 스쿠터를 타고 가는 것을 발견하고 쫓아가 스쿠터 뒤를 잡고 넘어뜨렸죠?"

"넘어뜨리려 했다기보다, 다급해서 스쿠터 뒤꽁무니를 잡았는데, 스쿠터가 균형을 잃고 넘어진 거죠."

"스쿠터가 100킬로그램은 나갈 텐데, 게다가 달리는 걸 쓰러트렸다면 증인은 힘이 상당히 세시군요."

"글쎄요, 보통은 됩니다."

증언대에 떡하니 올려놓은 이현만의 굵은 팔뚝에는 시퍼런 힘줄이 불거져 있다. 류지훈의 앙상한 팔과 대비된다.

"스쿠터가 넘어지면서 그 충격으로 피고인도 나가떨어졌죠?"

"나가떨어졌다기보다 애가 같이 넘어진 거죠."

"피고인이 일단 바닥에 넘어졌다가 일어난 건 맞지요?"

"네."

"일어난 다음에 어떤 행동을 하던가요?"

"그대로 도망가려고 했습니다."

"증인에게 덤비거나 하지는 않았습니까?"

"그러진 않았습니다."

이현만은 엷게 웃음을 머금었다. 내게 덤빈다고? 비실비실한 류지훈이 감히 그런다는 건 생각할 수도 없다는 태도였다.

"피고인이 도망가려 하자 증인은 어떻게 했습니까?"

"붙잡았습니다."

"왜 붙잡으셨죠?"

"그야 도둑이니까요."

"어떻게 잡았습니까?"

"옷을 붙잡았지요."

"옷이라고 하지만, 한 손으로는 피고인의 멱살을 잡고, 한 손으로는 피고인의 팔을 비틀지 않았습니까?"

"그 아이의 목 근처 옷을 잡긴 했습니다. 뭐 그것도 멱살이라고 하면 멱살이겠지만. 팔을 비틀었다는 건 과장입니다. 그저 팔목을 잡았습니다. 도망가지 못하도록요."

"대충은 맞는 말 아닙니까. 한 손으로 멱살을 잡았고, 다른 한 손으론 팔을 비틀, 아니 거머쥐었다."

"뭐 그런 셈이죠."

"피고인은 어떻게 반응했습니까?"

"팔을 빼내려고 하더니 저를 밀쳤습니다. 그 순간에는 깜짝 놀랄 만큼 센 힘이었습니다. 저는 콘크리트 바닥에 넘어졌고, 머리를 세게 부딪쳤습니다. 피가 철철 흘렀고 병원에서는 6주 진단이……."

"피고인은 증인에 비해 몸도 연약하고 근육도 없어 보이는데, 증인을 밀쳐서 넘어트렸다고요?"

"그렇습니다. 순간적으로 그랬으니까 저도 예상을 못 했던 거죠."

윤해성은 잠시 무언가를 생각하는 듯하다가 물었다.

"증인은 피고인을 도망가지 못하도록 붙들었다고 하셨는데요, 그럼 당시 상황에서 피고인이 놓아달라고 사정했다면 증인은 피고인을 풀어 주었을 겁니까?"

"안 되죠. 경찰이 올 때까지는 잡고 있었겠죠."

증인이 윤해성에게 무언가 말려들어간다고 느꼈는지 검사가 벌떡 일어섰다.

"체포를 면하기 위해서 폭행하는 것. 그게 바로 준강도입니다. 변호인의 신문이 무얼 말하려 하는지 알 수 없습니다!"

"검사님의 항의가 무얼 하려는 건지 전 모르겠군요. 전 사실을 알고자 하는 겁니다. 그리고, 검사님의 지금 이의는 증인신문보다는 최후 논고에 어울리는 것 같습니다만."

판사가 고개를 끄덕였다.

"검사님, 지금 이의는 기각합니다."

검사가 자리에 앉았다.

"신문 계속하시지요."

판사의 말에 윤해성은 고개를 가볍게 끄덕였지만 "이걸로 증인신문을 마치겠습니다." 하고는 자리에 앉아 버렸다.

무언가 한 듯하지만 실제로 한 것은 없는 애매한 증인신문이 끝났다. 스쿠터를 훔쳤고, 주인을 밀쳐 상처를 낸 건 맞잖아?

그런 건 강도에 해당된다며.

배심원들의 얼굴에는 지루한 표정이 역력히 떠 있었다.

"그러면 이걸로 모든 심리를 마치겠습니다."

판사가 선언했다.

류지훈의 낯빛이 창백해졌다.

재판이 별다른 특색 없이, 이변 없이 진행되었다는 걸 몸소 느낀 탓이다.

이대로라면 뻔한 결과가 나올 텐데.

윤해성뿐만 아니라 구치소 안에서도 다들 입을 모아 이 사건은 3년 6월 형밖에는 없다고들 했다. 갓 스물이 된 어린 나이에 도저히 받아들이기 힘든 결과였다.

또, 혹시 그보다 더 길게 받는 건 아닐까 하는 불안감도 지울 수 없다. 강도상해의 법정형은 징역 7년 이상이다. 3년 6월로 감경해 줄지 말지는 어디까지나 판사나 배심원 마음이다. 감경해 주지 않으면 꼼짝없이 7년이다.

허풍 심한 윤해성에게 괜히 기대했을까. 대체 무슨 수로 안 되는 걸 되게 해 준단 말이야.

류지훈은 마음속으로 서서히 기대를 지워 가고 있었다. 그 실망감은 머리를 숙인 채 도리도리 젓는 모습으로 나타나고 있었다.

판사는 재판 서류를 탁탁 쳐 모서리를 맞추었다.

아무래도 이제 완전히 끝났다는 신호겠지.

판사가 검사를 보며 말했다.

"검찰 측 최종 의견 밝혀 주시죠."

검사가 일어섰다.

"공소사실에서 명확히 드러난 바와 같이 피고인은 피해자 이현만이 잠깐 편의점에 들르며 주차해 놓은 스쿠터를 훔쳤습니다. 이 부분에서 일단 절도가 성립합니다. 이후 이를 발견한 피해자가 피고인을 쫓아가 붙들었습니다. 그러자 피고인은 도망가기 위해 피해자를 세게 밀쳤습니다. 즉, 절도를 한 자가 체포를 면하기 위해 폭행을 한 것입니다. 이것은 준강도에 해당합니다. 준강도는 강도에 준하여 처벌됩니다. 한편 피고인의 행위로 인하여 피해자는 보도블록에 머리를 세게 충격하여 전치 6주의 중대한 상해를 입었습니다. 다시 말해 준강도가 피해자에게 상해를 입힌 것입니다. 준강도는 강도죄의 적용 법조를 준용합니다. 다시 말해, 피고인에게 일응 준강도가 성립하였고, 이후 피고인의 폭행으로 피해자가 상해를 입었으므로 강도가 상해를 입힌 셈이 되어 강도상해의 죄책을 져야 합니다. 즉 피고인에게는 준강도상해죄가 성립합니다. 따라서……."

박시영은 검사의 논고를 들으며 배심원들의 기색을 살폈다. 절반 정도는 무표정했고, 멍한 얼굴로 듣는 둥 마는 둥 하는 사람도 있었고, 짜증스러운 표정을 짓는 사람, 연신 손장난을 하는 사람, 심지어는 하품을 하는 이도 있었다.

법률용어를 잔뜩 늘어놓는 검사의 논고는 이해가 그리 어려운 바는 아니었다. 하지만 분명히 배심원들의 관심을 끄는 데는 처절하리만큼 실패하고 있었다. 그들의 귀는 결론을 재촉하고 있었다.

결국 피고인이 한 짓은 강도나 마찬가지다, 강도하고 똑같이 처벌해라, 그 얘기 아닌가?

그래서 얼마를 구형하는 거야? 그것만 듣고 싶어 하는 듯했다.

그때 퍼뜩 점심시간에 법정 밖 복도에서 윤해성이 했던 말이 기억났다.

처음 접하는 재판에서 낯선 상황과 낯선 법률용어에 배심원들은 곤혹스러워한다는 것.

적어도 검사는 배심원들을 편하게는 해 주지 못한 것이다.

그걸 분명하게 느낄 수 있었다.

검사의 마지막 논고가 이어졌다.

"……강도상해는 형법에서 징역 7년 이상에 처하도록 되어 있습니다. 다만 형법 제53조에서는 작량감경이라고 해서 참작할 만한 사유가 있을 때는 재량으로 절반까지 형을 감경할 수 있습니다. 따라서 피고인에 대하여는 법률상 징역 3년 6월 이상의 형이 가능합니다.

피고인의 범행은 무거우나, 아직 나이가 어리고 초범인 점 등을 참작해서 피고인에게 작량감경한 형인 징역 5년을 구형하는 바입니다."

결국 요약하면 강도상해죄에 해당하니까 5년 형에 처해 달라는 것이다. 검사는 구형 단계에서도 난잡한 법률 용어를 동원해 설명했다. 용어와 개념 하나라도 틀리면 안 된다는 법조인 특유의 조심스럽고 좀스럽기까지 한 태도가 배어났다. 배심원 한 명은 질린다는 듯 고개를 젓고 있었다.

류지훈은 새파랗게 질렸다. 머릿속으로 예상하는 것과 검사의 입으로 실제 구형을 듣는 것은 다르다. 비록 선고에서 감경될 수 있다 하더라도 '징역 5년'이란 말은 도무지 감당하기 어려웠다.

"변호인, 최종변론하시죠."

판사가 말했고, 윤해성이 일어섰다.

그는 먼저 배심원석을 한 번 죽 둘러보았다. 배심원단 7명과 일일이 눈을 맞추려는 듯하다.

"존경하는 배심원 여러분, 먼저 피고인은 이제 갓 스무 살이 된 어린 청년임을 다시 한번 환기시켜 드리는 바입니다."

윤해성은 말을 던져 놓고는 다시 한번 배심원들을 죽 눈으로 훑었다.

"소년법상 소년이 재판에서 특별취급을 받는다는 사실을 여러분도 잘 아시리라 생각합니다. 소년은 원칙적으로 구속도 되지 않고, 처벌도 훨씬 약합니다. 대개는 형사재판을 받지도 않고 소년보호절차로 넘어갑니다. 이 피고인은 겨우 몇 개월 차이로 그 소년에서 벗어나 이 법정에 서게 된 것입니다."

윤해성은 또다시 말을 멈추었다. 자신의 말이 배심원에게 충분히 전달되도록 시간을 두는 것 같았다.

"소년범에 대한 처벌이 특별히 약한 것은 물론 이유가 있습니다. 무엇보다 아직 어리기에 사회에서는 기회를 주려는 것입니다. 반성하고 이 사회의 건실한 구성원이 되어 올바른 길을 갈 수 있는 기회를 말이죠. 우리의 스무 살 때를 생각해 보면 분명합니다. 얼마나 어리석고 부족했습니까? 피고인도 마찬가지인 것입니다. 더구나 피고인은 이 사건 이전에는 범죄 전력도 전혀 없는 초범입니다. 한 번의 잘못으로 평생의 낙인이 찍히는 건 실로 무서운 일입니다. 그보다 훨씬 못한 성인 범들도 숱하게 갖는 기회를 이 어린 피고인이 가지지 못한다면 너무 가혹합니다. 그 점을 우선 깊이 참작해 주십시오."

박시영은 생각했다.

여기까지는 통상의 변론이다. 이제 더 어떤 게 남아 있지?

거의 졸음에 빠져 들어가는 배심원들. 그때 윤해성이 잠을 깨우는 말을 던졌다.

"피고인은 공소사실을 인정한다고 했습니다. 하지만 범행을 인정하지는 않았습니다."

응? 이게 무슨 소리야?

공소사실을 인정하면 죄를 인정한 거잖아. 그래 놓고 범행을 인정하지 않는다고?

방청석의 박시영은 의아했다.

배심원들은 조금 더 크게 반응한 것 같았다.

모두의 시선이 윤해성에게 모였다.

"피고인은 스쿠터를 훔쳤습니다. 그것은 맞습니다. 즉 피고인은 절도를 했습니다. 그 점은 인정합니다."

그러면?

"문제는 절도가 성립하고 난 다음입니다."

절도의 다음?

"도둑질과 그 뒤에 일어난 사건은 분리해서 봐야 합니다. 피고인이 스쿠터를 타고 가는데 쫓아온 피해자 이현만이 스쿠터를 잡아 넘어뜨려 피고인도 같이 땅에 넘어졌습니다. 조금 전 증인석에 선 모습을 보셨듯이 이현만은 피고인보다 체격이나 힘이 월등한 사람입니다. 피고인은 일어나 그 자리를 벗어나려 했습니다. 하지만 이현만은 피고인의 멱살과 팔을 붙잡았습니다. 즉 피고인에게 폭행을 가한 것입니다. 피고인은 벗어나기 위해 상대를 밀었습니다. 폭행을 피하기 위해 어쩔 수 없이 한 행동입니다. 바로……."

바로?

"정당방위입니다."

정당방위? ……정당방위. 아…… 근데, 뭔가…….

박시영의 의문을 지우듯 윤해성의 말이 쏟아졌다.

"'자신에게 닥친 현재의 침해를 방어하기 위한 행위'이며, 형법 제
23조의 정당방위에 해당합니다. 따라서 이현만을 밀어서 다친 것은
정당방위로 무죄입니다."

변론 내용과는 별개로 박시영은 확실히 느꼈다. 배심원들의 관심도
가 부쩍 상승해 있다. 그들의 몸은 앞으로 기울여졌고, 눈이 생생하게
빛났다. 표정도 진지해져 있다.

법률문외한이라도 '정당방위'를 모르는 사람은 없다.

준강도니, 준강도상해니, 법률의 준용이니, 작량감경이니, 검사가
쏟아 낸 법률용어에 지친 배심원들에게는 가뭄의 단비 같은 말인 것
이다.

'낯선 상황에서 익숙한 개념이 등장하면 거기에 따라 판단하게 된다.'

조금 전, 복도에서 윤해성이 했던 말이 다시 떠올랐다.

그것이 틀리지 않음을 지금 눈앞에서 확인하고 있다.

더구나 윤해성이 펼치는 정당방위 논리는 일견 그럴듯했다.

스쿠터 절도는 인정한다. 하지만 그것과 폭력 사건은 별개다. 류지
훈은 그저 도망가려 했다. 상대를 공격하지 않았다. 그 상황에서 이현
만이 류지훈의 멱살을 잡고 팔을 비틀었다. 류지훈은 벗어나려 이현
만을 밀쳤을 뿐이다.

정당방위처럼 보인다. 어딘가 이상하다는 생각이 들지만, 적어도 이
게 정당방위가 되지 않는다는 논박은 할 수 없었다. 논리 자체로는 틀
리지 않았다.

배심원도 마찬가지일 것이다. 정당방위라는 반갑고 익숙한 개념이

등장했다. 상황도 그걸로 깔끔하게 설명된다. '절도를 한 자가 체포를 면하기 위해 폭행'을 해서 '상해를 입힌' 경우에 법률을 '준용'해서 성립한다는 '준강도상해'보다는, 그저 '정당방위'가 훨씬 이해하기 쉽다. 덩치 좋은 이현만과 여리여리한 류지훈의 시각적 대비 효과도 있다. 정서는 약한 쪽으로 기운다.

이건 먹힐 것 같다.

더구나 배우를 방불케 하는 윤해성의 연출과 연기, 목소리는.

"피고인은 스쿠터를 훔친 사실은 인정합니다. 이현만을 밀친 사실도 인정합니다. 그래서 공소사실을 모두 인정했습니다. 하지만 그게 범죄가 되는지는 다른 문제입니다. 피고인이 어쨌든 스쿠터를 운전해 갔으니 절도죄는 성립합니다. 하지만 뒤이은 폭행은 정당방위이며, 무죄입니다."

윤해성은 마치 배심원들이 잊기라도 할까 봐 한 번 더 정리해서 말했다. 그러고는 덧붙였다.

"그렇다면 절도만 남습니다만, 그 점에 관해서는 어린 피고인의 장래를 생각해서 최대한의 선처를 부탁드리는 바입니다."

윤해성은 말을 마치고 자리에 앉았다.

윤해성은 사건을 단순화했다. 그가 펼친 논리는 맞고 틀리고를 떠나 정서적으로 반가울 것이다. 어쩌면 배심원이 듣고 싶은 말.

검사는 미묘하게 변한 배심원단의 분위기에서 위험을 느낀 모양이다. 자리에서 벌떡 일어났다.

"재판장님, 반론하겠습니다!"

다급함이 느껴지는 목소리였다. 검사의 말이 끝남과 동시에 윤해성이 마치 그 말을 틀어막듯이 말했다.

"검찰의 구형은 아까 끝났습니다. 형사소송 절차상 검사의 발언할 기회는 더 이상 없습니다."

형사소송법을 들먹이는 데야 판사도 도리가 없다. 판사는 검사를 향해 고개를 저었다.

"검찰 순서는 종료되었습니다. 절차상 받아들일 수 없네요."

검사는 자리에 힘없이 앉았다. 입술을 깨물고 있었다.

류지훈은 여전히 울상이었다. 지금 벌어지고 있는 법정의 공방에서 동떨어진 어떤 세계에 가 있는 듯했다. 검사의 '징역 5년' 구형 이후로 류지훈은 반쯤 넋이 나가 있는 것이다.

판사는 류지훈에게 최후 진술하라고 했다.

류지훈은 일어서서 잘못했다, 용서해 달라며 눈물을 흘렸다.

동정을 자아내는 그 모습은 윤해성의 코치에 따라 연습한 것이리라.

"그럼 재판을 모두 마치겠습니다. 배심원 평결이 있은 후 곧 판결을 선고하겠습니다."

판사는 퇴정했다.

박시영은 먼저 법정 밖으로 나가 복도에서 윤해성을 기다렸다.

윤해성이 법정 출입문을 열고 나왔다. 박시영은 윤해성을 따라 걸었다.

"배심원들 표정이 좋던데."

박시영이 엄지를 세워 보였다.

"나쁘진 않은 것 같아."

윤해성은 엄지와 검지로 동그라미를 만들어 보였다.

"검사가 따분한 법률용어 줄줄 읊을 때 거의 잠자던 배심원들이 너의 그 '정당방위' 한마디에 깨어나더라."

"좀 그런 듯."

"근데, 그 상황에서 정당방위 논리는 엉터리 아니야?"

"엉터리지."

"역시."

박시영은 홍, 하고 콧소리를 냈다. 윤해성이 말했다.

"그래도 뭐 경우에 따라선 아닐 수도 있지 않을까."

"설마 정당방위라고 그렇게 뻔뻔스럽게 주장하고 나올 줄은 몰랐어. 법률가로서 민망하지 않았어?"

박시영이 놀리듯 물었다.

윤해성이 빙그레 웃었다.

"그 뻔뻔함을 대놓고 밀어붙이면 먹혀들기도 한단 말이야."

"너의 연기력으로 말이지."

"섭섭한데, 연기라니. 논리적 변론이야."

"재판 중에 정당방위라는 말은 한마디도 안 했잖아. 막판 변론에서 그걸 끄집어낸 것도 전략이었지?"

"재판 중에 그 말을 했다간 검사가 온갖 반론을 들고 나왔겠지. 그럼 배심원들도 헷갈렸을 거고. 그래서 마지막 최후 변론 때 터뜨린 거야. 검사가 다급하게 반론하겠다고 일어선 것 봤지? 하지만 못 했어. 재판 절차상 검사의 발언은 최종 구형이 마지막이니까. 더 이상 말할 기회가 없어. 결국 배심원들한테는 마지막에 변호인이 터트린 '정당방위' 네 글자만 깊게 각인된 거지. 반전 효과 같은 거랄까. 그 상태로 평결에 들어가는 거고."

"흐음……."

박시영은 고개를 끄덕끄덕했다.

윤해성의 '정당방위' 전략은 법리상은 오류일지 모른다. 하지만 낯선 법률용어가 난무하는 가운데 돌연 빛을 발하며 배심원의 마음을 낚아챘다. 시점 또한 유효하고도 적절했다. 먹혀들 것 같다.

그래도.

이런 건 반칙 아냐?

박시영이 막 입을 열려는데 윤해성이 마치 마음을 짚기라도 한 듯 한마디 덧붙였다.

"법리를 이야기하는데, 지금 류지훈이를 강도상해로 처벌하는 게 더 황당하지 않을까?"

박시영은 선뜻 대답하지 못했다.

"정당방위 주장이 먹혀든다면 그건 배심원들을 현혹시켜서가 아닐 거야. 그게 우리의, 시민의 상식에 맞는 정의이기 때문이겠지. 법조문보다 더 위의 어떤 것 말이야."

박시영도 동의할 만한 말이었다. 하지만.

"맞는 말이긴 한데."

"근데?"

"네 입에서 '정의'란 단어가 나오니까 낯설다."

윤해성은 하하하, 크게 웃었다.

그때 송아린이 다가왔다.

"변호사님 수고하셨어요."

"어, 그래요. 아린 씨도 고생했어요."

"이따가 선고 때 뵐게요."

송아린은 꾸벅 인사하고는 멀어져 갔다.

심드렁한 표정이었다.

그저 예의상 인사를 건넸을 뿐 윤해성에 대해 어떤 기대는 없는 모습이었다.

재판의 흐름에 대해 어떠한 느낌도 갖지 못한 것이다.

박시영이 그 뒷모습을 보며 말했다.

"착해 보여."

"응. 저렇게 착한 여친을 두었으니 녀석도 나쁜 놈은 아니겠지?"

박시영이 윤해성을 돌아보며 말했다.

"우린 커피나 한 잔 마시면서 결과를 기다려 볼까?"

"그럴까. 거짓말을 하고 왔더니 목이 칼칼한데?"

윤해성은 박시영의 등을 가볍게 툭 치고는 앞장서 걸었다.

* * *

한 시간 반이 지났을 무렵, 선고가 있을 거라는 통지가 왔다.

윤해성과 박시영이 법정에 들어가 보니 송아린은 벌써 방청석에 앉아 있었다.

류지훈이 들어와 피고인석에 앉아 있었고, 윤해성은 그 옆에 가 앉았다.

7, 8분 후 판사가 법정에 들어왔다.

법정 안에는 조금 전과 달리 검사도 없고, 배심원들도 없다.

텅 빈 법정에는 마치 연극이 끝난 후의 무대처럼 쓸쓸한 느낌마저 감돌았다.

자리에 앉은 판사가 입을 열었다.

"판결을 선고하겠습니다."

류지훈은 입술을 꽉 깨물었다.

로또 발표보다도 긴장된 순간이리라.

최소 3년 6월이라는데.

검사는 5년을 구형했는데.

설마 5년 다 나오진 않겠지?

그래도 사람 마음은, 배심원 마음은 모르는 거니까, 아주 괘씸하게 봤을 수도 있어.

설마…….

머리가 뒤엉켜 있을 터였다.

판사는 느릿하게 말했다.

"배심원단은 6 대 1로 평결이 났습니다."

그러고는 또 잠깐 말을 쉬었다.

애간장을 태워 다시는 법정에 서지 않게 하려는 판사의 의도인 걸까.

류지훈은 초조함이 극에 달해 입술이 보랏빛으로 변색되어 있었다. 눈을 감은 채 지뢰밭에 들어선 기분.

판사의 두툼한 입술이 열렸다.

"배심원 1명은 준강도상해 유죄, 나머지 배심원 6명은 준강도상해는 정당방위로 무죄 평결을 했고, 절도만 유죄로 판단했습니다."

6명이 준강도상해 무죄.

류지훈의 눈이 번쩍 뜨였다.

이제 판사의 판단은?

"이에 본 재판부는 배심원 절대 다수의 의견을 바탕으로 준강도상해는 무죄로 하되, 절도는 유죄로 인정하며, 절도에 대한 형은 역시 배심원단의 의견에 따라 벌금 300만 원에 처하도록 하겠습니다. 피고인은 즉시 석방됩니다."

벌금형!

류지훈은 또 한 번 입술을 잘근 깨물었다.

하지만 이번은 긴장, 초조, 난감함 같은 감정이 아니라 참을 수 없는 기쁨 때문이었다.

석방된다!

그 해방감은 이루 말할 수 없이 컸다. 게다가 집행유예도 아니고 벌금형이라니.

류지훈은 주먹을 불끈 쥐었다 폈다.

아.

방청석에서 작은 탄식이 들렸다.

류지훈의 여자 친구 송아린이었다.

탄식과 거의 동시에 얼굴을 손으로 감싸 쥐었다.

류지훈은 판사를 향해 고개를 푹 숙이며 "감사합니다!" 하고 외쳤다.

몸에 비해 큰 류지훈의 갈색 수의가 펄럭였다.

"크게 선처를 받은 거니까 오늘 석방되면 이제 다시는 절대 나쁜 짓은 하지 말아야 해요."

"네, 네. 정말 감사합니다."

평소 같으면 '꼰대의 훈계'라며 질색했겠지만 이번만은 판사의 훈계에 류지훈은 연신 고개를 꾸벅였다.

판사가 퇴정하고 나서도 류지훈은 맥이 풀려 버린 듯 피고인석에 널브러지듯 앉아 한동안 떠나지 못했다. 교도관들이 옆에 와서야 겨우 정신을 차린 듯했다.

윤해성은 류지훈의 등을 두드렸다.

"수고했어."

류지훈의 눈동자는 풀려 있었다.

그 위로 허리를 굽히고 윤해성이 말했다.

"넌 이제 내 직원이야."

* * *

반포 한강공원에 어스름이 내렸다.

점점이 불이 밝았고, 낮에 잔디밭을 가득 채웠던 사람들은 썰물 빠지듯 사라져 있다.

주차장 안쪽 어둠에 화물차들이 덩치 큰 짐승마냥 웅크리고 있고, 그 사이에 승합차 한 대가 비집고 들어가 있었다.

김 실장은 승용차를 주차장 가운데 세워 두고 번호판을 확인하며 승합차로 다가갔다.

운전석 창문을 통해 임경현의 얼굴을 확인하고는 조수석 문을 열고 올라탔다.

"안녕하십니까!"

기운차게 인사하는 임경현의 얼굴이 좀 탄 듯하다. 강렬한 남미의 태양에 그을린 모양이다.

"조사는 다 끝났습니까?"

"물론입니다."

임경현이 능글거리며 대답했다. 조사 결과물에 자신이 있는 모양새다.

"말해 주시죠."

"이겁니다."

임경현이 서류 봉투를 내밀었다.

김 실장이 봉투를 열어 보니 몇 장의 종이와 사진이 들어 있다.

"조사 보고서하고, 증빙 자료들입니다. 사진도 좀 첨부했지요. 혹시 남미에 안 갔다 온 거 아니냐, 의심하실 수도 있으니까요. 최대한 현장성 있는 걸로 뽑았습니다. 하하하!"

임경현이 웃었지만 김 실장은 호응하지 않았다.

"서류는 천천히 보기로 하고, 일단 구두로 설명을 좀 해 주시죠."

"흠, 흠, 그러죠."

임경현은 헛기침을 하더니 이야기를 시작했다.

"결론부터 말씀드리면, 단명오라는 사람은 믿을 수 없다는 겁니다."

"믿을 수 없다? 어떤 의미죠?"

"멀쩡한 사업가가 아니라, 오히려 거지에 가까웠어요."

"거지?"

"아무튼 결론. 경력은 거짓말이었고, 선생님께서 사업을 같이하실 만한 신뢰가 전혀 없다, 이겁니다."

"구체적으로 말씀해 주시죠."

김 실장이 눈을 가늘게 뜨고 설명을 재촉했다.

"이 단명오란 사람이 15년 전에 파라과이로 가서 농장을 꽤 크게 한 건 사실입니다. 제주시만 하다는 건 엄청나게 과장된 거지만요. 아무튼 사실인 건 딱 거기까지였어요. 농장 운영은 그럭저럭 됐는데, 문제는 단명오가 잔인한 면이 있었나 봅니다. 자잘한 사고를 쳤는데, 결정적인 사건이 일어납니다. 농장에서 일하던 현지인을 채찍으로 때려서 하반신 불구를 만들어 버렸어요. 척추 손상이었죠."

채찍? 불구?

김 실장은 조금 흠칫했다.

단명오는 농장 안에서의 왕 놀이에 심취해 버렸나.

마치 1세기 전의 노예농장을 연상시키는 짓 아닌가.

"경찰이 나섰고, 현지인들 사이에서도 소문이 크게 났나 봐요. 급기야는 뉴스에도 나오고, 반한 여론까지 일 정도가 됐어요. 교민 사회에서도 단명오를 규탄하는 성명을 냈고요. 당시 신문 자료나 사진 같은 건 봉투에 넣어 드린 대룹니다. 결국 단명오는 볼리비아로 도망칩니다. 지금도 파라과이에서는 수배자 신분이에요."

"수배자…… 음. 위험하네요."

"급하게 도망가다 보니 농장도 제대로 정리하지 못했고, 수중에 돈도 없는 신세가 됐죠. 그게 불과 2년 전입니다. 볼리비아 수도인 라파스 근교에 집을 얻어 지냈는데, 해 뜨면 중앙광장에 나가서 관광 온 한국인이나 일본인 상대로 가이드도 하고 등쳐 먹기도 하면서 지나온 모양입니다. 그러다 이번에 한국에 귀국한 거예요. 아마 돈 떨어지니까 한국에 와서 다시 무언가 해 보려 한 거 같습니다. 그러니까 이 인물은 기본적으로 한국에 한탕 하러 왔다고 보시면 돼요."

김 실장은 깍지 낀 양손을 턱에 괴었다. 생각보다 더 허접한 과거가 드러나고 있었다. 임경현이 건넨 봉투를 다시 열어 보니 최근에 볼리비아 라파스 광장에서 지인과 찍은 사진도 몇 장 들어 있다. 허름한 옷차림에 누가 봐도 룸펜의 모습이다.

임경현은 단명오가 귀국한 이유를 제대로 몰랐지만 그건 김 실장이 알고 있다. 양다곤이 영장사건으로 불렀던 것이다. 농장이 망하고 비렁뱅이나 다름없던 처지에 그 전화는 구원의 밧줄 같은 것이었다. 아니, 구원 정도가 아니라 한 재산을 다시 당길 도화선이 될 기회로 여겨졌을 것이다.

단명오는 곧장 한국으로 날아왔다. 그래서 비행기 표는 파라과이가 아니라 볼리비아에서 출발하는 거였고, 거대 농장주라면 탈 법한 비즈니스석이나 퍼스트클래스가 아니라 이코노미석이었다. 그 표마저 있는 돈 박박 긁어모아 구입한 거겠지.

하지만 역시 조사 결과는 아쉬웠다. 단명오가 현재 농장주가 아니고, 파라과이의 수배자로 도망 다니는 신분이며, 교포 사회에서도 배척당하는 인물이라는 것만으로는 치명타가 못 되었다. 어차피 단명오가 올바른 인간이 아니란 건 양다곤과 김 실장 모두 처음부터 알고 있다. 아니, 오히려 그 점을 서로가 이용했다. 이미 엄청난 범죄에 같이 발을 담근 처지다. 그걸 넘어 양다곤의 오랜 신뢰를 깨트릴 만한 사유는 당장 없어 보였다.

"수고했습니다."

"계산서는 여기 있습니다."

임경현은 숫자가 잔뜩 쓰인 종이를 내밀었다. 뒤에는 스테이플러로 찍은 영수증이 빽빽이 붙어 있었다.

"이건 실비 항목이고, 잔금은 이쪽입니다."

항공권, 숙박료, 교통비, 식비 등 실비가 합계 1080만 원, 잔금은 1000만 원이 적혀 있었다.

김 실장은 가방에서 현금 다발을 꺼내 2000만 원을 건넸다. 선금 1000만원은 이미 건넸다.

"우수리는 떼는 걸로 하죠."

임경현의 입이 찢어졌다.

"물론입니다. 역시 처리가 깔끔하시네요. 언제든 필요하시면 또 연락 주십시오. 다음부턴 할인 서비스로 모시겠습니다!"

임경현은 돈뭉치를 탐욕스럽게 가방에 집어넣었다.

* * *

도산대로에 면한 클럽 '틴트'의 플로어.

양건일은 점멸하는 불빛 속에서 몸을 흔들고 있었다. 검은 재킷과 흰 셔츠 차림의 두 친구와 함께였다. 오른손에는 작은 맥주병이 들려 있다. 병 주둥이를 입에 대고 맥주를 홀짝이고는 다시 리듬에 몸을 맡겼다.

기분이 날아갈 듯하다. 조금 전 VIP 룸에서 피운 대마초 덕분인 것 같다.

굉음에 가까운 음악이 그들의 거친 숨결을 모두 지우고 있었다.

어.

바로 뒤에서 여자가 마치 양건일의 리듬에 맞추듯 춤을 추어 댔다.

육감적인 여자.

몽롱한 상태로도 양건일이 받은 인상이었다.

볼륨 넘치는 몸매. 뚜렷한 굴곡. 게다가 포니테일 머리를 한 얼굴은 귀엽다.

양건일의 취향에 딱 들어맞는다.

검은 재킷의 친구를 손짓으로 불렀다. 그가 양건일에게 귀를 대자, 여자를 가리키며 말했다.

"야, 쟤 보이지? 포니테일. 룸으로 데려와."

마치 명령하듯 말하고는 플로어에서 내려와 자신의 룸으로 향했다. 손에는 맥주병을 든 채다.

룸에 앉아 있으려니 잠시 후 문이 열리고 친구 둘과 여자가 들어왔다. 양건일이 씩 웃으며 자신의 옆자리에 앉으라는 듯 손짓했다.

"반가워."

"나도 반가워."

"이름 뭐야?"

"김다인. 너는?"

여자는 방수희였다. 물론 우연한 만남은 아니었다. 이름도 준비한 가명을 댔다.

"반말? 야아, 보이는 대로 대가 센데?"

양건일이 너스레를 떨듯이 양팔을 벌렸다.

"반말 존댓말 따질 거면 여기 앉아 있을 이유 없고."

"아니야, 좋아. 나 그런 꽉 막힌 남자 아니야."

양건일의 기분이 올라갔다. 역시 대마초 덕분이다. 게다가 꽤 자극적인 여자를 만나 버렸다.

"너 꽤 매력 있는데?"

"그래서 다행이라고 해야 하나."

"너무 톡 쏠 건 없잖아?"

"오해가 있네. 일부러 도도하게 굴려고 그런 거 아니야. 이게 원래 내 모습이야."

"차도녀라 이건가."

"그런 건 모르겠구."

방수희는 양건일이 건네는 예거밤을 쭉 들이켜고는 말했다.

"근데, 아직 대답 안 해 줬네. 당신 이름."

"내 이름? 양건일이야."

양건일이 목소리에 자부심을 담아 말했다. 이 이름을 들으면 다들 화들짝 놀랐지.

양건일? 한울 그룹의 후계자인 그 양건일?

그게 항상 보이는 사람들의 반응이었다.

"양건일."

하지만 방수희는 이름을 한 번 되뇌었을 뿐이다. 잘 모르겠다는 눈치다.

양건일이 입을 여는 동안 친구들은 한마디도 하지 않았다. 이들 사이의 절대적인 서열 관계인 모양이었다. 하지만 이 상황은 참을 수 없었나 보다.

양건일의 오른쪽에 앉은 흰 셔츠의 남자가 처음으로 한마디 말했다.

"너 설마, 이 이름을 모르는 거야?"

"모르겠는데."

"야, 얘 정말 시사상식에 관심이 없어도 너무 없네."

"시사에 나오는 이름이야?"

흰 셔츠가 허리를 앞으로 굽히며 말했다.

"잘 외워 둬. 지금은 너처럼 잘 모르는 사람이 있을 수도 있지만 말이야, 이제 곧 대한민국이 다 아는 이름이 될 거야."

"뭐, 63빌딩에서 번지점프라도 할 거야?"

"나 참. 얘가 끝까지 우릴 물로 보네."

검은 재킷이 조금 울컥해서 말했다.

"첨 보는데 물인지 기름인지 알 게 뭐야?"

방수희는 물러서지 않았다. 물로 보는 건 남자들 쪽인지도 모른다. 상대가 누구인지 모른다는 점에서는.

양건일이 팔을 휘둘러 친구들을 제지하고는 말했다.

"너 꽤 자존심이 센 거 같은데."

"그런 건 모른다니까."

방수희는 차분하게 대꾸했다.

"혼자 남자 셋 있는 방에 들어와도 전혀 기죽지 않고."

"겁 안 나는 걸 어떡해? 그런 척해야 하나?"

"센 척하는 것 같지도 않아. 그냥, 진짜 세 보여."

"왜 자꾸 날 평가하지? 내가 그래 달라고 한 적은 없는데."

"네가 맘에 들었단 얘기야."

"그건 다행이라니깐."

"솔직히 말할게."

"응."

"오늘 너하고 같이 있고 싶어."

피식, 방수희가 웃고는 물었다.

"왜?"

"섹시해서."

"그게 용건이었어?"

"아니, 첨에는 그냥 호기심이었어. 난 너처럼 폭발적인 몸매를 좋아
하거든. 근데 네 캐릭터가 맘에 들어. 살쾡이처럼 공격적인 성격. 그런
게 끌리거든. 침대에선 어떨까, 궁금해졌어."

"너야말로 자신감이 대단한데. 처음 보는 여자한테 대놓고 침대 가
자고 밀어붙이네. 옆에 친구들도 있는데."

"친구들은 나하고 그냥 한 몸이라고 생각하면 돼. 부담스러우면 친구
들 다 내보내고 우리끼리 얘기해도 되고. 우린 그 정도 우정은 있거든."

양건일이 두 명의 친구를 번갈아 보며 히죽 웃었고, 두 명의 남자들
은 헤벌쭉해져 있다.

흰 셔츠가 방수희를 보며 말했다.

"너 한울 그룹 알지? 그 전기차 만드는."

"알아."

"이 친구가 한울 그룹의 외아들이야. 곧 그룹을 물려받을 몸이시
라구."

"그래? 미리 축하해."

방수희의 반응은 너무나 평온했다. 놀라 뒤로 넘어갈 줄 알았던 그
들의 기대를 철저히 배반했다. 세 남자는 어리둥절해져 서로 얼굴을
보았다.

검은 재킷이 말했다.

"너 지금 놀란 거 억지로 티 안 내려고 이러는 거지?"

"아닌데. 축하한다고 했잖아."

"반응이 너무 약하잖아. 넌 지금 보통 사람들은 평생에 한 번 볼까 말까 한 재벌 2세를 눈앞에 두고 있는 거라구. 게다가 그 사람이 널 마음에 든다고 말하고 있단 말이야."

"알겠어. 근데 나하곤 무관하잖아. 내가 그룹 물려받을 것도 아니고."

세 남자의 말문이 막혔다. 양건일이 그나마 먼저 입을 열었다.

"너 아예 삐딱선 타기로 인생행로 튼 거냐?"

"그런 건 몰라."

"왠지 우리한테, 그니깐 재벌한테, 남자한테 지기 싫어서 허세 부리는 것 같단 말이야."

"그런 건 아니지만 질 이유도 없겠지."

"질 이유가 없다고?"

"아, 실수, 정정할게. 재벌이라니까 돈으론 못 이기겠다. 하지만 나머진 그렇잖아. 내가 꿀릴 게 뭐가 있겠어? 설마 여자라서? 지기 싫어서 허세 부린다지만 애당초 진다고 생각하질 않았는데 무슨 허세를 부린단 거야."

"흥."

검은 셔츠가 콧방귀를 뀌고는 말했다.

"좋아. 난 마초가 아니야. 요즘 여자들, 사회 진출도 활발하고 능력도 뛰어나단 걸 인정해. 하지만 분명히 안 되는 부분도 있지. 이를테면 체력, 힘. 그런 건 도저히 남자한테 안 되잖아?"

"꼭 그렇다고 할 순 없지."

"그것도 인정 못 한다?"

"정 그렇담, 내기라도 해 볼까?"

"내기라……."

말을 곱씹던 양건일이 후훗 하며 음침하게 웃었다.

"내기 좋지. 정말 자신 있어?"

"물론."

"힘으로 하는 건 비신사적이니까, 스포츠로 하면 어떨까."

"스포츠?"

방수희가 조금 움찔했다.

"당연하지. 여자하고 격투기라도 할 줄 알았어? 어디 보자…… 어떤 경기가 좋을까. 이왕이면 신사적인 스포츠가 좋겠지."

"신사의 스포츠라, 골프 어때?"

방수희가 종목을 먼저 이야기하고 나왔다. 양건일이 골프 마니아라는 정보는 이미 가지고 있다.

"골프?"

양건일의 입가에 비릿한 웃음이 흘렀다. 먹잇감이 제 발로 굴러들어 왔다는 듯한 표정이었다. 그는 곧바로 말했다.

"좋지!"

"18홀은 지루하니까 장타 대결 어때?"

"골프 장타라……."

양건일은 고개를 갸우뚱하더니 조금 생각하다가 말했다.

"그거 나쁘지 않은데?"

양건일은 옆의 친구를 돌아보며 또 한 번 비릿하게 웃었다.

걸려들었다는 의미.

"내기라면 당연히 거는 게 있어야지."

"그것도 당연."

"아까도 말했지만 난 너한테 관심 있어. 더 솔직히 말하면 몸에 관심이 있어. 내가 이기면 나하고 잔다. 어때?"

방수희의 미간에 주름이 쫙 지어졌다. 이 방에 들어와서 처음으로 보이는 격한 반응이었다.

"넌 정말 끝까지 징그럽게 구는구나."

"그래도 좋아. 이 정도 미녀와 자려면 욕먹는 건 감수해야지."

양건일은 눈은 벌써 욕심으로 가득 차 있다.

"네가 이기면 뭘 원해? 조건을 말해. 얼마든지. 백도 좋고, 차도 좋아. 현찰도 물론 좋고."

"조금 전까진 그저 그랬는데 지금은 기분이 상당히 좋지 않아졌어."

"뭐, 그럼 무를 거야? 역시 생각해 보니까 이길 가망이 없어서?"

양건일은 느물느물 방수희를 놀리고 있었다.

이건 100퍼센트 이기는 게임이다. 어떻게든 이 여자를 자극해 이 말도 안 되는 내기에 말려들게 해서 자고 말 것이다, 그런 의지가 활활 불타오르고 있었다. 실로 황당한 제안이지만, 조금 전 이 방에서 피웠던 대마가 이런 괴상한 게임으로 이끌었는지도 모른다.

"아니, 내기를 무르진 않을 거야. 대신 내 맘대로 조건을 내걸 거야."

"뭐야, 말해 봐."

"삭발을 해."

"뭐?"

"들은 대로야. 내가 이기면 네가 삭발을 해. 그게 조건이야."

"삭발?"

"그래야 기분이 좀 풀릴 것 같아."

방수희는 고개를 끄덕였다.

양건일은 어리둥절하게 두 친구를 번갈아 보더니 폭소를 터뜨렸다.

"아하하하하. 좋아, 좋아! 그까짓 것. 하지, 뭐. 어렵겠어?"

하지만 양건일은 삭발할 생각 따윈 추호도 없다. 자신이 분명히 이긴다고 확신하고 있다.

어리석은 여자. 하필이면 골프를 걸고 나오다니.

양건일은 싱글 플레이어다. 그중에서도 특히 장타로 유명하다. 상대가 여자라면 프로 골퍼가 아닌 이상 자신을 장타로 이길 사람은 없다고 믿는다.

잠깐…… 프로?

상대가 프로 골퍼라면?

양건일은 다급히 손을 내저었다.

"너 혹시 LPGA 선수나 뭐 그런 거 아냐? 그건 반칙이야!"

방수희는 고개를 가로저었다.

"그런 거 뭔지도 몰라. 골프채는 어릴 때 몇 번 잡아 본 게 전부야."

"아냐, 아냐. 뭔가 이상해."

양건일은 급기야 흰 셔츠에게 말했다.

"애 이름 한 번 폰으로 검색해 봐. 혹시 골퍼로 등록되어 있지는 않은지."

흰 셔츠가 폰을 몇 번 터치하더니 머리를 저었다.

"아니야. 선수 이름엔 없어."

"그래? 그럼 괜찮고."

양건일은 이를 드러내며 웃었다.

이어 잔을 치켜들었다.

"자, 이걸로 계약 성립!"

방수희도 잔을 들어 부딪혔다.

* * *

며칠 전 일이었다.

윤해성이 방수희를 방으로 불렀다.

그는 방수희와 테이블을 사이에 두고 앉더니 어떤 일을 맡겼다. 그의 진지한 표정이 아니었으면 농담한다고 웃음을 터뜨릴 뻔했다.

"양건일 알지? 양다곤 회장의 아들."

"네."

"머리채를 좀 뜯어다 줘."

"네?"

이 지점에서 방수희는 웃음이 터질 뻔했지만 윤해성의 표정을 보고서 멈추었다.

"머리카락은 왜요?"

"유전자 검사를 해 봐야 해서."

"유전자 검사?"

"유언장에 묻은 핏자국에서 제3자의 유전자가 나왔어. 그게 양다곤의 것일까 싶어 머리카락을 구해서 검사했다는 얘기 했지?"

"그때 서래마을 이자카야에서 들었죠. 장유나 씨 집에 가서 몰래 양다곤의 머리카락 가져왔던 이야기도 했잖아요."

"그래 그 머리카락으로 검사해 보니까 일치하지 않는 걸로 나왔지."

"그럼 유언장에 묻은 건 양다곤 회장의 DNA가 아닌 거잖아요."

"결과만 보면 그런데……."

"그런데?"

"그 머리카락이 양다곤의 것이라는 보장이 없어."

"……그럼 장유나 씨가 혹시?"

"미안한 이야기지만 장유나 씨는 나를 집으로 부를 정도로 자유분방한 여자야. 그 집에서 발견된 남자의 머리카락이 반드시 양다곤의 것이라고는 단정 못 하는 거 아닐까 싶어."

"절대 그렇지 않다고 잘라 말하진 못하겠네요."

"그래서 한 번 더 확인해 보려는 거야."

"양건일을 상대로요?"

"그렇지. 양다곤의 DNA는 당장 확보하기 힘들어. 그나마 장유나 씨 집에 가서 가져온 것도 아주 힘들게 이뤄진 상황이었어. 그래서 생각한 게 그 아들인 양건일이야. DNA 검사로 가족관계도 다 밝혀지는 건 알지? 양건일의 머리카락을 가지고 유언장에 묻은 DNA와 비교해서 검사해 보면 돼. 그러면 그 피가 양다곤의 것인지, 아닌지 명확해질 거야."

"그렇긴 하겠네요."

윤해성은 봉투를 내밀었다.

"이건 기호가 그동안 양건일에 관해 조사해 온 내용들이야. 동선, 자주 가는 곳, 어울리는 친구들, 취향 같은 것들."

방수희는 자료를 건네받았다.

"양건일은 낮에는 골프, 밤에는 유흥이야. 접근하는 방법이나 유전자 정보를 얻어 내는 방법은 수희한테 맡길게. 다만."

"다만 뭐예요?"

"……남녀관계로 접근하지는 말았으면 해."

"변호사님이 그랬듯이요?"

방수희가 말하자 윤해성은 당황해서 더듬거렸다.

"어…… 음…… 아, 나는……."

방수희는 집에 돌아와 욕조에 몸을 담그고 그때 버벅대던 윤해성을 떠올리며 혼자 킥킥 웃었다. 이어 조금 전 클럽에서 있었던 양건일과의 만남을 떠올렸다.

내기를 하게 된 건 다소 예상 밖이었지만 차라리 잘되었어. 다짜고짜 덤벼들어 머리카락을 뜯을 수도 있겠지만 그랬다간 의심을 받을 거야. 왜 굳이 머리카락을 가져갔을까, 하는 의혹을 가지겠지. 하지만 내기를 한다면 그런 의심을 사지 않고 머리카락을 손에 넣을 수 있어. 삭발을 하지 않는다 하더라도 자연스럽게 입수할 수도 있을 테고.

그나저나 골프를 하게 돼서 다행이야.

하긴 양건일이 낮에는 골프로 시간을 보낸다고 했지. 덥석 물 것 같긴 했어.

방수희의 기억은 어린 시절로 잠시 되돌아갔다.

골프를 하다가 그 엄청난 펀치력이 눈에 띄어 격투기로 전향하기 이전의 그 시절로.

* * *

이튿날 오후 2시 30분.

양건일과 두 명의 친구 그리고 방수희가 용인에 위치한 홀리데이 CC의 A코스 18번 홀 티박스 위에 서 있다.

네 사람은 전날 밤의 내기를 이행하러 기어이 이곳에 모인 것이다.

오후의 태양이 머리를 내리쬐었다.

"야. 이거 내 머리가 햇볕을 받는 날도 오늘이 마지막인 거 아냐? 시합을 끝으로 당장 뽑혀 나갈 테니 말이야."

양건일이 드라이버를 휘두르며 너스레를 떨었다. 물론 전혀 마음에 없는 소리다.

방수희는 땅에 세운 드라이버 위에 양손을 얹고 서 있다가 말했다.

"그럴 거야. 골프백에 가위도 넣어 가지고 왔어. 내가 이기면 바로 삭발이야."

"와아, 역시."

하지만 양건일과 두 남자는 왁자지껄하게 웃었다.

"누가 먼저 할까."

"당신이 먼저 해."

방수희가 말했다.

"그러지. 하지만 내가 먼저 하면 기죽어서 더 어려울 텐데."

양건일은 히죽히죽 웃으며 고개를 끄덕였다.

드라이버를 두세 번 더 휘두르는데 위잉 위잉 하는 바람 소리가 났다. 그것만으로도 그가 얼마나 장타자인지 알 수 있다.

"지금 내 스윙 보고 겁나도 취소는 못 해. 이미 늦었어. 내기는 성립."

"취소 안 해. 빨리 치기나 하시지."

방수희는 싸늘하게 말했다.

"좋아, 좋아. 얼음 미녀. 그 매력은 여전한데. 다행이야."

양건일은 타석에 들어서다 말고 뒤돌아 말했다.

"참고로 한 가지만 얘기해 두지. 날 그냥 골프 애호가 중에서 장타 좀 치는 사람 정도로 생각하면 오산이야. 한 번씩 미치면 300야드 가까이 칠 때도 있어. 아득하지? 여자들 장타라고 해 봤자 200 정도가 한계일 텐데, 아예 차원이 다르지. 어때? 이제 좀 실감 나? 얼굴이 하얘지는 거 같은데? 어차피 나한테 이길 가망은 없고. 아, 나한테 안기고 싶어서 내기 핑계를 댄 건가? 그럼 놀랄 필욘 없겠네, 하하하하하!"

양건일은 얄밉게 웃으며 타석에 들어섰다. 광활한 잔디밭, 탁 트인 전망이 그를 맞이했다.

이곳은 조금 짧은 파4홀. 멀리 그린까지는 눈대중으로도 아득하다. 350야드 조금 넘는 거리.

"한 방에 홍콩으로 보내 주지."

양건일은 질척한 농담을 주워섬기며 드라이버를 뒤로 쭉 뺐다.

잠시 허공에 머무는 듯했던 드라이버는 꿈틀하는 양건일의 어깨 근육의 움직임과 동시에 이내 강력한 힘으로 끝이 돌아갔다.

드라이버가 공기를 갈랐다.

위잉.

딱!

바람을 가르는 소리에 뒤이어 경쾌하면서도 둔중한 음이 들렸다.

정확히 드라이버의 핫스팟으로 공을 때리는 소리.

제대로 맞았다.

45도로 뜬 공은 하늘 높이 솟으며 뻗어 갔다.

긴 포물선을 그리며 힘 있게 날던 공은 한참을 가서야 아래로 떨어지기 시작했다.

먼 땅에 떨어진 공은 남은 힘으로 쭉 굴러갔다. 한참을 구르다가 멈춘 곳은 그린을 약 100야드 남겨 둔 곳이었다.

"나이스 샷!"

"나이스 샷!"

양건일을 따라 나온 두 친구의 환호가 터졌다.

"야아, 한 250야드 날아갔겠는데!"

"역시 건일이야!"

아부성 멘트도 빠지지 않았다.

방수희는 드라이버에 양손을 얹고 그 장면을 냉소적인 눈빛으로 바라보고 있었다.

손차양을 만들어 공이 굴러가는 걸 보고 있던 양건일이 뒤를 돌아보았다.

"어때? 좀 놀란 표정이라도 지어 봐."

양건일이 어깨를 으쓱했다.

"놀라긴 했어. 하지만 표정으로 보여 주고 싶진 않아."

"마지막 자존심이라 이거구먼. 좋아. 그것도 이제 마지막일 테니까."

양건일은 부풀어 오른 방수희의 가슴과 허벅지에 음침한 시선을 보냈다.

방수희가 드라이버를 들고 타석에 올랐다.

공을 올려놓고 자세를 잡았다.

휘이.

한 남자가 휘파람을 불었다.

"어이, 방해하지 마. 그랬다간 나중에 지고 나서도 트집 잡을지 몰라."

양건일이 말하고는 킥킥댔다.

방수희는 양건일을 한 번 쳐다보고는 그린 쪽으로 시선을 돌렸다.

이어 공과 조금 떨어져서 가볍게 드라이버를 몇 번 휘둘렀다.

양건일이 또 킥킥댔다. 폼이 엉성했던 탓이다.

"자세 죽인다. 대체 필드에 나가 보긴 한 거냐?"

남자들도 따라 웃었다.

방수희는 대꾸 없이 양건일을 힐끔 보았을 뿐이다.

그린 위에 서서 자리를 잡았다.

공으로 시선을 보냈다.

조금 전과 사뭇 달라진 매서운 눈빛.

연습 스윙도 하지 않았다.

방수희는 곧장 드라이버를 들어 올렸다.

어.

양건일의 입에서 자신도 모르게 낮은 신음이 튀어나왔다.

자세는 여전이 어설펐다. 하지만 드라이버를 뒤로 쭉 빼며 들어 올리는 방수희의 상체에서 순간적으로 활처럼 탱탱한 근육이 불거져 나왔다. 방수희의 다리는 마치 땅에 뿌리를 박은 아름드리나무처럼 조금도 흔들림이 없었다. 근육은 리드미컬하게 움직이며 마치 순식간에 달라붙는 자석퍼즐처럼 최대한의 편치력을 내기 위해 가장 유효적절하게 조합되어 갔다.

수십 년 골프 경력을 가진 양건일의 눈에는 보였다. 이건 보통의 스윙이 아니다. 기술적으로 완벽하지 않을지 모른다. 하지만 거기에 실린 파괴력은 실로 어마어마했다.

방수희는 찰나의 순간 드라이버를 잠시 하늘을 찌를 듯 꼿꼿하게 세웠다가 아래로 휘둘렀다. 마치 장작을 패는 듯한 움직임이었다.

허리케인 같은 태풍이 일었다, 고 양건일은 느꼈다.

탕!

파열음이었다.

골프공이 장작처럼 쪼개져 버린 게 아닐까.

마치 권총이 발사되는 소리 같기도 했다.

공은 엄청난 기세로 튀어 나갔다.

어억!

우와!

놀란 남자들의 탄성이 들렸다.

공이 그린 궤적은 눈으로 보고도 믿기 어려울 만큼 큰 포물선이었다. 방수희가 때린 공은 양건일의 공이 착지한 지점을 훌쩍 넘어 떨어졌고, 그 기세로 한참을 굴러가더니 세로로 길쭉하게 생긴 페어웨이의 끝자락에 올라가 멈추었다.

"어익! 단 한 방에 온 그린!"

"말도 안 돼……."

남자들의 놀람이 이어지는 동안 양건일은 턱이 벌어진 채 아무 말도 하지 못했다.

"이, 이거…… 괴물 아냐?"

겨우 다문 그의 입에서는 엉뚱한 말이 흘러나왔다.

"괴물이라니. 어제는 섹시 미녀라고 했다가, 너무 실례 아니야?"

방수희는 얼음 같은 표정을 풀고 양건일에게 미소를 보냈다.

하지만 더 오싹했다.

마녀?

스윙 자세는 분명 엉성했다.

오로지 힘으로 때린 것이다.

프로 선수도 아니면서 오로지 펀치력만으로 한 방에 300야드를 훌쩍 넘게 날렸다.

이런 여자가 세상에 있을 줄이야.

양건일은 귀신이라도 본 양 그 자리에 얼어붙어 있었다.

"자, 집행해야지."

방수희가 드라이버를 든 채 양건일에게 다가왔다.

"뭐?"

"삭발 말이야."

"아, 아니. 잠깐."

양건일은 양손을 휘휘 내둘렀다.

"그런 걸 정말로 할 생각이야?"

"당연하지. 이제 와서 무슨 소리야."

"아니, 그냥 장난으로 넘겨. 우리 서로 재미있었잖아."

"장난이라니? 내가 졌으면 자자고 했을 거잖아."

"아니, 아니. 장난이라니까."

방수희는 드라이브를 목 뒤로 넘겨 어깨를 휘휘 돌리며 말했다.

"그게 장난이었으면 오늘 이 자리까지 안 나왔겠지? 남들 다 일할 이 시간에 굳이 여기까지 나왔으면 한 번 자 보려고 하는 거잖아."

"아니, 아니라니까."

방수희는 드라이버를 다시 앞으로 되돌리고는 말했다.

"삭발해. 이 자리에서. 튀는 건 안 돼. 다른 날 하겠단 것도 안 돼."

양건일이 정색을 했다.

"얼마면 되겠어?"

"돈, 말하는 거야?"

"그래. 돈으로 보상할게. 말만 해."

"싫은데."

"뭐?"

"난 돈보단 네 대머리가 좋아."

"아, 아니. 그건……."

양건일은 말을 하다가 얼버무렸다. 방수희의 표정을 보았기 때문이다. 장난기가 조금도 없다. 이 여자는 진심이다. 지금 이 자리에서 머리를 깎으려 하고 있다. 골프백에 가위도 가지고 왔다고 했지. 자기가 이길 줄 알고 있었던 거다. 머리가 깎인다면 이 무슨 창피인가. 명색이 한울 그룹의 후계자인데. 주변에 어떻게 해명한단 말인가. 아버지 양 다곤한테는 또 무슨 말을 할 것인가.

방수희가 더 다가왔고, 양건일은 주춤주춤 뒷걸음질 쳤다. 그러다 그만 땅바닥에 넘어지고 말았다. 양건일은 벌떡 일어났다가 바로 뒤돌아 뛰기 시작했다.

이 자리를 벗어나면 그만이다. 한올 그룹으로 돌아가 버리면 더 이상 머리를 깎겠다며 설칠 순 없겠지.

하지만 방수희는 양건일의 움직임을 놓치지 않았다. 바로 뛰어가 양건일의 허리를 잡고 그 자리에 자빠트렸다. 도망치느라 양건일의 균형이 무너져 있었기 때문에 굳이 테이크다운 기술을 쓸 필요도 없었다.

방수희는 엎어진 양건일의 허리에 올라탄 자세였다. 양건일의 친구인 두 남자가 급히 달려왔다.

"그만해, 시팔."

"비켜!"

남자들이 달려들었다. 하지만 방수희는 앉은 채로 옆에 놓인 드라이버를 들고 머리 위로 크게 휘둘렀다.

부웅!

공기를 가르는 소리가 마치 쇳소리처럼 들렸다.

날카롭고도 웅혼한 소리.

두 남자는 새하얘진 얼굴로 뒷걸음질 쳤다.

300야드를 날린 스윙이다. 만약 머리에 맞기라도 했다간 바로 눌린 돼지머리가 될 판이다.

"다치기 싫으면 끼어들지 마. 해치지 않아. 난 계약을 이행하는 것뿐이야."

방수희는 드라이버를 내려놓았다. 이어 왼손으로 양건일의 목을 누르고 오른손으로 양건일의 뒷머리를 잡았다.

"네가 그렇게 싫어하니까 이걸로 삭발은 봐줄게."

방수희는 그렇게 말하면서 오른손에 힘을 주었다.

으악!

단말마의 비명이 들렸다. 양건일이 낸 소리였다. 목이 뒤로 푹 꺾여 있었다.

방수희가 양건일의 뒷머리를 잡아 뜯은 것이었다. 그녀의 오른손에는 뽑혀 나간 양건일의 머리카락이 한 움큼 쥐어 있었다.

방수희는 막 일어서다가 무슨 생각인지 멈추었다.

시야에 들어온 양건일의 뒤통수가 서래마을 술집에서 윤해성이 했던 어떤 이야기를 떠올리게 했다. 어린 시절, 윤해성은 양건일한테 골이 흔들릴 정도로 뒤통수를 얻어맞았다고 했지.

방수희는 왼손 바닥을 펴 들고는 있는 힘껏 양건일의 뒤통수를 때렸다.

으악!

또다시 양건일의 비명이 들렸다.

세계 톱클래스의 격투가 출신이 제대로 갈긴 한 방이었다. 기절하지 않은 것만도 다행이다.

"지금도 나하고 자고 싶니?"

양건일은 뒤통수를 부여잡고 웅크려 있을 뿐 대답이 없었다.

그제야 방수희는 양건일의 등에서 몸을 떼고 일어났다.

양건일의 두 친구는 질린 얼굴로 방수희를 멀거니 쳐다보고 있었다.

* * *

딩동.

현관 벨이 울렸다.

장유나는 인터폰을 들었다.

택배 업체 조끼를 입은 남자가 모니터에 비치고 있다.

'택배 시킨 거 없는데?'

무언가 이상한 낌새를 느꼈다.

"잠시만요."

장유나는 수화기를 내려놓고 현관으로 향했다.

가로 막대를 걸쳐 놓고 문만 빠끔히 열었다.

택배원은 그런 상황이 익숙한지, 문틈으로 팔을 내밀어 조그만 택배 상자를 전달했다.

상당히 가벼운 상자였다. 장유나는 상자를 들고 들어오며 송장을 보았다. 받는 이는 분명히 장유나였고 전화번호도 제대로 적혀 있다. 발송인은 이훈상. 모르는 이름이다.

장유나는 거실 테이블 위에 상자를 놓고 칼을 가져와 스카치테이프를 자르고 개봉했다.

"이거 뭐야. 수수께끼 상자 언박싱인 거야?"

그때까지만 해도 약간의 호기심으로 농담처럼 혼잣말을 했다.

상자를 열어 보니 조그만 USB 메모리가 양면테이프로 박스에 붙어 있다.

메모리를 꺼냈다. 위에 유성펜으로 '1'이라는 숫자가 쓰여 있다.

장유나는 거실 탁자 위 노트북에 연결했다.

메모리에는 동영상 파일 하나가 들어 있었다. 이번에도 '1'이라는 제목이었다. 장유나는 그 파일을 클릭했다.

"어머, 이게 뭐야?"

장유나는 작은 신음을 뱉었다.

영상은 어느 어두침침한 방 안을 비추고 있었다. 한가운데 침대 위에는 여자가 옷을 입은 채 엎드려 있었다. 처음에 흠칫 놀랐지만 다시 보니 사람이 아니라 여자 모습의 인형이었다.

화면으로는 쏴아, 하는 화이트 노이즈만 흘러나올 뿐 다른 소리는 없었다.

이윽고 화면 앞에서 남자 한 명이 안으로 들어왔다.

남자는 침대에 걸터앉아 카메라를 정면으로 보았다.

보통 체구에 야구캡을 썼고, 어두운 방 안인데도 선글라스를 끼고, 마스크를 했다.

흠흠.

한두 번 목청을 가다듬고는 남자가 말했다.

"안녕하세요. 장유나 씨."

주변의 눈치를 보는 듯한 얇고 새된 음성이었다.

"저는 이훈상입니다. 물론 눈치채셨겠지만 가명이고요."

불길했다. 떳떳하지 못하니까 얼굴을 가리고 가명도 쓰는 거겠지.

마치 화면을 보는 장유나의 대답을 기다리기라도 하듯이 조금 틈을 두었다가 말을 이었다.

"전 유나 씨의 열렬한 팬입니다. 예전부터 유나 씨가 출연한 작품은 전부 몇 번이나 보았고, TV 예능프로에 나오신 것까지도 몽땅 찾아보았습니다. 그러니까, 열혈 팬이고요, 저는 유나 씨를 좋, 좋, 좋아, 아니 사랑합니다. 유나 씨."

남자의 말은 갑자기 두서없이 변했고, 불안정해 보였다.

장유나의 미간이 찌푸려졌다. 확 불안감이 들었다.

이런 팬은 없다.

이 남자는 정상이 아니다.

벌써 그런 판단이 내려졌다.

남자도 나름으로는 자신이 서둘렀다고 자각한 모양이다. 헛기침을 하더니 말을 골랐다.

"제가 조금 너무 감정이 격해졌네요. 아무튼, 전 유나 씨를 좋아하는 마음에 이 같은 영상을 보내게 되었습니다. 그 점 이해해 주시길 바라요. 물론 감동해 주시면 더 좋겠죠."

남자는 스스로 감정이 격해진 듯 잠시 입에 손을 대고 있더니 또 말했다.

"유나 씨를 만나고 싶은 마음은 굴뚝같지만, 유나 씨는 스타, 저는 그저 평범한 샐러리맨. 만날 일은 없겠죠. 스크린으로라도 그 모습을 보고 싶은데 요즘은 활동을 하시지 않더군요. 그래서 전 요즘 많이 슬프답니다. 이렇게라도 제 마음을 유나 씨한테 전하고 싶었어요."

이 정도라면 아직 견딜 만해.

그런데 동영상은 아직 꽤 남았다. 무슨 얘길 더 하려는 거지?

남자는 침대 옆에 누운 인형을 손으로 가리켰다.

"이 인형이 유나 씨입니다."

장유나는 주먹으로 입을 막았다. 마치 물벼락을 맞듯 거대한 불쾌감이 온몸을 감쌌다.

"전 외로울 때마다 유나 씨를 안는답니다. 일일이 세어 보진 않았습니다만 매일 외로우니 아마도 매일 안았겠지요."

우욱.

장유나의 입술에서 신음이 배어났다.

"매일 안으면서 전 행복했습니다. 그러면서도 마음 한구석에는 아쉬움이 있더라구요. 유나 씨를 직접 안지는 못하더라도, 유나 씨에게 내가 유나 씨를 얼마나 사랑하고 얼마나 자주 이렇게라도 만나 왔는지를 알게 해야겠다는 강한 욕구가 들었어요. 그래서 이렇게 영상편지를 띄웁니다."

영상편지라고?

그 단어를 이 더러운 상황에 쓰지 마…….

남자는 다시 인형을 가리켰다.

"유나 씨의 분신을 만나 보세요."

장유나가 경악하고 있는데, 남자가 아, 하더니 말했다.

"혹시 고소고발 같은 걸 떠올리시나요? 그런 건 해당이 없어요. 전 실제 사람을 상대로 어떻게 하지 않았어요. 유나 씨 몸에 털끝 하나라도 대지 않았죠. 그저 인형을 가지고 혼자 놀았을 뿐이에요. 인형 놀이가 죄가 아니라는 정도는 아시겠죠? 또 이 인형은 옷도 다 입고 있네요. 이 모습을 찍는다고 음란물이 되는 것도 아니란 거죠. 그러니 이 영상을 보낸다고 해서 음란물 배포죄가 되지도 않아요. 성폭력범죄처벌법 제13조에는 통신매체를 이용한 음란행위죄가 있긴 해요. 하지만 그것도 어디까지나 성적인 영상을 상대방에게 보낸 경우에 해당하죠. 이건 어디로 보나 성적인 영상이 아니겠죠? 제가 매일 만나는 우리 유나 씨도 이렇게 참하게 옷을 걸치고 있고. 전 도란도란 살가운 이야기만 건네고 있으니. 그래도 혹시 몰라서 발신인 이름하고 연락처는 가명으로 했어요. 이해하죠?"

갑자기 법률을 주워섬기는 남자의 태도는 더욱 소름 끼쳤다.

이자는 그저 욕망에 미쳐 날뛰는 멍청이가 아니다. 비열하지만 바보는 아니다. 냉정한 계산하에 이 짓을 하고 있는 것이다.

남자는 앞으로 손을 뻗어 노트북을 들어 화면 안으로 가지고 왔다. 남자 앞쪽에 테이블 같은 게 있고 그 위에 노트북이 부팅 상태로 놓여 있었던 모양이다.

남자는 노트북 모니터를 화면을 향해 돌리고는 '유나 님'라는 이름의 디렉터리를 열었다.

안에는 큰 아이콘의 동영상이 가득 저장돼 있었다. 유나1, 유나2, 유나3…… 이런 이름들이었다.

"이 소중한 영상은 제가 매일 유나 씨와 사랑하면서 촬영한 영상이에요. 어때요? 이렇게나 많답니다. 혹시 좀 감동받으시진 않았나요? 아니면 이걸 보는 유나 씨도 저와 같은 마음일까요?"

장유나는 눈앞이 아득해졌다.

충격, 공포, 놀람. 그 끝에 찾아온 것은 절망이었다.

아아, 더 이상 견딜 수 없어…….

"아, 이 영상을 클릭하진 않을 거예요. 그러면 제 부끄러운 몸짓도 드러날 테고, 그건 조금 야하거든요. 저도 벗고 있고 말이죠. 무엇보다 그런 영상이 이 화면에 뜨면 이 영상은 음란물이 될 수 있어요. 그럼 전 아까 얘기한 성폭력범죄처벌법 제13조의 통신매체를 이용한 음란행위죄에 해당되어 버리니까요. 그건 곤란하죠. 서로를 위해 말이죠. 우린 오래오래 같이해야 하니까 말이죠."

남자는 말을 마치고는 손을 펴 흔들었다.

하루의 안녕을 고하듯이.

"잘 있어요. 유나 씨."

그러고는 말을 덧붙였다.

"안녕. 그럼 또."

이어 영상은 끝이 났다.

장유나는 완전히 넋이 나가 버렸다.

탈진한 상태로 소파에 널브러졌다.

입술이 벌어졌고 동공이 풀렸다.

창밖에 어둠이 내릴 때까지 장유나는 손가락 하나 움직이지 못했다.

* * *

양다곤이 달려왔을 때 장유나의 얼굴은 눈물범벅이었다.

"아니, 세상에, 무슨 이런 미친놈이 다 있어?"

양다곤도 영상을 돌려 보고는 황당해서 할 말을 잃었다.

"그래도 제 혼자 인형하고 논다는데, 편하게 마음먹고 잊어버려."

위로랍시고 양다곤이 한 말이 기름을 부어 버렸다.

장유나는 소리를 버럭 질렀다.

"자긴 무슨 말을 그렇게 정떨어지게 해? 인형을 나라고 생각하고 매일 그 짓을 한다는데, 게다가 그걸 굳이 알리겠다고 영상까지 찍어 보내 왔는데, 맘 편히 잊을 일이야, 그게? 어떻게 그렇게 무심할 수 있어?"

"아니, 무심한 게 아니라, 자기가 신경 쓸까 봐 그러지."

"저 변태 새끼가 매일 내 이름을 붙인 저 인형하고 뒹군다고 생각하며 징그러워 미칠 것 같아! 너무너무 싫어!"

"그래, 그렇겠지."

"게다가 이거 봐. 메모리에도 영상에도 제목이 1이라고 되어 있어. 2탄, 3탄이 나온단 얘기잖아. 마지막엔 '그럼 또'라며 인사했고, 이 개자식은 또 할 거야, 분명히 그럴 거라구!"

"음. 그럴지도 모르지."

"나 미칠 거 같아. 이대론 견딜 수 없어. 숨도 못 쉴 거 같아. 살 수가 없어. 지금도 벌써 이런데 앞으로 버틸 자신이 없어. 이 자식을 어떻게 든 붙잡아. 그리고 처넣어야 해……."

장유나는 말하면서 스스로 지쳐 갔다.

"근데, 잘 모르지만, 녀석의 말대로 법에 안 걸리는 거 아냐?"

"그럼 이대로 있으려구!"

296

"물론 아니지. 일단 경찰에 신고하자. 그리고 회사 법무팀에도 알아보도록 지시할게."

"경찰 신고는 조금 기다려."

장유나는 주춤했다.

"왜?"

"이게 언론에 알려지면 어떻게 되겠어? 사람들이 다 날 위해 줄 거 같아? 동정하는 척하면서 낄낄대겠지. 어떤 놈들은 네가 평소에 야하게 살더니만 이런 일 당하는 거 아니냐, 뭐 이딴 소리도 지껄일 테구. 뻔해. 연예계 생활하면서 이런 일에 여론이 어떻게 흘러가는지는 잘 알아. 그저 가십거리야. 놀림감이 되고, 안줏거리가 될 게 뻔해. 그건 더 싫어."

"그럼 신고하는 문제는 조금 신중하게 생각하지. 우선 법무팀하고 LNK 측에 지시해 놓을게."

"LNK는 피해."

"왜? 그룹의 자문을 맡은 로펌인데?"

"그래 봤자 외부인이잖아. 그 로펌만 해도 사람이 몇 명이야? 이리저리 말 퍼지고…… 전부를 자기 직원들처럼 통제할 수도 없구, 이런 일이 밖으로 새어 나가지 않는다고 어떻게 보장하겠어?"

"그런 위험은 있지."

"자기 회사 법무팀 안에서 믿을 만한 사람으로 알아봐. 그게 좋을 것 같아."

"음. 그러지."

"그리고!"

장유나가 눈물로 범벅이 된 눈을 번쩍 치켜떴다.

"혹시라도 단명오한테는 맡기지 마. 아예 이런 일을 알리지도 말고!"

"단 변호사? 알았어…….'

장유나가 단명오를 얼마나 싫어하는지는 이미 알고 있다. 장유나는 그에게 이 일을 맡기기는커녕 알게 하고 싶지도 않은 것이다. 조롱거리가 되거나 아니면 속으로 고소하다고 쾌재를 부를지도 모른다.

"도대체 이 인간이 내 집 주소는 어떻게 안 걸까?"

"그것도 알아볼게."

양다곤이 대답은 해 놓았지만 사실 알아볼 방법은 없다. 그걸 알아내려면 이 '이훈상'이라는 정체불명의 변태를 붙잡는 수밖에 없다. 하지만 경찰에 신고해도 수배가 가능할까 말까인데, 경찰의 수사력을 빌리지 않고 붙든다는 건 가망이 거의 없는 이야기다.

* * *

한남동 양다곤의 자택.

양다곤이 저녁을 먹고 거실 소파에 앉아 TV를 보고 있으려니 양건일이 현관을 열고 들어왔다.

두 사람은 한집에 살고 있지만 마주치는 일은 많지 않았다. 양다곤이 장유나의 집에 가 있는 때도 많았고, 양건일은 밤에 유흥을 즐기느라 거의 늦게 들어왔다. 가끔 저녁에 양건일이 일찍 들어온다고 해도 곧장 2층의 자기 방으로 올라가 버려 부자지간의 따뜻한 저녁 한 끼 같은 단란한 모습은 거의 연출되지 않았다.

그런데 이날은 양건일이 평소와 달리 곧장 2층 계단으로 향하지 않고 거실로 왔다. 양다곤이 앉은 소파에서 조금 떨어진 의자에 앉았다.

양다곤은 양건일에게 눈길을 보냈다. 용건이 있으면 말하라는 눈짓.

"법무팀 최윤식 부장한테 들었어요. 그분한테 일이 생겼다면서요?"

양건일은 장유나를 '그분'이라고 불렀다. 양다곤도 차마 '어머니'라 든가, 달리 부르라고는 하지 못했다.

양건일이 '그분'이라고 할 땐 늘 잔뜩 비꼬는 억양이었지만 오늘은 달랐다. 아마 처음 정색을 하고 부르는 날일 것이다.

"너도 들었냐? 주변에 알리지 말라고 시켰었는데."

"저도 당연히 알아야죠. 미친놈한테 협박당한 건데 같이 대처해 야죠."

"말이라도 철이 든 거 같아 다행이다."

양건일은 그간 장유나에게 냉담해 왔다. 이해는 간다. 새파란 나이 의 여자가 어머니 자리를 대신하려 하고 있다. 반감이 생길 수밖에 없 다. 더구나 그녀가 양다곤에게 혼인신고를 하자며 조르고 있다는 사 실도 안다. 양건일의 한울 그룹 지배권이나 상속재산을 위협하는 껄 끄러운 존재인 것이다.

하지만 정작 장유나가 이상한 인간한테 협박을 받고 보니 인간적으 로 동정이 가는 모양이다. 녀석도 제법 어른스러워졌는걸.

양다곤은 내심 흡족했다.

"뭐 가족은 아니라 하더라도, 아버지의 사람 아닙니까. 여자 몸으로 그런 일까지 당하니 걱정되죠."

"그러냐."

"그분은 요즘 어떻게 지내나요? 충격이 클 텐데."

"힘들어하지. 밥도 잘 못 먹어. 해코지를 하는 것도 아닌데, 심적 충 격이 컸던 것 같다."

"실제 위협은 없다고 해도 찝찝할 겁니다. 무엇보다 상대를 어쩔 수 없다는 게 클 거예요. 보이지 않는 데서 그런 꼴을 당하는데, 아무것도 할 수 없다는 생각이 사람을 미치게 하는 거죠."

"안 그래도 정신과 치료도 다니고 있어. 별 효과는 없는 모양이다만."

양다곤이 말해 놓고 스스로 혀를 찼다.

"정신과까지요? ……충격이 생각보다 컸던 모양이네요."

"뭐 불면증에, 우울증, 불안증 그런 거라든가? 그 정도 일이면 그냥 잊어버려도 될 텐데, 하여간 아녀자들이란……."

무심코 튀어나온 혼잣말. 이게 양다곤의 본심인 것 같다.

"아무래도 그런 멘탈 문제는 녀석을 잡아야 해결될 겁니다. 경찰에 신고는 하셨어요?"

"법무팀에서 검토하기론 똑떨어지는 형사사건이 안 된다고 해. 애 매하다고. 괜히 신고했다가 수사는 미적대고 소문만 퍼질까 봐 아직 미루고 있다."

"그것참 큰일이네요……."

양건일이 그렇게 말했지만 양다곤에겐 어딘지 건성으로 말하는 것 같이 비쳤다.

하긴, 그동안 장유나와 갈등하던 처지다. 이런 일로 마음까지 움직이진 않을 것이다.

하지만 겉만의 인사치레라도 한다는 건 역시 녀석이 성장했단 얘기겠지.

"근데……."

양다곤이 고개를 쭉 빼서 양건일의 머리 쪽을 보며 말했다.

"너 뒷머리가 왜 그러냐?"

"네?"

조금 전까지 신사를 연기하던 양건일은 느닷없는 양다곤의 말에 당황했다.

"머리숱이 없어. 막 뜯겨 나간 거 같아! 이리 좀 와 봐!"

"아뇨, 그럴 리가요. 아침에 머리 감고서 드라이를 좀 잘못했어요. 그래서 그럴 겁니다."

"이상한데……."

양다곤은 고개를 갸웃했다.

"아무래도 탈모가 온 것 같다. 젊은 나이에 쯧쯧. 술 좀 줄이고 잠 좀 챙겨 먹어라."

"네, 알겠어요."

머쓱해진 양건일은 자신도 모르게 손을 뒷머리로 가져갔다.

그러다가 화들짝 놀랐다.

자신의 손끝으로도 뒤통수가 휑하게 느껴졌던 것이다.

젠장.

무서운 년.

대체 얼마나 쥐어뜯은 거야.

* * *

양건일과 비서실 직원들은 인터콘티넨탈 호텔 뷔페에서 식사를 마치고 우르르 나오고 있었다.

명분은 양다곤의 무혐의 처분을 축하하는 식사 자리.

양다곤 회장과 양건일 상무의 비서실 직원들이 모였고, 물주는 양건일이었다. 물론 결제는 법인카드로 이루어진다.

"축하 자리가 좀 늦었어요. 그동안 다들 수고 많으셨어요."

양건일이 앞서 걸어 나가며 신동우 비서실장에게 말했다.

"아닙니다. 무슨 말씀을요. 상무님이 마음고생이 심하셨죠. 덕분에 오늘은 저희 실 직원들 전부 잘 먹었습니다."

"감사합니다."

"감사해요."

비서실 직원들도 앞다투어 양건일에게 인사했다. 양건일의 어깨가 으쓱 올라갔다. 법인카드로 내는 최대치의 생색.

"회장님 기분이 좋으셔서 요즘 저희들도 일하기 편해요."

한이수가 말했다.

"그렇지? 한 비서가 가장 가까이서 모시니까 역시 회장님 심기를 잘 알 거야."

양건일은 그러면서 결제를 하기 위해 지갑을 꺼냈다.

그 순간 한 중년 여성이 급히 걸어 들어오며 두툼한 루이비통 백으로 양건일의 손을 툭 쳤다. 양건일의 손에서 지갑이 떨어졌다.

"어머, 죄송해요."

중년 여성은 코 위에 걸친 선글라스에 잠깐 손을 대고 사과하더니 안으로 들어가 버렸다.

"이런 씨……."

말하다가 양건일은 뒤를 삼켰다. 직원들 앞에서 욕설을 할 수야 없다.

바로 옆에 있던 한이수가 허리를 굽혀 바닥에 떨어진 양건일의 지갑을 주웠다. 반지갑은 떨어지면서 펼쳐져 있었고, 안에서 노란 포스트잇 한 장이 떨어져 내렸다. 한이수는 포스트잇도 같이 집었다. 주위들면서 얼핏 이름이 보였다.

'설민수.'

그 옆에 전화번호가 적혀 있었다.

양건일은 당황해하면서 황급히 손을 내밀었다.

한이수는 지갑과 포스트잇을 같이 양건일에게 건넸다.

양건일의 몸짓은 확연히 어색했다.

자연스럽지 못했고, 마치 큰일 날 뻔한 사람의 기색이었다.

겨우 지갑이 땅에 떨어졌을 뿐인데. 왜.

한이수는 의아했다.

양건일이 무심하게, 자연스럽게 지갑을 건네받았다면 모든 건 잊혔을지 모른다. 하지만 그의 다급하고도 섣부른 몸짓이 의심의 싹을 틔웠다.

지갑 때문은 당연히 아닐 것이다.

포스트잇 때문일까.

'설민수.'

한이수는 그 이름을 기억했다.

아니, 기억했다기보다 저절로 기억에 남았다.

* * *

"장유나가 완전히 맛이 갔나 봐."

양건일이 말했다.

"아무래도 그렇겠지."

단명오가 사악한 미소를 띠었다.

"인과응보야. 그년은 더 철저히 당해야 해."

박연숙이 말했다.

세 사람은 단명오의 거처인 인터콘티넨탈 호텔 스위트룸에 모여 있었다.

테이블에는 뜨거운 김을 피워 올리는 커피 두 잔과 티 한 잔이 놓여 있다.

"어느 정도래?"

박연숙이 양건일에게 물었다.

"예상대로 지금 단계에서 경찰에 신고는 못 한 모양이야. 어차피 제대로 형사사건도 안 되는 거, 괜히 가십거리가 되는 게 싫겠지. 요즘 밥도 못 먹고 하루하루 시달리는가 보던데요. 정신과 치료까지 받고 있대."

"정신과까지? 호호호호호호!"

박연숙이 통쾌하다는 듯 웃었다.

"우울증에 불면증, 불안장애라든가? 하여튼 병명이 많아."

"어쩌면 당연할 겁니다. 단발성 충격으로 끝나는 게 아니라 또라이가 자신을 정신 강간한다고 생각하면 그걸 어떻게 할 수도 없고 멘탈을 야금야금 갉아먹힐 테니까요."

단명오가 히죽 웃었다.

"전부 단 변호사님 예상대로예요."

박연숙이 단명오를 치켜세우고는 양건일에게 물었다.

"근데 그 또라이 설민수는 어떻게 찾아낸 거야?"

"운이 좋았어. 장유나 팬카페를 뒤져 보는데 유명한 스토커 놈이 있었더라구. 온라인에서 그치지 않고 방송국하고 쫓아다니면서 괴롭혀 왔는데, 하는 짓을 보니 정신병자야. 그러다 2년 전에 장유나가 아버지 후처로 들어앉으면서 사실상 은퇴, 그놈도 어쩔 수 없이 그만두었지. 아예 장유나가 어디 있는지를 알 수가 없게 되었으니까. 이번에 사람 시켜서 녀석을 찾아냈고, 슬쩍 찔러 보니까 여전히 장유나한테 몸이 달아 있더라구. 그래서 주소를 알려 주면서 부추겼지. 그 자식, 좋아서 입이 헤벌쭉하더라."

"정상이 아닌 놈인데 안전할까?"

"맛이 간 놈인 건 맞는데, 장유나에 관해서만이야. 그 일 말고는 정신이 멀쩡하고 계산도 빠른 놈이거든. 경찰에 걸리거나 트집 잡힐 거리는 안 만들 거야. 이번에도 아주 영리하게 괴롭혔잖아. 기대 이상이야."

그러다가 양건일이 겸연쩍은 얼굴을 하고 고개를 갸웃했다.

"왜 그래?"

"어제 약간 께름칙한 일이 있어서."

"뭔데?"

"비서실 직원들 데리고 밥 먹은 후에 계산하다가 지갑을 떨어트렸거든. 거기에 설민수 이름하고 전화번호를 적어 둔 포스트잇을 끼워 두었는데, 그때 누가 그걸 본 거 같아."

"그걸 왜 포스트잇에 적어 놔?"

박연숙이 나무라듯 말했다.

"폰에 입력해 두는 게 더 위험하잖아. 포스트잇에 적어 두고 필요할 때만 연락하려 했는데, 그만 지갑째 같이 떨어져 버려서……."

"비서실 누가 본 거 같아?"

"한이수. 근데 그건 좀 과한 걱정 같아. 영점 몇 초 되는 순간이었어. 또, 우연히 봤다 한들 누가 그런 걸 기억하겠어?"

"한이수라……."

단명오가 눈을 끔벅끔벅했다.

"그래. 그런 건 잊어버려."

박연숙이 아들을 다독였다.

단명오가 말했다.

"그래, 그 정도라면 걱정할 필요 없을 것 같아. 한이수가 너한테 무슨 관심이 있어서 그 순간에 흘깃 본 포스트잇에 적힌 이름을 기억하겠어."

"그렇겠죠?"

"음. 설사, 만에 하나 걸린다 해도, 우리 존재가 드러난다 해도 꺼릴 것은 없어. 형사사건 자체가 안 되는 거니까. 또 우린 녀석의 말을 부정해 버리면 그만이야. 놈은 누가 봐도 정신이상자잖아? 그런 놈의 말을 믿어 줄 리가 없지."

박연숙은 아들과 단명오의 대화에 고개를 끄덕끄덕하다가 말했다.

"일단 어느 정돈 목적을 달성한 것 같아요."

"'어느 정도'라……."

"당연히 이걸론 만족 못 하죠. 내 목표는 장유나를 완전히 묻어 버리는 거예요. 정신과 치료를 받게 하는 정도가 아니라."

"어련하시겠습니까."

단명오는 이를 드러내고 웃었다.

"그럼 설민수를 더 살살 긁어 볼까요?"

* * *

"설민수 씨 퇴근 안 해?"

과장이 웃옷을 걸쳐 입으며 말했다.

"전 일 마무리하고 갈게요. 과장님 먼저 들어가십시오."

설민수는 빨려 들듯이 노려보고 있던 모니터에서 눈을 떼고 말했다.

뿔테 안경을 쓴 평범한 얼굴. 장유나가 받은 영상에서 흘러나오던 그 얇고 새된 목소리.

"역시 설민수 씨가 일은 참 열심이야."

과장은 엄지를 척 내밀었다.

일을 열심히 하는 보통 체구의 눈에 띄지 않는 남자.

어디서건 결코 일인자였던 적이 없으며, 물의를 일으키지도 않고, 조직 어디서나 볼 수 있는 그렇고 그런 사람.

그런 위치는 설민수 스스로가 원한 것인지도 몰랐다.

그의 인생 목표는 조직에서 위로 올라가는 게 아니었으니까.

내려다보는 세상은 그의 관심사가 아니었다.

누구도 알지 못하는 도락. 그것이야말로 그 인생의 지향이었다. 승진에 뒤처지면서도 웃을 수 있는 내밀한 우월감의 바탕이었다.

멍청한 것들. 아무도 눈 돌리지 않는 곳에서 난 쾌락을 독점하겠어.

과장이 마지막으로 나가고, 이제 사무실에는 아무도 없다.

설민수는 USB 메모리를 꺼내 컴퓨터에 꽂았다.

메모리 안에 저장된 파일을 선택해 인쇄를 눌렀다.

위잉 위잉.

곧 대형 프린터가 출력물을 토해 냈다.

지켜보던 설민수는 안달 난 웃음을 지었다.

쉬 마려운 강아지 같은, 생선을 물어뜯기 직전의 고양이 같은 모습이었다.

프린터에서 튀어나온 종이에는 여자 얼굴이 커다랗게 인쇄되어 있었다.

* * *

퇴근 시간, 한울 그룹의 지하 주차장.

보안을 무엇보다 중요하게 여기는 양다곤은 늘 지하 주차장에서 차에 올라 퇴근한다.

"임 기사 조금 이따가 출발하지."

막 액셀을 밟으려는 기사에게 양다곤이 말했다.

앞좌석과는 방음유리로 구분돼 있지만 유리 가운데 부분에는 조그맣게 마이크가 달려 있다. 그걸 통해서 대화가 이루어진다.

운전기사도 극도의 엄격한 심사를 거치고 비서실과 양다곤의 이중 면접을 통해 선발했지만, 그래도 다는 믿지 않는 것이다.

이런 극도의 조심성 때문에 양다곤이 지금껏 살아남았는지도 모른다.

회장 전용차인 한올 모터스 최고급 사양 아스트로 리무진에 올라탄 양다곤은 막 출발하려는 기사에게 조금 기다릴 것을 지시하고 있다. 이날따라 수행원도 없이 혼자 타 있다.

3분쯤 후, 누군가가 다가왔다. 양다곤이 앉은 반대편 도어를 열고 차에 올라탔다.

"늦어서 죄송합니다. 회장님."

얼굴에 흉터가 있는 남자는 양다곤에게 꾸벅 머리를 숙였다. 김 실장이었다.

그의 손에는 누런 서류 봉투가 들려 있었다.

"음."

양다곤은 기사에게 차를 출발하도록 하고는 김 실장에게 물었다.

"무슨 일이야?"

김 실장은 기사 쪽을 힐긋 보았다. 양다곤이 말했다.

"마이크 스위치는 껐어. 방음 상태야. 맘대로 얘기해도 돼."

그제야 김 실장이 입이 열렸다.

"단명오 변호사에 관한 이야기입니다."

"단 변호사?"

양다곤의 눈썹이 올라갔다.

"네. 회장님이 꼭 아셔야 할 사항이라 말씀드리러 왔습니다."

"내가 꼭 알아야 할 일이라…… 말해 보게."

"단 변호사의 경력이 거짓말인 것 같습니다. 적어도 지금 기준으로는요."

"경력이 거짓말이라고? 무슨 말이야."

김 실장은 임경현으로부터 들은 정보를 자세히 알렸다.

단명오가 파라과이에서 농장을 하다가 사람을 불구로 만들고 볼리비아로 도주해 수배를 받는 입장이며, 한 푼도 없는 상태라는 것까지.

"현지 교민 사회에서도 완전히 아웃된 모양입니다."

"흠…… 그런 일이 있었나."

"회장님은 모르시겠지만 남미에서 불러온 수상한 인물도 단 변호사 옆에 있습니다."

마테오 이야기다. 김정면을 황천길로 보낸 그 킬러.

"남미 애도 있다고?"

"아마도 현지 마피아와도 연계된 인물 같습니다."

"마피아라……."

"도망자 신세였던 단명오 변호사는 회장님이 부르자 얼씨구나 하고 날아온 겁니다. 회장님을 도우러 온 게 아니라 회장님을 이용해서 재기의 기회를 엿보는 것 같습니다. 단 변호사는 아시다시피 굉장한 야심가죠. 그게 변했을 리는 없을 테고요. 아무래도 단 변호사하고는 거리를 두고 조심하셔야 할 것 같습니다."

"으음…… 어쩐지 큰 농장을 한다면서도 당체 돌아갈 생각을 않더라니."

"조사 결과는 이 봉투에 다 들어 있습니다. 회장님께서 확인해 보셔도 좋습니다."

김 실장이 서류 봉투를 내밀었다. 임경현으로부터 받은 자료 그대로다.

양다곤은 봉투를 받아 옆자리 빈 공간에 두었다.

팔짱을 끼고는 생각에 잠겼다.

"알았어. 나도 단명오를 한국에 부르면서도 어딘가 조마조마했어. 자네가 수고했네."

차는 테헤란로 어디쯤엔가 멈췄고, 김 실장이 내렸다.

양다곤의 미간에 깊은 주름이 새겨져 있었다.

* * *

딩동.

현관 벨이 울렸다.

장유나는 소스라치게 놀랐다. 지난번 택배로 메모리가 배달되어 온 이후로 벨 소리에 노이로제가 생겼다.

인터폰 모니터로 보니 택배기사다.

가슴이 철렁했다. 택배 올 것은 없었다. 지난번 사건 이후로 트라우마가 생겨 택배로 올 주문 자체를 하지 않았다.

또 왔다.

떨리는 손으로 현관문을 열었다.

긴장한 나머지 막대 바를 거는 것조차 잊었다.

택배 상자를 건네받자마자 알 수 있었다.

마치 깃털이 든 것처럼 가벼운 상자. 그놈이다.

발신인은 역시 '이훈상'으로 되어 있다. 주소와 전화번호가 있지만 어차피 거짓이다.

상자를 들고 거실로 오는 동안 손이 와들와들 떨리고 있었다. 무릎에 힘이 다 빠져 걸음을 떼는 것도 힘들었다.

이 상자에는 틀림없이 지난번처럼 대단히 불쾌한 물건이 들어 있을 것이야. 그건 다시 한번 내 마음을 깨부술 거야.

알면서도 상자를 열지 않을 수는 없었다. 어떤 불가항력적인 힘이 칼을 가져와 상자를 열도록 만들었다.

상자 밑바닥에는 지난번처럼 USB 메모리가 스카치테이프로 붙어 있었다. '2'라고 쓰여 있다. 장유나는 메모리를 떼서 노트북에 끼웠다. 손이 자꾸만 빗나가서 여러 번 시도해야 했다.

'2'라는 제목의 동영상 파일이 있었다.

역시 지난번의 어두침침한 방 안이 비쳤다.

침대 위에 인형이 누워 있었다. 지난번과 달리 거의 발가벗은 상태다. 속옷을 걸쳤지만 갈기갈기 찢겨 있다.

완전히 모습을 갖춘 성인형. 리얼돌이라고도 불리는 그 물건.

손끝이 부들거렸다. 하지만 화면에서 눈을 뗄 수는 없었다.

인형의 뒤편에서 남자가 등장했다. 위에는 면 티셔츠를 입었고 아랫도리는 발가벗은 채였다. 그놈이었다.

남자는 인형의 뒤로 가더니 엉덩이를 대고 왔다 갔다 하기 시작했다.

"흡!"

장유나는 주먹을 거의 입에 넣을 만큼 대고 화면에 집중했다. 극도의 혐오 속에서도 눈을 떼지 못했다. 확인해야 했다. 이 미친 남자의 끝을.

경악과 공포에 질린 자신의 얼굴이 모니터에 비쳐 거슬렸다.

남자는 몇 번 왕복하더니 뒤로 물러났다.

남자가 화면에서 사라지고 한동안 여자 모양의 인형만이 비쳤다.

유심히 보니, 이미 수십 차례, 아니 그 이상 그 짓을 한 듯 인형은 무디고 낡아 있었다.

카메라가 서서히 돌기 시작했다.

인형의 왼쪽으로 침대를 돌았고, 서서히 인형의 얼굴 쪽으로 렌즈가 다가갔다.

그 속도는 너무나 느렸기에 장유나는 빨리 감기를 하고 싶은 충동을 느꼈다.

카메라가 완전히 인형의 얼굴을 향한 순간.

"으악!"

장유나는 비명을 지르며 화들짝 놀라 뒤로 넘어갔다.

인형의 얼굴 위에는 장유나의 얼굴 사진이 커다랗게 붙어 있었다.

* * *

장유나가 이람 법률사무소를 들어섰을 때, 전기호는 금세 알아보지 못했다.

수수한 옷차림 때문만은 아니었다.

한 발짝 뗄 때마다 LED 조명처럼 주변을 밝히던 미모는 빛을 잃었고, 초췌함만이 가득했다.

힘없는 발걸음, 우울하게 처진 입술. 염세주의 영화를 찍으러 온 거라면 더할 나위 없는 표정이었겠지만 그건 아니었다.

"장유나 배우님?"

겨우 알아본 전기호가 말을 건넸지만 장유나는 힘없이 미소 비슷한 것을 만들어 보였을 뿐이다.

방수희도 심상치 않은 기색을 느꼈다.

"물 한 잔 드려요?"

"아뇨, 괜찮아요. 조금 전에 커피를 잔뜩 마시고 왔어요. 그냥 변호사님 만나서 잠깐 얘기만 하고 갈 거예요."

"잠시만 기다리세요."

방수희는 빠른 걸음으로 윤해성의 방으로 들어갔다.

"장유나 씨가 왔는데요. 상태가 좀 심상치 않아요."

"응? 그래?"

윤해성은 급히 일어나 밖으로 나왔다.

장유나를 본 윤해성은 깜짝 놀랐다.

"아니, 왜 이렇게 살이 빠지셨어요?"

뺨이 홀쭉하게 들어가 있고 눈은 퀭했다.

윤해성의 걱정스러운 목소리를 들은 장유나의 눈에 갑자기 눈물이 맺혔다.

"어, 어. 괜찮으세요?"

윤해성이 놀라 물었고, 방수희와 전기호도 걱정스레 쳐다보았다.

"네…… 괜찮아요."

힘이 다 빠져 버린 장유나의 음성.

"어, 어서 안으로 들어가시죠."

윤해성은 당황해서 다급히 장유나를 방으로 안내했다.

들어가며 전기호와 방수희에게 눈을 끔뻑하며 머리를 저었다.

오늘은 방문에 귀를 대고 듣지 말라는 신호였다.

하지만 윤해성의 방문이 닫히자마자, 전기호와 방수희는 누가 먼저랄 것도 없이 고목나무의 매미처럼 문에 찰싹 달라붙었다.

"차 한 잔 드릴까요?"

"아뇨. 괜찮아요."

장유나는 백을 옆 의자에 놓고 자리에 앉았다. 윤해성도 마주 앉았다.

"무슨 일 있으세요?"

윤해성이 놀란 눈을 하고서 물었다. 장유나는 대답 없이 빨개진 눈으로 윤해성을 한참 바라보더니 돌연 팔에 얼굴을 묻었다. 어깨가 들썩였다. 오열하고 있다.

어쩐지. 들어오자마자 울 것 같았다.

윤해성은 일어서서 장유나의 옆으로 가 앉았다.

우는 이유는 알 수 없지만 지금은 그게 중요하지 않다. 윤해성은 팔을 살포시 뻗어 장유나의 어깨를 감싸 안아 마치 어린아이를 달래듯이 톡톡 두드렸다.

어느 정도 시간이 흐른 다음 장유나가 고개를 들었다. 백에서 손수건을 꺼내 눈물을 찍어 냈다.

"나 바보지?"

"아니에요. 뭔지 모르지만 일단 실컷 울어요."

"아아, 왠지는 모르겠지만 해성 씨한테 오니까 맘이 좀 편해졌어. 진작 여기 올걸 그랬나 봐."

'윤 변호사님'에서 '해성 씨'로 호칭이 바뀌어 있다. 마주 보다가 옆에 앉으니 더 심리적으로 가까워졌는지 모른다.

윤해성은 장유나가 마음을 가라앉히고 입을 열 때까지 기다려 주었다.

장유나는 호흡을 고르더니 조심스럽게 말머리를 꺼냈다.

"나 정신과 다녀오는 길이에요……."

"정신과요?"

장유나는 백에서 두툼한 약봉지를 꺼냈다.

"이게 요즘 내가 타 먹고 있는 약들이야. 이거 없인 잠도 못 자겠고, 가슴이 두근거려서 살 수가 없어……."

"대체 무슨 일이길래?"

장유나의 뺨 위로 눈물이 다시 흘렀다. 그녀는 중간중간 눈물을 닦고 울음을 삼키면서 자초지종을 이야기했다.

윤해성은 끼어들지 않고 끝까지 이야기를 들었다.

급기야 장유나는 분개한 어조로 말했다.

"……두 번째는 그 새끼가 내 사진을 출력해서 인형 얼굴에 붙여 놨어. 그러곤 인형하고 그 더러운 짓거리를 하는 거야…… 첫 번째 영상만 봤을 때도 견디기 힘들었는데, 그거 보고 나니까 도저히 맨정신으로 있을 수가 없었어……."

"뭐 그런 변태 자식이……."

"오늘 밤에도 내 사진 붙인 인형하고 그 짓거리 할 생각하면 머리끝이 쭈뼛 서는 게 미치겠어. 내 머리가 어떻게 될 거 같아."

"경찰에는 신고했어요? 첫 번째는 몰라도 두 번째는 명백히 범죄 행위예요. 음란물을 우편으로 보냈으니까 성폭력범죄특별법 위반입니다. 게다가 영상 보내는 일이 반복됐기 때문에 스토킹처벌법에도 해당돼요."

"그래서 이번엔 경찰에 신고했어. 제발 언론에 알리지 말고 비밀리에 수사를 해 달라고 특별히 부탁도 했구. 근데 그 뒤로 아무 소식이 없어. 전혀 감도 못 잡고 있나 봐. 처음 신고할 때부터 경찰이 자신 없어 하는 게 보이더라고, 얼굴 다 가리고 신상 숨겼는데 무슨 수로 찾아내냐고. 혼자 며칠을 머리 싸매고 있다가 해성 씨가 생각나서 온 거야."

"잘 왔어요."

"나 해성 씨가 미운 구석 있는 거 알지? 그래서 여긴 안 오려고 했어.

남편한테 얘기해서 회사 법무팀에서 좀 해결해 달라고 해 보기도 했고. 그래도 결국은 해성 씨 생각이 나더라. 어쨌든 내 언니 사건을 멋지게 해결해 주었잖아."

장유나는 이제 온전히 반말이었다. 정신적으로 완전히 지쳐 버려 거추장스러운 예의 따위는 갖출 힘이 남아 있지 않은 듯했다.

"나중에는 그런 걱정까지 들어. 혹시 이 변태 자식이 이런 걸 영상으로 만들어서 인터넷에 퍼뜨리지 않을까, 하는 거 말이야."

장유나가 충분히 가질 수 있는 공포다.

"막아야지."

윤해성의 단호한 말이 힘을 준 것 같다. 장유나의 얼굴이 조금 펴졌다.

"잡을 수 있을까?"

"내가 한다면."

장유나의 얼굴이 조금 더 펴졌다.

"그래! 역시 해성 씨야. 이렇게 자신 있게 말하는 사람도 처음이었어!"

장유나는 거의 웃음기까지 띠었다. 정서가 불안정하긴 한 것 같다.

"이번 일엔 사람도 좀 써야 할 것 같아."

"괜찮아. 비용은 얼마가 들어도 좋아. 그 자식을 잡기만 한다면 보수는 최대한 주도록 할게."

"양 회장님이 준다면 받아. 하지만 유나 씨가 주는 돈은 안 받을 거야."

"그게 무슨 소리야. 어떻게 그래."

"내가 유나 씨한테 미안한 것도 있으니까."

장유나는 윤해성을 물끄러미 바라보았다.

고개를 가늘게 끄덕이고는 말했다.

"만약에 잡힌다면 그 변태는 몇 년 정도 감방에 가게 돼?"

"……꼭 간다는 보장은 없어."

"그럼?"

"집행유예 받을 수도 있어. 운 좋으면 벌금형도 되고."

"집행유예? 그런 인간이?"

"분통 터지겠지. 하지만 어쩔 수 없어. 그저 다시는 그 짓 못 하게 될 거라는 정도로 만족해야지."

"너무 약해……."

장유나는 분한 듯 조그만 주먹을 불끈 쥐었다.

"하지만 한 번 체포되고 집행유예라도 받으면 다시는 꿈도 못 꾸겠지?"

"물론. 그리고."

"그리고?"

"법이 못 하면 내가 그렇게 만들 거야."

그 말에 장유나가 소리 내 웃었다.

"해성 씨 덕분에 그 사건 이후론 처음 웃게 되네."

윤해성이 물었다.

"이 사건을 아는 사람이 누가 있어?"

"그이하고, 법무팀 쪽 사람들 정도. 아, 이수 씨도 안다. 내가 하도 마음이 힘들어서 이수 씨 불러서 푸념했거든."

"LNK가 맡아서 하지는 않았어? 회사 자문변호산데."

"외부로 얘기가 샐까 봐 거기는 맡기지 말라고 했어."

"단명오 변호사는?"

"엑! 그 인간은 안 돼. 아마 모를 거야. 내가 그이한테 알리지 말라고 했거든."

"역시 내가 나설 수밖에 없겠는데."

윤해성은 어쩔 수 없다는 듯 뒷목을 탁탁 두드렸다.

장유나는 미소를 머금었다.

윤해성 변호사.

삐딱한 인간인 것 같지만 왠지 믿음을 줘.

그 엄청난 재력을 가진 양다곤도, 교활하기 그지없는 단명오도, 한국 최고의 로펌이라는 LNK도 주지 못하는 어떤 확실한 믿음을.

조금은 기운이 회복되는 것 같았다.

* * *

양건일의 차는 마포 성산대교 북단을 달리고 있었다. 달린다기보다 퇴근길에 부쩍 많아진 교통량 때문에 가다 서기를 반복하고 있었다. 조수석에는 박연숙을 막 태운 참이다.

"엄마, 일찍 퇴근했네."

"오늘은 회사 일이 좀 한가했어."

"요즘 의류 쪽 경기가 안 좋지."

"힘들어. 중국 쪽 물량도 쏟아져 들어오고. 아예 중국으로 공장을 이전해야 할까 봐."

양건일이 차를 내부순환도로로 진입시키느라 잠시 대화가 끊겼다.

도로에 안착한 후 박연숙이 다시 입을 열었다.

"설민수는 시키는 대로 잘 했지? 장유나한테 영상은 제대로 도착했고?"

"그렇긴 했는데……."

"잘했어. 두 번 세 번 반복해야 정신을 완전히 망가뜨릴 수 있어. 언제까지 이어질지 모른다는 불안감이 사람을 좀먹는 거거든."

318

"엄만 하여튼 그런 쪽으론 최고야."

"장유나 그 계집애는 절대 그냥 둘 수 없어. 다 너를 위해서야."

양건일은 잠시 침묵하다가 핸들을 툭 쳤다.

"젠장, 설민수 자식이 이번엔 또라이 짓을 했어!"

마치 도저히 못 참고 말해야겠다는 듯한 몸짓이었다.

"왜?"

"회사 법무팀 쪽에 슬쩍 알아봤거든. 자식이 이번엔 아예 야동을 찍어서 보냈나 봐. 하여간 변태 새끼하곤 일하면 안 된다니까!"

"야동처럼? 그럼 좀 위험한 거 아니니?"

박연숙의 목소리 톤이 조금 올라갔다.

"그렇지. 형사 문제가 되니까. 안 그래도 장유나가 경찰에 신고까지 했나 봐."

"저런. 경찰이 끼어들면 안 되는데."

박연숙이 걱정했다.

"걱정할 정도까진 아니야. 경찰이 수사한대도 추적당할 만한 꼬투리는 전혀 없으니까. 설민수가 뻘짓만 하지 않으면 괜찮아."

"정말 괜찮을까?"

"응. 이대로 한동안 잠잠히 있기만 하면 돼."

하지만 양건일은 불안한 기색이었다.

철저히 계산으로만 되지 않는 인간이 끼여 있으니 문제야.

해괴한 충동으로 움직이는 인간. 전대미문의 변태.

설민수는 부추기긴 쉽지만 완벽히 통제할 수 있는 인간은 아니었다.

그게 이번 일의 리스크였다.

* * *

은퇴했던 배우 장유나, 돌연 입원, 그녀에게 무슨 일이?

《이스포츠연예투데이》라는 긴 이름의 매체에서 이런 제목의 기사를 가장 먼저 띄웠고, 이어 비슷한 제목을 단 기사들이 줄줄이 달렸다.

장유나가 갑자기 병원에 입원했으며, 병명은 확인되지 않았으나 상당한 정신적 충격을 받은 상태로 보이고, 정확한 입원 사유나 어느 정도 아픈지는 미스터리여서 주변의 걱정과 관심을 불러일으키고 있다.

대충 요약하면 이런 내용이었다. 별 내용이 없었지만 장유나가 한때 미모만으로 숱한 관심의 대상이었던 때문인지 돌연 은퇴 후 오랜만에 들린 소식이라 꽤 주목을 받은 기사였다. 혹시 극단적 선택을 한 건 아니었을까, 하는 호기심을 은근히 유발하는 뉘앙스이기도 했다.

이 기사는 물론 의도된 것이었다. 장유나로 하여금 병원에 입원하게 하고 언론에 슬쩍 흘린 것이다. 박시영을 통해 그 지인인 스포츠지 기자에게 받아쓰게 만들었다. 이례적으로 장유나가 입원한 병원 이름까지 공개하도록 했다.

"왜 이렇게 해야 해? 언론이 아는 건 절대 싫은데."

처음에는 장유나가 거부했다.

윤해성은 설득했다.

"성인형 사건이라든지 하는 부분은 빼고 알릴 거야. 그저 몸이 안 좋아서 입원한다는 정도로만 나가게 할 거니까 걱정 말고."

"입원은 왜 하는 거야? 그 정도까진 아닌데."

"범인이 유나 씨가 자기 영상을 받고 어떤 반응을 보이는지를 굉장히 신경 쓰고 있는 게 느껴져. 처음에는 그냥 말로 이렇게 저렇게 설명했다가 두 번째는 인형과 직접 그 짓을 하는 영상을 보내왔어. 첫 번째 이후에 유나 씨가 아무런 반응을 보이지 않고 언론도 경찰도 움직이지 않는 것 같으니까 자신감을 얻었겠지만 한편으로는 반응이 없어 재미를 느끼지도 못했던 것 같아. 그래서 두 번째는 분명히 형사사건이 될 수 있는 음란물까지 만들어서 보냈어. '이래도?' 하는 거지. 유나 씨의 반응을, 괴로워하는 모습을 보고 싶은 거야."

"……그런 걸까? 뭐 그런 인간이 있어?"

"그래서 변태인 거지. 녀석은 자기의 영상을 받고 유나 씨가 쓰러지든 어떻든 반응하는 걸 보고 즐기면서 어떤 자극을 받는 건지도 몰라."

"정말 징그럽다……."

"그래서 입원하고 언론에 그 정도만 슬쩍 내보낼 거야. 그럼 녀석은 일단 만족하겠지. 하지만 한편으론 갈증에 시달릴 거야. 입원했다는데 무슨 병명인지, 어느 정도 아픈지, 충격을 얼마만큼 받았는지 알고 싶을 거야. 첫 번째 영상 이후에 참지 못하고서 위험을 무릅쓰고 두 번째 영상을 보낸 놈이야. 그런 걸 보면 입원 기사에도 참지 못하고 어떤 식으로든 행동에 나설 가능성이 있어. 그때 단서를 드러낼 거야. 틀림없어. 이건 인간의 심리고, 심리는 과학이니까. 그때 기다렸다가 녀석을 추적하는 거지."

"병원에 찾아올까?"

"두 가지 가능성인데, 찾아오든지 아니면 다시 우편물을 보내든지. 근데 난 찾아올 가능성이 훨씬 높다고 봐. 병원은 공개된 곳이라 출입이 쉽고, 슬쩍 유나 씨의 상태만 확인하고 가도 목적은 달성하는 거거든. 또 그동안 잠적했던 장유나를 직접 볼 절호의 기회잖아? 이 상황에서 굳이 또 우편물을 보내기보단 유나 씨를 직접 보러 올 가능성이 높아."

"무서워."

"걱정하지 마. 우리 사람은 물론이고 한울 그룹 사람들도 동원해서 병실을 몰래 지킬 테니까."

장유나는 수긍했고, 한울 그룹이 운영하는 목동 소재 대형 종합병원에 곧장 입원했다. 잠복하는 데에 병원의 협조를 얻기 쉬워서였다. 양다곤과 관계있는 병원이라 장유나는 꺼림칙해했지만 윤해성은 앞서 간 걱정이라며 일축했다.

과연 범인은 자신이 한 짓의 결과물을 확인하러 올 것인가.

쾌락을 남김없이 즐기러 방문할 것인가.

만약 온다면 언론 보도가 있고 난 뒤 2, 3일 안일 거라고 생각했다. 윤해성은 한울 그룹 비서실에 알렸고 경호팀 직원을 동원해 병원 곳곳에서 상황을 감시하도록 했다.

윤해성과 전기호는 북적이는 병원 로비의 인파 속에 묻혀 나누어 앉았다. 경호팀에서 파견 나온 직원도 대여섯 명 있었지만 이들은 그저 시키니까 깊은 내막도 모르고 나왔을 뿐 별 관심이 없다. 윤해성 쪽이 바짝 더 긴장해야 했다.

방수희는 장유나가 입원한 12층의 센터에 위치한 카운터에서 간호사 복장을 하고 앉아 출입자들을 살폈다. 만일의 경우를 대비해 치마대신 바지를 입었다. 큰 키에 탄탄한 몸의 그녀는 어디서건 눈에 띄지만 간호사 복장이 다소나마 중화시켜 주었다.

남자의 인상착의. 불명.

이훈상이라는 이름은 당연히 가명이다. 얼굴도 알 수 없다. 영상으로도 모자에 선글라스에 마스크까지 했다. 두 번째 영상에서는 아예 얼굴 없이 몸만 등장했다. 대략 중키에 보통 체격, 평범한 인상이라는 프로필 정보만 있다. 더하여 음성이 조금 가늘고 새되다는 것.

말하자면 눈에 띄지 않는 사람을 오히려 눈여겨보아야 한다.

뉴스가 나가고 난 다음 날.

오후 2시 40분 점심시간이 지난 나른한 시각.

12층 간호사 카운터를 지키는 방수희에게 윤해성으로부터 전화가 걸려왔다.

"별일 없지?"

"아직은요."

"수희 역할이 중요해. 여기 로비에선 누가 누군지 도통 알 수 없으니까. 입원실 근처를 어슬렁거리는 놈이 있으면 주의해서 봐야 해."

"알았어요. 영상으로 대략적인 체형 정도는 아니까."

"수희라면 믿을 수 있어. 고생 좀 해 줘."

'믿는다'는 말에 왜 또 기분이 좋아지는지. 방수희는 윤해성의 말에 좌우되는 기분에 저항하듯 퉁명스레 말했다.

"그런데 이렇게 휴대폰으로 연락해야 해요? 영화 보면 귀에 뭐 꽂고 무선으로 막 연락하던데."

"그런 거 하면 오히려 티 나."

"장비 살 돈이 없는 건 아니구요?"

"즐."

윤해성은 전화를 끊었다.

그로부터 다시 한 시간이 흘렀다.

문병객들이 오갔지만 의심스러운 사람은 없었다. 영상에 부합하는 체형을 가진 남자도 없었다. 장유나의 병실에는 아무도 다녀가지 않았다. 들여다보는 이도 없었다. 그즈음.

슈트를 입은 남자가 간호사 카운터를 지나갔다.

평범한 인상.

하지만 그래서 더 범인일 수 있다. 이번 범인은 외형상 철저히 평균을 추구하니까.

방수희는 남자의 뒷모습을 몰래 눈으로 좇았다.

어딘가 주변을 의식하는 것 같기도 하다.

장유나가 입원한 1216호에 들어갈 것인가. 적어도 그 근처를 어슬렁거릴 것인가.

하지만 남자는 1216호 병실 앞을 지나쳤다.

입원실 문은 열려 있다. 얼핏 남자가 병실 안쪽으로 시선을 준 것처럼 보였지만 확실하지는 않다.

남자는 더 안쪽으로 걸어갔다. 1218호, 1220호, 1222호…… 모두 지나쳤다. 어느 병실의 방문자일까.

남자는 1224호 앞쪽에서 주춤하더니 발길을 멈추었고, 몸을 빙글 틀어 돌아 나왔다.

멀리서나마 얼굴이 보였다. 역시 평범한 인상. 대략 다섯 명 이상의 군중에 묻히면 아무도 주목하지 않을 것 같은 모습.

남자는 장유나가 있는 1216호 병실 앞에서 걷는 속도를 조금 줄였다. 보폭도 작게 했다. 주춤거리는 듯한 발걸음.

남자가 1216호 병실 안으로 멀거니 시선을 보내는 모습이 역력히 보였다.

저자일까.

병실을 못 찾고 있는 듯한 모습부터가 어설프다. 장유나를 찾아온 사람이라면 병실로 들어갔을 것이고, 다른 병실에 문병 왔다면 벌써 찾고도 남았을 것이다.

하지만 굳이 장유나의 입원실을 들어가지도 그냥 지나치지도 않고 기웃거린다는 것은.

범인이 자신 행동의 결과를 확인하러 올 거라는 예상에 꼭 들어맞는 행동이다.

방수희는 카운터를 나와 남자에게 다가갔다.

남자는 방수희가 자신을 향해 걸어오고 있다는 것을 금세 눈치챈 것 같았다.

그렇게 금방 눈치챈 것도 이상하다. 주변 사람들의 동향에 바짝 신경을 쓰고 있기 때문이 아닐까. 범인이라면 그렇겠지.

간호사 복장과 어울리지 않는 방수희의 압도적인 걸음걸이가 남자를 긴장하게 만든 듯했다. 남자도 걸음이 어딘가 어색해졌다.

복도를 사이에 둔 두 사람의 거리가 점차 가까워졌다.

방수희는 남자의 5미터 정도 앞에서 걸음을 멈추었다.

남자는 계속 걸어오고 있었다.

방수희가 말했다.

"누구를 찾아오셨죠?"

남자는 움찔했다. 나긋나긋한 간호사의 음성 대신 허스키한 목소리가 튀어나와 놀랐을 수도 있지만 다른 이유일 수도 있다. 이를테면 그가 범인이라든가.

"아, 저기…… 지인 병문안 왔습니다."

가느다란 음색. 영상 속의 목소리와 닮았다. 방수희도 이미 여러 번 돌려 본 영상이다.

"지인 어느 분이요?"

"그냥 지인이요."

"환자분 성함을 말씀해 주세요. 제가 찾아 드릴게요."

"괜찮아요. 제가 이름표 보고 찾을게요."

방수희가 남자를 조금 바라보다가 말했다.

"선생님 성함이 어떻게 되시죠?"

"왜 물으시죠?"

"우선 출입자 체크를 해야 해서요."

"다른 병원에는 그런 거 안 하던데요."

남자가 불쾌한 듯 말했다.

"여기서는 해야 해요."

"됐습니다. 그런 거 할 거면 그냥 가겠습니다."

"그냥 가시는 건 좋은데, 일단 신분증 좀 주시죠."

"왜 그러세요? 경찰입니까? 여기 그냥 병원 아니에요?"

남자의 음성이 떨려 나왔다. 분노와 당황이 뒤섞인 것 같다.

"병원 내규상 신분증 잠깐 보자는데, 왜 예민하세요?"

"검문이라도 하는 겁니까? 비키세요."

하지만 방수희는 우뚝 선 채 움직이지 않았다.

방수희를 넘어서지 않는다면 도망갈 길은 없다.

남자는 방수희 옆을 지나치려 했다. 하지만 방수희가 몸을 움직여 길을 막았다. 그러고는 말했다.

"고소하세요."

"뭐요?"

"지금부터 실력행사를 할 거니까요."

방수희는 잽싸게 손을 뻗어 남자의 슈트를 앞자락을 잡았다. 남자가 황급히 양손으로 그녀의 팔을 막았지만 방수희는 뻗어 오는 남자의 손목을 비틀어 꺾어 버렸다.

악.

낮은 비명과 함께 남자의 팔이 완전히 뒤로 꺾였다.

그 자세로 방수희는 다른 팔로 남자의 슈트 왼쪽 주머니에 손을 넣어 지갑을 꺼냈다. 둘로 접힌 반지갑이었다. 방수희는 한쪽 손 엄지를 가운데에 집어넣어 지갑을 펼쳤다.

반쯤 열린 지갑 한쪽에 끼워진 주민등록증. 그 위에서 얼핏 '설민'이라는 이름의 일부까지 보았다.

방수희는 신분증 이름을 들여다보느라 잠깐 방심했다. 그 틈에 남자는 힘을 홱 주어 꺾인 팔을 풀어 버렸고, 이어 방수희가 한 손으로 열어 보고 있던 지갑을 홱 낚아챘다.

남자는 잽싸게 엘리베이터 쪽으로 뛰어갔다.

"거기 서!"

방수희가 외치며 뒤를 쫓았다. 엘리베이터로 달리나 싶던 남자는 갑자기 방향을 틀어 복도 옆의 문을 열고 들어갔다. 비상구 계단이었다.

방수희도 뒤따라 들어갔다. 남자는 벌써 아래층 계단을 거의 날다시피 뛰어내리고 있었다. 필사적인 몸짓이었다. 이대로 대책 없이 쫓아내려가는 것은 불필요하다. 아래는 이미 사람들이 지키고 있다.

방수희는 휴대전화를 꺼내 윤해성에게 전화했다.

"어, 수희."

"지금 12층에서 도주했어요!"

"뭐? 어디로?"

"비상계단으로 내려갔어요. 하지만 중간에 다시 복도로 들어와서 엘리베이터를 타고 내려갈 수도 있어요. 계단, 엘리베이터 두 군데 다 막아야 해요!"

"인상착의는?"

"감색 슈트에 흰 셔츠. 안경 쓰고 중키에 평범한 인상의 남자예요."

"영상대로군. 좋아, 알았어!"

윤해성이 있는 곳이 비상계단 입구와 가까웠다. 윤해성은 그쪽을 지키고, 전기호는 엘리베이터 1층을 지키도록 했다. 한울 그룹 경호팀 직원들도 지상 엘리베이터와 지하 1, 2, 3층 엘리베이터로 나누어 입구를 지키도록 했다.

병원에 슈트 입은 남자는 그리 많지 않다. 평범한 인상이라지만 금방 알아볼 수 있을 것이다. 더구나 조금 전 방수희와 한바탕 실랑이가 있었을 것이니 낯빛만 보아도 알 수 있다.

신경을 곤두세운 채 기다렸다.

2분,

3분,

5분…….

지금쯤 내려올 때가 됐는데.

도무지 슈트 입은 남자가 보이지 않는다. 간혹 슈트 차림의 남자가 있었지만 모두 중년 남자였다.

10분,

15분,

20분이 지났다.

"안 내리는데요."

전기호가 휴대전화로 알렸다. 김샌 듯한 목소리.

"여기도. 뭔가 잘못됐어."

윤해성이 지키는 비상계단 입구에도 나오는 사람은 없었다.

"혹시 아직 병원 안에 숨어 있는 거 아닐까요? 사람들이 지키고 있을 거라고 생각해서."

"그럴 수도 있겠지. 일단 CCTV를 확인해 봐야겠어. 기호 넌 거기서 계속 지키고 있어."

윤해성은 한울 경호팀 직원 한 명을 불러 비상계단 입구를 지키게 하고는 경비실로 달려갔다. 거기서 CCTV를 요청해 돌려 보았다. 윤해성에게 절대적인 협조를 해 주라는 그룹 차원의 지시가 있었기에, 경비는 기다렸다는 듯 영상 파일을 재생해 보였다.

방수희가 전화를 걸기 조금 전 시각, 12층 복도에서 슈트를 입은 남자가 뛰는 모습이 보였다. 그가 비상계단 문 바깥으로 사라지는 장면까지 분명히 찍혔다. 여기까지는 틀림이 없다. 그런데 왜 비상계단이든 엘리베이터든 아래층에서는 모습을 보이지 않았을까.

퍼뜩 어떤 의혹이 떠올랐다.

윤해성은 그 시각 직후 11층, 10층, 9층…… 각 층의 CCTV를 일일이 확인했다.

"이거!"

윤해성은 마우스를 쥔 채 신음을 뱉었다.

남자는 안과가 있는 7층에서 비상계단 문을 열고 다시 복도 안으로 들어왔다. 그러고는 화장실로 향했다. 3분쯤 후 남자가 화장실에서 다시 나왔다. 옷차림이 달라져 있었다. 라운드 티셔츠에 면바지 차림이었다. 모자를 쓰고, 안경은 벗었다. 등에는 백팩을 메고 있었다. 그 안에 갈아입은 슈트가 들어 있을 것이다.

방수희가 알려 준 인상착의와는 옷차림부터 액세서리 인상까지 완전히 달라져 있다. 알아볼 수 있을 리가 없었다.

"기가 막히네……."

윤해성은 할 말을 잃었다. 생각보다 훨씬 용의주도한 남자다. 만일의 경우를 대비해 화장실에 갈아입을 옷이 든 백팩을 준비해 두고 있었다.

전기호에게 전화를 걸었다.

"철수해."

"네?"

"놈은 벌써 나갔어."

"어떻게요? 다 지키고 있었는데."

"설명은 나중에 할게. 일단 다들 돌아가라고 해."

* * *

윤해성의 방 안에서 세 사람은 침울한 얼굴로 앉아 있었다.

윤해성은 책상 뒤 의자에, 방수희와 전기호는 책상 앞 테이블용 의자에 나누어 앉았다. 윤해성이 먼저 입을 열었다.

"녀석은 변태지만 바보는 아니었어."

"쥐새끼 같은 놈. 사람들이 지키고 있을지 모른다고 생각했던 것 같아요."

전기호가 말했다.

"그래서 갈아입을 옷도 가방에 넣어 화장실에 미리 던져두었고요. 그럴 줄은 모르고 슈트 입은 남자라고만 했으니⋯⋯."

방수희가 미안한 듯 말했다.

윤해성이 손을 내저었다.

"수희가 미안해할 건 없어. 있는 대로 사실을 말했을 뿐이야. 옷을 갈아입을 줄 몰랐던 건 우리도 다들 마찬가지였어. 책임이 있다면 내가 제일 크지. 어쨌든 현장 지휘를 한 건 나니까."

"그럼 내가 책임이 제일 적네요."

전기호가 말했다.

윤해성과 방수희는 전기호를 보더니 일제히 웃었다.

어처구니없어 터진 웃음이지만 무거운 분위기가 조금 깨졌다.

"그래. 우리끼리 책임이 누가 있니 얘기해 봐야 무슨 소용이 있겠냐. 중요한 건 앞으로 어떻게 할 거냐겠지."

"얻은 건 있잖아요. '설민'이라는 이름 일부하고, 수희 누나가 본 얼굴."

"그렇지. 병원 CCTV 화면은 멀어서 뚜렷하지는 않지만 그대로 경찰에 넘겼어. 그래도 어차피 공개수사가 아니라서 몽타주를 만들거나 하진 못할 거야. 얼굴로만 찾기란 막막하지. 하지만 이름 일부를 알아낸 건 컸어."

"이름이 좀 특색 있죠?"

"설 씨는 드무니까. 이름이 '설민 누구'라면 굉장히 좁아져. 큰 단서야. 수희가 제일 수고했어."

"누나가 놓칠 줄은 몰랐지만요. 먼저 주먹으로 한 방 쳐서 자빠트리지 그랬어요?"

전기호가 약 올리듯 말했다.

"그 상황에선 범인인지 확실하지도 않았어. 내가 깡패니? 다짜고짜 사람 치게?"

방수희가 분한 듯 말했지만 전기호는 능글맞게 웃었다.

윤해성이 방수희를 거들었다.

"수희가 잘한 거야. 범인인지 분명하지도 않았고, 또 범인이라고 해도 그래. 상대가 공격하지 않았는데 먼저 두드려 패기부터 할 수야 없지. 신분증을 확인하는 정도는 몰라도. 실제로 지금 상황으로도 그래. 그 녀석은 그냥 도망간 것뿐이야. 범인이라는 확증은 아직 없어. 녀석은 그냥 신분증을 보자길래 괜히 켕겨서 도망쳤다고 변명할 수도 있어. 확실해지려면 추가로 수사를 해 봐야 해."

"웬일로 변호사님이 그렇게 신중해요? 수희 누나 편드는 건가?"

"편드는 게 아니고, 상황이 그래."

전기호가 가볍게 던진 말이었지만, 윤해성이 자신 편을 든다는 말에 방수희는 괜히 기분이 좋았다. 그런 김에 물었다.

"이제 어떻게 하실 거예요?"

"일단 '설민'이라는 이름 일부를 주변에 알려야지. 언론에는 공개할 수 없지만, 경찰과 그룹 비서실, 법무팀 등 이 사건을 아는 팀 전부에 알려서 혹시 단서가 있을지 찾아봐야 해."

* * *

한이수로부터 전화가 걸려온 건 그로부터 이틀 뒤 오후 3시가 넘어서였다.

"세상에, 이수 씨! 먼저 전화를 다 주고. 드디어 화 풀렸어?"

사무실에 막 들어서며 전화를 받은 윤해성은 방수희와 전기호의 눈치를 보고는 서둘러 방 안으로 들어갔다.

윤해성의 너스레에 한이수는 호응하지 않았다.

"퇴근 후에 사무실 잠깐 들를게."

"내가 그쪽으로 가도 되는데."

"아니. 아무래도 사무실이 이야기하기 편할 거 같아."

"쳇. 로맨틱한 용건은 아니군."

윤해성은 그렇게 말하며 전화를 끊었지만 조금 설레는 걸 부정할 수 없었다.

한이수가 먼저 전화를 걸어왔다는 것부터가 큰 발전이 아닌가.

그 반가움이 양다곤의 비서와 가까워질 수 있다는 기대감인지, 아니면 한이수라는 여자에의 호감 때문인지는 분간하기 어려웠다.

"변호사님 안 들어가세요?"

퇴근 시간이 되자 방수희가 방문을 빠끔히 열고서 말했다. 대개 윤해성이 조금 일찍 퇴근했는데 이날따라 미적거리는 모습이 의아해서다.

"어, 어. 난 정리할 일이 있어서. 먼저 들어가. 수고했어."

윤해성은 서둘러 방수희를 퇴근하도록 했다. 한이수를 만나기로 했다는 말은 굳이 하지 않았다. 뒤이어 전기호도 사무실을 나갔다. 아무래도 이 두 사람은 없는 편이 좋아. 한이수가 왔다면 또 젖은 낙엽처럼 방문에 찰싹 붙어서는 엿들으려 할 테니까.

한이수가 사무실에 찾아온 건 6시 30분이었다.

흰 블라우스에 무릎을 살짝 덮는 감색 치마, 살구색 스타킹. 오피스룩의 전형이다. 하지만 에메랄드빛 스틸레토는 은근히, 하지만 확실하게 한이수의 개성을 드러내고 있다. 하얀 피부가 오늘따라 실크처럼 빛난다.

"좀 늦었지? 전철을 하나 놓쳤어. 많이 기다렸어?"

한이수는 백을 옆 의자에 놓으며 윤해성 맞은편에 자리를 잡았다.

"눈이 빠지도록."

"에휴. 그런 식으로 말하니까 미움을 사는 거야."

"미움받는 게 겨우 그 정도 이유였어?"

한이수는 결국 못 견디고 풉 하며 웃었다.

윤해성의 가슴이 뛰었다. 비록 작은 농담이지만 이런 장난을 건다는

333

건 두 사람 관계의 큰 발전이다. 하지만 바로 한이수는 표정을 굳혔다.

"터무니없는 오해라고는 생각하지만, 아무래도 일단은 알려야 할 것 같아서."

말투가 조심스러웠다.

"뭔데?"

윤해성도 정색을 했다.

"유나 언니한테 동영상을 보낸 남자의 이름이 '설민' 뭐라며?"

"응. 수희가 알아냈어. 신분증을 본 거니까 확실해."

"법무팀하고 비서실에도 그 이름이 공개됐거든."

"우리가 알렸어. 적어도 내부에선 정보를 공유해야 하니까."

"그 이름을 본 거 같아서."

"응? 어디서?"

윤해성은 어깨를 움찔할 정도로 놀랐다.

"우연의 일치일 가능성이 너무 높고, 말도 안 되는 이야기라서 알리지 말까 하는 생각도 했어. 하지만, 만에 하나 그게 맞는다면, 하는 생각도 들고, 일단은 당신이 알고 나서 판단하는 게 맞는다고 생각해서 여기 왔어."

"잘했어."

"그 이야기가 너무 황당하니까 커피숍 같은 공개된 장소보다는 여기 사무실이 안전하고 편할 것 같아서."

"응. 직원들도 다 퇴근했어. 편하게 얘기해도 돼."

"실은……."

한이수는 말머리를 꺼내 놓고도 머뭇거렸다. 윤해성은 기다려 주었다.

"양건일 상무의 지갑 안에서였어."

"뭐? 양건일!"

웬만하면 냉정을 유지하는 윤해성도 의외의 이름이 튀어나오자 목소리가 뒤집어질 만큼 놀랐다.

"우연히 양 상무 지갑이 떨어져서 내가 주웠는데, 그 안에 '설민수'란 이름이 적힌 포스트잇이 붙어 있었어. 전화번호도 있었고."

"으음…… 설민수……라."

윤해성은 팔짱을 꼈다. 이마에는 주름이 파였다. 생각을 정리할 시간이 필요했다.

"전화번호는 외우지 못했어. 양 상무가 다급하게 뺏어 갔고."

"이름을 기억하고 있는 것만 해도 대단해."

"그런 거 기억할 이유가 없는데, 왠지 양 상무 태도가 좀 이상했어. 뭔가를 숨기려는 듯한. 아니, 숨기고 싶은 뭔가가 드러나 버린 듯한 그런 태도? 그래서 오히려 기억에 남았어."

"숨기려던 것이 들통나 버린 태도? ……이수가 그렇게 느꼈다면 분명 이유가 있을 거야. 이수 센스는 남다르니까."

"괜한 칭찬은 필요 없어. 내가 너무 예민한 탓일 수도 있어."

"하지만 '설민'이란 범인의 이름 일부하고 일치해. 그런 이름은 절대 흔하지 않아. 우연이 아닐 가능성이 커."

"도저히 믿어지지 않아. 그게 우연이 아니라면 양 상무가 이번 일과 관련돼 있단 얘기잖아?"

"그럴 수도 있지."

"차마 믿을 수가 없어. 아직도 설마, 하는 생각이야. 그래도 내 맘대로 지워 버릴 수도 없는 문제니깐, 당신한테 이야기하러 온 거야. 나머지 더 조사를 하든, 뭉개든 알아서 하시라구."

"당연히 조사하겠지. 그러라고 온 거 아냐?"

윤해성이 빙그레 웃었다.

"이수 씨 당신도 마음속으론 양건일이 관련 있을 수도 있다고 생각하지?"

"그렇지 않아."

"그렇지 않은 건지, 그런 말을 할 수 없는 건지 모르지만, 아무튼 고마워. 중요한 단서가 될 것 같아."

한이수가 조금 망설이다가 말했다.

"……양 상무가 이런 일을 벌일 이유가 있을까?"

"있지."

"어떤 거?"

"장유나 씨로부터 작게는 상속재산, 크게는 한올 그룹의 후계를 두고 도전을 받고 있는 입장이잖아."

"그래도 이렇게 성적인 문제로 괴롭혀 봐야 상속하고는 관계없잖아."

"정신을 무너뜨릴 수 있겠지. 실제로 유나 씨는 지금 겁에 질려서 아무것도 못 하고 있잖아. 정신과 치료도 받고 있고. 상속이니 뭐니 나서기 전에 사람이 폐인 되게 생겼어."

"그렇다 해도 방법이 너무 황당해. 리얼돌이라니."

"그래서잖아."

"뭐?"

"그런 방법을 썼으니 아무도 양 상무 측의 소행일 거라는 의심을 못 했잖아. 바로 이걸 노린 거겠지."

"아…… 믿기지 않아."

"물론 나도 아직 단정하는 건 아냐. 다만 양 상무의 짓일 가능성이나 이유는 없지 않다, 이런 이야기지."

한이수의 낯빛이 어두워졌다. 아니라고 반박할 수는 없지만 그녀에게는 차마 믿고 싶지도 않은 가설이었다.

윤해성이 말했다.

"내가 이상하게 생각하는 건 다른 부분이야."

"어떤 거?"

"우회적으로 자신의 정체나 목적을 숨기면서 사람을 공격하는 교묘한 방식. 이걸 그 허당인 양건일이 계획했을 것 같지가 않단 말이야. 양건일은 망나니지만 이런 교활한 간지 같은 건 없어."

"그럼 그런 이유로 이젠 양건일이 아닐 거란 얘기야?"

"아니, 그런 건 아니고……."

윤해성은 뒷말을 얼버무렸다.

그때 우당탕탕 소리가 들렸다.

문에서 난 소리였다. 사람이 부딪치면서 넘어지는 듯한 소리.

윤해성은 직감했다. 이 인간들이다! 퇴근 안 하고 있었어! 오늘따라 내 낌새가 이상하다고 느끼고 퇴근하는 척하고는 어디선가 기다렸던 거야. 그러다가 한이수가 들어오니까 내 방문에 바싹 붙어서 다 듣고 있었고. 징한 인간들.

어쩌면 로맨틱한 용건이 아니어서 차라리 다행이야.

"들통났어. 들어와."

윤해성이 문에다 대고 소리를 질렀고, 문이 벌컥 열렸다.

아니나 다를까, 문이 열리며 전기호와 방수희가 벼락같이 들이닥쳤다.

"세, 세상에, 변호사님! 이런 일이!"

전기호는 더듬거리기만 했다.

"양건일 상무라뇨. 정말 너무 충격적이에요!"

방수희가 눈을 동그랗게 뜨고 말했다.

"아니, 그냥 가설이지 확인된 거 아니야."

윤해성이 달래듯이 말했다.

한이수는 놀란 눈을 동그랗게 뜨고 불청객들을 쳐다보았다.

윤해성이 어깨를 으쓱하며 해명하듯 말했다.

"이거, 미안. 우리 직원들이 좀 보다시피 별나서. 나도 어쩔 수 없어."

한이수가 작게 한숨을 내쉬고는 말했다.

"세 사람 다 비슷하니까 모였겠죠."

* * *

장유나의 아파트에 들어서는 양다곤의 얼굴에 분한 빛이 그득했다.

장유나가 현관으로 달려 나가다시피 맞이했다. 그녀답지 않게 헐렁한 티셔츠에 반바지 차림이다. 액세서리는 하나도 걸치지 않았다. 물론 성인형 사건으로 받은 충격 탓이다. 몸을 꾸밀 정신이 없는 것이다. 현관에 감돌던 향수의 향도 사라졌다.

늘 화려함만은 양보하지 않던 그녀였다. 마음이 무너져 가고 있는 게 역력하다.

"왜 현관까지 나와. 쉬지. 어제 퇴원해 놓고."

"입원한 것부터가 괜히 한 거였는데, 뭘. 움직이는 덴 문제없어."

양다곤은 거실로 가 소파에 앉았다.

"마실 거라도 줄까?"

"아냐, 그냥 여기 앉아."

장유나도 소파에 앉았다. 양다곤이 물었다.

"정신과 약은 잘 챙겨 먹고 있지?"

"응, 대충……."

"대충이라니?"

"걱정돼서……."

장유나의 눈동자 초점은 어느새 길을 잃은 듯 보였다.

"걱정 마. 다 괜찮아."

"아직 못 잡았지?"

"곧 잡힐 거야. 이름도 알고 있으니까."

"'설민'이면 드문 이름이긴 해."

"이름뿐만 아니야. 얼굴도 알고 있어."

"CCTV 카메라로는 너무 멀리서 찍혔다던데."

"목격자가 있거든. 윤해성 변호사 사무실 직원이 봤대."

그 목격자가 방수희인 것을 장유나는 안다. 그리고 얼굴을 보았다고 해서 경찰에 몽타주를 만들어 돌릴 형편이 아니란 것도 안다. 그렇게 사건이 외부에 공개되는 건 장유나 본인이 싫다.

"아아, 기어이 입원실까지 찾아왔다니 정말 소름 끼쳐."

"변태 새끼야. 당신이 반응하는 걸 보고 싶었던 거지."

"그래도 윤해성 변호사니까 꼬리를 잡은 거야. 경찰은 그냥 손놓고 있었는데."

"윤해성이한테 의뢰하길 잘했어. 뭐라도 해내는 친구니까."

"비밀리에 하는 수사니까 경찰 몽타주 같은 것도 못 돌리는데…… 잡을 수 있을까?"

말투에 장유나의 불안감이 묻어났다.

"잡을 수 있어. 일단 윤해성 변호사를 믿어 보자고."

"제발 잡았으면…… 근데 잡는다고 또 어떻게 해야 할지."

"그게 무슨 소리야. 처넣어야지."

"당연히 그러고 싶은데…… 그러면 결국 언론에 보도되지 않을까?"

양다곤은 뜸을 들였다.

"……아무래도 피할 수 없을 거야. 수사는 비공개로 한다고 해도, 일단 체포되고 나면 어쩔 수 없지."

"기사 나는 거, 자기가 힘써서 막을 수 없어?"

"우리 공보팀이나 비서실에서 힘써 볼게. 법무팀도 나설 거고."

"근데, 또 그 자식이 재판을 받으면 나도 나가서 증언도 해야 되고 막 그럴 거라는데?"

"뭐 그럴 거라는구먼."

"그거 너무 끔찍해. 기자들 카메라 펑펑 터뜨리면서 덤벼들 거고, 온갖 이상한 기사들, 댓글들 달릴 텐데…… 도무지 자신이 없어."

"그래도 어쩌겠어. 처벌은 받도록 해야지. 그래야 다시는 못 하지."

"나도 힘들 거 같아서."

"왜 그런 걸 앞서서 걱정해."

"자기도 내 입장 돼 봐. 별의별 생각이 다 들어."

장유나가 원망스럽다는 듯 말했다.

"그런 건 나중 이야기고, 일단 그 자식을 잡을 생각부터 해야. 이대로 사라져 버릴 수도 있는데."

"……그래, 그게 더 최악이야. 그럼 절대 안 되지. 이대로 끝나 버리면 난 못 견딜 거 같아."

"꼭 잡을 거야."

"만약 잡더라도, 재판에 가든 어떻든…… 절대 다시는 그런 짓 못 하게 경고했으면 좋겠어."

"당연하지. 내가 절대 가만 안 둔다니까."

"그냥 나한테 미안하다, 다신 안 그러겠다고만 해 줘도 좀 맘이 편해질 것 같아."

"유나가 마음이 너무 약해진 것 같아. 그 자식은 범죄자야. 그놈 잡으면 그룹의 모든 힘을 동원해서라도 꼭 법정 최고형을 받도록 하겠어."

"그래…… 고마워, 자기."

장유나는 물기 어린 눈으로 양다곤을 바라보다가 무너지듯 몸을 안겨 왔다. 양다곤은 한 팔로 장유나를 안았다.

장유나가 뭐라뭐라 불평을 할 때마다 귀찮은 기색이 역력했던 양다곤이었다. 하지만 지금은 그런 기색조차 내비치면 안 될 때라는 것 정도는 안다.

장유나는 산산조각이 나 있는 상태다. 지금 돌보지 않으면 다시는 붙이지 못한다.

두 사람 사이의 관계도 그렇다.

* * *

전기호는 한울 모터스 지하 1층 임원 전용 주차장에 들어서 있었다.

검은 폴라 티셔츠와 쑥색 점퍼, 검은 바지 차림이다. 색이 짙게 들어간 안경을 꼈다. 전기호는 주차장을 어슬렁거리며 시선을 힐끔거렸다.

한울 모터스 빌딩 주차장은 컸다. 3, 4분여 주차장을 헤맨 전기호는 어느 차량 앞에서 걸음을 멈추었다.

"한울 모터스 상무란 놈이 타사 차를 타고 있구먼. 황당하네."

차량 번호로 확인한 양건일의 차량은 청색의 벤틀리 플라잉스퍼였다.

"벤틀리라…… 요건 약간 시간이 걸리지."

전기호는 조수석 옆에 서서 점퍼 안주머니에서 도구를 꺼냈다. 조그만 철편과 얇은 자, 그리고 철사였다. 2분 후, 조수석 문짝이 맥없이 개

방됐다.

전기호는 주변을 한 번 더 둘러본 후 조수석에 올랐다. 차량 내부를 휘이 둘러보았다. 가운데 위쪽에 블랙박스가 달려 있었다.

전기호는 손을 뻗어 블랙박스에서 메모리 카드를 꺼내려 더듬거렸다. 손끝에 걸린 SD메모리카드를 누르자 살짝 튀어나왔고, 그걸 꺼냈다. 이어 바지 주머니 안에서 다른 SD메모리카드를 꺼내 방향을 맞추어 블랙박스의 메모리카드 슬롯에 가져갔다.

전기호가 이 시간에 양건일의 차 안까지 침입하게 된 건 윤해성의 특명이었다. 양건일의 차량 블랙박스 메모리를 가져오라는 거였다. 그가 사건에 관련이 있다면 블랙박스 메모리에 녹음된 대화나 행선지에서 분명 단서가 나올 거라는 거였다. 메모리카드를 가져오기만 해서될 일은 아니었다. 새 메모리카드를 끼워 놓아 양건일이 아예 눈치채지 못하게 해 두어야 했다.

전기호가 새 메모리카드를 막 눌러 집어넣으려는데, 조금 떨어진 곳의 엘리베이터가 지잉 하고 열리는 소리가 들렸다. 열린 문 너머로 남자 한 명이 모습을 드러냈다.

양건일이었다. 하필이면.

윤해성이 준 사진으로 얼굴은 충분히 익히고 있다.

양건일은 자신의 차를 향해 곧장 걸어오고 있었다.

벤틀리까지는 불과 5, 6미터.

전기호의 심장이 뛰기 시작했다.

지금 조수석을 벗어나기엔 늦었다.

차 문을 열고 나가면 바로 들통날 것이다.

전기호는 속으로 욕설을 퍼부었다.

지금은 오후 늦은 시각인데. 벌써 퇴근한 거야? 뭐 저런 농땡이 자식이!

더구나 상무이사면 기사가 있을 텐데, 혼자 걸어오고 있다. 분명 사적인 용무다. 이 시간에 개인 일로 퇴근이라니, 오너 자식이라고 이따위로 해도 되는 거냐!

양건일이 차에 도달하기 전 달아날 수야 있을 것 같다. 구두를 신은 양건일이 자신보다 빨리 달릴 것 같지는 않다. 문제는 그게 아니었다.

단순 차량털이범이라고 생각해 주면 좋겠지만, 그러기 어렵다. 차량 절도를 하기에 너무나 어색한 공간과 시간이다. 어떤 의도를 가지고 자신의 차에 침입했다는 의심이 드는 상황이다.

뭘 도둑맞았나 이곳저곳 살피다 보면 블랙박스 메모리카드가 사라지고 교체되었다는 사실도 금세 들통날 거다. 더 나가면, 한이수가 '설민수'라는 이름을 보았다는 것에까지 생각이 미칠 수 있다. 그래서 의심을 가지고 자신의 차량에서 무언가를 확인하러 왔다. 그렇게 이어질 가능성도 있다. 그러면 윤해성도 드러날 수 있다. 고구마 줄기. 그건 곤란하다.

새 메모리카드를 블랙박스 단자에 맞춰 끼워 넣을 틈도 없었다. 전기호는 차 문을 서둘러 잠갔다. 재빨리 운전석과 조수석 사이의 공간을 무릎으로 기어오른 후 뒷좌석으로 몸을 던졌다. 마른 체형이어서 천만다행이었다.

순간, 삑 하는 소리가 들렸다. 양건일이 리모컨으로 문을 연 것이다.

운전석 문짝이 열렸다.

양건일이 차에 타는 것과 전기호의 운동화가 뒷좌석으로 막 자취를 감춘 것은 거의 동시였다.

흠흠.

양건일은 콧노래를 부르고 있었다. 전기호를 보지 못한 게 분명했다.

왜앵.

시동이 켜졌다. 상당한 배기음이었다. 플라잉스퍼의 육중하면서도 날렵한 차체가 슬슬 움직이기 시작했다.

젠장, 낭패다.

전기호는 결국 차에서 내릴 타이밍을 잡지 못했다.

슬쩍 머리를 들어 보니 블랙박스 메모리카드의 끝이 삐죽이 튀어나와 있다. 다행히 양건일이 눈치채기는 쉽지 않다.

이대로 양건일의 행선지까지 뒷좌석 아래에서 숨죽이며 따라가야 할 판이다.

전기호는 조수석과 뒷좌석 사이의 좁은 공간에 새우처럼 몸을 잔뜩 웅크리고 손으로 입을 막았다.

아까 조수석 문짝을 열고 튀어 나갔어야 했나…….

아냐, 메모리카드 때문에 안 돼. 이대로 목적지까지 들키지 않고 갈 수만 있다면…….

온갖 생각이 머리에서 맴돌았다.

주차장을 올라가며 벤틀리는 턱 몇 개를 강하게 넘었다.

그때마다 전기호는 몸이 들썩할 정도로 충격을 받았다.

턱 넘다가 차체가 긁히는 소리도 났는데.

이 자식은 차를 아끼지도 않네. 자그마치 벤틀리인데!

양건일은 기분이 좋아 보였다. 도로로 나서자 바로 음악을 틀었다. 비트가 궁궁 울렸다. 아마도 뒷좌석에 연결된 트렁크 안에 큰 우퍼가 장착돼 있는 모양이다. 전기호는 우퍼의 진동 탓에 속이 울렁거렸다.

도로를 나선 벤틀리는 큰 차체가 무색하게 질주하기 시작했다.

도대체 어디로 가는 걸까. 제발 중간에 다른 사람을 태우지는 말아야 할 텐데.

15분 정도를 달리던 차는 돌연 커브를 여러 번 돌았다. 속도도 많이 늦추었다. 대로에서 골목으로 접어든 것 같았다. 차가 멈추었다.

조수석 문이 열렸다.

"오빠! 웰케 늦었어!"

젊은 여자 목소리였다.

"왔으면 됐지, 존나 딱딱거리네."

양건일의 거친 음성이었다.

여자는 조수석에 올라탔다. 그러더니 가방을 뒤로 툭 던졌다. 차가 늦어서 성질이 난 탓일까. 거칠게 던져진 가방은 뒷좌석에 안착하지 못하고 좌석 사이의 공간으로 떨어졌다. 바로 전기호의 얼굴 위였다.

읍.

전기호는 하마터면 소리를 내지를 뻔했다. 왼손으로 입을 틀어막았다.

알렉산더 매퀸의 소위 '해골 가방'.

큼지막한 해골 모양의 금속제 버클이 전기호의 눈두덩을 세게 때린 것이었다.

개 같은!

왜 이따위 백을 들고 다녀! 전기호는 눈을 감싸며 속으로 욕설을 했다.

그나저나 이 둘은 어디로 가려는 걸까. 설마 사람을 더 태우진 않겠지. 눈두덩을 문지르면서 새록새록 불안에 떨었다.

"오빠 음악 소리 좀 줄여."

볼륨이 줄었다. 음악 덕분에 그나마 기색을 지우던 전기호는 반갑지 않았다.

양건일의 목소리가 들렸다.

"내일까지 오프 한다고 말하고 왔지?"

"응, 마담 언니한테 얘기했어. 바로 오케이 하던데."

"당근이지, 내가 마담한테 얘기해 놨거든."

"와우, 역시 오빠야!"

"너네 가게 마담이든 사장이든 내 말 한마디면 바로 기는 거야."

"하여간, 난 편해. 오빠 빽이 있으니까."

여자가 간드러지게 웃었다. 양건일은 룸살롱에서 마음에 드는 아가씨를 따로 만나 어디론가 가는 모양이다. 그런데 '내일까지 오프'라니? 설마.

"강릉에 예약은 다 돼 있지?"

"물론. 최고층 스위트룸이야."

뭐? 강릉?

거기까지 논스톱으로?

아무리 벤틀리라지만 뒷좌석도 아니고 이 레그룸에 실려서?

전기호는 버클에 맞아 다친 눈이 아득해졌다.

양건일에게 화가 났다.

회사 상무라는 자가 일찌감치 퇴근해서는 룸살롱 아가씨를 태우고 강릉으로 1박 여행을 떠난단 말인가. 무슨 이런 자식이.

전기호의 안타까운 마음을 모르는 무심한 차는 한동안 도심을 달렸다. 고속도로를 향하는 모양이다.

전기호의 초조감이 커져 갔다. 운전하는 양건일은 몰라도 혹시 조수석에 탄 저 여자가 블랙박스 메모리카드가 삐져나온 걸 발견하지나 않을까 하는 불안감도 있다.

차가 갑자기 속도를 확 줄였다.

"여기서 먹고 가자. 고속도로 타면 휴게소밖에 없어."

식당에 차를 댄 모양이다! 복음과도 같은 양건일의 말소리였다. 그 동안 욕했던 양건일에 대한 미움이 싹 사라지는 순간이었다.

대략 선릉쯤에서 여자를 태운 것 같으니 차가 달린 시간을 감안하 면 이곳은 경부고속도로에 오르기 전의 어느 지역인 것 같았다.

차가 멈추었고, 양건일과 여자가 내리는 소리가 들렸다. 하지만 뒤 이어 들리는 소리.

"키는 안에 두셨죠?"

발레파킹을 맡긴 모양이다.

주차요원이 차에 탔다.

"우와, 차 존나 좋네."

수많은 차량을 운전하는 발레파킹 직원이라도 벤틀리 플라잉스퍼 는 희귀할 것이다. 직원은 차량이 낯선 듯 이곳저곳 만지고 조절해 보 는 듯했다. 잠시 후 조수석에 팔을 턱 걸치고 뒤를 돌아보며 후진하려 했다.

그러다 전기호와 눈이 딱 마주쳤다.

"허억!"

직원은 기겁하며 급브레이크를 밟았다.

"누, 누굽니까?"

전기호는 몸을 천천히 일으켰다. 온몸이 쑤셨다.

"사장님이 여자를 너무 밝히셔서요."

"에?"

"사모님한테 의뢰를 받았거든요."

"의뢰……요?"

전기호는 눈을 찡긋하면서 오른손 새끼손가락을 들어 보였다.

이어 말했다.

"저런, 차를 거칠게 몰더니 블박 메모리도 튀어나왔네요. 좀 넣어 주시겠어요?"

직원은 앞으로 고개를 돌려 블랙박스를 보더니 손을 뻗어 메모리를 눌러 넣었다. 순간적으로 얼이 빠져서는 자신도 모르게 전기호가 시키는 대로 하는 모양새였다.

"감사해요. 그래야 녹화가 잘되겠죠?"

전기호는 눈을 찡긋하며 남자를 향해 웃었다.

뒷문을 열고 내린 후 기지개를 크게 켰다.

차가 선 곳은 양재IC 진입하기 전의 한 고깃집이었다.

전기호는 주머니에서 5만 원권 두 장을 꺼내 핸들을 쥐고 어리둥절해 있는 직원에게 건넸다.

"아시죠? 비밀이에요. 나중에 사모님이 크게 한턱내실 겁니다."

전기호는 한 번 더 눈을 찡긋하고는 자리를 떠났다.

* * *

"엄마, 일찍 퇴근했네."

이 말부터 윤해성은 귀를 쫑긋 세웠다.

양건일의 엄마?

친모일 텐데, 그렇다면 양다곤의 전처? 옛날에 아버지, 어머니와 같이 부부동반으로 만나기도 했던 그 여자다.

윤해성은 전기호가 가져온 블랙박스 데이터를 돌려 보고 있었다. 처음으로 눈길을 끄는 대목이 이 부분 대화였다.

"양건일 상무의 엄마면 양다곤 회장의 이혼한 전처잖아요?"

옆에서 지켜보던 방수희가 말했다.

"음. 그럴 거야."

이어 양건일과 여자는 일상적인 대화를 잠시 나누었다. 여자는 의류 회사를 운영하는 모양으로 '중국 업체 때문에 힘들다', '중국으로 공장을 이전할까 보다' 등등의 이야기가 오갔다.

잠시 후 이어진 대화에 윤해성, 방수희, 전기호 모두 아연실색했다.

"설민수는 시키는 대로 잘했지? 장유나한테 영상은 제대로 도착했고?"

여자의 목소리였다.

"그렇긴 했는데……."

"잘했어. 두 번 세 번 반복해야 정신을 완전히 망가뜨릴 수 있어. 언제까지 이어질지 모른다는 불안감이 사람을 좀먹는 거거든."

"엄만 하여튼 그런 쪽으론 최고야."

"장유나 그 계집애는 절대 그냥 둘 수 없어. 다 너를 위해서야."

윤해성과 방수희, 전기호는 누가 먼저랄 것도 없이 서로를 번갈아 마주 보았다.

설마 했던 의혹이 전부 사실로 드러났다.

양건일과 친모는 상속을 두고 대립하는 장유나를 망가뜨리기 위해 이 모든 일을 기획했던 것이다. 그 현장이 지금 눈앞에서 생생하게 재생되고 있다.

"우와, 이 인간들, 정말이었어!"

"쉿, 조용히 해 봐."

방수희가 입에 손가락을 대며 전기호의 말을 막았다.

잠시 후 대화가 이어졌다.

"젠장, 설민수 자식이 이번엔 또라이 짓을 했어."

"왜?"

"회사 법무팀 쪽에 슬쩍 알아봤거든. 자식이 이번엔 아예 야동 찍어서 보냈나 봐. 하여간 변태 새끼하곤 일하면 안 된다니까!"

"야동처럼? 그럼 좀 위험한 거 아니니?"

"그렇지. 형사 문제가 되니까. 안 그래도 장유나가 경찰에 신고까지 했나 봐."

"저런. 경찰이 끼어들면 안 되는데."

"걱정할 정도까진 아니야. 경찰이 수사한대도 추적당할 만한 꼬투리는 전혀 없으니까. 설민수가 뻘짓만 하지 않으면 괜찮아."

"정말 괜찮을까?"

"응. 이대로 한동안 잠잠히 있기만 하면 돼."

장유나 건에 관한 대화는 그걸로 끝이었다.

윤해성과 방수희, 전기호는 한동안 아무런 말도 하지 못했다.

전기호가 먼저 입을 뗐다.

"……이거 경찰에 보낼까요?"

윤해성이 고개를 저었다.

"왜 안 돼요?"

"경찰에 보내면 필연적으로 언론에 알려질 거야. 장유나 씨가 일단 그런 걸 원하지 않고 있어. 적어도 보내기 전에 본인한테 의사는 물어봐야 해. 두 번째로는 이거 불법 증거야. 차에서 훔쳐 온 거잖아? 증거 능력이 없어. 세 번째는."

"세 번째는?"

"이걸로 경찰에 보내는 것보다 더 큰 걸 얻어 낼 수 있어."

방수희와 전기호는 마주 보았다. 역시, 하는 표정들이다.

"이걸로 협박한단 겁니까?"

전기호가 물었다.

"아니, 협박 같은 거 아니야."

"그럼 약점을 잡아 둔단 건가요? 어차피 증거능력도 없는 물건, 그렇게라도 쓰면야……."

"꼭 그런 것도 아니야."

"아하! 양다곤 회장한테 팔려고 그러죠? 비싸게?"

"아냐."

"그럼요?"

방수희가 걱정스레 물었다.

"일단은 가지고 있을 거야. 언젠간 판을 뒤집을 조커가 될 수도 있겠지."

윤해성이 의미심장하게 웃었다.

그 웃음의 의미를 방수희는 알 것 같았다. 그녀는 윤해성의 최종 목표를 알고 있다. 장유나 건의 해결보다 더 큰 것. 그걸 위해 사용할 작정일까. 하지만 이런 게 양다곤에게 직접 타격이 될 수 있을까? 어디까지나 아들과 전처의 모의인데.

전기호는 어리둥절한 표정이었다.

윤해성이 전기호의 눈을 물끄러미 보더니 말했다.

"기호 너 눈이 왜 그래?"

"어, 눈가가 찢어졌어!"

방수희도 그제야 알아보고 말했다.

"그냥 좀 일하다 다쳤어요. 일종의 산재죠."

전기호는 손으로 눈을 슬그머니 가렸다.

"이리 와. 약 발라 줄게."

"아, 이거 별거 아닌데."

전기호는 툴툴거리면서도 방수희를 따라나섰다.

방수희가 전기호를 데리고 윤해성의 방을 나갔다.

저럴 땐 꼭 동생을 돌보는 누나 같단 말이야.

격투기를 하지만 마음은 누구보다 따뜻해.

의지할 수 있을 것 같은 여자.

윤해성은 흐뭇하게 바라보다가 퍼뜩 깨어나 휴대전화를 꺼내 들었다. 전화를 건 상대는 한이수였다.

"이수 씨? 나야. 비서실에 전할 얘기가 있어서."

"뭐예요?"

존댓말을 쓰는 걸로 보아 비서실에서 일하는 중인 모양이다.

"수희가 그날 범인의 신분증을 보았잖아."

"네."

"지금으로선 그게 유일한 단서야."

"그렇죠."

"그래서 최면수사 방법을 한번 시도해 보려고."

"최면수사요?"

한이수의 목청이 높아졌다. 휴대폰 너머로 비서실 주변 직원들도 반응하는 기척이 전해졌다.

"음. 경찰에서도 흔히 쓰는 기법이야. 목격자의 기억이 흐릿할 때 최면을 걸면 기억이 되살아나는 일이 있어. 범인을 얼굴을 떠올리거나, 차량번호를 기억해 내기도 해. 그래서 수희한테도 전문가가 최면을 걸어서 그때 본 신분증 기억을 되살려 보려고. 주민등록번호까진 몰라도 주소를 기억해 낼지도 몰라. 최소한 범인의 완전한 이름 정도는 기억하지 않을까 싶은데."

"최면이라니…… 의외네요."

"어디까지나 과학적인 기법이야. 최면으로 되살려 낸 증인의 기억도 법정에서는 증거로 채택하고 있어."

"그런가요? 그렇다면 시도해 볼 만하네요."

"비서실, 법무팀에 정보 공유해 줘. 그래서 연락했어."

한이수가 목소리를 낮추어 말했다.

"근데, 언제부터 보고를 이렇게 잘 했어?"

윤해성은 모른 척 말했다.

"어쨌든 한울 측에서 알고 있어야 할 사항이고, 또 나중에 최면 조사에 든 비용 청구도 해야 하니까."

"비용 항목에 잔뜩 올리겠단 얘기네."

한이수의 말투는 냉소적이었다.

"알았어요."

전화를 끊을 것 같던 한이수는 주변에 들리지 않을 만큼 작은 소리로 다시 말했다.

"근데 왜 하필이면 '나한테' 전화했어?"

의문문이되 말끝은 내려가 있다. 항의 조다.

"뭐?"

한이수는 대꾸 없이 전화를 끊어 버렸다.

쳇.

윤해성은 휴대전화를 들고 잠깐 멍했다.

여전히 꼬여 있는데.

문득 카사노바 친구 태리현의 말이 되살아났다.

"너와 그 여자의 '별의 시간'은 지나갔어. 이젠 되돌릴 수 없어."

잘못된 인과관계.

양다곤을 향한 한이수의 깊은 원한을 알지 못하는 윤해성에게는 영원히 꼬인 매듭일 뿐이었다.

윤해성은 휴대전화를 책상 위에 놓고서 생각했다.

타초경사(打草驚蛇). 수풀을 치면 뱀이 튀어나온다.

상대는 움직일 것인가.

아니, 분명 움직이겠지. '최면 수사'는 페이크지만 듣는 입장에선 다르다. 신상이 드러날지도 모른다고 생각하면 등짝에 땀이 흐를 거다. 가만히 있을 수는 없겠지. 다만 어떤 쪽으로 튈 것인가, 그것이 문제다.

한이수에게 거짓말한 건 좀 미안하지만 어쩔 수 없다. 상대를 속이려면 우리 편부터 속이라는 말이 있지 않은가. 한이수가 우리 편인지는 모르겠지만.

* * *

윤해성 변호사 사무실 직원이 범인의 신분증을 보았다!

최면 수사로 그 기억을 되살리려 한다!

이 소식을 전해 들은 양건일은 아연실색했다. 그 직원이란 사람이 바로 자신의 머리카락을 쥐어뜯은 '김다인'이라는 이름의 여자라는 사실을 알면 더 놀라겠지만 당연히 그건 알지 못했다.

"이런! 설민수가 잡히면 엿 되는데."

안 그래도 그 직원이 '설민'이라는 이름의 일부를 보았다고 해서 가슴이 뜨끔해 있던 차였다. 그래도 설마 하며 마음을 놓고 있었다. 그것만으로는 설민수의 최종 신상에까지는 도달할 수 없다고 믿었다. 그런데, 최면으로 신분증 기억을 되살린다니!

주민등록번호까지 갈 것 없이 주소라도 밝혀지면…….

이름 석 자만이라도 나와 버린다면…….

흔한 이름이 아니다. 설민수 신상이 드러나는 건 시간문제다.

그 의리 없고 야비한 설민수는 양건일과 박연숙이 사주했다고 바로 털어놓을 것이다. 그러면 모든 게 끝장이다.

상상도 하기 싫었다.

양건일은 자신의 사무실 안에서 초조하게 서성였다. 골프 퍼팅기가 발에 걸리적거리자 신경질적으로 걷어찼다.

"왜 이딴 게 방 안에 있어!"

그걸 사무실 안에 둔 건 자신이다. 터무니없는 화를 낼 만큼 신경이 불안정해졌다.

한참 생각에 골몰하던 양건일은 휴대전화를 들었다. 사람들은 대개 조급해지면 섣부른 짓을 한다. 성정이 접시 물처럼 얕은 양건일은 오죽하랴.

"윤 변호사. 나 양건일 상무야."

상대는 윤해성이었다.

"네. 양 상무님."

어째 윤해성의 말투가 사무적이다. 넙죽 기는 맛이 없다. 오늘따라 더 마음에 들지 않는다.

"당신 사무실 직원을 상대로 최면 수사를 한다고?"

"네. 걱정하지 마십시오. 지금 준비 중입니다. 경찰 수사에 수십 차례 참여했던 최면 전문가를 섭외했습니다. 곧 실시할 거고, 결과도 곧 나올 겁니다."

"그거 그만두지."

"왜요?"

왜요, 라니.

윤해성의 어투가 도발적이었다. 또다시 불쾌감이 찾아왔다. 하지만 오늘은 양건일이 아쉬운 처지다. 꾹 참고 말했다.

"그거 미신이야. 그런 게 통하겠어? 요즘 같은 과학 시대에. 그런 거했다고 소문났다간 그룹 이름에 먹칠이야. 마치 범인 잡으려고 굿판벌였다는 거하고 다를 게 뭐야?"

"오해가 크시네요. 최면 수사는 과학입니다. 정해진 프로토콜대로하는 거예요. 담당하시는 분도 심리학 교수세요. 굿하고 비교한다면모욕감 느끼실 겁니다."

양건일은 얼굴이 화끈 달아올랐다.

이 자식이!

하지 마라면 하지 말 것이지, 감히 내 말에 딴지를 걸어!

양건일의 울컥한 기척에 아랑곳하지 않고 윤해성의 말이 이어졌다.

"최면 수사로 이끌어 낸 증언도 증거능력이 있습니다. 재판에서 많이 채택되고 있어요. 법원이 인정한 수사 방법입니다. 전혀 거리낄 게없으세요. 그런 건 무식한 사람들이나 하는 소립니다."

뭐라고? 무식한 사람? 이 자식이!

그건 바로 날 향해 하는 소리잖아! 지금 돌려서 깐 거냐?

양건일은 목덜미까지 벌겋게 달아올랐다. 하지만 다시 한번 꾹 눌러참았다. 지금은 그래야 했다.

"아무래도 인권문제가 생길 거 같아. 윤 변호사 직원을 최면 상태에들어가게 하는 거잖아. 그냥 목격자에 불과한데 최면까지 걸고, 너무가혹해. 그런 걸 했다간 그룹의 도덕성에 흠이 갈 수도 있어."

"본인이 동의한 겁니다. 아니, 본인이 더 원해요. 꼭 기억을 되살려서 범인을 잡고 싶답니다. 미성년자도 아니고 성인이 자신의 의사로동의했는데 무슨 인권 문젭니까? 그런 걸로 욕하는 사람이 있다면 그사람이 무식한 거죠."

뭐? 무식! 또!

이 자식이 정말!

이건, 분명히 날 엿 먹이는 말이야!

양건일은 결국 참지 못하고 버럭 소리를 질렀다.

"하지 말라면 하지 마! 당신은 우리 회사 고문변호사잖아. 시키는 대로 해야지! 의뢰인이 하지 말라는데 왜 당신이 나서!"

"그래서죠."

윤해성은 차분했다.

"뭐? 그래서라니?"

"한울 모터스의 고문변호사니까 회사를 위해서 하는 거 아닙니까."

차분하지만 냉정하고 도발적인 어투였다.

이 자식이!

이 개자식이!

한울 모터스의 후계자, 한울 모터스 그 자체인 나한테 감히!

이 머슴 새끼가!

양건일은 폭발했다.

"야, 이 개새끼야!"

윤해성은 대답이 없었다. 양건일은 자신이 욕설을 하자 상대가 놀라서 기에 눌린 거라고 판단하고 고성을 이어 갔다.

"내가 하지 말라잖아! 한울 모터스의 상무, 이 양건일이! 그게 무슨 말장난이야!"

"상무님이 조금 착각하고 계신 것 같습니다. 상무님은 개인이고, 한울 모터스는 법인입니다. 죄송하지만 저는 한울 모터스 법인의 고문변호사입니다. 그리고 법인 측으로부터는 최면 수사를 진행하라는 결재를 정식으로 받고 절차를 진행 중인 겁니다."

양건일은 말문이 막혔다. 나아가 한동안 말을 할 수 없었다.

이 자식은 깊은 생각이 있는 건지, 꽉 막힌 건지, 아니면 그냥 또라이인 건지 도무지 알 수 없다. 무엇보다 말이 통하지 않는다. 누가 보스인지, 누가 실세인지도 알지 못하는 것 같다. 이 정도 했으면, 한울의 상속인이 이렇게 말했으면 눈치 있는 인간이라면 넙죽 알아 모셔야 할 거 아닌가? 근데 이 고집불통의 태도는 도대체 뭐지? 욕하고 화내도 통하지 않는다.

도리가 없다. 윤해성을 움직여서 최면 수사를 못 하게 하는 길은 막혔다. 여기서 무리하면 오히려 의심받을지 모른다.

양건일도 한울 모터스의 상무 자리까지 오면서 나름대로 사회 경험은 있다. 그 정도 사리분간도 못 할 만큼의 머저리는 아니다. 말투를 확 누그러뜨렸다.

"윤 변호사의 뜻이 그렇다면 진행해야지. 오해는 마. 난 그저 그룹의 이미지가 나빠질까 봐 걱정돼서 그런 거니까."

"그러시겠죠. 알고 있습니다."

"윤 변호사도 흥분 가라앉히고."

흥분은 양건일 본인이 해 놓고 슬쩍 윤해성 쪽에 떠넘기고 있다.

"흥분 안 했습니다. 화도 안 났고요."

둘 사이에 화를 낸 일도 없고, 아무 일도 없었던 것으로 치자는 윤해성의 말이다. 양건일도 거기에 응답해 "그럼 수고하고." 하는 정도로 말하고 통화를 끊었다.

하지만 휴대전화를 든 손은 하얗게 변할 정도로 힘이 들어가 있었다. 관자놀이에 핏줄이 섰고, 눈은 부릅떠 있다. 분을 삭이는 중인 것이다.

"……도리가 없어. 설민수를 직접 만나는 수밖에."

양건일은 이를 악물고 혼잣말을 뱉었다.

* * *

윤해성은 양건일과의 통화가 끝나자마자 전기호를 불렀다.

"양건일의 차 기억하지?"

"당연하죠. 벤틀리 청색. 저한텐 애증의 차예요."

"그걸 좀 쫓아 줘야겠어."

"히엑!"

전기호가 기겁을 했다.

"왜 그래?"

"그 차에 안 좋은 기억이 있어서요."

전기호는 자신도 모르게 손을 올려 눈가의 상처를 만졌다.

"좋은 기억을 만들어 극복하면 돼."

"……네."

"아무래도 미행은 기호 너만 한 사람이 없을 거 같아."

"그렇긴 하죠."

윤해성의 말에 불끈 의욕이 생겼다. 자신을 인정해 주는 보스만큼 기운을 내게 하는 것도 없다.

"미행은 왜 하는 거죠?"

"내가 최면 조사 이야기를 흘리니까 양건일이 격하게 반응했어. 중단하라고 하는 걸 내가 거부했어. 그렇다면 양건일 입장에서 남은 길은 하나, 설민수의 입단속을 하는 것뿐이지. 추적 위험 때문에 전화는 하지 않을 것 같아. 전화 통화로 확실하게 입막음 되는 것도 아니고. 직접 만나러 갈 가능성이 높아. 그 뒤를 쫓으면 설민수를 찾게 되는 거지."

"좋아요. 미행 정도는 껌이죠."

"양건일은 곧 움직일 거야. 전화한 본새를 보면 마음이 급해 있어.

오늘, 내일 정도로 보지만, 뭐 아닐 수도 있어. 하여튼 길진 않을 거야. 특히 기사 없이 혼자 차를 모는 때를 놓치면 안 돼. 분명 은밀한 용건으로 가는 걸 테니까.”

“옙!”

전기호는 기운차게 대답했다.

* * *

전기호는 포르쉐 핸들에 손을 얹고 먼 곳을 응시하고 있다.

이곳은 한울 모터스 지하1층 임원용 주차장.

전기호가 시선을 보내는 끝에는 양건일의 벤틀리가 서 있다.

윤해성의 말이 머리에서 맴돌았다.

‘양건일은 설민수를 만나러 갈 거야. 미행해서 소재를 파악해.’

엘리베이터가 열릴 때마다 긴장해서 봤지만 양건일은 좀처럼 모습을 드러내지 않았다. 운전기사도 물론 나오지 않았다.

‘이 인간이 오늘은 웬일로 일을 오래 하나?’

지난번에는 양건일이 생각보다 일찍 퇴근해서 차로 오는 바람에 곤욕을 치렀었다. 그래서 일찍 왔더니 오늘따라 양건일의 등장이 늦다.

지루한 기다림의 시간이 지나고 오후 6시 30분이 넘었을 무렵, 드디어 지하1층 엘리베이터의 문이 열리고 양건일이 모습을 드러냈다.

차로 향하는 걸음걸이가 왠지 초조해 보였다. 표정이 어둡다.

‘이왕이면 오늘 바로 화끈하게 해결되면 좋지.’

기사 없이 양건일 혼자 차를 운전할 모양이다. 개인 용무가 틀림없다. 윤해성은 특히 이런 때에 실수 없이 미행하라고 했다.

미등이 켜지고, 벤틀리는 곧 웅장한 배기음을 내뿜으며 스르르 굴러가기 시작했다. 전기호도 액셀에 힘을 주었다.

주차장을 나가고, 테헤란로로 오르기까지 전혀 문제가 없었다.

상대는 이쪽을 의식하지 못한 것 같다. 전기호는 옆 차선에서 10미터쯤 떨어져 뒤를 조심스럽게 따라갔다.

벤틀리는 동쪽으로 방향을 틀었다.

서울의료원을 끼고 좌회전을 하고는 동부간선도로를 잠깐 타다가 올림픽 도로에 올라섰다.

전기호는 쾌재를 불렀다. 올림픽대로는 뒤를 따르기 더 쉽다. 신호에 걸려 차를 놓칠 일이 없다.

벤틀리는 서쪽인 김포공항 방면으로 방향을 틀었다. 한참을 달리던 벤틀리는 가양대교까지 가서야 빠져나갔다. 차는 화곡동 방향으로 달리다가 어느 주택가를 낀 조그만 도로로 접어들었다.

너무 별 탈 없이 오래 달린 탓일까. 전기호는 조금 방심했다. 좁은 도로를 달리던 벤틀리가 돌연 급정거를 했다. 너무 바싹 뒤를 따라붙은 모양이다. 전기호가 브레이크를 밟는 타이밍이 조금 늦고 말았다.

쿵, 까지는 아니고 작은 충돌음이 나면서 전기호의 포르쉐도 멈추었다.

망했다. 양건일 차의 뒤 범퍼를 받고 말았다.

고개를 빼서 보니 벤틀리 앞으로 차량 한 대가 휙 지나가고 있었다. 십자 도로에서 차가 툭 튀어나와 가로지른 모양이었다. 그 탓에 양건일이 급정거했고, 바싹 뒤를 쫓던 전기호가 충돌해 버린 것이었다.

전기호는 당황했지만, 침착하려 애를 썼다.

이런 때일수록 보통 때처럼 행동해야 해.

전기호는 차 문을 열고 내렸다. 양건일은 이미 내려 있었다.

양건일은 먼저 차량의 뒤로 와서 범퍼를 확인했다. 전기호도 뒤이어 확인했다.

약간의 스크래치 정도뿐, 멀쩡했다. 그 스크래치도 가는 컴파운드로 닦으면 금세 사라질 만한 것이었다.

"야! 운전을 왜 그따위로 해!"

양건일이 전기호를 보고 소리를 버럭 질렀다. 그 직전에 양건일이 자신의 얼굴과 몸집을 살피는 잽싼 눈빛을 전기호는 보았다. 그 짧은 순간에 견적을 쟀다. 그리고 판단했으리라. 막 해도 될 만한 상대라고. 어리고 만만해 보이니 냅다 반말로 언성을 높인 것이었다.

"죄송합니다."

전기호는 순순히 고개를 숙였다. 여기서 시끄러워지면 안 된다. 안 그래도 추돌사고로 미행이 물 건너간 판국이다. 더 망칠 수는 없다.

"안전거리 확보 몰라!"

양건일은 한 번 더 소리를 질렀다.

"죄송합니다."

전기호는 한 번 더 고개를 숙였다.

"내가 어떤 사람인 줄 알아? 이 친구가 정말! 내가 다쳐서 입원하면 당신 엿 되는 거야!"

"원하신다면 보험처리 해 드리겠습니다."

어쩔 수 없다. 벤틀리면 범퍼만 갈아도 몇백 견적은 나오지 않을까. 현금으로 주고받는 처리는 엄두가 나지 않는다. 하지만 양건일은 의외의 반응을 보였다.

"됐어! 그냥 가."

"그래도 되겠습니까?"

"인피 접수 안 시킬 테니, 가. 당신 오늘 사람 잘 만난 줄 알아."

오호. 개인적인, 은밀한 용건으로 여기까지 온 게 분명하다. 그렇지 않다면 저 성질 더러운 양건일이 보험 접수도 않고 상대를 그냥 보낼 리가 없다. 그럴수록 전기호는 기회를 놓쳤다는 생각에 더욱 입맛이 썼다.

양건일은 에이, 씨 하더니 팔을 툭툭 털면서 자신의 차로 돌아갔다.

전기호는 인사를 한 번 더 하고 포르쉐로 돌아갔다.

이대로 살금살금 미행을 해 봐?

목적지까지 거의 다 온 것 같은데.

설마 자신의 차와 추돌사고를 낸 차가 자기를 미행하는 차라고는 생각 못 하지 않겠어?

생각하던 전기호는 머리를 저어 버렸다.

조금 전 윤해성의 말이 떠올랐던 탓이다.

"절대로 미행하는 걸 들키면 안 돼. 그러면 모든 작전은 끝이야. 들킬 것 같으면 차라리 포기하고 돌아와."

"그래도 돌아와 버리면 아무 소득이 없잖아요."

"그래도 괜찮아."

"괜찮다구요?"

"응, 내 말을 믿어."

윤해성은 웃음기 없는 표정으로 말했다. 그가 그렇게 말하면 진심이었고, 분명 허튼소리가 아니었다.

전기호는 포기하고 돌아가기로 했다. 미행을 들켜서 일을 완전히 망치는 것보다야 그게 낫다. 아무튼 윤해성 본인이 그냥 돌아와도 괜찮다고 했지 않은가.

전기호는 핸들을 돌렸다.

양건일은 차로 돌아와 다시 핸들을 잡았다.

"재수 더럽게 없네. 안 그래도 오늘 기분이 거지 같은데!"

끝까지 툴툴거리며 액셀을 다시 밟았다.

내비게이션의 지시에 따라 차는 좁은 도로를 조금 더 갔다.

연립주택이 밀집한 어느 조용한 주택가 입구에 차는 멈춰 섰다. 그 앞에는 조그만 카페가 있다.

양건일은 주변을 두리번거렸는데, 주차 공간은 없다. 결국 조금 후진해 유료주차장에 차를 대고 내렸다. 조그만 가방을 든 채다.

카페는 빈티지 느낌의 오디오를 주제로 꾸민 곳이었다. 큰 스피커가 곳곳에 설치되었고, 중고 턴테이블과 앰프가 잔뜩 쌓여 있었다. 재즈풍의 음악 소리가 꽤 컸다.

설민수는 먼저 나와 있었다. 커다란 앰프 더미 옆에 파묻혀 주변의 시선이 차단된 곳이었다. 양복 차림이다.

양건일은 그 앞에 앉았다.

"회사 일 끝나고 곧장 왔나?"

설민수는 대답 없이 고개만 까딱했다.

건방진 놈.

양건일의 비위가 상했다.

이 일만 아니면 상대도 하지 않을 놈인데.

불편한 심사는 공격적인 말로 튀어나왔다.

"왜 시키지도 않은 짓을 했어."

낮고 질책하는 듯한 목소리.

설민수의 이맛살이 확 찌푸려졌다.

"보자마자 좆같네."

역시 낮은 목소리. 하지만 잔뜩 뒤틀려 있다.

만나자마자 험악한 분위기다.

예상대로 흘러가지 않는다. 이런 식이면 곤란한데.

"실제로 리얼돌 섹스 동영상을 보낸 게 안 좋았어. 그 탓에 형사사건이 돼 버렸어. 그 판국에 병원에는 왜 찾아가고 지랄이야?"

"말투 조심하지. 내가 당신 부하야?"

"이 새끼가!"

"왜 새꺄."

설민수의 얼굴이 기괴하게 일그러져 있다. 양건일은 욱했다. 회사 안이라면 주먹이 날아갔을 것이다. 아니, 자신이 누구인지 안다면, 그리고 회사 안이라면 처음부터 자신한테 이렇게 대할 수도 없다. 하지만 여기선 어쩔 수 없다. 상대는 통제 불능의 인간이다. 양건일이 누군지 밝힐 수도 없다. 일단 물러섰다.

"지금 너 정체가 밝혀질 판이야."

"뭐? 어떻게?"

설민수는 하마터면 커피를 쏟을 뻔했다. 여유를 부리며 여차하면 양건일과 맞짱 뜰 태세이던 그는 어지간히 놀랐는지 목소리가 뒤집어졌다.

"최면 수사를 하고 있어."

"최면 수사?"

"병원에서 네 신분증을 누가 봤다며."

"그 여자가 지갑을 잠시 열어 보긴 했지."

"여자? 여자인가? 하여튼 그 여자를 상대로 최면을 걸어서 기억을 떠올리게 한다는 거야."

"그런 게 가능해?"

"그런 기억이 잠재의식에는 사진처럼 남아 있어. 그걸 최면으로 끄집어내기 때문에 가능하다고 해. 네 신분이 드러날 위험이 있단 거야."

커피 잔을 쥔 설민수의 손이 눈에 띄게 떨리기 시작했다.

"아, 씨팔. 존나……."

그저 욕설만 주워섬길 뿐, 커피 잔을 들어 올리지도 못하고 있었다.

새가슴. 소심한 새끼.

이런 놈하고 일을 하는 게 아니었는데.

양건일의 결과론적 후회는 어차피 늦었다.

"주민등록증이었나?"

설민수는 듣는 둥 마는 둥 얼굴이 새파랗게 질려 있었다.

양건일의 말이 귀에 닿지 않는 모양이다.

양건일은 커피를 마시며 잠시 침묵했다. 설민수가 어느 정도 가라앉았을 때쯤 말했다.

"그래서 말인데, 만약에 네 정체가 탄로 나게 되더라도 내 이야기는 하지 말았으면 해."

설민수가 고개를 비스듬하게 들었다.

"그 용건이었군. 날 만나자고 한 게."

"……."

"내가 맘대로 정한 여기까지 달려온 것도 가상하다 했더니, 지가 똥 줄 탄 거였어."

"어이, 이봐. 말조심해."

쿡쿡.

설민수의 웃음소리가 기괴했다.

불길했다.

길고양이를 괴롭히는 자의 웃음이 저럴까.

"나 혼자 안고 가라는 거야?"

"말이 좀 그러네. 원래 너 혼자 저지른 일이야. 우린, 아니 난 정보만 주었을 뿐이고."

"우린? 당신 말고 또 누가 있어?"

양건일은 아차, 싶었지만 이미 늦었다.

"없어. 말이 잘못 나온 거야."

설민수는 고개를 저었다.

"분명 우리라고 했어. 당신 뒤에 누가 또 있군."

그러더니 이번엔 고개를 끄덕이며 혼자 납득했다.

"하긴 장유나의 주소를 알고 있을 정도면 누군가 또 있겠지. 당신들이 누군지, 무슨 목적인지는 몰라도, 난 어쨌든 그것만 알면 됐으니까 그냥 덥석 물었던 거고."

그러다 설민수는 고개를 번쩍 들었다.

"그러다 인제 내가 거추장스러우니까 꼬리를 자르겠다?"

뭐 이런 개자식이 있지?

너 혼자 한 거잖아.

꼬리를 자르고 말고 할 게 어디 있어.

장유나를 스토킹하고 리얼돌 동영상 보낸 거, 다 네놈이 혼자 한 거였잖아.

난 주소 알려 주고 몇 가지 방법에 관한 힌트를 준 것밖에 없다고.

그런데 이런 식으로 물고 늘어져?

이 은혜도 모르는 개자식아!

마음속으로 이렇게 말하는 양건일이었지만 입 밖으로 낼 수는 없다. 설민수는 개지만 미친개다. 지금은 이 미친개를 달랠 수밖에 없다.

"꼬리를 자르는 게 아니라, 우리가 같이 망가질 필요는 없잖아?"

"글쎄…… 난 좀 억울할 것 같은데."

억울?

네가?

"당신들이 가만히 있는 사람을 부추겼잖아. 난 그저 재미 삼아 조금 호응했던 거고."

이 새끼!

너야말로 꼬리 자르기 하려는 거네.

우릴 몸통으로 만들고, 넌 그냥 하수인이었던 것처럼.

벌써 잔머리를 굴리는 품이 보통이 아니다.

"만약 체포된다고 해도 별 대단한 사건이 아니잖아. 장유나도 비밀리에 수사를 요청했고, 언론 보도도 안 될 거야. 장유나가 스타여서 그렇지, 그저 음란 동영상 하나 보낸 것에 불과하다고. 벌금 정도로 끝날 거야. 잘하면 기소유예도 가능하고."

"꼬드기지 마. 요즘 성범죄 처벌이 세다는 건 나도 알고 있어. 집행유예 정도 받으면 나 회사도 잘려. 여론 안 좋으면 구속될지도 몰라. 근데 혼자 안고 가라고? 아무래도 좀 생각해 봐야 할 문제인걸."

설민수는 거의 이죽거렸다.

양건일은 팔짱을 긴 채 설민수를 한참 노려보았다. 설민수도 지지 않고 마주 보았다.

양건일은 할 수 없다는 듯 팔짱을 풀고 옆 의자에 둔 가방을 끌어와 테이블 위에 놓았다.

"직장에서 잘릴까 봐 걱정되는 건가? 그런 거라면 내가 조금 보상해 줄 수도 있어."

양건일은 가방의 지퍼를 조금 열어 보였다.

설민수는 시선을 힐끔 보냈다.

가방 안에는 5만 원권 묶음이 한눈에도 여러 개 들어 있었다.

"스무 개야."

"1억?"

설민수가 놀란 음성으로 낮게 말했다.

"걸리더라도 내 이야기를 하지 않겠다는 약속을 하면 우선 이걸 주지. 최면 수사로 네 신분이 드러나는 것도 확정되지 않았어. 그저 그럴 수도 있단 거지. 이런 상황에서 이 돈만 받고 안전하게 끝날 수도 있어. 어때? 남는 거래지 않아?"

설민수의 눈이 파충류처럼 빛났다.

"걸린 후에 끝까지 입을 다물면 1억을 더 준다."

양건일은 말을 던져 놓고 의자 등받이에 몸을 기댔다.

더 이상은 아쉽지 않다. 남은 결정은 네가 하라는 몸짓.

설민수의 고민에는 오랜 시간이 걸리지 않았다.

설민수는 가방으로 팔을 뻗었다.

"그게 서로 좋은 거겠지."

설민수는 이를 한껏 드러내고 소리 없이 웃었다. 파충류 완성.

그는 싱글거리며 말을 덧붙였다.

"선생님에 대해선 말하지 않겠습니다. 난 한번 말하면 지키는 사람이거든요."

"약속은 지키라고 있는 거겠지?"

"물론입니다. 걱정하지 마십시오."

설민수가 가방을 안고서 돌연 깍듯해졌다.

양건일은 자리에서 일어났다. 뒤도 돌아보지 않고 걸어 나왔다.

벌레 같은 새끼.

한없는 경멸의 비웃음을 등 뒤로 짓고 있었다.

양건일은 알고 있었다.

설민수를 움직일 수 있는 건 딱 두 가지.

하나는 장유나. 또 하나는 돈.

설민수는 속칭 '또라이'다. 여자에 미친 변태다. 인성 바닥의 개새

끼다.

또라이? 변태? 개새끼? 다 맞아. 근데.

돈 앞에는 무너져. 그딴 가면들 다 날려 버릴 수 있어.

양건일은 돈을 넘어서는 정신이 있다고는 믿지 않았다.

뉴스에서 많이 보았다.

심신미약? 심신상실? 통제할 수 없는 범죄?

놀고 있네.

그런 것들, 현찰로 싸다구 한 번 때려 주면 바로 제정신 돌아올걸.

누구보다 앞장서서 허겁지겁 돈 셀 놈들이 저런 미친 척하는 것들

이야.

아무튼.

이걸로 최소한의 안전장치는 했어.

이런 일이라 직원을 시키지 못하고 본인이 직접 나서야 했기에 좀

피곤했지만.

최면 수사 이야기를 듣고 마음 졸였고, 윤해성과 통화하다가 열 받

았고, 설민수가 자기 집 근처까지 오라고 불러 열 받았고, 오다가 추돌

사고를 당해서 또 열 받았지만 결국은 설민수의 입을 막는다는 목표

를 이루었다.

결과로 보면 나쁘지 않은 하루였어.

양건일은 만족한 빛을 만면에 띠며 벤틀리에 올랐다.

차에 오른 양건일은 시동을 건 후 곧장 출발하지 않고 내비게이션의 '최근 목적지' 항목을 띄웠다. 그러고는 금방 들른 카페를 지웠다.

*　*　*

"드디어 네가 일할 때가 왔어."

"일이요?"

"너 우리 사무실 직원이잖아. 류 알바."

윤해성이 전화했을 때 류지훈은 한참 게임에 빠져 있었다.

"저도 드디어 벌이가 생기는 거네요. 알겠슴다."

"슴다? 너 완전히 회복했구나. 바로 사무실로 튀어나와."

두 시간 후, 류지훈이 어슬렁거리며 사무실로 들어오자 방수희가 가장 먼저 보고 반겼다.

"지훈이 왔구나. 웬일이야?"

"변호사님이 불러서요. 알바 있대요."

"얼굴이 멀쩡하네. 요샌 괜찮지?"

"네. 누나도 별일 없죠?"

화장실에 갔던 전기호가 들어오며 류지훈을 보더니 손을 뻗어 머리를 헝클었다.

"야! 이 녀석 인사치레도 할 줄 알고 사람 됐어!"

"안녕하세요."

류지훈이 허리를 굽히며 인사했다.

"그래. 이 형님은 안녕하다."

"덕분에 저도요. 여러 가지로 고마웠슴다."

"뭔, 세상 하직하는 사람처럼 말하냐. 여전히 맥아리가 없네. 짜식."

전기호는 류지훈 앞에서는 이상하게 기세등등하다.

"변호사님이 불렀어?"

"네. 일 시킬 게 있대요."

"컴퓨터 수리라도 시키려나. 핫핫."

전기호가 두 사람을 번갈아 보았지만 웃는 사람은 본인 혼자였다.

"흠, 흠. 방에 들어가 봐. 변호사님 있으니까."

류지훈은 다시 고개를 꾸벅하고는 윤해성의 방으로 들어갔다.

잠시 후, 방문이 열리고 류지훈이 다시 고개를 내밀었다.

"기호 형, 형도 들어오래요."

전기호가 방으로 들어갔다.

"왜요, 변호사님."

"설민수를 찾아내려고."

"네? 설민수를 찾아요? 어제 양건일의 차를 놓쳐 버렸는데."

"아냐, 어젠 수고했어. 덕분에 일은 간단해졌어."

전기호는 어리둥절했다. 그 얼굴에 대고 윤해성이 다짐을 받듯 말했다.

"다만 이번엔 둘이 힘을 합쳐야 해."

"제가 할 일은 뭐죠?"

"지훈이 데리고 양건일의 차에 한 번 더 갔다 와 줘."

"헉! 또요?"

"왜 자꾸 질색을 해?"

"이상하게 그 차하고 저하곤 궁합이 안 맞는 거 같아요. 전 부자 돼도 벤틀리는 안 삽니다."

윤해성이 못 박듯 말했다.

"벤틀리 무시하는 발언은 돈 벌고 나서 해."

"네."

"출동은 이번이 마지막이야."

"네."

전기호가 다소곳하게 대답했다.

* * *

다음 날 오후 한울 모터스 임원 전용 지하1층 주차장

전기호는 다시 오고 싶지 않은 곳에 또 와 있다. 류지훈이라는 거추장스러운 짐까지 달고 있다. 실제로도 짐이 있다. 류지훈은 작업에 쓸 거라면서 보스턴백에 노트북 컴퓨터와 연결선 같은 것들을 가지고 왔다.

만에 하나, 도망가야 할 상황이 생긴다면 상당히 불편하다. 그런 일이 처음부터 없어야 한다. 양건일의 퇴근 시간이 들쑥날쑥한 것이 불안요소였다.

양건일의 차는 푸른색 벤틀리.

역시 문을 개방하는 건 쉬웠다. 지난번에는 2분 정도였는데 이날은 1분 안에 작업이 끝났다.

"야, 오늘 기록인데! 벤틀리도 별것 아녔어!"

전기호는 혼자 작은 소리로 감탄하다가 옆을 돌아보았다. 류지훈이 보이지 않았다. 가방만 놓여 있고 사람은 어느새 멀리 주차장 구석에 가 있었다. 뭘 들여다보고 있는지 차 타이어 옆에 쪼그려 앉아 있다.

짜증이 밀려왔다.

어설픈 녀석. 고급 차들이 많으니 눈이 팔려서 구경 다니는 모양이지? 역시 아직은 어리고, 아마추어야. 아무래도 보스 윤해성이 사람을 잘못 본 것 같아. 못된 바이러스 프로그램 하나 잘 만들었다고 너무 과대평가한 거야. 저래서야 우리 사무실에 무슨 도움이 되겠어. 방해나 안 되면 다행이지. 지금이 얼마나 심각한 순간인데, 얘는 현실감각이 없어. 설마 이걸 게임이라고 생각하는 건 아니겠지? 여기서 실수하면 '리트라이'가 아니라 바로 '영구 오버'야. 이건 리얼, 현실 세계라고.

전기호는 류지훈을 향해 손을 펄럭펄럭 흔들었다.

꽤 여러 번 흔든 후에야 류지훈이 이쪽을 보더니 어슬렁어슬렁 걸어왔다.

전기호는 짜증을 꾹 참고 속삭이듯 말했다.

"옆에 타서 작업해. 난 뒤에 타 있을 테니까."

류지훈이 가방을 감싸 안듯이 하고 몸을 낮추어 조수석에 탔고, 전기호는 방해되지 않도록 조수석 뒷자리에 탔다.

류지훈은 보스턴백에서 노트북과 케이블을 꺼냈다. 드라이버도 꺼냈다. 그러고는 주방용의 얇은 니트릴 장갑을 꼈다. 드라이버와 손끝을 이용해 센터페시아의 내비게이션을 낑낑대면서 탈거했다.

"기스 안 나도록 해. 표 나면 안 되니까."

"옙."

5분여 만에 외장이 벗겨지고 내비게이션은 날것의 모습을 드러냈다.

"컴돌이인 줄만 알았더니 그런 건 어떻게 할 줄 아냐?"

전기호가 신기해서 물었다.

"어제 변호사님한테 일 얘기 듣고 유튜브 봤지요. 이거 빼는 건 거기서 배웠슴다."

"나름 성실한데."

전기호는 감탄했다. 류지훈은 내비게이션에 연결된 전선을 뽑아내 가져온 소형 외부 배터리에 연결했다. 그러고는 역시 삐져나온 연결선을 다른 케이블에 연결해서 자신의 노트북에 연결했다. 류지훈이 키보드를 탁탁탁 두드리니 노트북 모니터에는 검은 바탕에 뭔가 복잡한 문자가 비쳤다가 사라지는 창들이 점멸했고, 잠시 후 무언가 연결된 듯한 창이 떴다.

"그게 뭐야?"

"내비하고 연결시킨 거임. 이제 내비 데이터를 컴에 다운 받을 수 있슴다."

"와아, 그런 것도 가능하냐?"

"프로그램 있는 기계라면 어떤 것도 가능하심. 요샌 집 냉장고나 세탁기도 폰에 연결되잖슴."

"'슴다'체 폭발하는 거 보니까 아주 신났군."

전기호는 창가에 고개를 대고 엘리베이터 쪽을 지켜보았다. 한 번그 상황을 당한 터라 오늘도 혹시 양건일이 내려오지나 않을지 조마조마했다. 만약 지금 양건일이 온다면 센터페시아 뚜껑을 열어 둔 채로 튈 수밖에 없다. 일은 다 그르치겠지만 잡히는 것보단 낫다. 설마그런 일은 없겠지. 아무리 아버지 빽을 믿는 농땡이 상무라 해도 오후3시도 채 안 된 시간에 퇴근할 리는 없을 거야. 그렇게 믿지만 초조한마음은 어쩔 수 없다.

"왜 이렇게 오래 걸려?"

전기호가 물었다.

"데이터다운 중임. 케이블의 한계로 시간이 걸림. 컴과 컴 사이에복사하는 것만큼 빨리 될 순 없삼."

"으음."

다운이 늦는다는 데야 어쩔 수 없다.

15분 후, 마침내 끝났다.

류지훈은 케이블을 걷고, 배터리 충전선도 뽑았다.

제일 시간이 걸린 건 선터페시아 덮개를 덮는 일이었다.

"도와줄까?"

"노. 이쪽으로 오면 더 걸리적거림요."

모서리를 맞추어 요철이 맞도록 넣는 게 쉽지는 않아 보였다. 류지훈은 땀을 뻘뻘 흘리며 겨우 작업을 마쳤다. 손으로 모서리를 스윽 만져 보더니 만족스럽게 말했다.

"매끈매끈. 이거 뗐다 붙였는지 전혀 모를 거임."

류지훈은 가방을 챙기고 차를 나갈 준비를 했다.

앗.

젠장.

젠장!

또!

엘리베이터 문이 열리고 양건일이 모습을 나타낸 것이다.

지금 차 문을 열고 나가면 바로 눈에 띈다.

조금만 늦게 나올 것이지, 아니면 조금만 다운로드가 일찍 끝나든가.

하필이면 차에서 내리기 직전에.

지난번과 거의 똑같은 상황이다. 아니, 이번이 더 어렵게 됐다. 류지훈이라는 짐이 더 있다.

"야, 빨리 뒤로 넘어와!"

전기호가 낮게 소리를 죽여 외쳤다.

하지만 류지훈은 미적거렸다.

"뭐 해, 빨리!"

전기호가 재촉했다.

하지만 류지훈은 여전히 뭉그적거리더니 노트북 키보드 위로 손을 뻗었다.

이 자식이! 뭐 하는 거야!

전기호는 복장이 터질 것 같았다.

그런데 그때.

"여기 좀 도와줄래요?"

여자의 음성이 들렸다.

도와 달라는 목소리치고는 너무나 크고 또렷해서 전기호가 화들짝 놀랄 정도였다.

젊고, 세련된 억양. 도움을 구하는 게 아니라 마치 유혹하는 것처럼 들렸다.

소리는 조금 멀리서 들려온 것 같았다.

이쪽을 향해 오던 양건일이 발길을 멈추었다.

두리번거리다가 소리가 들려온 방향으로 걷기 시작했다.

전기호가 멍하니 있으려니, 류지훈이 빨리 말했다.

"지금이에요, 나가요!"

전기호는 급히 정신을 차리고 차량 뒷문을 조심스레 열고 기다시피 해서 밖으로 나왔다. 거의 동시에 류지훈이 조수석 앞문에서 역시 쪼그린 모습으로 가방을 감싸 안은 채로 내리는 모습이 보였다.

두 사람은 양건일이 간 반대 방향으로 살금살금 걸었다. 적당한 지점까지 이르러 랜드로버를 발견하고 큰 차체 뒤에 몸을 숨겼다.

목을 빼 양건일을 살펴보니, 그는 소리가 난 쪽으로 가 두리번거리고 있었다. 주차된 차창에 얼굴을 대고 안을 들여다보기까지 했다. 주변에 아무도 없다는 것을 확인하고서 고개를 갸우뚱하더니 다시 자신의 차로 걸음을 옮겼다.

양건일은 벤틀리에 올랐고, 잠시 후 주차장을 빠져나갔다.

류지훈과 전기호는 그제야 모습을 드러냈다.

전기호가 뻐근한 허리를 채 펴기도 전에 돌연 류지훈이 손짓을 하며 앞서 걷기 시작했다. 전기호는 영문을 알지 못한 채 류지훈을 따라 걸었다.

류지훈은 무거운 보스턴백을 어깨에 메고는 좀비처럼 허우적거리며 조금 전 양건일이 있던 구석 자리까지 걸어갔다.

대략 조금 전 도와달라는 여자 말소리가 들린 곳 근처였다.

류지훈은 어느 검은 세단 앞에서 가방을 내리고 몸을 구부리더니 앞 타이어 안쪽으로 손을 집어넣어 무엇을 꺼 내왔다.

"그게 뭐야?"

류지훈이 보여 준 것은 소형 스피커였다.

"형이 아까 차 문 딸 때 여기 구석 차 타이어에 조그만 원격 스피커를 붙여 놨어요."

"그럼 그 여자 목소리는?"

"양건일이 나올 때 노트북으로 음성 파일을 재생한 거죠."

"야, 이 자식! 너 그럼 비상시를 대비해 둔 거였어?"

"옙."

"와아, 너 다시 보인다. 허접하지 않은데?"

"변호사님이 그랬잖아요. 제가 해킹 말고는 다 허접하다고. 변호사님 덕에 많이 깨달았음. 모름지기 사람은 티어를 올리면서 살아야 하지 않겠삼?"

류지훈이 씩 웃었다.

"좋았어. 이제 좀 맘에 들어!"

전기호는 와락 류지훈의 목을 감았다.

* * *

"드디어 설민수가 사는 곳이 밝혀졌네요!"

전기호가 류지훈이 작업하고 있는 모니터를 뒤편에서 들여다보며 말했다.

"얼추, 정확한 주소가 드러난 게 아니잖아. 사는 동네 정도만 아는 거지."

방수희의 냉정한 말에 전기호는 굳이 대꾸하지 않았다.

윤해성도 고개를 끄덕였다.

"내비상 목적지는 카페로 되어 있어. 아마 정황상 설민수가 사는 동네 근처 카페인 거 같아. 이 정보를 토대로 지금부터 집을 알아내야지."

이어 류지훈의 등을 툭툭 두드렸다

"지훈이, 수고했어. 내비의 삭제된 정보도 복원하다니, 너 정말 컴 천재다."

"솔직히 저 아니면 이 정도까진 못 할 거심다."

"좀 겸손해라. 짜샤."

전기호가 면박을 주었지만 류지훈은 머리를 한 번 긁적거릴 뿐이었다.

전기호와 류지훈이 양건일의 차에서 가져온 내비게이션 정보로 바로 전날 양건일의 행선지를 알아냈다. 전기호가 미행하다가 추돌사고를 낸 바람에 실패한 그 시각 바로 직후의 도착지였다.

"아, 추돌사고만 안 냈다면 그날 바로 잡았을 텐데."

전기호가 입맛을 다시며 민망해했다.

"괜찮아. 하루 늦었을 뿐. 정보는 충분해."

윤해성이 전기호를 다독였다.

"집 주소가 아니라 동네 카페만 알 뿐인데요. 또 잠복해요? 동네 골목에서?"

전기호는 두려운 기색을 숨기며 말했다. 또 기약 없는 잠복을 해야 하나.

"그것보다 덜 고생스럽게 가야지."

"어떻게요?"

"한울 모터스의 인력을 활용해서 말이야."

* * *

화곡동의 어느 주택가. 이 일대는 연립주택이 다닥다닥 모여 있다.

윤해성과 방수희, 전기호, 류지훈 등 사무실 직원들 말고도 윤해성의 요청에 따라 한울 그룹 경호팀 직원들이 열댓 명 동원되었다.

윤해성은 구역을 나누어 그 일대 연립주택의 우편함을 보고 설민수라는 이름을 찾으라는 지시를 내렸다. 우편함이 바깥에 달린 곳은 편했고, 빌라 안쪽에 있는 곳도 많았지만 대개 빌라 앞의 유리 현관문이 열려 있었기에 어려움은 없었다. 잠긴 곳도 있었는데 요청을 하면 전기호가 가서 열어 주었다. 경호팀 직원들은 몇십 초 만에 문이 덜컥 열리자 놀라는 눈치였지만 따로 묻거나 하지는 않았다. 그게 훈련된 그들만의 룰인 모양이었다.

양건일이 내비게이션에 찍었던 카페 인근 주택가가 작지는 않았지만 수색 인원이 워낙 많았기에 '설민수'라는 이름을 찾아내는 데는 그리 오랜 시간이 걸리지 않았다.

이름을 찾았다는 소식에 윤해성은 바로 달려갔다.

설민수의 집은 6층 연립주택 건물의 205호였다.

소로변에 있는 카페에서 골목을 두 번 돌아 들어간 후미진 곳이었다.

"이제 돌아가셔도 좋습니다. 나머진 제가 처리하겠습니다."

윤해성은 한울 그룹의 경호팀 인력을 철수시켰다.

윤해성은 그들이 물러가고 난 뒤 주변을 둘러보고는 205호 벨을 눌렀다.

딩동.

응답이 없다.

딩동.

한 번 더 울리고 기다렸지만 역시 응답이 없다.

"아무래도 직장을 다니는 녀석 같아. 지금이 오후 4시 30분이니까, 아직 퇴근 전이겠지."

전기호가 고개를 갸웃했다.

"아니, 인형하고 그 짓 하는 영상을 보내는 또라이가 회사를 다닌다 구요?"

"그런 놈들 보면 의외로 일상에서 멀쩡한 인간들이 많아."

"맞아요. 사람 속은 정말 모르는 거니까."

방수희가 말했다. 그녀도 김종신이라는, 겉만 멀쩡한 남자를 만났다가 지독한 스토킹을 당한 경험이 있다.

"잠깐 외출한 걸 수도 있지 않아요? 직장인이라고 생각할 이유가……?"

류지훈이 쭈뼛거리며 물었다.

"애당초 녀석은 병원에 올 때 슈트를 입고 있었어. 회사에서 잠깐 틈을 내서 나온 걸 거야. 무엇보다 양건일이 그 녀석을 만난 시간이 말해 주잖아."

"만난 시간요?"

"늘 일찍 퇴근하던 양건일이 오후 6시 30분에 퇴근해서 이곳에 만나러 왔어. 목마른 쪽은 양건일이니까, 상대 상황에 맞추었을 거야. 설민수의 퇴근 시간 후로 약속을 잡았을 가능성이 높다는 거지. 즉, 설민수는 직장인."

"그렇겠습다……."

류지훈은 고개를 끄덕였다.

"7시 넘어서 다시 와 보지."

네 사람은 그곳을 일단 물러났다.

* * *

7시 20분, 윤해성과 방수희, 전기호, 류지훈은 다시 그 연립주택 앞으로 갔다.

방수희가 위를 올려다보니 205호 창에 불이 켜져 있다.

방수희가 창을 가리키며 소리쳤다.

"집에 있어요!"

"드디어 잡는구나. 변태 새끼!"

전기호가 이를 갈았다. 양건일의 차 뒷좌석 레그룸에서 웅크린 채 강릉까지 실려 갈 뻔했던 일, 미행하느라 했던 고생이 떠올랐다.

"설민수 본인이 맞는지, 얼굴은 수희가 확인해 주겠지."

그때 돌연 205호 불이 꺼졌다.

"지금 자는 건 아닐 테고, 밖으로 나오려나?"

네 사람은 흩어져 몸을 숨겼다.

잠시 후 위로 이어진 계단에서 발소리가 들리며 설민수가 모습을 드러냈다.

윤해성이 방수회를 보니 고개를 끄덕인다. 맞는다는 신호다.

윤해성은 설민수의 조금 뒤에 떨어져 따라가기 시작했다.

설민수는 전혀 눈치채지 못한 것 같았다.

나머지 세 사람도 조금 떨어져 걸었다.

조금 걷다 보니 시소와 미끄럼틀, 철봉이 설치된 공원이 나왔다. 아이들이 주로 이용하는 곳이어선지 밤이 된 지금 사람은 없고 그저 어둑어둑했다.

설민수의 행선지는 공원을 가로지른 어떤 곳인 듯했다. 설민수가 공원에 들어서 철봉 옆을 막 지나칠 무렵, 윤해성이 다가갔다.

"설민수 씨."

남자가 돌아보았다.

"누……구……?"

새된 음성. 영상에서 들은 그 목소리다.

"우리 친구 할까요?"

윤해성이 빙글거렸다. 설민수가 바짝 긴장한 음성으로 되물었다.

"무슨 소리예요?"

"당신은 친구의 친구니까요."

"대체 무슨……."

"우린 장유나 씨의 친구입니다."

순간 설민수의 얼굴이 어두운 불빛 아래에서도 확연하게 흙빛으로 변했다.

설민수는 휙 몸을 돌리고는 뛰어가려고 했다.

윤해성이 잽싸게 발을 걸었다.

철퍼덕! 설민수가 그 자리에 넘어졌다.

"도망가지 마. 죽이진 않을 거니까."

설민수는 넘어진 상태로 멍한 눈길을 하고서 윤해성을 보다가 그 옆에서 다가오는 전기호와 류지훈을 보았다. 더듬거리던 그의 손에 무언가 잡혔다. 놀이터에 드리운 나무에서 떨어진 나뭇가지였다. 아이들이 놀다가 버리고 간 모양이다. 설민수는 벌떡 일어서며 그 나뭇가지를 윤해성을 향해 휘둘렀다. 윤해성은 상체를 뒤로 휙 눕히면서 나뭇가지를 피했다. 거의 본능처럼 몸에 익힌 권투의 스웨이였다. 그 틈에 설민수가 몸을 돌리더니 앞으로 뛰쳐나갔다.

놀이터를 막 벗어난 무렵, 억 하는 소리와 함께 설민수가 주춤주춤 뒤로 물러났다. 윤해성과 실랑이를 벌이는 동안 방수희가 미리 앞질러 가 길을 막고 있었던 것이다.

주춤거리던 설민수가 걸음을 멈추고 몸을 도사렸다. 상대가 여자란 걸 인지한 순간 만만하게 본 것 같았다.

설민수는 느닷없이 방수희의 얼굴을 향해 나뭇가지를 휘둘렀다.

방수희의 오른팔이 뱀처럼 허공을 갈랐다.

딱 하는 소리가 났다.

방수희의 오른 주먹이 설민수가 후려친 나뭇가지를 때린 것이었다.

나뭇가지는 가운데가 부러지며 ㄱ 자로 꺾였다.

부러진 나뭇가지를 들고서 설민수는 어리둥절한 얼굴로 그 자리에 섰다.

어떻게 된 거지?

분명히 나뭇가지를 휘둘렀는데.

눈앞의 여자는 파이터들이나 착용하는 손가락장갑을 끼고서 권투 자세를 취하고 있다. 여자의 몸이 그리고 있는, 양발에서 허리, 어깨, 주먹으로 이어지는 근육의 리드미컬한 선은 거의 아름답기까지 했다.

설민수의 얼굴이 시뻘겋게 달아올랐다. 당황과 공포가 뒤섞인 표정.

부지불식간에 설민수는 오른손에 쥔 나뭇가지를 재차 쳐들었다. 이어 나뭇가지로 방수희를 다시 내려치려는 찰나, 방수희는 틈을 주지 않고서 왼팔 가드를 올린 채로 재빠른 스텝으로 앞으로 다가가면서 오른손 스트레이트를 뻗었다. 이번 타깃은 설민수의 얼굴이었다.

빡!

정타가 꽂혔다.

설민수는 휘청했다.

뭐지. 뭐가 어떻게 된 거지.

도무지 믿기지 않는다는 표정이 얼굴에 떠올랐다. 그가 희롱의 대상으로만 여겼던 여자라는 성별한테서 이렇게 강렬한 펀치가 튀어나올 거라고는 상상도 못 했을 테니까.

방수희는 윤해성을 보았다.

이 인간, 어떻게 할까?

윤해성은 전기호에게 눈짓을 했다. 전기호는 휴대전화 라이트를 켜더니 방수희가 있는 쪽을 비추는 CCTV 카메라 렌즈를 향해 정면으로 쳐들었다. 누군가 모니터를 본다면 뿌연 화면만 나올 것이다.

윤해성은 어깨를 으쓱하고는 말했다.

"응? 어두워서 그쪽은 안 보이는데."

방수희의 표정이 돌변했다. 경기에 임하는 선수처럼 제대로 스텝을 밟으며 유유히 다가갔다.

설민수는 얼이 빠져 있었다.

* * *

"애를 너무 심하게 다룬 거 아녜요, 누나?"

전기호가 고개를 푹 숙인 채 소파에 널브러진 설민수의 상태를 살피며 말했다.

"아무래도 누나 기분이 많이 안 좋으신 것 같아요."

류지훈도 거들었다.

"변호사님이 정당방위래."

방수희가 말했다.

설민수는 방수희에게 얻어맞아 코피를 흘리며 자신의 집인 205호에 앉아 있다. 입술은 터졌고, 전의를 완전히 상실해 있다. 방수희가 조금 거칠게 다룬 탓이었다.

방 한구석에는 영상에서 눈에 익은 성인형이 마치 잠자듯 누워 있었다. 방수희는 얇은 이불을 끌어내려 인형을 슬쩍 덮었다.

윤해성이 그 모습을 물끄러미 쳐다보다가 말했다.

"딱히 따지면 정당방위는 안 될 수 있어. 과잉방위 정도? 하지만 수희는 맨손인데 녀석이 나뭇가지를 먼저 휘둘렀어. 또 오늘처럼 밤 시간에 한 과잉방위행위는 처벌받지 않는다는 조항이 있어. 무엇보다, 이 녀석은 우리 쪽을 폭행 따위로 신고하지는 못할 거라는 말씀이지. 그래서 수희한테 맘대로 하라고 했어."

"액면대로 믿을 건 아니었네요."

방수희가 쓴웃음을 지었다. 윤해성이 법대로만 하는 변호사가 아니란 건 익히 알고 있다.

"나 참. 수희 누나가 맨손이라는 게 의미가 있나요?"

전기호가 어이없다는 듯 말했다.

설민수는 무언가를 갈구하는 눈빛으로 윤해성을 보다가 방수희에게 맞아 터진 입술을 열었다.

"그냥 넘어가 주시면 안 될까요?"

"뭐? 넘어가 달라고?"

윤해성이 어이없다는 듯 반문했다.

"현금으로 1억 원을 드리겠습니다. 당장."

"와우!"

전기호가 탄성을 질렀다. 윤해성이 웃음을 지으며 말했다.

"네가 집에 현금 1억 원을 두고 살 사람 같지는 않고…… 아마 양 상무가 입막음 조로 1억 정도 준 모양이지?"

설민수가 새파랗게 질렸다. 이 남자는 무엇이든 알고 있는 것 같다. 거대한 벽. 아니, 사천왕상이 생명을 얻어 자신 앞에 서 있는 느낌이 들었다.

"걱정 마. 그건 어쨌든 니 돈이니까 안 가져가. 손댔다간 이쪽이 약점 잡힐 거고. 돈은 그렇고, 아, 그건 어때?"

"뭐든 말씀하십시오!"

다시 목소리가 커진 설민수의 낯을 보며 윤해성이 말했다.

"니 물건을 잘라 줘. 그럼 다신 이런 짓 못 할 거 아냐? 그렇게 하면 우리도 없던 일로 하고 돌아갈게. 어때?"

설민수의 얼굴이 이번에는 새하얗게 질렸다. 이어 고개를 푹 숙였다.

"경찰에 넘길까요?"

전기호가 말했다. 윤해성은 고개를 저었다.

"그 전에 할 일이 있어."

"무슨 일이요?"

"장유나 씨를 만나게 해야 해."

"네?"

"네."

전기호는 놀라 소리를 높였지만, 방수희는 고개를 끄덕였다. 류지훈도 이해할 수 없다는 듯 고개를 모로 꼬고는 윤해성을 쳐다보았다.

* * *

모두가 윤해성의 세컨드 카인 제네시스 GV80에 올라타 있었다. 올림픽 대로를 달리는 차 안, 윤해성이 운전대를 잡았고, 조수석에는 방수희, 뒷좌석에는 설민수를 가운데에 두고 양옆으로 전기호와 류지훈이 앉았다. 차량 트렁크에는 설민수가 그렇게나 좋아하던 성인형이 실려 있다.

출발하기 전에 윤해성은 장유나에게 전화를 했다.

"범인을 드디어 잡았어."

"정말?"

"유나 씨가 한번 얼굴을 보는 게 좋을 것 같아."

"……."

"유나 씨? 유나?"

윤해성이 몇 번 부르다가 깨달았다. 휴대폰 너머 장유나는 오열하고 있었다.

윤해성은 잠시 기다려 주었다.

이윽고 정신을 어느 정도 차린 장유나는 바로 나가겠다고 말했다.

차 안에서 전기호가 설민수에게 말했다.

"당신, 멀쩡한 회사원이라며?"

"……네."

"근데 이런 짓을 했어?"

"회사는 어디야?"

"……소소한 무역업을 해요."

"무역업? 의외네……."

고개를 갸웃하던 전기호가 무릎을 탁 쳤다.

"그럼 리얼돌도?"

"네…… 중국에서 수입……."

설민수가 머뭇거리며 말했다.

"행정소송에선 풀렸지만 아직 정식 통관은 힘들 텐데?"

핸들을 잡고 있던 윤해성이 끼어들었다.

"품목명을 조작해서 몰래 들여왔어요."

"범죄짓 하려고 나름 힘들었네."

"……우리 회사 힘만으로는 쉽지 않았어요. 어느 분이 좀 도와줬어요."

그가 누구일지는 대략 짐작이 간다. 양건일이 한울 그룹의 막대한 힘을 이용해서 통관에 도움을 주었겠지.

"한심해."

"네?"

"당신 말고, 범행을 부추긴 사람. 아마도 그쪽에서 통관까지 도와주었겠지?"

"……."

"아무리 목적에 미쳤다 해도 대기업 상무란 자가 그런 물건 통관까지 돕다니, 기가 찰 일이군."

설민수는 영문을 몰라 눈만 끔뻑끔뻑했다. 윤해성은 마치 혼잣말을 하듯 덧붙였다.

"저거 압수했으니까. 당신 혼자 다시 수입하긴 좀 힘들 거야."

만나기로 한 장소는 잠원 한강 공원에 접한 한울 모터스 연수원 건물.

한 시간 정도를 달려 장소에 도착한 윤해성은 공원 주차장에 차를 댔다.

차에서 내렸을 때, 설민수는 완전히 넋이 나간 상태였고, 몸도 마음 도 완전히 제압당해 도망갈 엄두조차 내지 못하는 것 같았다.

연수원 건물 안으로 들어가 한강이 내려다보이는 2층에 올라갔다. 강당 같은 큰 공간이 나왔다.

구석에 쌓인 의자를 몇 개 가져와 나누어 앉았다. 설민수는 시키는 대로 맥없이 한가운데 의자에 엉덩이를 걸쳤고, 고개를 푹 숙인 채 손 을 떨고 있었다.

"이봐, 당신 영상에서의 그 능글맞은 모습은 다 어디 간 거야?"

전기호가 놀리듯 말했지만, 설민수는 입술만 달싹거릴 뿐 제대로 대 꾸하지 못했다.

"유나 씨가 오면……."

방수희가 말을 꺼내자 설민수는 화들짝 놀라며 움츠러들었다.

"……일단 제대로 사과부터 해요. 변명이나 헛소리는 하지 말고."

"그렇게 하면 용서해 주시는 건가요?"

"용서받기 위해서 하는 게 아니지."

"그럼요?"

"그게 최소한의 도리니까."

방수희가 무섭게 쏘아보았고, 설민수는 시선을 피하며 고개를 숙 였다.

20여 분 후, 2층 계단으로 올라오는 발소리가 들렸다.

이어 장유나가 모습을 드러냈다.

수수한 저지 차림에 머리는 뒤로 질끈 묶었다.

꾸미지 않은 모습으로는 절대 외출하지 않는 장유나가 이런 모습으로 나타난 걸 보면 이번 사건이 그녀에게 입힌 마음의 타격이 얼마나 컸는지 알 것 같았다.

장유나에게 낯선 남자는 둘. 류지훈과 설민수.

류지훈은 이제 갓 미성년을 벗어난 나이니, 곧바로 설민수가 범인임을 알아보았다. 쥐어터진 얼굴 흔적을 보아도 분명하다.

"유나 씨, 이쪽이 그 녀석이에요."

윤해성이 설민수를 가리키기 전에 이미 장유나의 발길은 그를 향해 있었다.

장유나는 설민수 앞에 섰다.

당당한 모습이었지만 눈가에는 물기가 어려 있었다.

"당신이 그랬나요?"

분노를 꾹 참는 음성.

설민수는 대답이 없었다.

"왜 그랬어요?"

잠깐의 정적이 흘렀다. 설민수는 돌연 의자에서 내려오더니 바닥에 무릎을 꿇었다. 그러고는 머리를 땅에다 대고 연신 바닥에 찧듯이 하며 말했다.

"죄송합니다! 죄송해요! 죽을죄를 지었습니다. 한 번만 용서해 주세요!"

절박한 목소리였지만 어딘지 치졸하게 들렸다.

자신의 행위에 대한 신념도 일관성도 없는 그저 비루한 루저. 상대가 약할 때만 발동되는 악. 그런 허망한 느낌을 그 공간 안에 있는 모두가 받고 있었다.

"아…… 이런 사람이……."

장유나는 눈물을 왈칵 쏟으며 고개를 돌렸다.

며칠간 물도 제대로 마시지 못하며 마음고생을 했는데. 자신을 지옥에 밀어 넣었던, 절대적인 힘을 가진 악마 같았던 남자. 그가 실은 이렇게나 초라하고, 별것 아닌 존재였다니.

분노에 앞서 바람이 빠지는 듯한 허탈감이 밀려왔다.

물론 안도감도 마음속에 은근히 자리 잡는 걸 느꼈다.

차라리 잘되었다. 범인이 이런 인간이어서.

방수희가 옆에 다가가 말없이 장유나의 어깨를 어루만졌다.

윤해성이 말했다.

"성범죄의 피해를 입은 사람에게 가장 좋은 치료는 가해자를 무릎 꿇리는 일이라고 하지. 별것 아닌 인간이라는 걸 온몸으로 확인시키는 거야. 그래서 유나 씨를 만나게 했어. 오늘 보니 이 남자는 생각보다 더 허깨비였던 것 같아."

장유나가 허탈한 음성으로 혼잣말을 하듯 읊조렸다.

"갑자기 모든 게 먼지 같아요⋯⋯."

"그래⋯⋯."

윤해성은 어느 틈엔가 손수건을 꺼내 장유나에게 건넸다.

"이런 사람 때문에 그간 그렇게 마음고생을 하고⋯⋯."

장유나는 손수건을 펴 눈가를 훔쳤다.

"죄송합니다. 장유나 님, 다시는 이런 더러운 짓거리 하지 않겠습니다⋯⋯ 용서를⋯⋯."

설민수는 무릎을 꿇은 채 계속 머리를 조아렸다.

"용서?"

그 단어에 장유나 감정적으로 반응했다.

"용서해 달라구요? 그렇게 못 할 짓을 해 놓고? 참 편한 소리 하고 있네요."

장유나의 말투는 얼음장 같았고, 무서움마저 느껴졌다.

"죄송합니다. 죄송합니다……."

설민수는 앵무새처럼 말을 반복했다.

장유나는 외면했다.

"이런 사람에게 더 화내 봤자 아무 의미 없을 것 같아."

장유나는 윤해성에게 말했다.

"그냥 경찰에 넘겨 줘."

윤해성이 조심스레 말했다.

"괜찮겠어? 그동안에는 언론에 알려지는 걸 조심했는데."

"사건이 언제 해결될지 기약도 없는데 온갖 억측에 시달릴까 봐 그랬던 거고. 이제 확실하게 범인이 잡혔고, 잘못을 다 인정하니깐."

"잘 생각했어. 이젠 정식으로 세상에 알리는 게 나아."

"그래야죠, 재발 방지!"

전기호가 구호처럼 외쳤다.

"잘 생각하셨어요. 이런 사람을 봐주는 건 관용하곤 거리가 먼 일 같아요."

방수희가 말했다. 이어 윤해성이 류지훈에게 물었다.

"지훈이 넌 어때?"

류지훈이 웅얼웅얼하듯 말했다.

"내 여자 친구가 이런 일 당했다고 생각하면 못 참죠."

"오케이, 만장일치네. 피해자님의 의사를 포함해서."

윤해성이 말했다.

"당신이 정말 반성한다면 경찰에 가서 솔직히 다 얘기해."

설민수는 무릎을 꿇은 채 말이 없었다. 낭패 가득한 표정. 자신의 운명에 대해 골똘히 생각하는 것 같았다.

"일어나서 일단 의자에 앉아요."

윤해성의 말에 설민수는 무릎을 펴고 일어서 의자로 돌아가 앉았다.

"지금쯤 도착할 거 같아. 수희는 먼저 차로 가 있을래?"

윤해성은 방수희에게 눈을 찡긋했다.

방수희는 바로 알아들었다. 윤해성으로부터 차 키를 받아 들고 아래로 내려갔다.

방수희가 떠나고 잠시 후, 2층으로 올라오는 발소리가 들려왔다. 한명이 아니었고, 뒤섞인 소리는 크고 둔중하게 울렸다.

모습을 보인 사람은 양다곤과 양건일이었다.

"자기!"

장유나가 양다곤을 보더니 놀라 말했다.

양다곤은 뚜벅뚜벅 걸어와 장유나를 한쪽 팔로 가볍게 안았다.

"괜찮아?"

"응."

"이자가 범인인가?"

양다곤이 설민수를 노려보았다. 윤해성이 옆에서 해설하듯 말했다.

"네. 맞습니다. 제가 조금 전 전화드릴 때 말씀드렸던 설민수란 자입니다."

"나쁜 놈!"

양다곤은 설민수에게 그 말 한마디를 던졌을 뿐 더 이상 말을 걸지 않았다. 체면을 생각해서인 듯 보였다. 아예 말을 섞을 상대가 아니라는 태도.

설민수는 부은 눈으로도 양다곤을 알아보았다. 한울 모터스의 회장

394

양다곤. 그가 이곳에 나타나리라고는 상상도 하지 못했으리라. 더구나 장유나가 양다곤에게 안긴 모습에 꽤 놀란 듯했다. 하지만 지금은 그런 것에 일일이 놀라고 있을 상황이 아니다. 설민수는 놀람을 감추고 이내 고개를 푹 숙였다.

윤해성은 이곳으로 출발할 때 양다곤에게도 전화를 했다.

"사모님도 현장에 오실 겁니다. 외부인은 부담스러울 테니 수행원 없이 회장님 혼자 오시는 게 좋을 것 같습니다."

"알겠네."

"아, 참. 그리고 이왕이면 양건일 상무도 같이 와 보는 게 좋겠습니다."

"양 상무는 왜?"

"그래도 가족이시잖아요. 사모님 마음이 너무 약해져 있어요. 이런 때에 주변분들 모두가 자기를 걱정해 준다고 생각되면 한결 위로가 될 겁니다."

"음…… 그러지."

양다곤은 순순히 수락했다. 윤해성의 말을 존중해서라기보다는 장유나를 생각해서일 것이다. 그녀에 대한 애정만은 깊은 게 분명하다.

그들이 도착하기 전 방수회를 미리 내려보낸 건 양건일 때문이었다. 양건일은 방수회를 알아볼 것이다.

자신의 머리를 잡아 뜯은 '김다인'이라는 여성을 잊을 순 없을 테니까.

양건일은 양다곤 뒤에 한 발짝 물러서 있었다.

난감하기 이를 데 없었다.

도대체 경찰도 못 찾은 설민수를 윤해성이 어떻게 잡아온 거지?

분노에 앞서 의아함이 일었다.

곤욕스러웠다. 자신이 설민수의 범행을 사주했다. 그런데 모른 척하는 얼굴로 있으려니 불안했다. 입막음으로 돈을 주었지만 상황이 변했고, 무언가 기류가 뒤틀려 있다. 설민수가 내막을 터트리고 나오면 어떡할 것인가.

설민수를 대면하는 게 두려움마저 들었지만 양다곤이 같이 가야 한다고 엄명을 내렸다. 아버지의 명을 거역하는 건 더 두렵다. 따라나설 수밖에 없었다.

조마조마해 있는데, 양다곤이 양건일에게 말했다.

"양 상무는 이 남자한테 할 말이 없나?"

양다곤이 한마디 하라는 눈짓을 보냈다. 아마 장유나의 심경을 고려해서 그러는 것 같다. 양다곤뿐 아니라 아들 격인 양건일도 같이 분노하고 걱정해 주고 있다는 것을 보여 주려는 것이다.

무슨 말을 하지. 적절한 수위의 말을 찾아야 하는데…….

머리를 급히 굴리고 있는데 돌연 윤해성이 말했다.

"양 상무님도 당연히 아버님처럼 분노하고 계시겠죠."

양건일은 울컥했다.

이건 무슨 짓이야! 내가 아들인 걸 여기서 굳이 왜 밝혀! 윤해성은 설민수와 나와의 관계를 모르겠지만, 설민수는 내가 양다곤 회장의 아들인 사실은 꿈에도 몰라! 근데 이 상황에서 그걸 알게 되면 저 자식은 딴 꿍꿍이를 가질 수 있다고! 이 눈치 없는 변호사 자식아!

양건일은 마음속으로 화를 내면서도 왠지 윤해성이 일부러 그런 말을 하고 나온 것 같다는 찜찜한 느낌을 받았다. 윤해성에게 그럴 이유가 전혀 없다고 생각하면서도.

"어…… 어. 물론이지. 이런 짓을 하면 안 되지. 화나고말고."

양건일은 적당히 얼버무렸다. 이 정도면 아버지 양다곤의 심기를 거스르지 않으면서 야비하기 이를 데 없는 설민수를 자극하지 않겠지.

"어서 경찰에 넘겨. 그룹의 힘을 다 기울여서라도 절대 가만두지 않겠어."

설민수는 조금 전부터 알고 있었다. 양다곤이 이 자리의 보스라는 것을. 상황을 계산하지 않더라도 한울 그룹의 회장 양다곤이 여기에 있는데 다른 누가 보스가 될 수는 없었다. 양다곤만이 자신의 동아줄이 될 수 있었다.

그리고 윤해성 덕분에 지금 막 깨달았다. 자신에게 범행을 사주한 양건일은 놀랍게도 양다곤의 아들이었다! 경악했지만 이 자리에서 놀란 표를 낼 수는 없다.

그리고 또 눈치챘다. 양다곤과 장유나는 특별한 사이다. 그리고 양다곤은 양건일이 범행을 사주했다는 사실을 전혀 모르고 있다. 그렇다면…….

설민수의 뇌가 스스로가 살기 위해, 죽을힘을 다해 핑핑 돌아가기 시작했다.

설민수는 절박하게 입을 열었다.

"회장님! 죄송합니다. 정말 죄송합니다. 입이 열 개라도 할 말이 없습니다……."

양다곤은 그저 노려보고만 있었다. 뻔한 소리.

"제발, 경찰에 넘기지 말아 주십시오. 부탁드립니다."

"이런 뻔뻔한 놈이 있나!"

참다못한 양다곤이 소리를 버럭 질렀다. 하지만 설민수의 입은 멈추지 않았다.

"제가 잘못한 건 압니다. 하지만 저도 저분의 말을 들은 죄밖에 없습니다."

설민수는 팔을 뻗어 양다곤의 뒤편을 가리켰다.

잠시 정적이 찾아왔다.

"뭐라고?"

양다곤이 쉰 음성으로 침묵을 찢었다. 양다곤은 설민수가 가리키는 곳으로 목을 돌려 굳이 확인했다. 거기엔 양건일이 서 있었다. 얼굴이 흙빛으로 변한 채.

장유나는 지금 들은 말이 이해가 가지 않는다는 듯 얼빠진 표정으로 양건일을 쳐다보았다.

"지금 뭐라고 했나!"

양다곤이 소리쳤다.

"저분이 시키는 대로 한 거라고요. 장유나 님의 주소를 가르쳐 주면서 이렇게 저렇게 하라고. 다 시키신 겁니다!"

양건일은 당황과 분노로 심장이 터질 것 같았다.

쥐새끼 같은 놈! 기어이 말하다니! 게다가 얼토당토않게 모든 걸 내 탓으로 돌리고 있어!

마치 양건일을 놀리듯, 설민수의 말이 이어졌다.

"제가 한때 장유나 님을 좋아해서 스토킹 했던 건 맞습니다. 나쁜 마음을 먹었던 것도 인정합니다. 하지만 유나 님은 요즘 활동도 없으시고, 거의 잊었어요. 그런데 어느 날 연락이 와서…… 저분하고 저분 모친하고 같이 오셔서 친절하게 대해 주었습니다. 그러고는 장유나 님 주소를 가르쳐 주면서…….."

설민수는 말끝을 흐리며 고개를 떨구었다. 자신의 말에 더 신빙성을 부여하려는 의도적인 제스처 같았다.

윤해성과 전기호, 류지훈 세 사람은 이미 알고 있는 사실이다. 장본인 양건일 또한 물론 알고 있다. 이곳에서 놀라고 있는 사람은 양다곤과 장유나뿐이었다.

"모친? 그 여자가!"

양다곤은 양건일의 모친이 언급되자 깜짝 놀랐다.

장유나의 충격은 그 이상이었다.

"그 사람이…….'"

거의 말을 잇지 못했다.

"어떻게 이럴 수가…… 두 사람이 작당해서…….'"

장유나가 주먹으로 입을 틀어막으며 양건일을 보았다. 가늠할 수 없는 분노가 그 시선 안에 담겨 있었다.

"거짓말입니다! 말도 안 되는 소리예요!"

양건일이 소리쳤지만 이미 힘을 잃었다.

"너 이 자식…… 니 엄마하고 이런 일을 꾸몄었나!"

양다곤의 눈에는 치미는 분노와 함께 마치 벌레를 보는 듯한 경멸이 담겨 있었다.

"정말 아닙니다. 어떻게 저런 놈의 말을 믿어요!"

절망으로 얼굴이 일그러진 채 양건일이 소리쳤다. 단말마의 외침이었다.

"통화기록도 있습니다. 그것만 봐도 제 말이 진실이란 건 알 수 있지 않겠습니까. 제가 무슨 수로 장유나 님 주소를 알 수 있었겠습니까? 리얼돌 통관도 도와주셨잖아요. 그 관련 기록도 어딘가 있을 텐데…….'"

설민수가 오히려 차분해졌다. 자신의 주장을 꽤나 논리적으로 펼치고 있다. 은근한 압박도 얹혀 있다.

"어떠냐? 경찰에 가서도 자신 있나?"

양다곤이 흥분을 가라앉히고 물었다.

양건일은 떨리는 눈으로 양다곤을 마주 보았다. 잠시 후 그의 목이 푹 꺾였다.

인정한 것이다. 결국.

양다곤은 눈을 감았다. 이루 말할 수 없는 회한과 착잡함이 몰려온 표정이었다.

다시 정적이 흘렀다.

윤해성이 침묵을 깨고 나왔다.

"경찰에서 전모가 밝혀지겠죠. 설민수의 범죄 행각은 물론이고, 정말 양 상무님과 모친분이 관여했는지, 금방 드러날 겁니다. 그리고 이후 모든 건 법에 따라……."

"살려 주십시오. 경찰에 넘어가면 전 직장도 잃고 주변에 얼굴 들고 살지 못합니다. 제발."

설민수가 다시 울먹이듯 말했다. 이어 다시 의자에서 내려와 바닥에 무릎을 꿇었다.

윤해성은 설민수의 팔을 잡아 일으켰다.

"너무 값싸게 무릎 꿇지 마. 그러면 아까 장유나 님한테 했던 사과의 무게가 얕아지잖아."

설민수는 울상을 한 채 다시 의자에 앉았다.

"절대, 다시는 하지 않겠습니다. 이런 일이 있고도 또 그러면 전 사람도 아닙니다. 무섭고, 겁나고, 쥐구멍이라도 있으면 들어가고 싶습니다. 제가 다시 그럴 엄두가 나겠습니까? 제 행동을 정말, 너무너무 반성하고 있고, 그래서 저분이 사주했다는 것까지 다 털어놓았습니다. 조금 전에 절 만나서 입을 닫는 조건으로 1억 원을 주시더라고요. 그것도 다 돌려드리겠습니다. 전 이제 모든 걸 다 밝혔어요. 반성합니다. 반성합니다……."

설민수의 횡설수설이 이어졌다.

그다지 듣고 싶지 않은 말이었지만 누군가가 딱히 나서서 제지하는 사람이 없었다. 각자의 입장에서 계산과 생각에 빠져 있었다.

"헛소리는 됐고, 그냥 법대로 처리한다는데 웬 잔말이 많아?"

전기호가 먼저 나섰다. 어쩌면 가장 중립적인 입장에 있다. 이리저리 계산할 일도 없다.

"그래요. 더 듣고 싶지 않네요. 당신이 얼마나 허접한 남자인지는 알았으니까 됐고, 이제 그만 경찰을 불러요……."

장유나가 힘없이 말했다.

"안 돼."

어디선가 힘 있는 목소리가 마치 장유나의 말을 눌러 버리듯 날아왔다.

양다곤이었다.

장유나는 양다곤을 돌아보았다.

물기 어린 눈에는 짙은 의혹이 서려 있었다.

"무슨 말이야?"

양다곤의 이상기류를 감지한 장유나의 말끝도 예민해졌다.

"경찰에 넘기는 건 안 돼."

"그게 대체……."

"그냥 이 정도 했으면 됐어. 다신 안 그럴 거야. 보내 줘."

마치 심판을 내리는 듯 단호한 말투였다. 어처구니없는 말이지만 거역하기 힘든 말투.

"자기, 설마……."

장유나는 말을 잇지 못했다.

"이자를 넘기면 건일이가 다쳐. 그건 안 돼."

"결국 양건일 때문에 이 모든 걸 덮자는 거야?"

"건일이가 모든 것이야."

양건일의 얼굴에 화색이 돌았다.

아버지, 아버지가 날 살려 준다!

"자기, 내가 이 일 때문에 그동안 얼마나 지옥이었는지, 설마 모르는 거야?"

"그런 건 알아."

"그런데 어떻게?"

"어리석은 짓을 한 놈이지만, 그래도 건일이를 드러나게 할 순 없어. 있을 수 없는 일이야."

"말도 안 돼…… 어떻게 보면 저 인간보다 양건일이 더 나빠! 나 그동안 숨도 못 쉴 만큼 괴로웠어! 1분 1초 매순간 죽을 것 같았어! 나를 목 졸라 죽이려 한 거나 마찬가지라구!"

장유나는 거의 울부짖었다. 하지만 양다곤은 미동도 하지 않았다.

"경찰에 넘길 순 없어. 재판도 안 돼. 물어보니까 저자는 집행유예 정도 받을 거라는 군. 겨우 그거 받으려고 다 망치면서까지 재판에 넘겨? 안 될 말이야. 저자를 넘기면 건일이도, 건일이 엄마도 드러나. 건일이 엄마는 상관없어. 하지만 건일이가 다치는 건 안 돼. 우리 그룹의 유일한 후계자야."

양다곤이 거의 화를 내듯이 말했다. 단호한 말투부터가 장유나에게 큰 충격을 안겼다.

"……믿을 수 없어."

장유나의 억양에서 돌연 힘이 다 빠져나간 듯했다.

양다곤은 용심을 부리는 노인네처럼 입술을 꾹 닫고 서 있었다.

"자기…… 정말인 거 같다……."

"이건 그냥 덮어. 그 녀석은 보내 줘!"

양다곤은 윤해성을 향해 큰 소리로 말했다.

윤해성은 장유나를 보았다.

장유나는 양다곤을 물끄러미 보았고, 그 눈에 눈물이 그렁그렁 차올랐다.

"자기가 이럴 줄은…… 결국은 핏줄이라는 거야?"

장유나는 돌연 바닥에 철퍼덕 주저앉았다. 다리에 힘이 풀려 버린 모양이다.

"그런 거야? ……그런 거였어? 내가 이토록 힘들어했는데……."

흑흑.

장유나는 얼굴을 팔에 묻고 오열하기 시작했다.

마치 좋아하던 물건을 빼앗긴 어린아이처럼, 아니 그보다 훨씬 서럽게.

울음소리에는 절규가 묻어 있었다.

엉엉.

으허헝.

급기야 장유나는 대성통곡을 했다.

서러움에 맺힌, 광기 어린 울음을 토해 냈다.

어깨가 들썩였다.

장유나의 처절한 울음은 오랫동안 멈추지 않았다.

설민수와 양건일을 제외한 모두가 장유나의 그 모습을 비감한 심정으로 지켜보았다.

하지만 어느 누구도 더 다가가지는 못했다.

툭.

무언가가 끊어지는 소리가 들린 듯했다.

* * *

"양건일도 아니었다니…….."

윤해성은 씁쓸한 얼굴로 위스키 잔을 입에 가져갔다.

박시영이 씩씩한 어조로 위로했다.

"너무 실망하지 마. 이번에는 어느 정도 예상된 일이었잖아. 유언장에 있던 게 양다곤의 DNA가 아니라는 판정이 이미 나온 상태였으니까. 다만 검사에 썼던 양다곤의 머리카락이 본인의 것이 아닐 수도 있다는 약간의 가능성 때문에 양건일의 걸로 재확인해 본 거였지……."

"수희가 고생해서 가져온 머리카락인데, 아쉽긴 해."

바의 카운터에 나란히 앉은 윤해성와 박시영 사이에는 서류 몇 장이 놓여 있다. 서령대학교 김근배 교수의 유전자 감식 보고서였다.

이번에도 불일치. 방수희가 뜯어 온 양건일의 머리카락을 보내 유전자 감식을 의뢰했다. 유언장의 체액 DNA와 같은 가족의 것은 아닌지.

아니라는 결론이었다. 이로써 유언장에 묻은 DNA는 양다곤의 것이 아님이 최종적으로, 분명히 확인되었다. 그 결과를 앞에 두고 두 사람은 망연해 있었다.

"근데, 이건 좀 황당했어. 뭐 그렇게 의외는 아니었지만."

윤해성이 보고서의 어떤 문구를 손가락으로 짚었다.

LSD 약물 반응이 있음.

"평소 하는 짓 보면 약에 취한 놈 같단 생각을 했거든."

박시영은 풋, 하고 웃었다.

"유전자 검사를 했는데, 웬 약물 반응인지, 웃겨."

"그물을 던졌는데, 물고기 대신 소라가 잡힌 격이랄까."

"교수님도 참 짓궂어. 약물 검사는 왜 했나 몰라. 뭔가 낌새를 느꼈나?"

"그럴지도 모르지. 모발 상태가 이상했다든가. 소변은 금방 배출되니까 약을 했어도 7일 정도 지나면 반응이 안 나와. 하지만 모발은 몇 달을 자라니까 몇 달 전에 투약했어도 검사하면 나오거든. 양건일이 딱 걸려 버린 거지."

"이거 경찰에 제보할 거야?"

윤해성이 천천히 머리를 저었다.

"마약 사범…… 큰 타격이 못 돼. 양건일은 집행유예 정도 받겠지. 양다곤에게도 약간의 충격은 주겠지만 역시 일시적이야."

"그런 잽이라도 안 날리는 것보단 나을 거 아냐?"

"네 말이 맞긴 한데……."

윤해성은 말을 줄이다가 이었다.

"왠지…… 이렇게 가볍게 낭비하기보단 언젠가 크게 써먹을 날이 있을 것 같단 말이야. 이건 그냥 키핑 해 둘까 싶어."

"너 꼭 점쟁이 같다."

"직관이라고 해 두지."

"포장하긴…… 하여튼 맘대로 해. 네 직관, 아니 네 점이 크게 틀린 적은 없었으니까. 박수무당 아저씨."

"별일 없으면 경찰 제보는 나중에 해도 돼. 증거는 이렇게 엄연히 남아 있으니까. 그 채취 과정이 좀 불법적이어서 문제지만."

"불법?"

"수희가 머리를 뜯어냈잖아. 법률적이진 않지."

윤해성이 웃었고, 박시영도 따라 웃었다.

잠시 후 박시영이 웃음기를 거두고서 말했다.

"그건 그렇고."

"응?"

"이제 남은 방법이 별로 없네."

괜히 미안해하는 투다. 박시영은 눈짓으로 보고서를 가리켰다. 결국 문제는 약물이 아니라 유전자 검사다. 불일치라는 명백한 결과가 눈앞에 있다. 윤해성이 고개를 들고 앞쪽으로 시선을 보내며 말했다.

"한 가지 드러난 사실은 있지."

"뭐야?"

"아버지 살해에 양다곤에 협력한 공범이 있다는 것."

"……그렇겠지."

"양다곤이 아버지를 살해한 건 틀림없어. 적어도 난 그렇게 믿고 있지. 그런데 현장에서 발견된 DNA는 양다곤의 것이 아니라고 판명됐어. 그렇다면 양다곤 아닌 다른 누군가의 것이란 얘기야. 그는 공범일 테고. 어쩌면 양다곤은 살해 현장에 아예 없었을 수도 있어. 범행만 사주해 놓고 실행은 그 공범이 담당했을 수도 있겠지."

"그 공범이 누굴까."

"지금 생각할 수 있는 대상으론 딱 한 명 남았어."

"단명오?"

"그렇지. 아버지 사망 직후 지분양도소송을 맡았던 변호사이지만 양다곤과는 그 이상의 사이인 것처럼 보여. 15년 만에 귀국한 지금도 양다곤 옆에 찰싹 붙어서 일을 꾸미는 모사꾼. 지금으로선 그가 남은 유일한 후보자야."

"변호사가……."

"변호사니까 더 의심이 가. 지분양도서류에 강제로 사인하게 하고 살해하는 건 아무리 봐도 법률가의 범죄 방식이야. 이후에 벌인 소송은 살인 범행과 하나의 세트고. 그렇다면 단명오가 처음부터 살인에 관여했다고 봐도 그렇게 이상할 건 없지."

"완전히 억측인 거네…… 그래도 검사는 해 봐야겠지. 그 길밖엔 없잖아. 지금은."

"만약 단명오의 DNA가 유언장에 묻어 있다고 나온다면 거의 범인으로 확정되는 거야. 아버지 죽음의 그 고독한 순간에 단명오 변호사가 그 현장에 있을 이유란 것은 도무지 상상할 수 없거든. 범인이 아니라면 말이지."

"그 말이 맞아. 단, DNA가 나온다면 말이지."

윤해성은 멈칫하더니 웃고 말았다.

"네 말이 더 맞아. 아직 DNA가 나오지도 않았는데, 하하하. 너무 앞서 나갔어."

"그럼, 단명오의 DNA는 어떻게 얻어 낼 거야?"

"……그게 문제야. 단명오 쪽은 더 어려워. 양다곤은 장유나나 양건일같이 연결 고리가 있었는데, 단명오는 아무것도 없어. 접근할 기회도 거의 없고."

"……차차 생각해. 단명오가 곧 남미로 돌아가 버릴 것 같지도 않구."

박시영은 위스키 잔을 들어 윤해성의 잔에 부딪혔다.

"그래."

윤해성은 잔을 기울였다.

그 모습을 물끄러미 보던 박시영이 물었다.

"유나 씨한테는 미안하지 않아?"

"왜?"

"유나 씨가 양다곤 외의 다른 남자를 만났을지도 모른다고 가정했던 거잖아. 그래서 오류가 있었을지 모른다며 양건일까지 검사한 거고."

"안 미안해. 난 가정했을 뿐, 그렇게 생각한 적은 없었어."

"가정한 거나 생각한 거나."

"노노."

윤해성은 검지를 펴 흔들었다.

"수학적 가능성만 카운트한 것일 뿐. 사람을 의심한 건 아니니까."

"하여간 이럴 땐 참 홀딱 깬다니까. 멘탈이 차가워."

"그게 차가운 건가?"

윤해성은 고개를 갸우뚱했다.

"역시 넌 감정이 남들하곤 어딘가 좀 다른 것 같아."

"뭐가 다르단 건지. 아무튼 이해할 순 없지만, 나쁜 쪽이 아니었으면 좋겠다."

무관심한 대꾸.

그의 옆모습을 물끄러미 바라보던 박시영이 의심을 가득 담아 말했다.

"너…… 의도적이었지?"

"뭐가?"

"상황을 그렇게 만든 거 말이야."

"무슨 상황? 자꾸 알 수 없는 말만 할 거야?"

"설민수를 잡아서 바로 경찰에 넘기지 않은 것. 그리고."

"그리고?"

"장유나, 양다곤, 양건일을 한자리에 불러 모은 것."

"……"

윤해성은 말없이 치즈 조각을 집어 입에 집어넣었다. 대꾸할 말이 궁해서 취한 제스처 같았다. 윤해성은 치즈를 우물우물 씹어 삼킨 후 위스키를 조금 입에 댄 다음 말했다.

"설민수를 유나 씨 앞에서 무릎을 꿇리고 싶었어. 얼마나 형편없는 놈인지 보여 주려고. 그게 트라우마 치유에 가장 효과적이거든."

"하지만 동시에 양다곤과 양건일을 불렀지."

"……."

"두 사람이 나오면 양다곤의 눈앞에서 양건일이 관여됐단 게 드러날 거고, 그러면 양다곤은 무조건 양건일을 감쌀 거야. 경찰에 넘기지 않고."

"어차피 유나 씨도 정작 경찰에 넘기는 건 그다지 원하지 않았어. 언론에 노출될까 봐 걱정했거든."

"어쨌든 중요한 건, 넌 일이 그렇게 될 거라고 예상했단 거야. 그렇지 않아?"

"그래서?"

박시영은 오른손 검지를 세웠다.

"장유나는 양건일을 커버하는 양다곤에게 크게 실망하고 원망하게 된다."

"그다음엔?"

"양다곤은 사실상의 아내를 잃게 된다."

"흐음……."

"그건 무엇보다 큰 상실이 되겠지."

박시영은 그렇게 말하며 왼손으로 오른손 검지를 접었다.

"그 나이의 남자에게 아내를 잃는 일이 대미지가 크긴 하지……."

윤해성이 희미하게 웃었다. 박시영의 말이 이어졌다.

"실리적인 이유도 있어. 앞으로 어떤 일이 벌어질지 모르지만 유나 씨를 양다곤에게서 완전히 떼어 내고, 양다곤은 중요한 자기편을 한 명 잃게 돼. 그게 너한테는 대단히 유리한 상황이 될 거야."

"시영이 넌……."

윤해성은 글라스를 만지작거렸다.

"어떻게 보면 무서운 면이 있어."

그러자 박시영이 말했다.

"너보단 아니겠지."

* * *

"당신은 정말 도저히 구제불능인 여자야!"

양다곤이 언성을 높였다. 한울 모터스의 최고층에 위치한 넓은 회장실에는 단 두 사람이 있었다.

양다곤의 맞은편 소파에는 박연숙이 앉아 있다.

두 사람은 날이 서 있었다. 양다곤이 또 말했다.

"철부지 건일이를 살살 간질여서 그딴 일이나 저지르고 말이야!"

"그래, 다 내가 했어."

"아주 대단한 일을 했구먼. 그래서 건일이까지 끌어들였어?"

"건일이도 알아야 하니까 같이 한 거고."

"애를 배후에서 조종이나 하고, 당신이 엄마야?"

"엄마니까 했어."

"뭐라고?"

양다곤이 기가 막힌다는 듯 말했다. 양다곤이 언성을 높이는 쪽이었지만 박연숙도 양다곤 못지않게 기세등등했다.

"엄마로서 보다 못해서 한 일이라고."

"그게 무슨 막돼먹은 말이야! 애한테 도움은 못 될망정 최소한 해는 끼치지 말아야지. 그딴 위험한 일이나 시키고. 그게 무슨 엄마야!"

"당신이 장유나 같은 년하고 놀아나니까 그러지!"

드디어 박연숙도 언성을 높였다.

"뭐야? 보자 보자 하니까!"

"장유나만 아니었으면 나도 그런 일 꾸미지 않았어. 그 여우 같은 게 재산 노리고 들어온 거, 설마 모르는 거야?"

"그런 여자 아니야."

양다곤이 왠지 한발 물러서서 말했다.

흥!

박연숙은 콧방귀를 꼈다.

"이 영감이 노망이 났나? 세상 사람 다 알 텐데, 당신한테만 안 보이는 거야?"

"함부로 말하지 마."

"그년, 남자를 속이다 못해 완전히 가지고 노는구나, 아주."

"말조심해!"

"반반한 얼굴로 돈 좀 뜯어내는 것까지야 뭐라 안 그러겠어. 근데 이 여자는 아주 애 엄마 자리를 노리고 있잖아."

"애 엄마?"

"상속 말이야, 상속! 그게 말이 돼? 당신 죽고 그 여자가 상속하면 건일이는 어떻게 되겠어?"

"혼인신고도 안 했어. 근데 무슨 상속이야!"

"이러다 덜컥 할지 모르잖아! 이 멍청한 영감탱이야! 젊은 여자한테 홀딱 넘어가서는 언제 혼인신고서에 도장 쾅 찍어 버릴지 알 게 뭐야.

그럼 그 순간 바로 건일이는 오리 알이야. 그럴까 봐 건일이가 얼마나 조마조마하겠어? 그걸 내가 눈 빤히 뜨고 바라만 보고 있어야겠어?"

"왜 앞서 나가? 그런 일 없다니깐? 그리고 유나는 당신이 생각하는 그런 여자 아니야."

"돌았구나. 지랄 염병하고 있네."

"너 말조심 안 할래!"

"너나 좆뿌리 조심해!"

두 사람만 있으니 사회적 지위나 체면 따위 온데간데없이 적나라한 모습이 드러나고 있었다. 예전 피라미드 업체를 같이 운영하며 나누었던 동지애의 왜곡된 발현일까.

도저히 박연숙을 이길 수 없다고 여긴 양다곤이 톤을 낮추었다.

"당신 방식도 너무 저질이야. 미친놈을 살살 부추겨서는 이상한 동영상이나 보내게 하고. 세상이 알아 봐! 당신은 매장이야, 매장! 그걸 내가 덮어 주었어. 당신은 나한테 고맙게 생각해야 해!"

"퍽이나 고맙겠다. 다 지 체면 생각해서 덮은 거겠지."

"이 사람이, 정말!"

"또, 그걸 고발하면, 건일이는 어떻게 돼? 당연한 거 아냐? 덮어야지. 그럼 그 귀신같은 년을 위해서 아들을 경찰에 넘기려고 했어?"

양다곤은 손으로 머리를 짚었다. 두통이 오는 모양이다. 박연숙을 불러 따지려고 했건만 대화를 할수록 수렁에 빠져들어 갈 뿐이었다. 결혼 생활 때도 내내 그랬었다. 결국 박연숙이 남자를 만나고 다니는 걸 꼬투리 삼아 이혼에 성공했지만, 만약 그때 이혼을 못 했다면…… 아득했다.

박연숙은 이유를 알 수 없지만 이번 일에도 당당했다. 오직 아들을 위해 필요한 행동이었다고 확신하고 있다. 그 벽 앞에 더 이상의 대화는 불가능했다.

"하여튼 경고로 그치는 건 이번이 마지막이야. 만약 다신 한 번 이딴 일을 하면 그땐 절대 가만 안 돼."

"흥. 당신이나 처신 잘해. 늙다리가 젊은 여자 좋아하다가 잘되는 꼴 못 봤으니까."

박연숙은 백을 들고 일어섰다.

걸어 나가다가 문득 돌아보고 말했다.

"나도 경고하는데, 장유나든 누구든 절대 혼인신고 같은 거 할 생각 하지 마. 그랬다간 나도 가만 안 있을 거야. 이 재산, 이 그룹은 건일이 거야."

* * *

박연숙은 기분이 맑아졌다.

할 말을 다 하고 온 느낌이었다.

양다곤과 대면을 한 건 차라리 잘되었다.

혼인신고 따위 꿈도 꾸지 말라는 메시지도 직접 전달했다.

박연숙이 회장실을 나오자 비서실 직원들이 일제히 일어서서 인사 했다. 비서실장 신동우가 맨 앞에 섰다. 회장실에는 처음 방문한 여자 지만 회장의 전처라는 사실을 다들 알고 있는 것이다. 도열한 직원 중 에는 한이수도 있었다.

박연숙은 비서실을 나와 복도를 걸어 임원 전용 엘리베이터를 탔다. 그대로 1층 로비로 내려갔다. 차를 가져오지 않았기에 1층에서 밖으 로 나가 택시를 탈 작정이었다.

조금 전 양다곤과의 대화를 계속 생각하다가 혼자 너무 몰입한 나머지 앞을 제대로 보지 못했다. 로비를 가로지르던 박연숙은 마주 오던 젊은 남자와 거의 부딪칠 뻔했다.

박연숙은 남자 앞에서 고개를 들었다.

슈트 차림의 늘씬한 젊은 남자. 그런데 어딘가 얼굴이 낯익다. 아주 오래된 기억 속의 얼굴.

박연숙은 고개를 갸우뚱했다.

"실례합니다."

박연숙이 앞에 버티고 서서 남자의 얼굴을 골똘히 보고 있었다. 상대편 남자는 가볍게 사과하고는 박연숙을 비켜 걸어가려 했다.

"잠깐."

박연숙이 남자를 불러 세웠다.

남자가 돌아보았다.

틀림없다. 얼굴이 남아 있다. 눈썰미 좋기로는 둘째가라면 서러운 나 아닌가.

"너 한울이 아니니?"

박연숙이 불러 세운 남자는 윤해성이었다. 그는 양다곤 회장의 호출로 막 한울 모터스 건물에 들어선 참이었다.

윤해성도 비로소 박연숙을 찬찬히 보았다. 잠시 후 깨달았다.

그 여자다.

양다곤의 전처.

윤해성이 김한울이던 시절. 아홉 살 무렵. 윤해성 부부와는 동반해서 자주 만났고, 1박 2일이나 2박 3일 일정으로 여행도 가끔 갔다. 이름은 모르지만 그땐 아줌마, 아줌마 하면서 따르기도 했다.

아마 길거리에서 같은 상황에 처했다면 몰라보았을 것이다. 하지만 이곳은 한울 모터스 건물 안이고, 하필이면 장유나의 일이 있은 직후다. 그렇다면 모든 시냅스는 연결된다. 양건일의 친모, 자신의 전처가 그 일에 관련된 것을 안 양다곤은 어떤 형태로든 그녀에게 연락하거나 만나려 할 것이었다. 책망하고 경고하기 위해. 그것은 지금, 한울그룹의 회장실 안일 수 있다. 양다곤의 전처가 여기에 있을 수 있는 충분한 개연성이 있다. 그 추론이 그녀에 대한 기억을 되살렸다.

윤해성은 급히 머리를 굴렸다.

이 여자와 지금 이곳에서 김한울로 만나는 건 대단히 좋지 못하다. 그렇다면 아니라고 부인할 것인가. 여자는 그랬었다.

"너 한울이 아니니?"

다짜고짜 반말로 이렇게 물었다는 건 이미 확신하고 있다는 얘기다. 유달리 눈썰미가 좋고 사람 얼굴을 잘 기억하는 사람이 있다. 이 여자가 그런 모양이다. 지긋지긋할 정도로 그렇다. 아홉 살 때 얼굴로 서른 즈음이 된 지금 얼굴을 알아보다니.

어쨌든 아니라고 부인해도 완전히 먹혀들지는 않을 것 같다. 그렇다면 오히려 의심을 산다.

'김한울이를 만났는데, 분명한데도 날 모른 척하더라. 이상해.'

이렇게 양건일한테 이야기할 수도 있고, 양다곤의 귀에 들어갈 수 있다. 그렇게 의심을 사게 되면 모든 게 무너질 수 있다. 그건 더 위험하다. 인정할 수밖에 없다. 그런 상황이다.

윤해성은 그렇게 판단했다.

"네. 맞습니다. 누구시죠?"

인정은 하되, 적어도 모른 척은 해야 했다. 윤해성이 당장 얼굴을 알아보지 못할 만큼 그 집안에는 관심이 없는 것이어야 하니까.

"맞구나! 세상에!"

박연숙은 윤해성의 손을 덥석 잡았다. 곤란하다. 누가 보면 안 되는데.

"나 양다곤 아저씨네 아줌마야! 너 어릴 때."

윤해성은 멀뚱멀뚱하다가 말했다.

"아! 아주머니!"

허리를 깊이 굽혀 인사를 했다.

"안녕하세요."

"그래, 그래. 여기서 다 만나네. 그동안 어떻게 지냈니?"

박연숙이 환하게 웃었다. 반가움이 묻어났다.

로비를 지나는 사람 몇몇이 힐끔거렸다.

윤해성은 구석의 커피숍을 가리켰다.

"저쪽에 가서서 잠깐 말씀 나눌까요?"

이 여자하고는 길게 이야기하고 싶지 않지만 사람들의 시선을 피하려면 어쩔 수 없다. 박연숙은 바로 "그러자." 하고는 앞장서 걸었다.

각자 커피를 한 잔 씩 주문해서는 커피숍 귀퉁이에 자리를 잡았다.

여자는 윤해성에게 명함을 주었다.

밀라니아 어패럴 대표이사 박연숙

박연숙이 이 여자 이름이었나. 양다곤하고 이혼하고는 의류 회사를 하는 모양이군.

"한울이 너도 명함 하나 줘라."

윤해성은 지갑을 꺼내 열어 보고는 난처한 표정을 지으며 말했다.

"아, 이런. 죄송해요. 명함이 다 떨어졌네요."

"그래, 담에 줘. 명함이야 뭐."

박연숙은 윤해성이 그간 지나온 이야기를 다시 물었다.

"미국에 있다가 한국에 온 지 얼마 안 되었어요."

"고생이 많았지? 어린 나이에 아버지가 그렇게 되셔 가지고. 아줌마도 얼마나 맘이 안되었는지 몰라."

아무래도 박연숙은 아버지의 죽음에 관계가 없는 것 같다.

무엇보다 아버지의 죽음에 관계가 있다면 조금 전에 자신을 보고 그렇게 반가워했을 리가 없다. 갑작스러운 만남이었다. 그건 분명 준비된 반응이거나 연기일 수 없었다.

음험한 양다곤이 아내한테 범행을 털어놓았을 것 같지도 않다. 무엇보다 이 여자가 양다곤의 범행을 알고 있다면, 그와 이혼한 뒤에 이런 '듣보잡' 회사를 운영하는 신세이지는 않을 것이다. 그걸 약점 삼아 한울 계열사 몇 개는 뜯어냈겠지.

아무튼 한 명의 용의자가 또 사라졌다. 그것도 성과라면 성과일 테지.

박연숙은 자신이 5년 전 이혼했다고 이야기하고는 넋두리하듯 말했다.

"양다곤 씨가 너희 집 상대로 소송하는 거 난 반대했다. 아무리 계약서가 있다고 해도 옛 친구인데…… 많이 서운했을 거야."

"네에……."

박연숙이 반대했다는 말은 액면 그대로 믿을 수야 없지만, 말이나마 위안은 되었다. 하긴 20년 전 소송 과정에서도 박연숙은 전혀 표면에 등장하지 않았다. 적어도 적극적으로 관여하지는 않은 것 같았다. 자신은 그나마 그 일에서 마음으로 떳떳하다는 자신감이 있기에 20년 만에 만난 '김한울'을 반가워하는 거겠지?

"엄마는 잘 계시니?"

"네."

"넌 요즘 뭐 해?"

"그냥 직장 다녀요."

윤해성은 짐짓 우물쭈물하는 모습을 보였다.

직장에 대해선 별로 말하고 싶지 않아 하는 듯한 연출. 그렇게 잘나가지 못하고 있고, 신상에 대해 깊이 말하고 싶지 않다는 연기.

박연숙은 더 묻지 않았다.

"아휴. 고생이 많았을 텐데, 그래도 참 잘 자랐다. 하여간 양다곤 그 인간이 골칫덩어리야. 욕심만 많아서는⋯⋯."

"고생은 어머님이 하셨죠. 전 고생한단 생각이 없었어요."

"그래, 어머님이 얼마나 힘드셨겠니."

"네에."

"근데, 여긴 무슨 일로 왔어?"

"아, 여기요⋯⋯."

윤해성은 잠깐 말이 막혔다.

"그냥 친구를 만나러요. 여기서 일하거든요."

"그래, 그래. 기분이 좀 그렇긴 하겠구나. 사실 '한울'이라는 그룹 이름도 네 이름을 딴 거였잖니?"

몇 가지 더 신상 이야기가 오갔다. 양건일 이야기도 나왔다.

"건일이도 못 본 지 오래됐지? 예전에 둘이 참 친하게 지냈었는데, 형제처럼."

어처구니없다. 양건일한테는 뒤통수를 얻어맞은 기억밖에 없다. 지금의 꼴을 보면 더하면 더했지, 그때보다 나아진 건 없다.

"건일이하고 같이 한번 보자. 그 양반이 서류대로 매정하게 해서 좀 그랬지만, 너희들이 척지고 지낼 거야 뭐 있겠니."

이 여자는 생각 없이 말을 내뱉는 스타일이다. 정말 약속을 잡으려 들 것 같다. 대화가 더 깊어지면 곤란하다.

"저, 약속 있어서 이만 일어나 볼게요."

윤해성이 벌떡 일어섰다.

박연숙은 잠깐 뜨악하는가 싶더니 뒤따라 일어섰다.

"그래. 또 연락하자. 건일이하고 자리 한번 마련할게."

박연숙은 윤해성의 휴대전화 번호를 물었다.

윤해성은 전화번호 중 8을 3으로 바꾸어 알려 주었다.

박연숙은 그 자리에서 전화를 입력하더니 눌렀다.

"어? 연결이 안 되는데. 너 폰 확인해 봐."

이 눈치 없는 여자.

이 정도 됐으면 연락처를 가르쳐 주기 싫어한다는 걸 못 느끼나?

윤해성은 마지못해 휴대전화를 꺼내 확인하는 척했다. 틀린 번호를 주었으니 당연히 전화는 와 있지 않다.

"내가 잘못 입력했나 보다. 네가 한번 확인해 봐."

박연숙이 자신의 휴대전화를 건네주었다.

"아, 제가 잘못 알려 드렸나 봐요."

윤해성은 3을 8로 고쳐 주었다. 박연숙은 그 번호 그대로 눌렀고, 그제야 윤해성의 휴대전화가 울렸다.

"이제 제대로 연결됐네."

연결이 안 되었어야 했다. 만약 이 전화번호가 윤해성을 아는 누군가, 이를테면 양건일이나 단명오한테 넘어간다면 드러나고 만다. 김한울과 윤해성의 전화번호가 같다는 사실이.

박연숙은 윤해성의 마음도 모르고 활짝 웃었다.

"호호호."

너무나도 반갑지 않은 웃음이었다.

"살다 보니 널 여기서 다 만날 줄이야. 당장 건일이한테 알려 줘야겠다. 깜짝 놀랄 거야. 되게 반가워할걸."

윤해성은 진땀이 났다.

이 여자는 집요하다. 마치 윤해성의 정체를 알고서 일부러 괴롭히는 말을 던지는 게 아닐까 하는 느낌마저 든다. 당장 양건일에게 이야기하고, 만날 약속도 잡을 기세다.

"네. 안녕히 가세요. 연락드릴게요."

윤해성은 '연락드린다'는 말을 굳이 덧붙였다. 박연숙이 먼저 연락하지는 말라는 뉘앙스다. 하지만 오늘 박연숙이 보인 둔한 센스를 보았을 때 과연 그 의도가 전달되었는지는 심히 의문이다.

등을 돌려 걷는 윤해성의 등에 식은땀이 흘렀다.

다리에 힘이 풀렸다. 윤해성은 근처의 남자화장실로 들어갔다.

세면대에서 찬물을 양손에 받아 얼굴에 조금 끼얹었다.

젖은 얼굴이 거울에 비쳤다.

윤해성은 세면대를 양팔로 버티고 몸을 기울이고는 눈을 부릅떴다.

거울에 비친 저 남자는 김한울인가, 윤해성인가.

박연숙의 다음 행동이 눈에 잡힐 듯 선했다.

곧 전화하든 만나든 필시 양건일에게 이야기하리라.

'한울이를 만났어!'

'그것도 한울 모터스 빌딩 로비에서.'

양건일은 우선 이상하게 생각할 것이다.

살다 보면 김한울을 만날 수는 있을 것이다. 하지만 하필 한울 모터스 빌딩에서? 김한울이 무슨 볼일로?

의심이 들지 않을 리 없다. 조금만 의지를 갖고 추적하면 김한울이 윤해성이라는 사실이 금세 밝혀진다. 조사할 것도 없다. 전화번호를 넘겨받으면 바로 드러난다.

단명오는 또 어떨까. 이 이야기가 양건일을 거쳐 단명오에게 흘러들어 간다면? 그 인간이라면 바로 알아챌 것이다. 그러면 모든 건 끝장이다. 정체가 탄로 나는 건 시간문제다.

그렇다고 이런 위험 때문에 박연숙에게 차갑게 대하고 연락처를 숨긴다거나 했다면 더 위험하다. 박연숙이 이미 김한울의 얼굴을 알아본 판이었다. 적대감을 드러내는 건 더욱 패착이다. 조금 전 상황에서는 웃는 낯으로 넘어가야 했다.

박연숙이 떠벌리고 다니지만 않으면 되는데. 김한울로서의 나를 여기서 만났다는 게 굳이 동네방네 말하고 다닐 만큼 대단한 일은 아니다. 양건일에게 이야기하지 못하게 만들 순 없을까.

하지만 도무지 묘수가 떠오르지 않았다.

숱한 난제를 해결해 온 윤해성이었지만 이건 방법이 없었다.

그저 약간의 운.

거기에 기댈 수밖에.

하필이면 여기서 이 순간에 박연숙을 만났을까.

하필이면 박연숙은 그렇게나 눈썰미가 좋을까.

윤해성은 암담했다.

계획대로 차근차근 진행되어 가고 있었는데.

양다곤의 주변에서 시작해 접근했고, 조금씩 숨통을 조여 가고 있었는데.

아.

윤해성은 깨달았다.

인간이 모든 걸 계획할 순 있지만 하늘의 방해만은 도저히 어쩔 수 없다는 것을.

거울 속 김한울의 얼굴에는 마치 땀 같은 물이 주르르 흘러내려 있었다.

장유나는 젓가락을 들고 깨작거리고 있었다.

양다곤이 그 모습을 보더니 말했다.

"왜, 맛없어?"

"아냐, 맛있어. 이게 어떻게 맛없을 수가 있어."

장유나의 대답은 힘이 없었다. 하지만 나무젓가락은 초밥 위에 그저 머물러 있을 뿐이다. 양다곤이 또 말했다.

"여기 스시가 우리나라 최고야."

"응."

"일본인 셰프가 있는데, 예약만 한 달 치가 밀려 있더라고. 오늘은 당신 기분 풀어 주려고 앞 예약 다 밀어 버리고 왔어."

"그랬겠지. 대(大)한울 그룹이 못 할 게 뭐가 있겠어."

장유나는 호텔 스시야의 창문 너머로 시선을 돌리며 말했다. 불편한 심사가 내비쳤다.

"오늘 웬일이야. 당신 좋아하던 성게알도 안 먹고."

"그냥 놔둬. 내가 알아서 먹을게."

양다곤은 머쓱해져 입을 닫았다.

초밥 한 점을 먹은 후에 다시 말을 붙여 보았다.

"뭐 갖고 싶은 거 없어? 백이나 목걸이, 아님 뭐 차를 바꿔 줄까?"

"아니."

장유나는 심드렁했다. 조금의 솔깃함도 없는 말투다. 하긴 장유나의 옆 의자에는 에르메스 버킨 백이 놓여 있다. 목에는 다이아몬드를 포도송이처럼 매단 까르띠에 목걸이가 샹들리에처럼 빛나고 있다. 차는 페라리와 벤츠 CLS와 한울 모터스의 기함 전기차 아스트로를 굴리고 있다. 젓가락을 막 놓은 팔목에는 영롱한 피아제가 감겨 있다. 현 인류가 만들어 낸 걸작을 모조리 가졌다고 해도 과언이 아니다.

"그럼 뭐 필요한 건."

"글쎄."

양다곤이 말을 거는 것 자체가 귀찮다는 투다. 장유나의 태도가 싸늘한 이유를 양다곤은 누구보다 잘 알고 있다. 양건일을 감싸기 위해 설민수의 스토킹 짓을 덮어 버린 일 때문이다.

양다곤은 밥을 사 주고 선물이나 해 주면 기분이 풀릴 거라 생각했다. 하지만 큰 오산이었다. 장유나의 태도는 그저 토라진 정도가 아니었다. 질적으로 이전과 달라진 것 같았다. 화학적 변화. 그리고 그것은 예상했던 것보다 훨씬 크게 양다곤의 가슴을 서늘하게 만들었다.

양다곤이 조심스럽게 말을 꺼냈다.

"건일이 일은……."

"그 얘긴 별로 듣고 싶지 않은데."

표현을 에둘렀지만 딱 자르는 말투.

하지만 양다곤은 여기서 멈추면 안 된다고 생각했다.

"당신이 얼마나 힘들었는지는 알아. 그래도 그냥 미친개한테 물린 셈 치고 잊어버리면 되잖아?"

장유나가 식당에 온 후 처음으로 어떤 감정이 드러난 표정을 지었다. 하지만 양다곤에게 전혀 우호적인 쪽은 아니었다. 그것은 분노였다.

"미친개? 물린 셈? 그런 말이 나와?"

"당신이 그런 놈 때문에 계속 마음을 쓰는 것 같아서 하는 말이야."

장유나의 눈에 경멸이 스쳤다.

"자긴 그런 말로 위로가 된다고 생각했구나."

"아니, 말로 위로하려는 게 아니고."

"그런 정도로 생각하니깐 덮으라고 했던 거구."

"내 입장도 있잖아. 아무리 못난 짓을 했어도 아들이야. 아들을 어떻게 경찰에 넘겨?"

"누가 건일이를 넘긴댔어? 그 사이코 놈은 경찰에 넘겼어야지."

"그 자식이 경찰에서 다 불 건데, 어떻게 그래?"

"그건 건일이 탓이잖아. 실제로 했으니까. 그 더러운 짓을 배후에서 사주했으니까."

"어차피 당신도 경찰에 넘기는 건 주저했잖아. 언론에 오르내리는 건 끔찍하다고."

"그래 맞아. 스토커도 끔찍하지만 사람들 입방아에 안주 삼아 오르락내리락하는 것도 끔찍. 게다가 넘겨 봤자 겨우 집행유예라는데."

"그런데 왜 경찰을 안 불렀다고 화를 내?"

"내가 결정해야잖아?"

"응?"

"경찰을 부를지 안 부를지는 내가 결정한다구."

"……."

양다곤은 입을 다물었다.

"내가 피해자잖아. 자기가 아니라."

"……."

"자긴 내 의사를 물어보지도 않고, 그 전에, 사건을 묻어 버리겠다고 했어. 바로 양건일 때문에. 그동안 날 좋아한다 어쩐다 온갖 사탕발림했지만, 결국 자긴 아들이 먼저인 사람이었어. 심지어 그 아들이 나한테 이루 말로 다할 수 없는 더러운 짓을 저질렀는데도 말이야. 당신은 혈육이 전부인 사람이야. 그걸 난 분명히 알았어."

"아니, 유나야, 그게 아니라……."

"양건일은 혈육이고 모든 걸 물려줄 사람이야. 하지만 난 피가 섞이지 않은 외부인이지. 결국 그런 거야. 자긴 날 맘속으로 경계했던 거지? 혼인신고라도 하면 양건일을 위협할 뱀 같은 여자라고 말이야. 양건일의 모친, 당신의 전처가 날 그렇게 생각했듯이 똑같이!"

"목소리 좀 낮춰."

양다곤은 양손을 들어 장유나에게 진정하라는 손짓을 하고는 룸의 뒤편 문을 돌아보았다. 다행히 아무런 인기척은 없었다.

"너무 나가지 마. 내가 언제 자기를 그렇게 생각한다고 했어? 지금 자기는 좀 정상이 아닌 거 같아."

"정상이 아니라구? 내가?"

장유나는 자신의 가슴을 손으로 가리키며 어처구니없다는 표정을 지었다.

"양건일이나 당신의 전처가 아니구? 이상한 사람들은 그쪽 아니야?"

"물론 그렇지. 내 말뜻은……."

장유나의 화난 목소리가 양다곤의 말을 덮었다.

"관둬! 더 얘기하고 싶지 않아."

"유나야, 좀 진정해."

"아무래도 당신은 내가 어떤 심정인지 전혀 모르는 것 같아. 그동안 나를 이해하는 척만 해 온 거였어."

"아니야. 당신을 이해해. 그 또라이 놈 때문에 얼마나 힘들었을지도 알아."

"아니."

장유나는 고개를 크게 가로저었다.

이어 백을 챙기더니 자리에서 일어났다.

"혼자 있고 싶어."

양다곤이 멍해져서 장유나를 올려다보았다.

"당분간은 집에 오지도 말고 연락도 안 했으면 해."

"뭐?"

"내 말 못 들었어? 당분간 혼자 있겠다구."

장유나는 양다곤을 지나쳐 룸 밖으로 나가려 했다. 양다곤의 장유나의 손목을 잡았다.

"잠깐만. 유나야, 진정하고 자리에 앉아."

"싫어."

장유나는 손목을 비틀어 뺐다.

그러더니 백에서 휴대전화를 꺼냈다.

연락처 목록을 열더니 '자기♥' 항목에 '수신차단'을 눌렀다.

"당분간 연락하지 마. 나하고 영원히 안 볼 생각 아니라면."

장유나의 음성은 차분하고, 식어 있었다. 이런 말투, 이런 태도는 양다곤을 만난 후 처음이었다. 차라리 화내고 울부짖고 소리치는 때가 나았다.

이건 위험하다.

그렇게, 분명히 느꼈다.

양다곤의 가슴이 서늘하게 내려앉았다.

* * *

"아, 참. 나 어제 걔 봤다."

박연숙은 양건일과의 통화 말미에 무언가 생각난 듯 말을 덧붙였다.

"누구?"

"김한울이라고, 어릴 때 너하고 많이 놀았잖아. 부모들끼리도 친했고."

"……김한울?"

가물가물했다. 양건일의 오래된 기억 속에서 껄끄러운 이미지로만 남아 있는 이름이었다. 이유는 자신과 달리 너무 똑똑해서였던 것 같다.

"어디서?"

"한울 모터스 빌딩 로비에서."

"우리 회사?"

"응. 차도 한잔했어."

"왜 하필 우리 회사야?"

"그러니까 참 신기하지. 하필이면 거기서 보냐, 그래."

"신기할 것까지야."

"사실 신기하다기보단 좀 찜찜해."

박연숙의 목소리가 착 가라앉아 있다. 윤해성을 만났을 때의 반가움에 들뜬 목소리는 온데간데없다.

"왜."

"김한울이 아버지가 어릴 때 자살했잖아. 직후에 우리 집안하고 소송이 붙었고, 결국 져서 지분을 뺏겼지. 우리한테 그리 좋은 감정은 없을 테니까."

"엄마가 너무 예민하게 생각하는 거야. 걔 아버지 자살한 거하고 우리하고 무슨 상관이야. 그리고 소송은 원래 계약서가 있었던 거라 당연히 우리한테로 넘어오는 거였다면서. 그럼 그쪽이 땡깡 부린 거야."

"그래도 자기들은 그렇지 않다고 생각하니까 소송까지 간 거잖아. 분명 억울하게 생각하고 있을걸."

"설사 그렇다 해도 아버지한테겠지. 우리한테야 무슨 억하심정이 있겠어."

"건일이 넌 세상을 너무 단순하게만 보고 있어. 사람 감정이란 게 그렇지 않아."

"그렇게 찜찜해하면서 왜 차까지 마셨어."

"반가운 척은 해야지."

"왜? 안 반가운데 왜 반가운 척을 해?"

"그 일 있기 전까지 부모들끼리 친했고, 너네 둘도 얼마나 친하게 놀았냐. 그런데 생까 봐. 더 이상하지. 아, 양다곤 아저씨뿐만 아니라 이 사람들도 우리 적이었구나. 다 알고 한편이 되어 우릴 괴롭혔구나, 이렇게 느낄 거잖아."

"잠깐. 우리 그렇게 안 친했어. 난 어릴 때 그 자식이 별로 맘에 안 들었다구."

양건일은 괜한 미움에 김한울의 뒤통수를 갈겨 대던 기억이 어렴풋이 떠올랐다.

"하여간. 오래된 일이구. 우리하고 싸운 건 아니니까. 차갑게 굴 필요 없어. 괜히 경계심만 가지게 되니깐."

"엄만 너무 사람 좋은 게 문제야."

"으이그, 이 바보 같은 놈."

"왜 내가 바보야!"

"내가 좋아서 반가운 척하고 차 마셨겠니?"

"그럼?"

"한울이가 날 반가워하는 게 이상했어."

"김한울이 반가워했다고?"

"그럼."

김한울이 반가워했다는 말은 양건일에게도 어딘가 어색하게 들렸다. 반가워할 리가 없는데.

"반가울 리가 없잖아."

428

박연숙이 양건일의 생각과 같은 말을 입 밖에 냈다.

"뭐 좋아, 그 정돈 그냥 사회생활상의 처세일 수도 있다고 쳐. 하지만."

"하지만?"

"왜 하필 한울 빌딩이냐구."

"하긴. 거기 뭐 하러 왔대?"

"거기서 일하는 친구 만나러 왔다고는 해."

"친구?"

양건일은 잠시 침묵하다가 말했다.

"친구가 우리 직원인 모양이네. 근데, 밖에서 만날 것이지 왜 건방지게 회사 안에까지 찾아와?"

"그게 중요한 게 아니야. 한울이는 우리한테, 아니 적어도 네 아버지한텐 악감정을 갖고 있을 거잖아."

"아마도."

"한울 그룹에도 적대감이 있을 거야. 근데 왜 하필 거기까지 왔냐 이거지."

"⋯⋯."

"가해자는 잊지만 당한 쪽은 평생 못 잊는 법이야. 우리 쪽은 이겼으니까 앙금이 남을 게 없지. 하지만 한울이네는 소송으로 다 뺏겼는데, 아무래도 감정이 안 좋을걸. 앙심을 품었을 수도 있어. 복수하려고, 지분을 다시 찾겠다고."

박연숙은 한때 피라미드 업체를 운영했던 여자다. 양다곤과 살면서 산전수전을 다 겪었다. 이런 일에는 누구보다 눈치가 재빠르다. 위기를 감지하는 본능인지도 모른다.

"지나친 걱정 아니야? 세월 지나면 다 잊는 거지, 뭘."

"그래도 찜찜해. 무엇보다 우리 회사 빌딩이었다는 게. 그래서 일부러 반가운 척하고 차 마시면서 얘기도 나눴어."

"……일종의 염탐 같은 거야? 동정을 살피는."

"비슷한 거지. 적은 친구보다 더 가까이 두랬어."

"엄만 일 꾸미는 거 보면 제갈공명 같아. 난 피곤해서라도 그렇게 못 해."

"한울이 연락처도 받아 놨어."

"연락처는 왜."

"말했잖아. 가끔씩 동정을 체크하려는 거지."

"아아, 근데 그래 봤자, 지가 앙심 품어 봤자 뭘 어떻게 하겠어? 인터넷에 뻘글 정도 쓰겠지. 난 별 관심 없어."

"그래도 장차 네가 한울 그룹을 물려받을 사람인데 주변 관리는 해놓아야지. 한울이 아버진 그룹 초창기에 깊게 관여했던 사람이구, 그룹 이름도 한울이한테서 나온 거거든. 쉽게 보고 내버려 두면 안 돼."

"우리 그룹 이름이 거기서 나왔어?"

"그럼. 너네 아빠가 양보해 준 거야."

"젠장, 괜한 은혜를 베풀었네. 그래서 기어오르려나. 아무튼, 그래서 어떡할 건데?"

"같이 얼굴이나 한번 봐."

"에이, 보긴 뭘 봐. 난 반갑지도 않은데."

"안 반가워도 만나 보는 게 좋아. 어떤 상태인지, 우리한테 어떤 감정을 갖고 있는지 알아 놓는 게 좋아. 혹시 그랬다가도 널 직접 만나면 꼬리를 내릴 수도 있는 거 아니겠냐? 사람이란 게 상대를 미워하다가도 눈앞에 있으면 아무래도 위축되거든."

"아아, 귀찮아. 그런 놈까지 상대해야 하나……."

"언제 시간 내서 셋이서 식사라도 해."

"됐어."

"너도 한울이가 신경 쓰이긴 할 거 아냐."

"뭐 약간은."

"그렇담 차라리 만나 보는 거야. 경계할 만한지 아닌지 직접 보면 알거잖아."

"……뭐 들어 보니 그것도 맞는 말이네."

박연숙이 거듭 말하니 결국 양건일도 수긍했다. 양건일은 툴툴거리기는 해도 박연숙의 영향 아래 있었다. 박연숙이 이 정도로 말하면 이길 수 없다는 것도 경험으로 안다.

"그래. 조만간 엄마가 자리를 마련할 테니까 같이 봐."

"그러지 뭐."

"아, 아냐. 엄마가 한울이 전화번호 알려 줄 테니까 네가 전화 한번해 볼래?"

양건일이 김한울의 전화번호를 알게 되면 그가 윤해성이라는 게 드러난다. 같은 번호니까.

그런데, 양건일이 말했다.

"내가 그 자식한테 전활 왜 해. 그냥 엄마가 해."

양건일은 귀찮다는 듯 말하고는 전화를 끊었다.

* * *

한이수는 어둑어둑해진 뜰을 가로지르며 신기한 듯 주변을 두리번거렸다.

서울 외곽에 이런 곳이.

잘 손질된 잔디는 습기를 머금었고, 곳곳에 구부러진 나무가 조형미를 더해 주었다. 길 끝에 큰 철문이 있었다. 문을 열어젖히자 돔처럼 생긴 넓은 공간이 모습을 드러냈다. 둥그런 벽에는 나무 상자들이 꽉차 있다. 전부 와인 병들이다.

이곳으로 부른 사람은 장유나였다.

리셉션을 지나 몇 번의 복도를 굽어 돌아가니 넓은 공간이 나왔다. 그 구석의 원목 테이블 가에 장유나가 홀로 앉아 있었다. 이미 와인을 따고 잔을 홀짝이고 있었다.

장유나는 한이수를 보더니 손을 크게 흔들었다.

"자기! 여기야!"

장유나는 연예계 출신답게 사람을 만나면 늘 살갑게 군다. 요즘은 한이수를 '자기'라고 부르는데, 딱히 거부감이 없다.

한이수는 장유나의 옆에 가 앉았다.

"이런 데가 다 있네요."

"와인수입회사 셀러인데, 난 특별회원이거든."

"특별회원요?"

"응. 여기 와서 와인을 무제한으로 마실 수 있어. 집에서 마시는 것보다 더 술맛이 좋아."

"우와. 멋져요!"

장유나는 한이수의 잔에 와인을 따랐다. 에세조였다.

"마침 로마네 콩티 재고가 없대. 이것도 괜찮아."

"전 다 좋아요."

장유나는 한이수의 잔에 챙 하고 자신의 잔을 부딪치고는 와인을 단숨에 들이켰다. 한이수는 와인을 한 모금 머금었다가 목구멍으로 넘겼다.

그 모습을 보더니 장유나가 말했다.

"난 피노누아가 좋아."

"이 맛의 이미지가 언니하고 어울려요."

한이수는 와인 잔을 내려놓았다.

"역시 자기는 말을 참 이쁘게 해. '맛의 이미지'가 어울리다니."

"정말 그래서 그렇게 얘기한 건데요, 하하."

"날 너무 좋게만 보지 마. 난 이 루비 빛 와인을 좋아하지만 루비도 좋아해. 이왕이면 피전 블러드로."

"어머, 그러신 줄 처음 알았네요. 놀랐어요."

"하하하. 지금 비꼰 거지? 약 주고 병 주고잖아!"

장유나는 유쾌한 듯 웃었다. 그러다 어딘지 자조적인 투로 말했다.

"하긴, 루비도 별로 안 내키더라……."

"네?"

"예전엔 그렇게 갖고 싶었던 것들인데 말이야…… 이젠 카탈로그 보고 손가락으로 짚기만 하면 내 게 되니깐, 심드렁해지는 거야. 덜 기뻐. 희한해……."

만약 한이수가 아니라 다른 여자에게 이런 말을 했다간 물잔 세례를 받을지도 모른다. 하지만 한이수는 살포시 끄덕이며 웃음을 지을 뿐이었다. 비록 마음으로 공감하진 못했지만.

장유나는 다시 활짝 웃었다.

"역시 이수 씨 만나기를 잘 했어. 기분이 좀 풀리는데."

"뭐 안 좋은 일 있었어요?"

"조금."

장유나의 얼굴에 쓸쓸한 장막 같은 것이 드리워졌다. 오늘따라 감정의 기복이 빠르고 심하다.

"무슨 일이에요?"

"뭐랄까, 이런 얘긴 어떨까…… 난 내가 돈을 제일 좋아하는 줄 알았어."

"네. 근데 누구나 다 그렇지 않나요?"

"물론 그렇지……."

장유나는 와인을 또 들이켰다. 마시는 속도가 너무 빠르다고 한이수는 생각했지만 내버려 두었다. 시어머니가 필요해서 한이수를 부른 건 아닐 테니까.

"난 그이를 돈 때문에 만났어. 돈이 많으니까, 호기심도 생기고 관심도 갔어."

"네에……."

"이 정도 재벌이고, 나한테 물 쓰듯이 돈을 써 주니까 그걸로 됐다고 생각했어."

"……."

"한땐 결혼도 꿈꿨어. 혼인신고 말이야. 근데 그것만은 거부하더라. 그래도 참을 수 있었어. 그것 빼곤 내게 너무나 잘해 줬으니까."

"그건 저도 알죠."

"후훗, 이수 씨가 고생했지. 이것저것 심부름하느라."

"아뇨. 제가 뭘요. 저도 언니 만나면 좋았어요."

장유나는 미소를 지었지만 입만 웃고 있었다.

"그래…… 그런 것들이 좋았어. 난 그러면 됐다고 생각했어. 우리 회장님이 그렇게 돈만 펑펑 쓰면 말이야. 그걸로 됐어. 그래, 난 속물이야, 돈이 좋아, 그래서 뭐? 이런 마음이었어. 점잖은 척하는 세상에 대한 내 방식의 반항이랄까? ……이런 말은 우습지?"

"아뇨."

"그런데 그게 아니더라."

"그럼요?"

"돈만은 아니었어."

"……."

"난 마음속에서 양다곤을 남자로 인정했기 때문에 만난 거였어. 그걸 이제 똑똑히 알았어."

"……남자로 인정했기 때문에 만났다. 어떤 의미죠?"

한이수가 조금 딱딱하게 물었다.

장유나는 와인을 조금 들이켜고는 말했다.

"며칠 전에 윤해성 변호사 팀이 변태 잡은 거 알지?"

"네. 들었어요……."

"그때 윤해성 변호사가 날 불렀어. 와서 변태가 무릎 꿇는 걸 보라고. 다신 안 하겠다고 싹싹 비는 걸 눈앞에서 봐야 한다고."

"잘했네요. 그래야죠."

"그래. 그 꼴을 보고 나니까 맘이 풀렸어. 그 등신 자식이 다시 그런 짓 할 것 같진 않더라."

"그럴 거예요."

"근데 그 자리에 양다곤과 양건일 부자도 왔어. 윤해성이 불렀던 거야. 양다곤이 자기 보스니까 일단 보고를 했나 봐."

"네……."

"거기서 무슨 일이 있었는지 알아?"

"무슨 일이 있었는데요?"

"변태가 그러는 거야. 양건일하고 양건일 친모가 사주해서 했다고."

"네에에?"

늘 침착하던 한이수의 목소리가 쭉 올라갔다.

아.

양건일의 지갑에서 본 그 이름이 맞았어. 설민수.

역시 배후에 양건일이 있었어.

설마 했는데 정말 그랬을 줄이야…….

생각이 그만 말로 튀어나와 버렸다.

"설마 했는데!"

뱉어 놓고는 후회했다. 설마 했다니. 한이수에게는 전혀 예상 밖의 이야기가 아니었다는 걸 실토한 셈 아닌가. 하지만 장유나는 전혀 신경 쓰지 않는 듯했다.

"맞더라. 양건일도 첨엔 부인했는데, 통화기록 있다니깐 아무 말을 못 해……."

"세상에…… 그럴 수가…….."

"그럴 수가 있더라. 인간들이 정말 무서워."

"도대체 양건일 상무가 왜 그런 짓을 했죠?"

"나하고 라이벌이라고 생각했나 봐. 상속재산, 한울 그룹을 두고. 나 참……."

"그래서 언니를 망가뜨리려고?"

장유나는 말없이 고개를 끄덕끄덕했다. 쓸쓸해 보였다.

인간의 악의를 곱씹는 일은 언제나 유쾌하지 않다.

두 사람 사이에 잠시 무거운 침묵이 흘렀다.

이윽고 장유나가 입을 열었다.

"근데 양다곤 씨가 어떻게 나왔는지 알아?"

"어떻게 했는데요?"

"변태를 경찰에 넘기지 말래. 그러면 자기 아들이 다친다고."

"네? 세상에, 정말…… 어떻게 그런…….."

한이수는 당황과 분노 끝에 그만 말이 헛나오고 말았다.

"정말 부전자전이네요."

한이수는 말을 뱉어 놓고 아차, 싶었다. 자신은 어디까지나 양다곤의 비서다. 그런데 양다곤에 대한 안 좋은 감정이 삐져나와 버리고 말았다. 장유나는 누가 뭐래도 아직 그의 아내다. 이런…….

하지만.

하하하!

장유나가 처연하게 웃었다.

"맞아, 맞아! 아버지나 아들이나, 그놈이 그놈이지."

다행이다. 장유나는 한이수의 말에 큰 의미를 두고 있는 것 같지 않다.

"그 순간 다리에 힘이 풀리더라. 주저앉아 버렸어. 나도 어떻게 할 수 없게 눈물이 막 나는 거야. 너무 서러워서……."

장유나의 눈이 빨개져 있었다. 상처가 되살아나는 모양이다. 서러움의 크기를 얼추 짐작할 수 있었다. 한이수는 손을 뻗어 장유나의 손을 잡았다.

"언니……."

장유나의 시선은 먼 곳을 응시하고 있었다.

그녀의 입에서 혼잣말 같은 대사가 흘러나왔다.

"양다곤 씨가 싫어졌어. 아주."

넋두리 같기도 했다.

한이수는 딱히 뭐라 대꾸할 수 없었다.

"돈이 있으니까, 돈을 잘 쓰니까 그걸로 됐다고 생각했어…… 하지만 아니야. 마음이 필요했어. 난 마음을 원했던 거야. 바로 그 사람이, 나를 사랑하는 사람이 나한테 잘해 주고 돈을 쓰니까 좋았던 거야……."

"언니 마음을 이해해요……."

"양다곤 씨가 내게 마음을 주었다. 그래서 남자로서 인정하고, 좋아
했다. 하지만 이젠 아니야. 양다곤의 멘탈은 내가 생각하던 종류가 아
니었어. 여자를 사랑하는 남자의 마음이 아니야. 날 겨우 그 정도로 생
각했다면…… 뭐랄까, 줄이 탁 끊어져 버린 기분?"

"……."

"이수 씨. 난 한편으론 겁나."

"왜요."

"예전으로는 절대 돌아가지 못할 것 같아서 말이야. 지금의 이 기분
이 그래."

"언니 마음 가는 대로 하세요. 회장님 형편 생각하지 마시구요."

장유나는 와인 잔을 3분의 2쯤 채우더니 한 번에 들이켰다.

"그만두고 싶어…… 떠나고 싶어……."

"그것도 나쁘지 않아요. 언니는 한창나이예요. 얼마든지 사랑을 찾
을 수 있어요."

"……나도 몰랐어."

"뭘요?"

"내가 그 엄청난 돈에 등 돌릴 수 있는 여자란 걸……."

한이수는 잠시 침묵하다가 입을 열었다.

"……모두가 그럴걸요. 누군가는 모를 뿐……."

한이수의 말은 마치 허공을 떠도는 것 같았다.

어쩌면 장유나에게만 하는 말이 아닌지도 몰랐다.

두 사람이 제각각의 이야기를 하였고, 그것들은 서로 어긋나고 있
었다.

* * *

박연숙은 도저히 거절할 수 없는 방식으로 다가왔다.

언제 점심 같이 먹자, 정도가 아니라 윤해성이 비는 시간을 먼저 물었다.

"아, 죄송해요…… 요즘엔 선약이 많아서."

윤해성이 둘러댔지만 박연숙은 불도저처럼 밀어붙였다.

"그럼 차라도 한잔할까."

더 거절하면 이상해질 상황까지 박연숙은 몰아붙였다. 무언가 숨기는 게 있지 않다는 걸 보여 주려면 응해야 했다.

"아…… 보니까 이틀 후 오후에 잠깐 시간이 비네요. 그때 뵙고 차한잔하죠."

"장소는……."

"서초동으로 해요."

윤해성은 잽싸게 말을 가로챘다. 장소를 서초동으로 정한 것은 자신의 사무실이 가깝기 때문인데, 거기엔 분명한 이유가 있었다.

"네 직장이 서초동 근처니?"

"아뇨. 그 근처에서 볼일이 있어서요."

"서래마을은 어때?"

"좋아요."

장소와 시간을 정하고 전화를 끊는 윤해성의 뒷덜미에 식은땀이 흘러 있다.

'이건 좋지 않아.'

우려한 대로다.

박연숙은 굳이 다가오고 있다. 자연스러운 만남이 아니다. 그녀는 이상한 낌새를 느낀 것이다. 소송을 당해 지분을 뺏긴 '김한울'이 하필이면 그 한울 모터스 건물에서 기웃거리고 있었으니, 무언가 께름칙하게 여겼을 것이다.

　만나서 자신을 떠보려는 걸까.

　아무튼 나가 볼 수밖에 없다.

　윤해성이 정한 장소는 서래마을의 한 브런치 카페.

　윤해성은 냅다 들어가지 않고 입구에 서서 안을 살폈다. 공간이 넓었고, 멀리 안쪽에 박연숙이 보였다. 그녀는 깊숙한 곳에 자리를 잡고서 휴대전화를 들여다보고 있었다.

　박연숙 주변 자리를 살폈다. 만에 하나 윤해성을 알아보는 인물과 동석해 있다면 나중에 어떤 핑계를 대더라도 여기서 돌아가야 한다. 박연숙은 분명히 혼자였다.

　윤해성은 그제야 발걸음을 옮겼다.

　가까이 다가가자 박연숙이 휴대전화에서 눈을 떼고 고개를 들었다.

　경계하는 윤해성의 마음 탓일까. 박연숙이 미소를 지었지만 더 이상 진심 어린 반가움 따위는 느껴지지 않았다. 회사 대표다운 영업적인 웃음.

　"잘 지냈니?"

　"네. 덕분에요. 잘 지내셨죠?"

　윤해성이 의자를 끌어내 앉으며 말했다. 스스럼없는 말투는 준비된 연기였다.

　"나야 늘 그렇지. 이 근처에 볼일 있었어?"

　"네. 사람을 좀 만나느라고요."

　"뭐 먹을래? 주문부터 할까?"

샐러드 하나와 당근 케이크, 커피 두 잔을 시켰다.

날씨 인사를 나누고 사소한 잡담을 하는 사이 종업원이 음식을 내왔다.

포크를 막 들다가 박연숙이 말했다.

"참. 건일이도 올 거야. 내가 불렀어."

케이크를 자르려던 윤해성의 손이 멈추었다.

양건일이라고?

낭패다. 그가 오면 모든 게 끝장이다!

김한울이 곧 윤해성인 게 바로 드러난다!

뒤통수를 쾅 하고 한 대 맞은 느낌이었다. 준비하고 맞은 뒤통수라도 아픈 건 아픈 것이다.

역시.

박연숙 이 여자는…….

내가 이름을 바꾸고 변호사로서 한울 그룹에 접근하고 있는 건 당연히 모를 것이다. 하지만 어떤 의심에 가까운 께름칙함을 품은 건 분명하다. 굳이 만나자고 한 것도 그렇고, 미리 말하지 않고 양건일을 부른 것도 그렇다.

나를 떠보려는 건가.

어릴 적 소송으로 다 빼앗기고서 지금 복수의 칼날을 갈고 있는지 어떤지를?

박연숙은 윤해성의 생각을 꿰뚫고 있다는 듯 능청스레 웃고 있다.

"급한 일 마무리하고 온댔으니까, 한 30분이면 도착할 거야."

"잘되었네요. 건일이 형도 정말 오랜만인데."

하지만 마음의 동요는 극히 잠시였다. 윤해성은 싱긋 웃으며 천연덕스럽게 대답했다. 이어 휴대전화를 꺼내 들고 말했다.

"죄송해요. 잠깐 급하게 전화할 데가 있어서. 한 통만 하고 올게요."

"여기서 해도 돼."

"아뇨. 업무적인 거라. 나가서 할게요."

박연숙이 고개를 끄덕했고, 윤해성은 일어섰다.

윤해성이 자리로 돌아온 건 불과 30초 뒤였다.

"되게 짧게 끝났네."

"네. 대답만 해 주면 되는 거라서요."

"바쁘구나. 열심히 사는 것 같아서 보기 좋아."

"뭘요, 하하."

윤해성은 케이크 조각을 잘라 입으로 가져갔다.

* * *

양건일은 벤틀리의 키를 발레파킹 직원에게 맡겼다. 키를 받아 든 직원은 눈이 휘둥그레져서는 차와 양건일의 얼굴을 번갈아 쳐다보았다.

양건일은 가게 간판을 힐긋 보고 박연숙과 김한울이 만나기로 한 곳이 맞는지를 한 번 더 확인했다.

오늘의 만남을 앞두고 박연숙이 이야기했다.

"한울이한테는 너 나온다고 얘기 안 했어. 미리 말하면 걸끄러워서 안 나오려 할지도 몰라. 일단 내가 먼저 약속을 잡고 널 부를 테니까, 뒤에 합류해."

"아이 씨, 무슨 007 작전도 아니고, 이렇게까지 해야 해? 겨우 김한울이 같은 녀석 때문에?"

"멍청한 소리! 이유를 몰라? 한울이는 특별히 신경 써야 해. 감시를 하든 친분을 쌓든. 네가 아무런 흠 없이 그룹을 물려받으려면 작은 것 하나라도 넘기면 안 돼."

"······알았어."

망나니지만 박연숙의 말은 잘 듣는 양건일이었다. 엄마의 목소리가
크고 무섭기도 했지만, 무엇보다 지나고 보면 엄마의 말은 대개 맞았
다. 어쩌면 그룹의 후계자 자리를 두고 누구보다 의지할 사람은 부친
인 양다곤이 아니라 모친인 박연숙인지도 모른다.

'아무리 그래도 엄만 괜한 걱정이야. 김한울이 정도는 내 밥이지.'

이런 생각을 하며 막 가게 안으로 발을 들이려는 찰나.

헉!

양건일은 기겁했다. 너무 놀라 뒷걸음으로 주춤거리다 그만 엉덩방
아를 찧고 말았다.

"너······ 너는!"

앞에 한 여자가 서 있었다. 방수희였다.

테이크다운을 당하고 삭발 대신 머리카락을 한 움큼 쥐어뜯겼다. 일
생의 치욕을 안긴 여자를 잊을 리가 없다.

"또 만났네. 외나무다리에서."

방수희가 작게 미소를 지었다. 그래서 외려 오싹했다.

양건일은 넘어진 채로 입을 떡 벌렸다.

"당신도 여기 차 마시러 왔어? 이따가 그 자리로 들를게. 아직 볼일
이 좀 남았잖아? 삭발하려면."

방수희는 양손을 들어 가위로 자르는 흉내를 냈다. 양건일은 앉은
채로 뒤로 주춤주춤 기다가 벌떡 일어섰다. 그러고는 뒤돌아 냅다 뛰
기 시작했다. 발레파킹 직원에게 맡긴 차 따위는 잊어버렸다. 차량이
야 나중에 사람 보내 찾으면 될 일이다.

실로 지긋지긋하고 무서운 여자다!

하필 오늘 여기서 이 여자를 만나다니!

내 자리로 온다고? 볼일이 남았다고? 젠장!

박연숙, 김한울이 있는 자리에서 무슨 창피를 당하려고!

잘못하면 남은 머리카락도 온전치 못할 수 있다!

염라왕 같은 이 여자한테서 조금이라도 더 멀어지는 것, 그것만이 중요했다. 양건일은 일념으로 내달렸다. 뒷머리에 남은 강렬한 트라우마가 그를 들소처럼 달리게 했다.

방수희는 냉소적인 웃음을 띠고 그 모습을 지켜보았다. 양건일이 시야에서 거의 사라진 무렵, 휴대전화를 꺼내 어디론가 전화를 했다. 상대는 윤해성이었다.

"쫓아 보냈어요."

"잘했어."

윤해성은 짧게 대답했다.

"얘가 왜 이리 안 오지."

윤해성의 통화가 끝나고도 10여 분이 지났지만 양건일은 오지 않았다. 올 리가 없다. 오히려 멀리 달아나 있으니까. 박연숙은 휴대전화를 꺼내 들었다.

"전화 한번 해 봐야겠어."

"놔두세요. 건일이 형하곤 담 기회에 보죠."

"그래도 오늘이 좋은 기횐데."

"담에요. 전 일이 있어서 이만 일어나야겠어요."

케이크는 이미 남아 있지 않고, 커피 잔도 비었다.

"글쿠나. 일이 있으면 가야지."

"먼저 일어나 볼게요."

윤해성은 자리에서 일어나 뚜벅뚜벅 카페를 걸어 나갔다. 발걸음이
가벼워 보였다.

카페에서 조금 떨어진 곳에 방수희가 차를 대고 있었다. 윤해성의
애스턴 마틴이다.

"수고했어."

윤해성이 조수석에 타며 말했다.

방수희는 핸들을 능숙하게 틀며 액셀을 밟았다. 굉음이 울렸다.

"저야 뭐 한 거 있나요. 사무실에서 대기하고 있다가 아까 변호사님
연락 받고 바로 왔죠. 이 차로 5분도 안 걸렸어요."

방수희는 기특하다는 듯 핸들을 툭 쳤다.

"양건일은 뭐래?"

"저한테 말을 못 붙이던데요."

방수희가 방긋 웃었다.

하하하.

윤해성은 크게 웃었다.

* * *

현관문을 열어 주는 장유나는 여느 때와 달랐다.

"자기! 왔어?" 하며 환하게 웃던 장유나는 없었다.

침울한 얼굴로 문만 열어 주고는 현관에서 바로 등을 돌렸다.

양다곤은 집에 들어설 때마다 늘 코를 덮치던 향수 냄새가 사라졌
다는 걸 깨달았다. 비록 집이지만 장유나가 저지 차림으로 문을 열어
주는 것도 처음 보았다.

"밥은 먹었어?"

양다곤이 거실로 발을 올리며 짐짓 큰 음성으로 물었다.

"대충."

장유나는 힘없이 대답하고는 거실 소파로 가 앉았다. 멍한 시선을 땅거미가 내린 창밖으로 돌렸다. 양다곤은 조금 떨어진 소파에 가 앉았다.

"오지 말라고 했잖아. 왜 왔어."

장유나는 지난번 스시집에서 헤어질 때처럼 화가 나 있지는 않았지만 목소리는 메마르기 이를 데 없었다.

"걱정돼서."

대답이 없다. 양다곤이 몸을 앞으로 기울였다. 손을 뻗어 장유나의 손을 잡으려 했다. 장유나는 손을 스르르 뺐다. 양다곤은 갈증에 가까운 안타까움을 느꼈다. 며칠 전까지만 해도 얼마든지 잡을 수 있는 손, 몸이었다.

"지난번엔 내가 좀 말을 잘못한 거 같아. 잊어버려."

"……."

"마음 풀어."

"……."

"술이나 한잔할까?"

장유나는 대꾸하지 않았다. 대신 몸을 바짝 세우고는 양다곤을 향해 고개를 돌렸다.

"생각해 보니까."

뭔가 따지려는 듯한 말머리. 하지만 어떤 말이든 차라리 침묵보다 나았다. 양다곤은 반가웠다.

이어진 말은 다소 의외였다.

"내 건 없더라."

"응?"

"이 집은 자기 명의잖아."

"그게 무슨 소리야. 자기가 살고 있으니까 자기 거지."

"하여튼. 내 차도 두 대 있지만 다 법인 차량이구."

"그게 편하니까."

"내 건 몸에 걸친 액세서리나 백 정도? 생각해 보니까 그렇더라구."

"그럼 집도 차도 다 명의 이전해 줄게. 그런 게 뭐가 문제라고."

"……아냐."

장유나는 갑자기 흥미가 식은 듯 몸을 다시 뒤로 빼고 소파에 기댔다.

"자기 말대로 자기 명의인 게 편해. 내 명의면 뭐 해. 귀찮게 세금이나 내야 하고. 차도 법인 명의인 게 나아. 보험이며, 세금이며, 차량 관리까지……."

양다곤은 딱히 뭐라 대꾸하지 못했다. 횡설수설하는 장유나가 불안정해 보였다. 이런 때 말 잘못했다간 안 하느니만 못하다.

"왜 그런 말을 해……."

겨우 이 정도가 해 볼 수 있는 말의 전부였다. 장유나가 자조하듯 말했다.

"내가 자길 떠나면 난 거지라 이런 얘기지."

"떠나다니! 무슨 그런 말을 해!"

양다곤이 버럭 소리를 질렀다.

"왜 소리를 쳐?"

"말이 그렇잖아. 떠난다니? 우리 관계를 그렇게 가볍게 생각했어?"

"가볍게 생각했다? ……내가?"

양다곤이 언성을 높였지만 장유나는 화를 내지 않고 그저 띄엄띄엄 침울하게 대꾸할 뿐이었다.

이런 경우는 처음이다. 차라리 화를 내 주면 더 좋을 텐데.

양다곤은 목이 콱 막혔다.

"우리 다 잊고 다시 예전으로 돌아가자."

양다곤이 다시 손을 잡으려 했지만 장유나는 또 손을 움츠렸다.

"그냥 그런 생각 해 봤다구. 난 생각도 못 해?"

이런 태도로 나오면 더 상대하기 힘들다. 무엇에 화가 났는지 차라리 소리를 질러 주면 마음이 편할 텐데.

"이제 그만 가 줘. 혼자 있고 싶어."

"아니. 안 가겠어."

"왜 안 가. 내가 가 달래는데."

"너 혼자 있으면 또 이상한 생각 할 거 같아."

"여기 내 집 아냐? ……아하! 자기 집이라 이거야? 그래서 못 나간다?"

"왜 자꾸 비뚤어져!"

"바로 소릴 지르네?"

"배배 꼬인 소리만 하니까! 내 말은 듣지도 않고!"

"난 그 정도 말할 자유도 없어?"

"아, 정말!"

양다곤이 소리를 치자 장유나는 다리를 모으고 양팔로 스스로를 감싸 안았다. 마치 소라게가 단단한 조개껍데기를 두르는 듯했다.

수많은 군상과의 비즈니스를 거쳐 온 양다곤이지만 이런 태도를 어떻게 상대해야 하는지는 배우지 못했다.

울컥. 성질이 올라왔다.

내가 왜 집도 차도 대 주면서 빌고 있지? 내가 왜 너한테 사정해야 해!

스토킹 한 자식 잡아 주니까, 더 성질 내고 있어! 아버지가 아들 감싼 게 그렇게 잘못이야?

너 같은 거 없어도 아무 문제 없어!

오냐오냐하니까!

나 양다곤이야!

얼굴이 붉으락푸르락하던 양다곤은 결국 자리를 박차고 일어났다.

"나가든 말든 맘대로 해!"

양다곤은 현관을 나서며 분이 덜 풀린 나머지 그만 한마디를 더 던지고 말았다.

"어차피 나가지도 못할 게!"

철컥.

현관문이 자동으로 잠겼다.

장유나는 양다곤이 사라진 현관문을 멀거니 보며 입술을 달싹였다.

"당신…… 그 말은 하지 않는 게 나았어."

툭.

대롱대롱하던 끈이 완전히 끊어져 버렸다.

* * *

"임 기사. 음악은 꺼."

기사는 곧 볼륨 버튼을 눌러 음악을 껐다.

양다곤은 리무진 레그룸이 모자랄 만큼 다리를 앞으로 쭉 내밀고 머리를 젖혀서 뒷좌석에 깊이 기댔다. 차창을 조금 내렸다. 한강변의 찬바람이 들어왔다.

차량은 올림픽대로를 달리고 있었다. 양다곤은 눈을 감고 찬 공기를 들이마셨다.

분기탱천해서 장유나의 아파트를 나왔지만 서서히 격정이 가라앉고 후회만 남았다. 마음이 이루 말할 수 없이 무거웠다. 조금 전까지 그렇게나 쉽게 버릴 수 있을 것 같았던 장유나지만 벌써 그리웠다.

'이 나이에 이런 꼴을 겪다니.'

몇천만 불짜리 계약이 깨졌을 때도 이렇지는 않았다.

여자 때문에 마음이 이 지경으로 헝클어질 거라고는 미처 생각지 못했다. 어떤 계약보다 힘들었다. 차라리 테슬라를 상대로 싸우는 게 쉬웠다.

생각할수록 분한 마음도 한편으로 모락모락 피어올랐다.

내가 뭘 어쨌기에!

그러면서도 장유나를 잃어 가고 있다는 사실에 자신이 안달하고 있음을 부정할 수 없었다. 자존심 상하는 일이지만 인정해야 했다.

저 여자를 잃고 싶지 않다.

하지만 도무지 방법을 알 수 없다.

여자의 마음이 떠나고 있다…….

장유나가 그렇게 말은 안 했지만, 확실하게 느낄 수 있었다. 그 사실이 양다곤을 아프게 했다.

"젠장! 제길!"

양다곤은 욕설을 내뱉었다. 이런 기분을 떨쳐 버리기라도 하듯이.

하지만 자신이 집을 박차고 나올 때 무릎을 끌어안고 창밖을 하염없이 바라보던 장유나의 처연한 환영은 종내 사라지지 않았다.

                    * * *

   박연숙은 쉽게 포기하지 않았다. 사업 하는 사람 특유의 기질일까. 한번 목표를 정하니 쉽사리 멈추지 않았다.

   그녀의 목표는 김한울을 만나는 것, 될 수 있으면 양건일과 같이. 그래서 그를 자신의 통제와 감시 아래에 두는 것이었다.

   "한울이, 너 다음 주에 시간 있어?"

   박연숙은 하루 만에 다시 전화를 걸어 왔다.

   또 만나자는 용건이군. 집요한 여자야.

   "다음 주 내내 일정이 있어서요."

   윤해성은 심드렁하게 말했다. 이제 인사치레로 전화를 받고 만나는 정도는 충분히 했다. 지금은 오히려 거절하는 게 더 자연스럽다. 한 번 만났으니까 이제는 거절할 수 있다. 이 여자의 무모한 접근이 오히려 부자연스러운 모양새다. 어떤 의도가 있는 것 같다. 그 의도에 호응해 줄 필요는 없다.

   "아이구, 지난번에 못 만나서 건일이가 너무 아쉬워해, 같이 한번 봐야지."

   당연히 거짓말이다. 양건일이 아쉬워할 리가 없다.

   "네. 요즘은 제가 좀 바빠서요. 여유가 생기면 제가 연락드릴게요."

   윤해성은 다소 차갑게 말하고는 끊었다.

   박연숙은 통화가 끊어진 휴대전화를 들고 혼자 중얼거렸다.

   "아무래도 일부러 빼는 느낌이 들어. 뭔가 있는 것 같아. 내 감은 못 속여……."

   발을 굴러 의자를 빙빙 돌리고 있는데, 대표이사실 문이 열렸다.

"강 이사, 무슨 일이야?"

들어온 사람은 이름 때문에 '전무'로 불리기도 하는 강정무 이사였다. 낯빛이 좋지 않았다. 강정무가 뒷머리를 쓸어내리며 말했다.

"저기…… 지난주에 퇴사한 최유철 과장 있잖습니까?"

"어. 왜?"

"……우리 회사 중국 쪽 거래선을 다 가져가 버린 것 같습니다."

"그게 무슨 말이야? 거래처를 가져가다니?"

"아무래도 퇴사 전부터 몰래 일을 꾸몄던 것 같습니다."

"거래처를 빼돌렸단 말이야?"

분노한 음성. 안 그래도 큰 박연숙의 목소리가 쩌렁쩌렁 울렸다. 급성 울화로 얼굴이 벌겋게 달아올랐다.

"중국 쪽 주 거래업체가 우리하고 거래를 중단하겠다고 해서 급히 알아보니까 앞으론 최유철 과장이 나가서 설립한 업체 쪽으로 거래한답니다. 그게 두어 개 더 있더라고요. 어떤 업체는 아예 우리한테 보내기로 했던 물건 컨테이너를 최유철이 쪽으로 바꿔 버렸습니다."

"무슨 그런 개새끼가 있어! 내가 지한테 얼마나 잘해 줬는데!"

"그러게 말입니다. 저도 최유철 과장이 이럴 줄은…….''

강정무는 진땀을 뻘뻘 흘렸다.

"그 자식이 그 짓 할 동안 강 이사는 뭐 했어?"

박연숙의 목청이 방 안을 쩌렁쩌렁 울렸다. 강정무는 억울했다. 최유철 과장이 담당한 업무는 자신의 관할이 아니었다. 하지만 그는 박연숙의 성질을 잘 안다. 여기서 그런 변명을 해 봤자 불에 기름을 붓는 격이다.

"……죄송합니다."

강정무는 그저 고개를 숙였다.

"그 중국 업체들 매출 비중이 어느 정도 돼?"

"대략 30퍼센트가 넘습니다."

"그럼 그거 다 뺏기면 회사 문 닫을 판 아니야!"

"문 닫을 정돈 아니라도 좀 어려워지기는 합니다……."

"그게 할 말이야? 매출이 문제가 아니야. 얼마나 괘씸해! 당장 최유철이한테 연락해 봐."

박연숙이 화를 억누른 목소리로 말했다.

"연락해 봤습니다만 안 받습니다. 카톡도 씹었고요."

"하, 완전 개자식이네. 안면 몰수하고 가겠다, 이거지?"

걸걸한 박연숙은 제 성질을 이기지 못하고 자리에서 벌떡 일어나 방 안을 서성거렸다.

"어떻게 할까요?"

"어떻게 할지 생각을 좀 해 봐야겠어. 하지만 절대 그냥 두지는 않을 거야."

박연숙은 입술을 깨물었다.

* * *

아직 여명이 어슴푸레한 반포한강공원길을 달리는 초로의 남자는 새벽 운동이 취미였다. 쉰이 넘자 아침잠이 통 없어졌고, 매일 새벽 4시면 깨어나는 나날이 반복되다 보니 차라리 그 시간에 운동을 해 보자고 생각했다. 그래서 이날도 새벽 4시 30분에 반포 한강공원길을 달리는 것이었다.

낮에 늘 복작이던 주차장도 새벽에는 텅 비어 있다. 오른편으로는 세빛섬과 가빛섬 앞 야외무대가 있다. 조금 더 달리면 서래섬이다.

남자는 서래섬을 오른편으로 두고 달렸다. 뜀박질에 몰두하다 보니 정작 한강 경치나 주변 경관은 즐기지 못했다. 그저 눈앞 도로를 딛는 자신의 발끝에만 집중할 뿐. 그래도 탁 트인 곳을 홀로 달리는 기분만은 무엇과도 맞바꿀 수 없다.

어.

시선을 들어 보니 늘 보던 한강변 경치가 아니어서 흠칫했다.

영화 촬영 중인 건가? 이 새벽에.

남자는 달리던 발걸음을 늦추고 잰걸음으로 다가갔다.

주변을 두리번거렸지만 카메라나 촬영팀은 없다.

남자는 입을 떡 벌렸다.

생전 처음 보는 광경이었다.

현실이라고 믿기에는 너무 비현실적이었다.

남자의 눈앞에는 새하얀 승용차가 마치 막 입수하려는 고래처럼, 한강에 기우뚱하게 처박혀 있었다.

* * *

박연숙은 최유철 건을 그냥 넘어가지 않기로 했다.

그가 가져간 중국 업체와의 거래 단절은 물론 회사에 대미지를 입혔지만 새로 거래할 업체야 얼마든지 있다. 치명적이고 영구적인 손실은 아니었다.

그럼에도 최유철을 용서할 수 없었던 건 첫째가 배신감 때문이었다. 둘째 이유가 더 중요한데, 배신행위를 그냥 넘기는 선례를 만들 수 없다는 거였다.

'밀라니아 어패럴'은 박연숙의 절대적인 카리스마로 돌아가는 회사였다. 그녀가 만들고, 키웠으며, 그녀가 없어지면 회사도 없어져야 했다. 박연숙을 배신하고도 별 탈이 없으면 안 되었다. '박연숙도 별것 아닌데. 건드려도 별일 없던데.' 이런 인식을 갖게 해 주어서는 곤란했다. 박연숙의 권위는 조금의 흠집도 없이 절대적으로 유지되어야 했다. 그래서 최유철을 응징하기로 결정했다. 그 과정은 회사 직원들에게 거의 실시간으로 공지할 작정이었다.

최유철에 대해 형사고소와 민사소송을 같이 진행하기로 하고 변호사를 알아보았다. 회사에서 싼 맛으로 이용해 온 고문 로펌이 있지만, 중요한 소송을 맡기기에는 어딘가 불안했다. 총무과에서 추천한 로펌들도 다들 비슷해 보여서 선뜻 마음이 가지 않았다.

그때 퍼뜩 떠오른 사람이 단명오였다.

박연숙이 아는 한 가장 도덕과 인연이 먼 변호사.

그라면 원하는 만큼 악독하게 최유철을 궁지에 몰아넣을 수 있을 것 같다.

박연숙은 그 자리에서 단명오에게 전화를 걸었다.

돌아온 대답은 실망스러웠다.

"아이고 형수님. 요즘 제가 바빠서요. 그런 중요한 일이라면 다른 로펌 알아보시는 게 좋겠습니다, 하하하."

반대로 해석하면 딱 맞을 듯하다. 그런 잡스러운 일에는 나서고 싶지 않다는 말. 달리 말하면 가성비 높은 사건만을 하겠다는 뜻.

역시 능구렁이다.

양다곤 옆에 찰싹 붙어서 한울 그룹의 덩어리 큰 사건들을 한 번씩 손봐 주고 큰 보수를 받는 쪽을 택하겠다 이거지.

전화기를 내려놓은 박연숙은 곰곰이 생각했다.

누구 없을까.

직접 아는 로펌도 있긴 하다. 7년 전 양다곤하고 이혼소송 할 때 사건을 맡겼던 곳. 하지만 그 로펌은 이혼소송 전문이었다.

어디로 할까.

그러다 퍼뜩 또 생각이 났다.

양다곤을 빼냈던 윤해성 변호사.

이름만 들었지만 그라면 이런 일을 충분히 잘해 낼 수 있으리라.

이런 사건은 정통적인 공격보다는 변칙이 좋다. 상대를 괴롭혀 주는 맛이 있어야 한다. 그렇다면 왠지 어처구니없는 영장 기각을 이끌어 낸 윤해성 변호사가 적역이지 않을까.

박연숙은 양건일에게 전화를 걸었다.

"건일이니?"

"엄마, 왜?"

목소리가 어쩐지 붕 떠 있다. 주변이 시끌벅적하다. 아무래도 일을 하고 있는 것 같지는 않다. 하지만 그런 것에 신경 쓸 상황은 아니었다.

"지난번에 얘기한 윤해성 변호사, 전화번호 좀 알려 줘."

"그건 왜?"

"그냥."

"혹시 아버지 일이야? 뭐 알아보려고?"

그 와중에 양건일은 경계하는 목소리였다.

"아니야. 우리 회사에 문제가 있어서 그래. 윤해성 변호사가 그 일에 맞지 싶어서 한번 연락해 보려구."

"알았어. 비싸게 부르면 하지 말고."

곧 양건일로부터 윤해성의 연락처가 문자로 도착했다.

박연숙은 곧장 전화를 걸려다가 손가락을 멈추었다. 그 문자를 비서의 휴대전화로 전달했다. 이어 내선전화로 알렸다.

"윤해성 변호사 문자 갔지? 그 번호로 연결 좀 해 줘."

젊은 변호사라고 했지. 직접 전화하는 건 격에 맞지 않아. 박연숙은 자신의 체면과 함께 벌써 기에서 밀리지 않으려는 생각부터 하고 있었다.

잠시 후 책상 위 벨이 울렸다. 수화기를 집어 드니 비서가 "윤해성 변호사 연결됐습니다." 한다.

이어 저음의 남자 목소리가 들렸다.

"윤해성 변호삽니다."

엇.

'여보세요' 하려던 박연숙은 주춤했다.

익숙한 목소리다. 특유의 그 낮고 또렷한 음성. 두 번이나 만났고, 바로 이틀 전에도 통화했다. 그 목소리를 헷갈릴 수가 없다. 박연숙은 사람 얼굴을 귀신같이 분간하는 만큼 목소리에도 그랬다.

"여보세요."

상대의 목소리가 한 번 더 들렸다. 분명하다. 그 목소리. 김한울의 목소리.

박연숙은 뭐라 입을 떼려다 말았다. 순발력 또한 둘째가라면 서러워할 박연숙이었다. 자신의 목소리는 들려주지 않고 조용히 수화기를 내려놓았다. 이어 내선전화로 비서를 불렀다.

"윤해성 변호사가 다시 이쪽으로 전화를 걸거든 받지 마."

일단 확인해야 했다. 박연숙은 자신의 휴대전화 키패드에서 양건일로부터 받은 '윤해성 변호사'의 전화번호를 눌렀다. 전화번호가 완성되어 가면서 하나의 이름이 똑똑히 떠올랐다.

김한울.

윤해성 변호사와 김한울의 전화번호는 같았다. 두 사람은 동일인이 분명하다.

박연숙은 의자를 빙글 돌렸다.

이것 봐라. 정말 재미있잖아.

입이 마치 귀신처럼 찢어져 올라갔다.

퍼즐이 다 맞아떨어졌다. 김한울이 윤해성이었다.

김한울은 '윤해성 변호사'가 되었고, 그 사실을 숨긴 채 양다곤과 양건일에게 접근해 있다.

그래서 '하필이면' 한울 모터스 빌딩에서 김한울을 만났던 거였어.

그래서 박연숙, 그리고 양건일과의 만남을 극력 피했던 거였어.

어. 그런데.

이해가 되지 않는 부분은 있었다.

그는 양다곤의 변호를 자처해서 영장을 기각시켰다. 왜? 양다곤은 자신의 집안을 상대로 소송을 해서 모든 걸 빼앗아 간 인물인데.

아무튼.

여기서 중요한 건 양건일이다.

김한울이 양다곤을 상대로 무슨 일을 꾸미든 그건 알 바 아니다. 아니 오히려 그 미운 양다곤을 괴롭힐 수 있다면 고마운 일이다.

하지만 양건일에게 어떤 해가 돌아간다면 그건 두고 볼 수 없다. 김한울이 꾸미는 일을 폭로하고 막아야 한다. 적어도 지금은 그가 어떤 생각으로 이런 일을 벌이고 있으며, 어떤 계획인지를 알아야 했다.

윤해성은 찜찜했다.

무슨무슨 어패럴인가에서 전화가 걸려왔고, 사장을 바꿔 준다더니 말없이 전화가 끊겼다.

윤해성은 기억을 더듬었다.

어패럴. 고객 중에 의류회사가 있었던가…….

그러다 퍼뜩 생각이 났다.

명함철을 뒤져 박연숙의 명함을 찾아냈다.

밀라니아 어패럴.

맞아. 조금 전에 전화를 건 여자가 발음을 흐린 통에 정확히 듣지는 못했지만 분명 이 이름이었다. 게다가 내 목소리를 듣고서 바로 전화를 끊어 버린 사장. 박연숙이다.

윤해성의 얼굴이 흙빛으로 변했다.

젠장!

박연숙이 결국 눈치챘다!

깊은 낭패감에 휩싸였다.

박연숙. 양건일의 친모, 양다곤의 전처, 그녀가 김한울이 윤해성이란 걸 알아보았다. 양다곤 일가에게 전해지는 건 시간문제다.

입이 바짝바짝 마르는데, 휴대전화가 울렸다.

발신자는 박연숙이었다.

받아 볼 수밖에 없다.

"여보세요."

애써 침착한 목소리를 꾸며 냈다.

"나야. 박연숙 아줌마."

"네. 안녕하세요."

"변호사 사무실은 잘되니?"

더 숨기는 건 무의미하다.

"네. 그럭저럭요."

"한울아."

박연숙이 다정하게 이름을 불렀다.

"이젠 우리 잠깐 만나야겠지?"

박연숙의 느물거리는 목소리가 뱀처럼 귀에 휘감겼다.

* * *

한이수가 회장실 문을 벌컥 열고 들어왔다. 얼굴이 새하얗게 질려 있다. 안 좋은 소식임을 직감했다.

"무슨 일이야?"

"사모님 차가 한강에서 발견되었습니다."

"그게 무슨 소리야?"

"얼마 전 사모님한테 드렸던 우리 회사 아스트로 차량 말입니다. 그게…… 반포시민공원 옆 한강에 차체가 반쯤 들어간 채로 발견되었습니다. 오늘 새벽에 시민이 발견해서 경찰에 신고한 모양입니다."

"유나는?"

한이수는 고개를 저었다.

"안에 없었습니다. 차는 비어 있었고요. 중립기어 상태였던 걸로 봐서 사모님이 빈 차량을 밀어서 한강에 빠트리려다 힘이 딸려서 중간에 기우뚱하게 걸친 상태가 된 것 같습니다."

"유나는 어디에 있어?"

"연락을 취해 봤는데 받지 않으세요."

한이수가 들어올 때처럼 양다곤의 얼굴도 새하얗게 질렸다.

"도대체 무슨 일이야?"

한이수는 괜히 잘못한 듯한 표정을 짓고 서 있을 뿐이었다. 연락이 닿지 않는다는데, 한이수가 알 수 있는 일은 아니었다.

"알았어. 일단 나가 봐. 변동사항 있으면 바로 알려 주고."

"네."

한이수가 나간 다음 양다곤은 급히 휴대전화를 꺼내 장유나에게 전화를 걸었다. 전원이 꺼져 있다는 기계음이 나왔다.

"도대체 이 여자는 무슨 짓을 한 거야?"

양다곤은 내선전화를 눌렀다.

"바로 차 준비시켜."

* * *

장유나의 아파트 현관에 들어섰을 때, 익숙한 향이 코를 찔렀다. 그녀가 방향제 대신 쓰던 향수. 지난번엔 이 향이 안 났는데? 혹시 마음이 돌아왔나?

양다곤은 그 향 하나에 가느다란 기대를 안고 거실 마루로 올라섰다.

무언가 이상하다는 낌새를 느꼈다.

소파. 탁자, 부엌 모두 그대로지만 무언가가 비어 있다. 커다란 무언가가.

사람이 살지 않는 집 특유의 휑한 느낌.

"유나야!"

큰 소리로 불러 보았지만 대답이 없다.

양다곤은 침실 방문을 열어 보았다.

눈이 휘둥그레졌다.

흰 벽면에 커다랗고 빨간 글씨가 쓰여 있었다.

나가지도 못할 거라고? 나 장유나야, 이 개자식아!

그 아래에는 에스티로더 립스틱이 두 개 떨어져 있었다. 하나는 가운데가 부러져 있다.

양다곤은 순간 다리에 힘이 빠져 침대에 털썩 앉았다.

나갔다.

장유나가 집을 나갔어…….

그럴 거라고는 전혀 생각지도 못했는데.

이 여자가 기어이.

양다곤은 몸을 추스른 후 일어나 휘청거리는 발걸음으로 집 안 구석구석을 뒤지기 시작했다.

옷방과 작은 방을 열어 보고, 화장실도 살폈다. 심지어 부엌 뒤편의 와인 셀러가 있는 창고까지 열어 보았다.

모든 집기는 고스란히 남아 있었다. 하지만 장유나는 없었다. 집은 그대로인데. 그 집에서 장유나만 쏙 빠져 버린 것이었다.

다리가 완전히 풀려 버렸다.

양다곤은 거실 소파에 무너지다시피 주저앉았다.

* * *

"얼굴 보기 참 힘들구나."

박연숙은 앞자리에 앉는 윤해성을 보며 말했다. 눈가에는 악당의 이죽거림 같은 것이 새겨져 있었다.

"사무실이 잘되니까요."

"알고 봤더니 너 꽤 유명하더라. 김정은이 기소도 하고."

"다행히도 얼굴 알아보는 사람은 없어요."

"그래."

박연숙은 아이스커피를 빨대로 쭉 빨아들였다.

"너도 한 잔 시켜. 여기 커피 맛 괜찮아."

박연숙은 커피를 주문하고 계산하는 윤해성의 모습을 빤히 지켜보았다.

아직도 조금은 헷갈린다. 저 아이는 김한울인가, 윤해성인가.

윤해성이 아이스커피를 가지고 자리로 왔다.

"왜 그랬어?"

"개명한 것뿐이에요. 엄마 성을 따서."

"근데 왜 양다곤 회장 일을 해?"

윤해성은 놀랍다는 듯 팔을 벌렸다.

"변호사니까요. 그만큼 사이즈가 큰 의뢰인이 어디 있겠어요?"

"양다곤 일가하고는 감정이 안 좋을 거잖아."

"20년 전 소송 말씀하시는 거예요?"

"응. 너네 집안 지분을 빼앗아 갔으니까."

"솔직히 그땐 좀 억울하다고 생각했죠. 하지만 다 어릴 때 얘기죠. 머리 굵고, 변호사 되고 보니까 알겠더라고요. 그분도 계약대로 한 것뿐이라고. 아버지가 서명한 계약서가 있었으니까요. 이제 감정은 없어요."

"하지만 사람이 어디 그러니?"

"글쎄요. 어린 시절 뭘 모를 때 가졌던 나쁜 감정을 그대로 안고 가는 것도 어리석은 거죠."

박연숙은 등받이에 몸을 기대며 다리를 포갰다.

"양 회장한테는 네가 김한울이란 거 안 밝혔지?"

"네."

"왜 숨겼어? 어떤 의도로?"

"의도가 있는 건 아니었어요. 굳이 밝힐 필요가 없다고 생각했어요."

"어째서?"

"지금 아줌마가 오해한 것처럼, 양 회장님도 오해하실 거잖아요. 어릴 때 소송으로 사이가 좋지 못했는데 굳이 왜 내 일을 하려고 들어? 이러시면서요. 그럼 전 고객을 잃는 거죠. 그래서 얘기 안 했어요."

박연숙은 미심쩍다는 듯 말을 끌며 윤해성을 빤히 올려다보았다.

"근데, 김한울로 불러야 할지, 윤해성으로 불러야 할지 모르겠다. 난 옛날 이름이 편한데……."

"이왕 다 아시게 된 거, 이젠 윤해성으로 불러 주세요."

박연숙이 빙그레 웃었다.

"왜 웃으세요?"

"혹여라도 다른 사람들 있는 데서 내가 한울아, 하고 부르면 곤란할 것 같아서 그러지? 미리 '윤해성'을 입에 익히게 하려고."

하하하.

윤해성이 웃었다.

"그렇게까지 숨길 건 없는데요."

"그럼 내가 다 밝혀도 괜찮겠네?"

"뭘요?"

"네가 김한울이라는 것."

"그걸 왜 말하려 하세요? 굳이 제 예전 이름을 왜."

박연숙은 고개를 저었다.

"아니, 아니. 다른 사람들 말고, 양다곤 회장하고 건일이한테 말이야."

윤해성은 잠시 침묵했다. 이윽고 입을 열었다.

"그건 그만둬 주시죠."

"왜? 그다지 숨기려는 건 아니라면서?"

"오해를 받기 싫어섭니다."

"무슨 오해?"

"조금 전 아줌마가 제게 했던 오해 같은 거죠. 어릴 때 앙심을 품었다가 이제 와 접근한다는 식으로."

"그게 정말 오해라면 말해도 되잖아?"

"진실이 항상 통하는 건 아니니까요."

"우와, 너 재미있는 말 한다."

"말로 먹고사는 직업 아니겠어요?"

"그래, 후훗."

박연숙은 빨대로 커피를 한 번 더 깊게 빨아들였다.

"왜 양다곤 회장 옆에 있는 거니?"

"아까 말씀드렸잖아요. 페이를 많이 하는 의뢰인이라고."

"넌 아무리 아니라고 해도, 양 회장한테 감정이 좋을 순 없어. 분명 이유가 있을 거야. 솔직히 얘기해 줬음 좋겠어."

"아뇨. 오로지 비즈니스입니다. 아니, 오히려 옆에서 뵈면서 더 존경하게 되었어요. 역시 재벌 그룹을 일으킨 분은 달라도 다르구나 하면서요."

"너 정말 사회생활이 능숙하구나."

"진심이라니까요."

박연숙은 윤해성을 지긋이 바라보다가 말했다.

"너 그런 것도 벌써 아는 거 같아."

"뭘요?"

"세상은 그 사람이 끝까지 우기는 대로 믿어 준다는 거. 거짓이든 진심이든. 그런 걸 아는 사람들은 훗날 정치가가 되지. 뻔뻔하게 정의의 가면을 쓰고 말이야. 근데 그게 세상에 그럭저럭 통하거든. 아, 이런.

상관없는 얘긴데 너무 나가 버렸네."

"전 그런 거 모르고, 생각도 없습니다. 진심이에요."

"한울아."

박연숙이 나지막하게 이름을 불렀다. 조금 전 윤해성으로 불러 달라고 했는데도 굳이 김한울로 부르는 저의가 있을 것 같았다.

"네."

"네가 무슨 생각으로 양다곤 회장 옆에 붙어 있는지, 솔직히 말하면 난 관심 없어. 내 알 바도 아니고."

"그런데요?"

"하지만 그건 건일이한테 어떤 영향이 있을 수도 있어."

"건일이 형한테요……."

"건일이는 양다곤 회장의 모든 것을 물려받을 사람이니까. 양 회장의 일은 곧 건일이의 일이지."

"……."

"그래서 난 건일이한테는 이 이야기를 하지 않을 수 없어."

"……."

"건일이는 알아야 해. 주변에서 일어나는 모든 일을. 자신과 관련 있는 일을 모른 상태로 지내게 할 순 없으니까."

시끄러운 카페 안이었지만 두 사람 사이에 정적이 흘렀다. 그 시간은 꽤 길었다.

이윽고 윤해성이 입을 뗐다.

"그러지 않으셨으면 합니다."

"왜."

"건일이 형한테 알리면 양다곤 회장님한테로 바로 알려질 거니까요. 그러면 회장님은 화를 내실 테죠. 그러면 전 가장 큰 고객을 잃는 겁니다."

"그런 이유야?"

"변호사한테는 절박한 이웁니다."

"그래도 어쩔 수 없어."

박연숙의 말투는 건조하기 이를 데 없었다.

"아줌마."

"이건 건일이가 관계된 일이라서 할 수 없어. 난 이야기해야 해. 너
한테 알리지 않고 그냥 전할 수도 있지만 일단 네 얘긴 들어 보고 싶었
어. 그래서 만나자고 한 거야. 말하자면 이건 통보인 거야. 상의가 아
니라."

박연숙은 딱 잘라 말하며 끝을 맺었다.

윤해성은 잠깐 고개를 숙이고 있다가 쳐들었다.

"꼭 하셔야겠습니까?"

"어쩔 수 없어. 할 거야."

윤해성은 박연숙을 똑바로 보며 말했다.

"그 이야기를 전해서 제가 죽는다고 해도?"

"말도 안 되는 소릴 하네. 네가 왜 죽어?"

"실제로 그렇다면요?"

이번에는 박연숙이 잠시 침묵했다. 어차피 답은 정해져 있는 것, 그
저 망설이는 모습을 연출하는 것 같았다.

"한울이 너 너무 오버하는 것 같다. 양다곤 회장이 왕고객인 건 알겠
어. 하지만 젊은 사람이 겨우 의뢰인 한 명 잃는다고 죽니 어쩌니 소릴
해서야 되겠니?"

박연숙은 어디까지나 윤해성의 말을 그저 과도한 비유 정도로 이해
하고 있다. 그녀는 조금 짜증 난 듯 말했다.

"아무튼 네가 뭐라 해도 어쩔 수 없어."

"……."

"이 얘긴 그만하자. 오늘 바로 이야기할 거야."

여기서 더 매달리면 이상해진다. 박연숙에게 경계심을 심어 줄 뿐이다.

"그렇군요. 알겠습니다."

윤해성은 고개를 한 번 끄덕였다.

박연숙은 자리에서 일어섰다.

커피숍에 홀로 남은 윤해성은 커다란 낭패감에 빠져들었다.

끝이다.

박연숙은 그저 떠보려는 게 아니다. 곧장 양건일에게 알릴 것이다.

지금 박연숙을 움직이는 건 단순한 비즈니스가 아니다. 아들을 생각하는 모정이다. 그래서 막을 수 없다. 어떤 제안, 어떤 거래로도.

만약 지금 박연숙을 막을 수 있는 게 있다면, 하필 그날 그 자리에서 박연숙을 만나게 했던 것처럼 커다란 우연의 힘밖에는 없다.

20년간 차근차근 쌓아 올렸던 바벨탑이 이제 곧 하늘 끝에 도달하려 하는데.

어처구니없게도 주춧돌에 생긴 조그만 구멍 탓에 무너지려 한다.

그리고 그 구멍은 도무지 막을 수 없다.

문득 찾아드는 감정.

외로웠다.

복작대는 커피숍 안에서 윤해성은 깊은 외로움을 느꼈다.

불쑥 떠오르는 얼굴이 있었다.

그 얼굴은 윤해성을 향해 따스하게 웃고 있었다.

괜찮아.

잘될 거야.

기대고 싶다.

인생에서 처음으로 그런 기분이 들었다.

윤해성은 한동안 자리에서 일어서지 못했다.

* * *

"왜 퇴근하지 않고."

윤해성이 사무실로 돌아온 때는 저녁 6시 30분. 전기호는 이미 퇴근했고, 방수희 혼자 멀뚱히 앉아 있었다.

"운동 시간이 어중간해서요. 여기에 있다가 곧장 가려구요."

"오늘 주짓수 가는 날이군. 수고해."

윤해성은 그 말만 하고는 자기 방으로 들어갔다.

소파에 몸을 늘어뜨리고 있으려니, 빠끔히 문이 열리고 방수희가 들어왔다.

방수희는 말없이 윤해성 맞은편 의자에 앉았다.

"괜찮으세요?"

"응? 뭐?"

윤해성은 몸을 반쯤 세웠다.

"안색이 너무 안 좋아서요."

"그랬어?"

윤해성은 목을 조금 돌려 책상 거울을 보았다. 입꼬리가 처진 우울한 낯빛의 남자가 거기 있었다.

내 표정이 저랬나.

뺨에 힘을 주었다. 입매는 조금 살아났지만 침울한 느낌은 가시지 않았다.

"무슨 일 있어요?"

방수희가 걱정스러운 듯이 물었다.

"아니, 그저 좀 피곤해서."

윤해성이 말했지만 방수희는 윤해성을 찬찬히 들여다보며 말했다.

"아닌 것 같아요. 힘든 일이 있는 것 같아요."

"왜, 그렇게 보여?"

"오늘처럼 힘없이 처진 변호사님의 어깨는 처음 보았어요."

"……"

"힘들 땐 티를 내도 괜찮다고 생각해요."

"티를 내라? 어떻게?"

"이를테면 저한테 다 얘기하는 것 같은."

방수희는 윤해성을 빤히 바라보았다.

"그래."

윤해성은 빙긋 웃었다. 억지웃음이라고 방수희는 느꼈다.

"여기까지인 것 같아."

"네?"

"이제 끝인 거 같아서."

"왜요."

"그런 일이 좀 생겼어."

"그럼 완전히 끝난 거예요?"

"그럴지도 몰라."

윤해성의 입에서 나올 것 같지 않던 '끝'이라는 단어가 너무도 쉽게 튀어나왔다. 눈빛은 멍했다.

이런 모습을 보인 건 처음이었다. 왜 이런 말까지 하고 있는 걸까. 윤해성 스스로도 의문이었다. 처음으로 기대고 싶은 기분이 들었던 오늘, 왜인지 모르지만 문득 떠올랐던 그 얼굴이 자신에게 위로를 건네고 있어서였을지도 모른다.

"이런 모습 처음인데요……."

"그래."

"그래도 끝이라고 확정된 건 아니죠?"

"응."

방수희는 안쓰럽다는 듯 손을 뻗어 윤해성의 손을 잡았다. 마치 동생을 돌보는 누나 같다.

그녀는 무슨 일이 있는지 섣불리 묻지 않았다. 윤해성이 말하고 싶은 데까지 말하면 된다. 그것으로 족하다. 그저 이대로 두면 돼. 지금 이 사람한테 필요한 것은 답이 아니야. 옆에 있는 누군가일 뿐이지.

방수희는 답을 줄 수 없단 걸 안다. 하지만 옆에 있어 줄 누군가는 될 수 있다.

윤해성이 말했다.

"수희는 만약."

"네."

"만약 말이야, 어떤 치명적인 행동을 하려는 누군가에게 목숨을 걸고 말했어. 내가 죽는데도 그 행동을 할 것인지."

"상대방은 뭐라고 했어요?"

"그래도 한다고 했다면?"

"그렇다면 이쪽에서도 가릴 건 없죠."

"그럴까."

방수희는 고개를 깊이 끄덕였다.

잠깐 침묵이 흐른 뒤 윤해성이 입을 뗐다.

"……나도 상대를 파멸시킬 순 있어. 하지만 그 방법이 뭐랄까, 내 배알에 맞지 않아."

어딘가 미적지근한 윤해성의 모습. 어쩌면 그게 갈등하는 이유인지 모른다.

"변호사님."

"응?"

"전 파이터예요."

"알지, 세계 최강의 여성."

윤해성은 엄지를 들어 보였다.

"사람마다 다를 거예요. 누군 공부하면서, 누군 장사하면서 세상의 이치를 배우죠. 전 운동하면서 세상을 알게 됐죠."

"물론. 수희처럼 정상에 오른 사람이라면 시야는 그만큼 남다를 거라고 생각해."

"변호사님은 이 도시가 뭐라고 생각해요?"

"뭐야?"

"상식, 에티켓, 문화, 계약 같은 걸로 치장돼 있지만요, 다 걷어 내면."

"걷어 내면?"

"정글이에요."

"……정글."

윤해성은 말을 되뇌면서 물컵을 괜히 만지작거렸다.

"그래……."

방수희는 윤해성을 찬찬히 내려다보았다. 마치 전쟁의 여신이 패퇴한 전사에게 힘을 내리듯이.

"잊을 뻔했어……."

방수희의 말은 윤해성에게 거미줄처럼 남은 '배알'이라는 미련을 날려 버렸을까.

방수희가 도장에 가야 할 시간은 벌써 지나 있었다.

창밖 도시의 거리에 짙은 어둠이 내리고 있었다.

* * *

야심한 밤, 양건일은 용인의 어느 시골길을 달리고 있었다.

차량은 곡예 운전을 하듯 크게 S 자를 그리며 달리고 있었다.

그는 기분이 몹시 좋았다. 새로 차를 뽑은 때문이기도 하지만, 두 시간 전 청담동의 지인 스튜디오에서 패거리들과 LSD를 흡입한 때문이기도 했다.

스튜디오에 있을 때 박연숙으로부터 전화가 왔었다.

"건일아. 너한테 해 줄 재미있는 얘기가 있어."

"뭐야. 지금 바빠."

"그럼 내일이든 모레든 한 번 이리로 와. 그때 말해 줄게."

양건일은 박연숙의 말이 채 끝나기도 전에 종료 버튼을 눌렀다.

쳇, 얘기는 무슨 얘기. 한참 기분이 오르는 판에.

양건일은 다시 친구들과 어울려 약을 흡입하기 시작했다.

어느 정도 시간이 흘렀을 무렵, 친구들이 말렸고, 여자 한 명은 거의 바짓가랑이를 붙들었지만 양건일은 다 뿌리치고 혼자 밖으로 나갔다. 그러고는 갓 뽑은 부가티 시론에 올랐다.

그는 이 순간이 좋았다. 약을 하고서 여자와 자는 친구들이 대부분이었지만 양건일은 그보다 드라이브가 좋았다. 혼자 차에 올라 귀를 때리는 음악을 크게 틀어 놓고 탁 트인 도로를 달리면 그렇게 기분이 좋을 수가 없었다. 눈앞에 음계가 그려지고 천상의 꽃잎이 흩날리는 것 같았다. 약이 주는 일회성 거짓 자유가 좋았다. 그는 그게 진정한 자유라고 느꼈지만.

무엇보다 곧 먹이를 덮칠 듯 엎드린 퓨마 같은 흰색 부가티가 그를 참지 못하게 만들었다. 4개의 터보차저를 단 16기통의 괴물. 44억 원이란 가격은 그에게 아무것도 아니었지만, 장장 1년을 기다려 손에 넣은 차였다. 약 기운도 있겠다, 액셀을 끝까지 밟아보고 싶었다.

이날은 용인 방면을 택했다. 골프장이 많아 한적한 도로가 많다는 이유에서였다. 양건일은 이런 때면 약에 취한 정신에서도 블랙박스를 꺼 놓는 것을 잊지 않았다. 거의 본능적인 방어기제였다.

마치 춤을 추듯 밤의 도로를 휘청이며 달리던 부가티는 어느 마을 어귀에 들어섰다. 왕복 2차선 도로였고, 양옆으로는 논이었다. 논두렁 아래 배수로가 있고 그 옆으로는 수풀이 우거져 논과 도로를 가르고 있었다.

어.

돌연 눈앞에 횡단보도가 나타났다.

물론 횡단보도는 원래 있었던 거지만 약에 취한 양건일의 눈에는 횡단보도가 느닷없이 튀어나온 것처럼 느껴졌다.

쿵!

둔탁한 소리와 함께 헤드라이트에 비친 횡단보도가 돌연 떠오르는 것처럼 보였다.

떠오른 것은 도로가 아니었다. 사람이었다.

부가티에 받친 검은 형체는 공중에 떴다가 바닥으로 떨어졌다. 떨어지며 지면에 부딪친 충격으로 검은 형체는 조금 튀어 올랐지만 dead cat bounce, 죽은 고양이의 튀어 오름에 불과했다.

부가티는 조금 더 가서 섰다.

핸들에 머리를 대고 있던 양건일은 고개를 들었다.

사람을 쳤다…… 약 기운에도 알 수 있었다. 아니, 이미 약 기운은 반쯤 달아나고 없었다.

양건일은 차에서 내려 사람이 떨어진 쪽으로 살금살금 다가갔다.

초로의 남성이 얼굴을 하늘로 하고 누워 있었다.

죽은 걸까.

가까이 다가가 볼 엄두가 나지 않았다. 거기 있는 건 자신의 차에 치인 사람이 아니라 자신이 부닥치게 될 운명이었다.

양건일은 겁에 질린 얼굴로 사람을 내려다보며 한참 동안 손을 덜덜 떨고 있었다.

머릿속은 뿌옇게 변했다. 그렇지 않아도 약으로 탁해진 머리였다. 아무 생각이 나지 않았다.

떠오르는 생각은 단 두 가지였다. 도망갈까. 아니면 경찰에 신고할까. 아무도 본 사람은 없다. 하지만 뺑소니는 웬만하면 추적이 된다고 어디선가 들은 기억이 있다.

양건일은 휴대전화를 꺼냈다.

"여, 여보세요…… 이, 이정환 변호사님이죠?"

양건일이 전화를 건 상대는 한울 그룹의 고문변호사인 법무법인 LNK의 수석변호사 이정환이었다.

"양 상무님. 웬일이세요? 이 시간에."

사무적인 목소리에 귀찮아하는 기색이 섞여 있다. 보통 때라면 불쾌했겠지만 지금은 그런 걸 따질 계제가 아니다.

"제, 제가…… 사람을 치었어요. 좀 세게."

"네? 어디서요?"

"용인 어디 시골, 시골 도로 횡단보도인데……."

"혹시 죽었습니까?"

"네?"

"죽었는지 살았는지 확인해 보세요. 그게 법에서 대처할 때 가장 중요한 포인트예요."

"잠시만요……."

양건일은 휴대전화를 한 손에 쥐고 누운 사람에게 다가갔다. 휴대전화를 옆에 놓고 코에 손가락을 대 보았다. 호흡이 느껴졌다. 미세하게나마 남자의 가슴도 부풀었다 수축했다를 반복하고 있었다.

"살아는 있어요, 의식은 없는데."

"다행이네요."

"아무도 본 사람은 없거든요. 마침 블랙박스도 꺼 놓았고요. 이대로 튀어도 되지 않을까요?"

양건일은 대놓고 뺑소니를 할 것인지 물었다. 체면이고 도덕이고 생각할 처지가 아니다. 그만큼 얼이 빠져 있고, 마음이 급했다.

"뺑소니는 안 돼요."

"네에…… 그렇겠죠. 역시 변호사시니."

마음에 들지 않는 대답이 나오자 양건일은 이 상황에서도 이죽거리고 있었다.

"그런 게 아니라요. 뺑소니를 치면 절대적으로 양 상무님한테 불리해요."

"왜요? 안 잡히면 되잖아요."

"요즘 수사기법이 발달해서 잡힐 가능성이 커요. 블랙박스가 꺼져 있다 해도요, 충돌하면서 차에서 깨져 나온 플라스틱 조각만으로도 차를 특정해 낼 수 있어요. 아, 차종은 뭐죠?"

"부가티예요. 부가티 시론."

"부가티요?"

이정환은 한동안 말이 없었다. 기가 막힌 듯했다.

"……부가티라면 100퍼센트예요. 그렇게 희귀한 차는 특히 금방 잡힙니다."

"그럼 어떡해요? 그냥 경찰에 자수해요?"

"그게 나아요. 뺑소니치다가 검거되면 특정범죄가중처벌법으로 가서 징역 1년 이상이에요. 만약에 사람이 죽으면 무기징역도 가능해지고요."

"후덜덜하네. 시팔."

"뭐라고요?"

"아, 아니에요. 근데 그럼 뺑소니만 안 치면 자동차보험으로 처리되고 끝나는 거 아닌가요?"

"일반적인 경우는 그렇죠. 사람만 안 죽었으면 원칙적으로 형사사건이 안 됩니다. 근데, 상무님 사고 장소가 횡단보도라면서요?"

"네."

"그러면 보험에 가입되어 있어도 처벌됩니다."

"엑?"

"음주운전이나 신호위반같이 위반이 중대한 열두 가지 경우에는 보험에 들어 있어도 처벌됩니다. 횡단보도도 그중 하나인 거고요."

"아…… 젠장."

"아무튼 경찰에 일단 신고하고 자수하는 게 더 큰 일을 막는 길입니다."

양건일은 막막했다. 손으로 미간을 잡고 주물러 댔다.

"실은요…… 자수하기 좀 곤란한 게…….."

"뭡니까?"

양건일은 우물쭈물하다가 결국 말했다.

"약을 좀 했거든요. 자수했다가 그거 걸릴까 봐서요."

"아……"

이성적으로 차분하게 설명하던 이정환도 결국은 말문이 막혔다. 끝이 없는 망나니질에 기가 막힌 것이다.

잠시 후 이정환이 말했다.

"교통사고를 냈다고 괜히 약물 검사를 하진 않아요."

"그래도 좀 켕기는데…….."

"경찰이 지금 보면 검사를 하자고 들지도 모르겠네요. 상태가 이상해 보일 수 있으니까…… 아, 이렇게 하죠. 상무님은 일단 경찰과 119에 신고하고 자리를 뜨십시오. 병원에라도 입원하면 좋습니다. 제가 비서실에 연락하겠습니다. 비서실 사람들이 곧 나가서 뒤처리를 할 거예요. 일단 구호조치를 하고 본인은 몸이 아파 입원했기 때문에 뺑소니에는 해당되지 않게 됩니다. 그래서 당장 경찰과 맞닥뜨리는 걸 피하는 걸로 하죠."

"……아, 알겠어요."

양건일은 사람을 끌어 도롯가로 옮겨 놓고 119에 연락했다.

이어 경찰에 전화를 걸어 교통사고를 냈다고 알렸다.

양건일은 차 키를 차 안에 던져두고, 가던 방향으로 걸어가기 시작했다.

먼 앞쪽에 다운타운 불빛이 보였다. 저기서 택시를 부를 수 있을 것 같았다.

양건일은 용인의 한 병원에서 체포됐다.

엑스레이로도 이상이 없고 몸 상태가 정상이라는 담당 의사의 소견 덕분에, 양건일은 병원 입원실에서 긴급체포 되어 바로 경찰서로 압송되었다.

하지만 이미 양건일의 약 기운이 거의 빠져나갈 만큼 시간이 흘렀다. 경찰은 양건일을 상대로 호흡 측정기로 음주검사를 하였지만, 양건일이 약간 말을 더듬는다고 해서 약물 검사는 해 볼 생각까지는 하지 못했다. 음주검사에서 알코올은 나오지 않았다.

"다친 분 상태는 어떻습니까?"

양건일은 경찰에게 걱정스러운 척 물었다. 슬픔 넘치는 표정 연기까지 덧붙였음은 물론이다. 걱정하는 건 사실이었다. 자신의 처분에 대해.

"좀 안 좋은 모양이에요. 의식이 없나 봐요."

경찰이 딱하다는 듯 말했다.

의식이 없다고!

양건일에게 가장 먼저 든 생각은 '큰일 났다'는 것이었다. 피해자에 대한 미안함이나 애도는 거기에 없었다.

'그래도 죽지 않은 게 어디야.'

나름 위로해 보는 양건일이었다. 그건 자신에게 보내는 위로였다.

양건일은 체포 바로 다음 날 구속되었다.

회장실에서 보고를 받던 양다곤의 손이 부들부들 떨렸다.

"회장님, 괜찮으십니까?"

법무팀장 최윤식은 말을 멈추고 양다곤의 상태를 살폈다.

"괜찮아. 계속하게."

양다곤은 눈을 질끈 감았다.

최윤식은 눈치를 보면서도 다시 말하기 시작했다.

"밤의 시골길에서 난 교통사고입니다. 사람이 다쳤더라도 보험이 가입되어 있으면 형사사건은 안 되는데, 이번엔 하필 장소가 면책이 안 되는 횡단보도였습니다. 횡단보도를 건너던 남자를 치었기 때문에 형사입건이 됐고, 구속까지 되고 말았습니다."

"영장은 막을 수 없었나?"

양다곤의 음성에 노기가 묻어 있다.

최윤식 옆에 앉은 법무법인 LNK의 이정환 변호사가 진땀을 흘리며 대답했다.

"저희 LNK가 최선을 다했습니다만…… 구속은 피하지 못했습니다."

"뺑소니나 뭐 그런 건 아니잖아?"

"네. 사고 직후 양 상무가 저한테 전화가 왔을 때, 도망가지 말고 자수하라고 제가 권했죠. 그나마 자수했기에 이 정도지 뺑소니쳤으면 큰일 날 뻔했습니다."

음음.

양다곤의 목에서 긁히는 소리가 났다.

이정환의 말이 마음에 들지 않는 것이다.

영장이 발부된 판에 더 큰일 날 일이 뭐가 있단 말인가.

자신의 무능을 이따위 말로 감추려 들다니.

직원이라면 당장 호통이 날아갔겠지만.

양다곤은 꾹 참고 말했다.

"그럼 좀 재판에서도 참작되는 거 아닌가? 왜 구속까지 돼?"

"그렇긴 한데…… 피해자 상태가 외견상 좀 안 좋아서요."

"어느 정도야?"

"타박상을 많이 입은 정돈데, 당장은 의식이 없답니다. 그런 게 좀 안 좋게 참작되었을 겁니다. 이런 사건에선 결과를 보거든요. 또, 무엇보다……."

이정환이 우물우물거렸다.

"왜? 말해 봐."

"아직 보도는 안 되었지만 재벌 회장 아들이 사람을 치었다고 필시 여론이 안 좋을 겁니다. 차량도 너무 고가였고…… 게다가 피해자는 경기도 어디에서 교사 하다가 은퇴해서 시골로 내려가 혼자 살던 사람이랍니다. 상대적으로 더 불쌍해 보인 거죠."

"으음……."

"법원은 이런 사건에서는 여론 눈치를 많이 봅니다. 괜히 재벌 편든다고 욕먹기 싫은 거죠."

"판사가 법대로 해야지, 그게 도대체 뭐야!"

"판사라고 해 봤자 한낱 개인에 불과합니다. 여론에 박살 나면 못 버티는 법이죠."

"으음……."

양다곤의 미간에 깊은 주름이 잡혔다.

인생은 재벌 회장에게도 쉽지 않다. 곡절은 끝이 없다.

"그래도 뺑소니를 치지 않았으니 향후 재판에서 그리 중한 형은 받지 않을 겁니다."

이정환은 양건일을 자수시켰다는 자신의 공을 강조하려 필요 없는 이야기를 늘어놓고 있었다. 양다곤이 말했다.

"실형은 피하겠지?"

"저희가 최선을 다하겠습니다."

이정환은 자신들이 재판까지 맡는다는 것을 기정사실화해서 대답했다. LNK가 이 사건을 당연히 수임한다고 생각했을까. 하지만 양다곤의 표정은 그리 탐탁지 않았다.

"아직은 좀 기다려 보게. 재판에 LNK가 나서는 게 나을지, 아니면 다른 쪽을 선임할지 좀 생각해 보겠어."

이정환이 펄쩍 뛰었다.

"회장님! 이런 중요한 사건에 다른 변호사를 선임한다니요. 제가 있는 법인이라서가 아니라 당연히 한국 최고의 LNK가 변론을 맡아야지요. 그게 양 상무를 위하는 거고, 나아가 한울 그룹을 위하는 길입니다."

"그렇기야 하지……."

말을 흐리던 양다곤이 이정환을 향해 말했다.

"일단 이 변호사는 나가 보게. 우리가 좀 의논하고 연락 주겠어."

이정환은 무언가 할 말이 남은 듯 머뭇거리다가 "알겠습니다." 하고는 일어서서 인사를 하고 회장실을 나갔다.

* * *

회장실 밖 복도.

이정환은 휴대전화를 꺼내 통화버튼을 눌렀다.

"대표님, 저 이정환입니다. 수임 직전인데, 양 회장이 좀 주저하네요. 구속영장 단계에서 실패해선가 봅니다. 그래도 어차피 본안 재판은 저희한테 올 겁니다. ……네, 네. 걱정 마세요. 반드시 제가 수임해 오겠습니다."

통화를 마친 이정환은 마치 비밀작전을 수행하는 요원처럼 비장한 얼굴을 하고 휴대전화를 품에 집어넣었다.

* * *

"LNK가 제일 나을 겁니다."

이정환이 나간 후 최윤식이 양다곤에게 말했다.

양다곤은 쉽게 결정 내리지 못하고 있었다. 아들의 일이니 그만큼 신중할 수밖에 없다.

"하지만 이미 구속재판에서 실패했어. 믿음이 안 가."

"다른 대안이 없지 않습니까?"

그러자 양다곤이 돌연 눈을 부릅뜨고 최윤식에게 말했다.

"최 팀장이 LNK를 굳이 밀 이유가 있나?"

"아, 아니…… 그런 건 없습니다. 절대."

최윤식은 양다곤의 한마디에 바로 입을 닫고는 다시는 먼저 입을 열지 못했다.

설마 양 회장은 내가 LNK 밀어 주고 뒤로 리베이트 받는 걸 눈치챈 거야?

최윤식은 등에서 식은땀이 흘렀다.

"알았어. 좀 생각해 볼 테니 자네도 나가 보게."

최윤식은 의아해하면서 물러났다. 아들 문제다 보니 신중한 건 이해가 되는데, LNK도 못 믿겠다면 어디를 선임하려고 하는 것일까.

퍼뜩 떠오르는 건 두 사람이었다.

단명오, 그리고 윤해성.

양다곤은 최윤식과 신동우가 나간 뒤 바로 소파에 털썩 주저앉았다.

휴우.

그답지 않게 긴 한숨을 뱉었다.

주변에 내색은 안 했지만 이즈음 양다곤은 장유나 때문에 마음이 천 갈래 만 갈래로 찢어져 있었다. 연락이라도 닿으면 마음이 좀 가라앉으련만 종적이 묘연한 데다 일체의 연락이 닿지 않으니 그 초조감이 이루 말할 수 없었다. 일도 손에 잡히지 않고 사람들을 만나 억지웃음을 짓는 일도 힘들었다. 이런 고뇌가 있으리라고는 상상도 하지 못했다. 지금 같아서는 계열사 하나라도 뚝 떼어 주고 장유나를 잡고 싶은 마음마저 들었다. 하지만 정작 장유나는 어디 있는지 알지 못하고, 전화조차 되지 않는다.

그런데 엎친 데 덮친 격으로 양건일의 일까지 터졌다. 하필 이런 때에 아들까지 속을 썩인단 말인가. 어떻게 이렇게 나쁜 일들이 잇달아 일어난단 말인가.

양다곤은 그로기 상태였다. 그의 인생에 현재 기준 가장 중요한 두 사람. 아내와 아들. 장유나와 양건일. 그 둘을 일시에 잃게 될 위험에 직면해 있었다. 한국 굴지의 그룹 회장이지만 이런 일에는 속수무책이었다. 그 앞에 놓인 일들은 늘 누군가가 앞장서서 처리해 주었다. 그들은 비서실일 수도 있고, 법무팀일 수도, 경호팀일 수도 있고, 나아가 정치권이나 언론일 수도 있었다. 하지만 이런 일만은 확실하게 해결해 줄 사람이 존재하지 않았다.

아니, 장유나는 그렇다 치고, 양건일의 일은 믿고 맡길 사람이 있지 않은가. 바로 단명오와 윤해성.

어지러이 흘러가던 양다곤의 생각은 이제 그 두 사람에게로 집중되어 갔다.

우선 생각한다면 단명오가 적역이었다. 그라면 어떻게든 결과를 보여 줄 것 같다. 그리고 양건일과 각별한 사이라는 큰 장점도 있다. 하지만 딱 하나, 그러면서 대단히 중요한 문제가 걸렸다.

바로 장유나와 앙숙이라는 점이다.

장유나는 지금 양다곤에게 화를 내고 집을 나가 종적을 감추었다. 연락도 되지 않아 애를 태우게 한다. 하지만 양다곤은 이게 끝이라고는 생각하지 않았다. 만난다면, 아니 전화라도 된다면 어떻게 해서라도 다시 되돌릴 수 있다고 믿었다. 아니, 믿었다기보다는 지푸라기 같은 바람이었다. 그런데 여기서 단명오를 양건일의 변호사로 선임해서 일을 시키려니 께름칙했다. 장유나의 마음은 지금 라테 위에 뜬 크림 하트처럼 조금만 건드려도 부서질 판이다. 그런데 그녀가 끔찍하게 싫어하는 단명오를 가까이 한다? 대단히 좋지 못하다. 돌아오려는 마음이 있다가도 다시 질리고 정 떨어질지 모른다. 단명오는 좋지 않다.

"단명오는 아무래도 곤란해, 유나가 끔찍이 싫어할 테고……."

양다곤은 중얼거렸다.

그렇다면 남은 건 윤해성. 수없이 일을 처리해 오면서 실패한 적이 없었던 단명오에 비하면 아무래도 신뢰가 쌓인 세월이 얕다. 하지만, 어쨌든 구속영장을 기각시키며 그 또한 능력을 입증했다. 무엇보다, 장유나의 신경에 거슬릴 일이 없다. 오히려 장유나가 평소 얼핏 이야기하는 걸 보면 윤해성에게는 비교적 우호적이었다. 윤해성을 쓴다면 적어도 장유나의 기분을 상하게 할 일은 없다. 그리고 양다곤의 머릿속에 자신이 배터리 건 고발사건에 관해 무혐의를 받았을 때 축하차 윤해성이 찾아와 했던 말이 메아리쳤다.

'전 어떤 방법도 제쳐 놓고 있진 않습니다. 회장님과 한울 그룹을 위해서라면 말이죠. 약간의 절차상 무리가 있다 해도 뭐가 문제겠습니

까? 전 언제든지 준비가 되어 있습니다.'

그 말은 솔직히 마음에 들었다. 합법성만을 따지는 변호사는 그저 정해진 길만 달리는 경주마 같아서 마음에 차지 않았다. 그래서 합법과 불법을 넘나드는 단명오를 곁에 두었다. 그와는 어떤 이야기든 할 수 있었다. 심지어 살인까지도.

그런데 세월을 건너 윤해성이라는 변호사가 나타났다. 양다곤은 알 수 있었다. 그는 분명 단명오와 같은 종류였다. 젊은 단명오다. 합법이니 불법이니 하는 따위에는 관심 없다. 그리고 양다곤이라는 '사람'에 충성하겠다는 맹세도 했다. 윤해성은 그날 단명오의 자리를 차지하고 싶다는 야심을 있는 대로 드러냈다. 그게 마음에 들었다.

윤해성은 일을 맡겨 볼 만하다.

"일단 불러서 얘기나 들어 볼까……."

양다곤은 내선전화를 눌렀다.

"네. 회장님."

비서실 한이수가 나왔다.

"윤해성 변호사 들어오라고 해. 당장."

〈3권에서 계속〉

복수 법률사무소 2

1판 1쇄 펴냄 2022년 12월 2일
1판 2쇄 펴냄 2023년 9월 14일

지은이 | 도진기
발행인 | 박근섭
편집인 | 김준혁
펴낸곳 | 황금가지

출판등록 | 2009. 10. 8 (제2009-000273호)
주소 | 135-887 서울 강남구 도산대로 1길 62 5층
전화 | 영업부 515-2000 **편집부** 3446-8774 **팩시밀리** 515-2007
홈페이지 | www.goldenbough.co.kr

도서 파본 등의 이유로 반송이 필요할 경우에는 구매처에서 교환하시고
출판사 교환이 필요할 경우에는 아래 주소로 반송 사유를 적어 도서와 함께 보내주세요.
06027 서울 강남구 도산대로 1길 62 강남출판문화센터 6층 민음인 마케팅부

㈜민음인은 민음사 출판 그룹의 자회사입니다.
황금가지는 ㈜민음인의 픽션 전문 출간 브랜드입니다.